WALDEN OU A VIDA NOS BOSQUES

HENRY DAVID THOREAU

WALDEN OU A VIDA NOS BOSQUES

Tradução:
Marina Della Valle

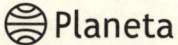

Copyright © Editora Planeta, 2021
Copyright © Marina Della Valle
Título original: *Walden & On the Duty of Civil Disobedience*
Todos os direitos reservados.

PREPARAÇÃO:	Thais Rimkus
REVISÃO:	Laura Folgueira e Maitê Zickuhr
DIAGRAMAÇÃO:	Nine Editorial
CAPA:	Departamento de criação da Editora Planeta do Brasil
ILUSTRAÇÕES DE MIOLO E CAPA:	Deco Farkas

DADOS INTERNACIONAIS DE CATALOGAÇÃO NA PUBLICAÇÃO (CIP)
ANGÉLICA ILACQUA CRB-8/7057

Thoreau, Henry David
  Walden ou a vida nos bosques / Henry David Thoreau; tradução de Marina Della Valle. - São Paulo: Planeta, 2021.
  320 p.

  ISBN 978-65-5535-482-9
  Título original: Walden and on the duty of civil disobedience

  1. Thoreau, Henry David -1817-1862 - Residências e lugares habituais - Estados Unidos 2. Walden Woods (Massachusetts, Estados Unidos) - Usos e costumes 3. Desobediência civil 4. Resistência ao governo I. Título II. Valle, Marina Della

21-3383   CDD 818.303

Índices para catálogo sistemático:
1. Escritores americanos - Biografia

 Ao escolher este livro, você está apoiando o manejo responsável das florestas do mundo

2021
Todos os direitos desta edição reservados à
EDITORA PLANETA DO BRASIL LTDA.
Rua Bela Cintra 986, 4º andar – Consolação
São Paulo – SP – CEP 01415-002
www.planetadelivros.com.br
faleconosco@editoraplaneta.com.br

Sumário

	Introdução	9
1	Economia	19
2	Onde e para que vivi	80
3	Leituras	95
4	Sons	105
5	Solidão	120
6	Visitantes	129
7	A plantação de feijão	141
8	A vila	151
9	Os lagos	157
10	Baker Farm	179
11	Leis superiores	187
12	Vizinhos brutos	198
13	Inauguração	210
14	Habitantes anteriores e visitantes de inverno	224
15	Animais de inverno	236
16	O lago no inverno	245
17	Primavera	258
18	Conclusão	274
	Sobre o dever da desobediência civil	288
	Thoreau por Virginia Woolf	311

Introdução
Joyce Carol Oates
Concord, Massachusetts, julho de 1985

> *Fico pasmo com meu corpo; esta matéria à qual estou preso tornou-se tão estranha para mim. Não temo espíritos, fantasmas, sou um deles... mas temo corpos, estremeço ao encontrá-los. O que é esse titã que tem posse de mim? Fale de mistérios! Pense em nossa vida na natureza, diariamente nos mostrando matéria, entrando em contato com ela – rochas, árvores, o vento em nosso rosto! A terra sólida! O mundo real! O senso comum! Contato! Contato! Quem somos nós? Onde estamos?*
>
> Thoreau, "Ktaadn e as florestas do Maine", 1848

De nossos escritores clássicos americanos, Henry David Thoreau é o poeta supremo da duplicidade, da evasão e do mistério. Quem é ele? Onde se posiciona? Pode ser definido mesmo pelas próprias palavras, escolhidas de modo deliberado e meticuloso como são e famosamente muito revisadas? Os fatos de sua vida, disponíveis em qualquer "cronologia", parecem mais desconectados do homem em si que normalmente: ele nos avisa que o aspecto externo de sua vida pode ser "não tanto eu quanto você". Gaba-se de ter a capacidade de estar tão longe de si mesmo quanto de outra pessoa. É espectador e ator ao mesmo tempo. Vê-se como participante do Tempo como se fosse um tipo de ficção – "uma obra apenas da imaginação". Sabemos com certeza do homem histórico, nascido em 12 de julho de 1817 em Concord, Massachusetts, e que morreu em 6 de maio de 1862, também em Concord, Massachusetts. O que houve no meio é um mistério.

Talvez por essas razões, e por causa do tom formidável da voz de Thoreau, ele é o mais controverso dos escritores dos Estados Unidos. Se escreve com precisão onírica sobre a terra em degelo, ou uma guerra feroz entre formigas vermelhas e pretas, ou sobre a beleza primeva do monte Katahdin, no Maine, ou em defesa furiosa do martirizado John Brown ("Não desejo matar ou ser morto, mas posso prever circunstâncias em que ambas as coisas me seriam inevitáveis"), ele se afirma com tanta força que o leitor é compelido a reagir: que compromisso é possível? Thoreau sempre nos diz: "Você precisa mudar sua vida". Enquanto seus colegas transcendentalistas falavam da autossuficiência como virtude, Thoreau a praticava ativamente, regozijava-se nela: "Às vezes, quando me comparo a outros homens, tenho a impressão de que fui mais favorecido pelos deuses que eles". Enquanto a maioria dos escritores se sente secretamente superior a seus contemporâneos, Thoreau é direto, provocativo: "A maior parte do que meus vizinhos chamam de bom, acredito de alma que seja ruim". No entanto, sua própria posição se mostra com frequência ambígua, e mesmo o que ele quis dizer com Natureza é um enigma. Quem é o "eu" onisciente de *Walden*?

Tão intimamente ligado a minha vida imaginativa é o Henry David Thoreau de *Walden*, que li pela primeira vez aos quinze anos; e é difícil falar dele com qualquer pretensão de objetividade. Tantas de suas observações incisivas afundaram tão profundamente em minha consciência que ganharam um tipo de autonomia: "Como se fosse possível matar o tempo sem ferir a eternidade. Seja vida, seja morte, ansiamos apenas pela realidade. O próprio Deus culmina no momento presente e jamais será

Introdução

mais divino na passagem de todas as eras. Por que parecem tão rápidos, mas são mortalmente lentos?". Tão perto de meu coração está *Cuidado com todas as empreitadas que exigem roupas novas* que posso me iludir que seja invenção minha. Por fim, viria a ler outras obras de Thoreau e até ensinar *Walden* inúmeras vezes (em justaposição surpreendente, mas sempre frutífera, com outros textos, *O mal-estar na civilização*, de Freud; *Assim falou Zaratustra*, de Nietzsche; *A selva*, de Upton Sinclair, os livros de *Alice* e *A caça ao Snark*, de Lewis Carroll); em meio a tanto, é do *Walden* de minha adolescência que me lembro mais vividamente – infundido com as energias poderosas, intensas e românticas da adolescência; a sensação de que a vida é ilimitada, experimental, provisória, sempre fluida e imprevisível; a convicção de que, seja qual for o acidente do eu exterior, o eu mais verdadeiro é interior, secreto, inviolável. "Amo estar sozinho", diz Thoreau. "Nunca encontrei companhia tão sociável quanto a solidão". Celebrante do mundano e dos mistérios terrenos, Thoreau é também um celebrante do espírito humano no contraste do que poderia ser chamado de "ser social" – as identidades públicas nas quais somos especificados ao nascer e que, durante a vida, trabalhamos para afirmar em um contexto de outros seres sociais similarmente hipnotizados pelo mistério das próprias identidades. Mas "eu", para Thoreau, parece ser apenas as lentes pelas quais o mundo é percebido, e, conforme o mundo gira em seu eixo, conforme estação dá lugar a estação, lugar a lugar, uma forma enigmática de matéria a outra, as lentes prismáticas mudam. "Diariamente nos mostrando matéria" – o que isso significa? Se há um eu, deve ser essa mesma mudança de perspectiva, essa incessante mudança e metamorfose. Se, em 1854, mesmo ano da publicação de *Walden*, Thoreau podia anotar em seu diário "Logo terminamos com a Natureza. Ela gera uma expectativa que não pode satisfazer", o testemunho de *Walden* é outro. Que perspectiva mais radical: "Eu não devo me entender com a terra? Não sou eu mesmo parte folhas, vegetais e mofo?".

O apelo de Thoreau é para aquele instinto em nós – adolescente, talvez, mas não apenas – que resiste a nossa própria gravitação em direção ao mundo maior, mais externo, ferozmente competitivo, de responsabilidade, falsa coragem e "reputação". É um apelo logo descrito como existencial, enquanto transcendentalista; sua voz é única, individual, cética, rebelde. O maior bem para o maior número – a sensação de que podemos dever algo ao estado –, a possibilidade de que a vida seja preenchida, não incapacitada, por relações humanas: essas são posições morais a não se considerar. "Vivi uns trinta anos neste planeta", diz Thoreau, com audácia, "e ainda não ouvi a primeira sílaba de um conselho valioso, ou ao menos sincero, dos mais velhos. Eles não me disseram nada e provavelmente não podem me dizer nada a respeito".

Isso pode ser verdade ou é uma ficção útil que o cosmo seria criado de novo no indivíduo? Que é possível, com um ato desafiador de autoengendramento, transcender o destino da espécie, da nação, da comunidade, da família e – para uma mulher – os parâmetros socialmente determinados de gênero? Com certeza é duvidoso que a Natureza seja uma entidade única, um substantivo compatível com a capitalização.

> A indescritível inocência e a beneficência da Natureza – do sol, do vento e da chuva, do verão e do inverno – que saúde, que alegria permitem para sempre! E que empatia têm mesmo com os de nossa raça, que toda a Natureza seria afetada, e a luz do sol se apagaria, e os ventos suspirariam de modo humano, e as nuvens choveriam lágrimas, e as árvores perderiam as folhas e colocariam luto no verão se algum homem sofresse por uma justa causa.

(Como reconciliar essa Natureza com a Natureza do tétano, da tuberculose, de mortes agonizantes e sofrimentos prolongados? O próprio Thoreau morreria jovem, com quarenta e dois anos, de tuberculose.) No entanto, essas ficções, essas metáforas desejadas, chegam muito perto de convencer dentro do argumento mais amplo de *Walden*. Acreditamos mesmo quando desacreditamos, mesmo quando não podemos acreditar totalmente, mas acreditamos – ou queremos acreditar – no que Thoreau nos diz repetidas vezes sobre a autonomia da alma humana. Bem longe de sua maestria da língua inglesa – e certamente nenhum norte-americano jamais escreveu prosa mais bela, vigorosa, flexível –, o triunfo particular de Thoreau enquanto estilista é transformar a realidade em si por sua percepção dela: *sua* linguagem. Qual é o motivo para a metáfora em qualquer poeta – em qualquer sensibilidade poética – além da definição incessante do ser e do mundo por meio da linguagem? Em seu diário, em 6 de maio de 1854, Thoreau escreve: "Tudo o que um homem tem a dizer ou fazer que possa interessar a humanidade é, de uma forma ou outra, contar a história de seu amor, cantar; e, se for sortudo e se mantiver vivo, estará para sempre apaixonado. Só isso é estar vivo ao extremo".

Ler Thoreau na adolescência é lê-lo em uma época em que afirmações como essa carregam o peso, a promessa, de profecia; "estar vivo ao extremo", sem objeto fixo ou mesmo definível para o amor de alguém, parece não apenas possível, mas inevitável e desejável. Como a existência precede a essência, a emoção precede e ajuda a criar seu objeto. Se o mundo humano nos desaponta – como, na adolescência, ele o faz com tanta frequência não apenas ficando aquém de seus ideais, mas fracassando em nos dar o valor que desejamos para nós mesmos –, temos o privilégio de repudiá-lo para sempre em troca da certeza de um tipo muito diferente de romance, ou missão religiosa. "Devemos ser abençoados se vivemos sempre no presente e tiramos vantagem de cada acidente que nos ocorre", diz Thoreau, mas tal vigilância só é possível se forem quebradas as restrições e as obrigações humanas – planos para o futuro, digamos, ou remorso sobre atos do passado; apenas se o objeto de amor não for outro ser humano. Thoreau propôs casamento a uma jovem mulher chamada Ellen Sewall, em 1840, foi rejeitado e, desde então, parece ter sempre voltado suas energias – seu "amor" – para dentro do eu misterioso e para fora, a uma Natureza igualmente misteriosa. "Jamais me senti solitário nem minimamente oprimido por um sentimento de solidão, a não ser uma vez [...] Mas eu estava ao mesmo tempo consciente de uma leve insanidade em meu humor e parecia prever minha recuperação", diz Thoreau, no mais eloquente dos capítulos, "Solidão". Ali a solitude era tão natural, tão certa, a solidão em si era uma leve insanidade. Mesmo o profeta celibatário de Nietzsche, Zaratustra, o mais solitário dos homens, admite sua solidão e não se impede de dizer "eu amo o homem", embora esse amor não seja recíproco.

Mas toda arte é uma questão de exclusões, rejeições. Escrever sobre um assunto é ignorar todos os outros. Levar uma vida de forma apaixonada – dirigi-la a um canto, reduzi-la aos termos mais baixos, ver se é "cruel ou sublime" – é necessariamente se afastar de outras vidas. Se Henry David Thoreau é uma figura emblemática e até heroica para muitos escritores, é em parte porque o Henry David Thoreau de *Walden* é uma criação literária triunfante – uma ficção, certamente, metafórica em vez de humana, montada como a conhecemos pelo trabalho lento e meticuloso dos diários de muitos anos. (Na época de sua morte, Thoreau deixou para trás um recorde extraordinário: trinta e nove volumes manuscritos contendo quase dois milhões de palavras, um diário mantido religiosamente desde os vinte anos até sua morte.) Mas Thoreau foi um estilista tão esplêndido que sempre temos a impressão, enquanto lemos, de uma mente voando reluzente diante de nós, soltando faíscas, ofuscante e iridescente e aparentemente sem esforço, como uma borboleta em voo: *Que olho*, somos levados a pensar, *que ouvido! Que espontaneidade!* Na verdade, *Walden* é mosaico em vez de narrativa; uma ficção simbólica cuidadosamente orquestrada, não um relato franco sobre a estadia de um homem na mata. Ainda mais importante: devemos entender o "eu" de *Walden* como uma invenção literária calculada, um personagem fictício ambientado em um mundo naturalista, mas fictício. Com certeza a persona sem corpo e aparentemente sem nome que se vangloria para a humanidade, em vez de para si mesma, não teve existência histórica e pode ser colocada ao lado de Hester Prynne de Hawthorne, Ahab de Melville e Huckleberry Finn de Twain como uma das grandes criações literárias do século XIX. Como seus companheiros transcendentalistas, Thoreau desdenhava da arte da ficção ("Um mundo de cada vez", ele teria afirmado espirituosamente também nesse contexto), sem reconhecer que a arte da ficção toma muitos disfarces assim como dizer apenas a verdade exige muitas formas.

Certamente a artesania meticulosa de *Walden* – reminiscente da artesania obsessiva, fanática, inspirada de *Ulisses* e de *Finnegans Wake*, de Joyce – dá ao livro outra dimensão, outro ângulo de apelo, de interesse particular aos escritores. Escrever não é, afinal, mero registro de ter vivido, mas um aspecto da vida em si. E se há aqueles para quem viver é uma preparação para a escrita – por que não? –, somente uma sensibilidade hostil ao ato de escrever, ou duvidosa da validade da escrita para a vida, desejaria criticar – como estranhamente muitos escritores criticaram Thoreau pela própria precisão de sua prosa! –, como se escrever mal fosse uma medida de sinceridade. (Alfred Kazin, por exemplo, em *An American Procession*, fala de modo despeitado de Thoreau como se tivesse escrito, em vez de "conquistado", o êxtase: "Qual fosse o momento, a expressão dele era forjada, fabricada, trabalhada, soldada de respostas fragmentárias para tornar aquelas sentenças simples que criaram a reputação de Thoreau como aforista e nutriram o mito de que um homem pudesse viver em tal inteligência". Mas em tal arte um homem *viveu*. E, de qualquer jeito, as experiências mais difíceis de registrar são as que de fato aconteceram: trabalhamos para expressar o que sentimos sem premeditação.)

Thoreau é, como sugeri, o poeta quintessencial da evasão, do paradoxo, do mistério. Se, como Walt Whitman, ele se contradiz... muito bem, ele se contradiz. Uma consistência tola é o diabrete das mentes pequenas, mas disparidade em si bem pode estar na mente de quem olha.

Quem somos nós? *Onde* nós estamos? Thoreau questiona repetidamente. Ele confessa, ou se gaba de, não saber a primeira letra do alfabeto e não ser tão sábio agora quanto no dia em que nasceu. Embora a voz de *Walden* seja a voz das outras obras de Thoreau, é muito difícil caracterizar o eu por trás dela. E até o objeto de seu amor extático, a Natureza, é elusivo, provocantemente indefinido. Existe Natureza ou meramente natureza? Mais rica e mais palpável em todos os aspectos que a Natureza de Emerson – como poderia ter deixado de ser –, a Natureza de Thoreau é, às vezes, aereamente platônica, outras vezes, minuciosa, explícita, realista, impiedosa. É transcendentalista e sentimental, puritana e "obscena", existencial e amoral, alternadamente. Tudo o que sabemos com certeza é que é muda: "A Natureza não faz perguntas e não responde àquelas feitas pelos mortais".

Em um dos capítulos didáticos de *Walden*, "Leis superiores", Thoreau fala de uma experiência perturbadora:

> Ao voltar para casa pela mata [...], vislumbrei uma marmota atravessando meu caminho e senti uma emoção estranha de deleite selvagem e fiquei muito tentado a pegá-la e devorá-la crua – não que estivesse faminto, mas por aquela vida selvagem que ela representava. [Em outro momento,] eu me vi vagando pelas matas, como

um cão de caça faminto, num estranho abandono, buscando algum tipo de carne de caça que eu pudesse devorar, e nenhum bocado seria selvagem demais para mim. As cenas mais selvagens tinham se tornado inexplicavelmente familiares.

Thoreau nos conta que vê em si um instinto em direção à vida superior, ou espiritual; outro em direção à vida primitiva e selvagem. Ele reverencia ambas: "Não amo menos o selvagem que o bom". Pois selvageria e bondade devem sempre estar separadas. Conforme o capítulo se desenrola, no entanto, Thoreau repudia a vida física com uma declaração impressionante – em *Walden*, de todos os livros: "É difícil subjugar a natureza, mas ela precisa ser subjugada". Nesse novo contexto, parece que a Natureza é abruptamente alinhada com o feminino, o carnívoro e o carnal; embora a vida espiritual de um homem seja "surpreendentemente moral", se é suscetível a tentações do mero físico, ou feminino; desejos de ceder a uma "vida pegajosa e bestial" de comer, beber e sensualidade indiferenciada. Thoreau fala como um homem para outros homens, no tom de intimidação de um pregador puritano, alertando os leitores não contra a danação (na qual ele não consegue acreditar – ele é muito astuto, muito ianque), mas contra sucumbir às próprias naturezas inferiores: "Temos consciência do animal em nós, que desperta na proporção em que nossa natureza superior adormece". A sensualidade toma muitas formas, mas é uma só – um vício. Toda pureza é uma só. Embora sexualidade de qualquer tipo seja estranha a *Walden*, a castidade é evocada como valor, e um capítulo que começou com um estranho louvor à vida selvagem se conclui com uma denúncia dos instintos sexuais não denominados.

> Hesito em dizer essas coisas, mas não por causa do assunto – não me importo com quanto minhas *palavras* são obscenas –, mas porque não posso falar delas sem demonstrar minha impureza. Falamos livremente e sem vergonha de uma forma de sensualidade e ficamos em silêncio a respeito de outra.

A Mulher existia para Thoreau exceto como projeção de sua própria alma celibatária, para ser "transcendida"? Embora pensador radical em tantos aspectos, Thoreau é profundamente conservador nessas matérias, como seu tropo recorrente da Natureza como "ela" sugere. No capítulo "Leituras", por exemplo, ele diferencia linguagem falada e escrita, a linguagem que ouvimos e a que lemos. O discernimento é profundo, a expressão, crua e sem exame:

> Uma é normalmente transitória, um som, uma fala, um dialeto apenas, quase bruto, e o aprendemos de modo quase inconsciente, como os brutos, de nossas mães. A outra é sua maturidade e sua experiência; se aquela é nossa língua materna, esta é nossa língua paterna, uma expressão reservada e seleta, significante demais para ser absorvida pelo ouvido, a qual precisaríamos renascer para falar.

A expressão "renascer" sugere o viés fundamentalmente religioso dessa misoginia clássica.

Em outros pontos, a Natureza de Thoreau é fria, existencialista. Em "Vizinhos brutos", por exemplo, o autor observa uma guerra de formigas de proporções quase homéricas e examina duas formigas mutiladas sob o microscópio; a analogia com o mundo humano é óbvia demais para ser enfatizada. Na passagem entusiástica com que termina "Primavera", a vida selvagem e a Natureza são novamente evocadas como boas, necessárias para nossa totalidade espiritual. Precisamos testemunhar nossos próprios limites sendo transgredidos: "Ficamos felizes quando observamos o abutre comer a carniça que nos enoja e nos desconsola e tirar saúde e força do repasto". A impressão deixada em um homem sábio é de inocência universal. E não temos dúvidas sobre quem é o "homem sábio".

De modo tão frio quanto, mas em um tom transcendentalista, é na passagem longa e brilhantemente sustentada em "Primavera" que Thoreau estuda as formas hieroglíficas do degelo na areia e na argila da lateral de um barranco da ferrovia. Nesse extraordinário poema em prosa, Thoreau observa tão minuciosamente e com precisão tão extrema que o leitor experimenta o fenômeno de maneira muito mais vívida do que poderia esperar. Conforme a terra descongela, inúmeros riachinhos se formam para se sobreporem e se entrelaçarem uns aos outros, tomando a qualidade de folhas e videiras e parecendo "talos laciniados, lobulados e imbricados de alguns líquens" – ou evocam mais coral, patas de leopardo, pés de pássaro? Cérebros, pulmões ou intestinos? Excrementos de todos os tipos? A vegetação grotesca possui tal beleza que Thoreau se imagina na presença do Artista que fez o mundo e ele mesmo: "Sentia-me mais perto dos órgãos vitais do globo, pois esse transbordamento arenoso é uma espécie de massa foliácea como os órgãos vitais do corpo animal". Na Natureza, todas as formas imitam umas às outras. A árvore é apenas uma simples folha – rios são folhas cuja polpa é a terra interveniente; vilas e cidades são os ovos dos insetos em suas axilas!

Se mais tarde Thoreau se tornaria obcecado por fatos, dados, matéria ("a terra *sólida*! O mundo *real*!"), aqui ele argumenta por uma correspondência tão convincente entre o homem e os desenhos fantásticos do barranco que somos levados a ver como misticismo é ciência; ciência, misticismo; poesia, meramente bom senso. "A terra não é mero fragmento de história morta, estrato sobre estrato, como as folhas de um livro [...], mas poesia viva como as folhas de uma árvore [...] não uma terra fóssil, mas uma terra viva". Essas linhas, Thoreau escreve no auge de seus poderes inimitáveis; ainda assim, o resultado, a elaborada metáfora em areia e argila, é uma leitura suave, "natural".

O universo, afinal, é maior que todas as nossas visões dele.

1
Economia

Quando escrevi estas páginas – ou, na verdade, o grosso delas –, eu vivia sozinho, na mata, a mais de um quilômetro e meio de qualquer vizinho, em uma casa que eu mesmo construí às margens do lago Walden, em Concord, Massachusetts, e ganhava a vida apenas com o trabalho de minhas mãos. Morei lá por dois anos e dois meses. No momento, sou novamente um residente temporário da vida civilizada.

Não imporia tanto meus assuntos à atenção dos leitores se questões muito particulares não tivessem sido levantadas pelos moradores de minha cidade acerca de meu modo de vida, o qual alguns chamariam de impertinente, embora não me pareça nem um pouco impertinente, mas, sim, levando em conta as circunstâncias, muito natural e pertinente. Alguns me perguntaram o que eu tinha para comer; se não me sentia solitário; se não sentia medo; e coisas do gênero. Outros ficaram curiosos para saber que parte de meus ganhos eu devoto a propósitos de caridade; e alguns, que têm família grande, quantas crianças pobres eu sustentava. Portanto, peço aos leitores que não têm interesse particular em mim que me perdoem se eu me encarregar de responder a algumas dessas questões neste livro. Na maioria dos livros, o eu, ou a primeira pessoa, é omitido; aqui, será mantido; isso, no que diz respeito ao egotismo, é a principal diferença. Não deveria falar tanto sobre mim mesmo se houvesse alguém mais que eu conhecesse tão bem. Infelizmente estou confinado a esse tema pela estreiteza de minha experiência. Além do mais, eu, de minha parte, exijo de cada autor, primeiro ou último, uma narrativa simples e sincera de sua própria vida, não apenas o que ele ouviu sobre outros homens; narrativas que parecem destinadas a parentes de uma terra distante; pois, se foi vivida com sinceridade, deve ter sido em uma terra distante daqui. Talvez estas páginas sejam endereçadas mais particularmente a estudantes pobres. Quanto ao resto de meus leitores, tomarão tais porções conforme as ofereço. Confio que ninguém vai esgarçar os pontos ao colocar o casaco, pois ele pode prestar um bom serviço a quem serve.

 Ficaria feliz em dizer algo não tanto sobre chineses e nativos das ilhas Sandwich quanto sobre você, que lê estas páginas e deve viver na Nova Inglaterra; algo sobre sua condição, especialmente sobre sua condição ou sobre circunstâncias exteriores neste mundo, nesta cidade, quer dizer, se for necessário que seja tão ruim como é, se isso pode ser melhorado ou não. Andei bastante por Concord, e, por todos os lugares, em lojas, escritórios e campos, os habitantes me pareceram cumprir penitência de mil maneiras extraordinárias. O que ouvi sobre os brâmanes sentados expostos a quatro fogos olhando diretamente para a face do sol; ou suspensos, de cabeça para baixo, sobre chamas; ou olhando para os céus sobre os ombros "até que se torne impossível para eles retornar à posição inicial, enquanto, pela torção do pescoço, nada além de líquido passa para o estômago"; ou vivendo, acorrentados por toda a vida, ao pé de uma árvore; ou medindo com o corpo, como uma taturana, a largura de vastos impérios; ou de pé sobre uma perna no topo de pilares – nem mesmo essas formas de penitência consciente são muito mais incríveis e surpreendentes que as cenas que vejo diariamente. Os doze trabalhos de Hércules foram ninharia em comparação com os feitos por meus vizinhos; pois eram apenas doze – e tiveram um fim; mas jamais pude ver um monstro capturado ou morto ou um trabalho terminado por esses homens. Eles não têm um amigo Iolau para queimar a raiz da cabeça da hidra com ferro quente, mas, assim que uma cabeça é esmagada, duas brotam.

Vejo homens jovens, cidadãos de minha cidade, cujo infortúnio é ter herdado fazendas, casas, celeiros, gado e ferramentas de agricultura – pois é mais fácil adquirir essas coisas que se livrar delas. Seria melhor que tivessem nascido no pasto aberto e sido amamentados por uma loba, para que pudessem ver com mais clareza o campo ao qual eram chamados a labutar. Quem os tornou servos do solo? Por que deveriam comer seus sessenta acres, quando o homem é condenado a comer apenas seu bocado de terra? Por que deveriam passar a cavar sua cova assim que nascem? Precisam levar a vida de um homem, empurrando todas essas coisas diante deles, e seguir o melhor que podem. Quantas pobres almas imortais encontrei quase esmagadas e sufocadas sob suas cargas, arrastando-se pela estrada da vida, empurrando um celeiro de vinte e três metros por doze, seus estábulos de Áugias jamais limpos, e cem acres de terra, lavoura, ceifa, pasto e madeira! Os que não recebem dote, que não lutam com tais encargos desnecessários herdados, acham que é trabalho suficiente subjugar e cultivar poucos decímetros cúbicos de carne.

Mas os homens trabalham enganados. A melhor parte do homem logo é lavrada no solo como adubo. Por um aparente destino, comumente chamado de necessidade, são empregados, como diz um velho livro, guardando tesouros que traças e ferrugem corrompem e ladrões invadem para roubar. É a vida de um tolo, como descobrirão ao chegar no fim dela, se não antes. Diz-se que Deucalião e Pirra criaram os homens jogando pedras sobre a cabeça, para trás deles:

Inde genus durum sumus, experiensque laborum,
Et documenta damus qua simus origine nati.

Ou como Raleigh rima de seu jeito sonoro:

"Assim é insensível nossa espécie, suporta dor e preocupação,
Comprovando que nossos corpos de natureza pétrea são."

Tudo por uma obediência cega a um oráculo errôneo, jogando pedras sobre as cabeças para trás deles, sem ver onde caíram.

A maioria dos homens, mesmo neste país comparativamente livre, por mera ignorância e engano, está tão ocupada com falsas preocupações e trabalhos da vida desnecessariamente brutos que não podem colher seus melhores frutos. Seus dedos, graças ao excesso de labuta, são desajeitados e trêmulos demais para isso. Na verdade, o homem trabalhador não tem tempo livre para uma verdadeira integridade no dia a dia; ele não consegue sustentar as relações mais viris com os homens; seu trabalho seria depreciado no mercado. Ele não tem tempo para ser nada além de uma máquina. Como pode se lembrar bem de sua ignorância – o que seu crescimento exige –, quem precisa usar seu conhecimento com tanta frequência? Deveríamos alimentá-lo e vesti-lo de graças às vezes e revigorá-lo com nossos fortificantes antes de julgá-lo. As melhores qualidades de nossa natureza, como as flores e os frutos, podem ser preservadas apenas com o manuseio mais delicado. No entanto, não nos tratamos uns aos outros com tanto carinho.

Alguns de vocês, todos sabemos, são pobres, acham difícil viver, como se lutassem para respirar. Não duvido que certos leitores deste livro não tenham condições de pagar por todos os jantares que de fato comeram, ou pelos casacos e os sapatos que estão se desgastando rapidamente ou já estão gastos, e vieram a esta página em tempo pilhado, roubando uma hora de seus credores. A vida medíocre e furtiva que muitos de vocês levam é bastante evidente, pois minha visão já foi aguçada pela experiência; sempre dentro dos limites, tentando começar um negócio ou tentando sair da dívida, um atoleiro muito antigo, chamado pelos latinos de *aes alienum*, cobre alheio, pois algumas das moedas deles eram feitas de cobre; ainda vivos, e morrendo e enterrados por esse cobre alheio; sempre prometendo pagar, prometendo pagar, amanhã, e morrendo hoje, insolventes; buscando cair nas graças, conseguir clientela, de tantos modos, apenas não ofensas que deem cadeia; mentir, bajular, votar, contraindo-se em uma casca de civilidade ou dilatando-se numa atmosfera de generosidade fina e vaporosa para persuadir o vizinho a fazer os sapatos dele, ou o chapéu, ou o casaco, ou a carruagem, ou importar para ele seus mantimentos; fazendo com que fiquem doentes para que possa acumular alguma coisa para um dia de doença, algo a ser guardado em uma velha cômoda ou em uma meia atrás do reboco, ou, com mais segurança, dos tijolos de um banco; não importa onde, não importa quanto ou quão pouco.

Às vezes, admira-me que possamos ser tão frívolos, devo dizer, a ponto de seguir a forma bruta, porém um tanto adventícia, de servidão chamada Escravidão dos Negros, há tantos senhores sutis e interessados que escravizam tanto o Norte quanto o Sul. É difícil ter um capataz sulista, ainda pior ter um nortista, mas o pior de tudo é quando você é o próprio feitor. Fale de uma divindade no homem! Veja o carroceiro na estrada, seguindo para o mercado de dia ou à noite... alguma divindade se agita nele? Sua maior obrigação é dar forragem e água a seus cavalos! Qual é o destino dele comparado com o rendimento da carga? Ele não dirige para o senhor Faz-um-reboliço? Quanto ele é como deus, imortal? Veja como ele se acua e se esgueira, como passa o dia vagamente amedrontado, não sendo imortal nem divino, mas escravo e prisioneiro de sua própria opinião sobre si mesmo, uma fama alcançada por meio de seus próprios feitos. A opinião pública é um tirano fraco comparado com nossa própria opinião privada. O que um homem pensa de si mesmo, isso é o que determina, ou ao menos indica, seu destino. A libertação de si mesmo até nas províncias das Índias Ocidentais da fantasia e da imaginação – que Wilberforce está aqui para conseguir isso? Pense, também, nas senhoras da terra tecendo almofadas para a privada, contra o último dia, para não demonstrar um interesse muito vívido em seus destinos! Como se fosse possível matar o tempo sem ferir a eternidade.

A massa de homens leva uma vida de desespero silencioso. O que se considera resignação é desespero confirmado. Da cidade desesperada se vai ao campo desesperado, e é preciso se consolar com a bravura das martas e dos ratos-almiscarados. Um desespero estereotipado, mas inconsciente, se esconde até mesmo sob o que se chama de jogos e diversões da humanidade. Não há divertimento neles, pois vêm depois do trabalho. Mas uma característica da sabedoria é não fazer coisas desesperadas.

Quando consideramos qual, para usar as palavras do catecismo, é a finalidade principal do homem e quais são as verdadeiras necessidades e os meios de vida, parece que ele escolheu deliberadamente o modo comum de viver porque o prefere. Ainda assim, acredita com sinceridade que não há escolha. Mas as naturezas alertas e saudáveis recordam que o sol nasceu claro. Nunca é tarde demais para deixar seus preconceitos. Nenhum modo de pensar, não importa quão antigo, deve receber confiança sem prova. O que todos ecoam ou que em silêncio passa como verdade hoje pode se mostrar errado amanhã, mera bruma de opinião, que alguns acreditaram ser uma nuvem que borrifaria chuva fertilizante em seus campos. O que os velhos dizem que não se pode fazer, você experimenta e descobre que pode. Velhos atos para os velhos, e novos atos para os novos. Os velhos não souberam o suficiente um dia, talvez, para pegar combustível novo a fim de manter o fogo aceso; os jovens colocam um pouco de madeira seca numa caldeira e rodopiam pelo mundo com a velocidade dos pássaros, de modo a matar os velhos, como se diz. A idade não é mais qualificada como instrutora que a juventude, raramente é tão boa quanto, pois não lucrou tanto quanto perdeu. É quase possível duvidar de que o homem mais sábio aprendeu qualquer coisa de valor absoluto por viver. Na prática, os velhos não têm conselhos tão importantes para dar aos jovens, suas próprias experiências foram tão parciais, e suas vidas foram fracassos tão miseráveis, por motivos privados, como devem acreditar; e pode ser que tenha restado neles alguma fé que contradiga aquela experiência e que sejam apenas menos jovens do que eram. Vivi uns trinta anos neste planeta e ainda não ouvi a primeira sílaba de um conselho valioso, ou ao menos sincero, dos mais velhos. Eles não me disseram nada e provavelmente não podem me dizer nada a respeito. Aqui está a vida, um experimento em grande parte não experimentado por mim; mas não é vantagem para mim que eles tenham experimentado. Se conto com uma experiência que acredito ter valor, tenho certeza de refletir que meus Mentores nada disseram sobre aquilo.

 Um agricultor me disse: "Você não pode viver apenas de comida vegetal, pois ela não fornece nada para os ossos"; e assim ele devota religiosamente parte de seu dia a suprir seu sistema de material bruto para ossos; enquanto falava, caminhava o tempo todo atrás de seus bois, que, com ossos feitos de vegetal, puxam o homem e seu arado pesado apesar de cada obstáculo. Algumas coisas são realmente necessidades da vida em alguns círculos, os mais desamparados e doentes; em outros são apenas luxo; e em outros, ainda, são totalmente desconhecidos.

Para alguns, todo o chão da vida humana parece ter sido trilhado por seus antecessores, tanto nas montanhas quanto nos vales, e todas as coisas já foram cuidadas. De acordo com Evelyn, "o sábio Salomão prescreveu regulamentação para a própria distância das árvores; e os pretores romanos decidiram quantas vezes se podia ir à terra do vizinho pegar as bolotas caídas sem invadir a propriedade alheia e que quinhão pertencia àquele vizinho". Hipócrates até mesmo deixou instruções de como devemos cortar as unhas; isso é, seguindo a ponta dos dedos, nem mais curtas, nem mais longas. Sem dúvidas o próprio tédio e *ennui* que supõem ter esgotado as variedades e as alegrias da vida são tão velhos quanto Adão. Mas as capacidades do homem jamais foram medidas; nem devemos julgar o que ele pode fazer por precedentes, tão pouco foi tentado. Sejam quais forem tuas falhas até aqui, "não se aflija, minha criança, pois quem te encarregarás do que deixaste de fazer?".

Podemos testar nossa vida com mil testes simples; por exemplo, que o mesmo sol que madura meus feijões ilumina de uma só vez um sistema de terras como a nossa. Se tivesse me lembrado disso, evitaria alguns enganos. Esta não foi a luz sob a qual os carpi. As estrelas são o topo de triângulos maravilhosos! Que seres distantes e diferentes nas várias mansões do Universo estão contemplando a mesma estrela no mesmo momento? A natureza e a vida humana são tão variadas quanto nossas diferentes constituições. Quem dirá quais perspectivas a vida oferece a outro? Haveria milagre maior que nos olharmos nos olhos por um instante? Viveríamos em todas as eras do mundo em uma hora; sim, em todos os mundos das eras. História, Poesia, Mitologia! Não conheço leitura da experiência de outro tão surpreendente e informativa quanto essa seria.

A maior parte do que meus vizinhos chamam de bom acredito de alma que seja ruim, e, se me arrependo de algo, é bem provável que seja de meu bom comportamento. Que diabos me possuíram para que eu me comportasse tão bem? Pode dizer a coisa mais sábia que puder, velho – você, que viveu setenta anos, não sem um tipo de honra –, eu ouço uma voz irresistível que me convida a me afastar de tudo isso. Uma geração abandona as empreitadas de outra como navios encalhados.

Creio que podemos, com segurança, ser bem mais confiantes do que somos. Poderíamos renunciar a todo esse cuidado que dispensamos a nós mesmos, assim como destiná-lo honestamente a outro lugar. A natureza está bem adaptada a nossas fraquezas, assim como a nossa força. A ansiedade e a tensão incessantes de alguns são um tipo de doença quase incurável. Somos levados a exagerar a importância do trabalho que fazemos; no entanto, quantas coisas não são feitas por nós! Ou: e se tivéssemos adoecido? Como somos vigilantes! Determinados a não viver da fé se pudermos evitar; alertas todo o dia, à noite dizemos sem vontade nossas preces e nos dedicamos a incertezas. Somos impelidos a viver de modo tão total e sincero, reverenciando nossa vida e negando a possibilidade de mudança. Este é o único jeito, dizemos; mas há tantos jeitos quanto é possível desenhar um raio partindo de um centro. Toda mudança é um milagre a ser contemplado; mas é um milagre que ocorre a todo instante. Confúcio disse: "Saber que sabemos o que sabemos e que não sabemos o que não sabemos, isso é conhecimento verdadeiro". Quando um homem reduz um fato da imaginação a um fato de seu entendimento, prevejo que todos os homens, com o tempo, estabelecerão sua vida com essa base.

Consideremos por um momento os motivos da maior parte dos problemas e das ansiedades a que me referi, e quanto é necessário que tenhamos problemas – ou, ao menos, cautela. Geraria alguma vantagem levar uma vida primitiva e fronteiriça, embora em meio a uma civilização externa, apenas para descobrir quais são as necessidades totais da vida e quais métodos foram seguidos para obtê-las; ou mesmo olhar as velhas agendas dos mercadores para ver o que os homens mais compravam nas lojas, que comidas armazenavam, ou seja, os mantimentos mais gerais. Pois as melhoras dos tempos tiveram pouca influência nas leis essenciais da existência do homem; assim como nosso esqueleto, provavelmente, não é diferenciado do de nossos ancestrais.

Com a expressão *necessidades da vida*, refiro-me a qualquer coisa obtida pelo homem por seu próprio esforço que foi desde o começo, ou se transformou por um longo uso, tão importante para a vida humana que poucos – se é que alguém – tentam passar sem ela, seja por selvageria, seja por pobreza, seja por filosofia. Para muitas criaturas, nesse sentido existe apenas uma necessidade na vida, Alimento. Para o bisão na pradaria, são poucos centímetros de grama palatável, com água para beber; a não ser que ele busque Abrigo na floresta ou na sombra da montanha. Nenhuma criação bruta exige mais que Alimento e Abrigo. As necessidades da vida para o homem neste clima podem, de modo suficientemente preciso, ser distribuídas sob as rubricas Alimento, Abrigo, Vestes e Combustível; pois, até que tenhamos garantido esses itens, não estamos preparados para lidar com os verdadeiros problemas da vida com liberdade e perspectiva de sucesso. O homem inventou não apenas casas, mas também roupas e alimentos cozidos; e possivelmente da descoberta acidental do calor do fogo, e de seu consequente uso, no começo um luxo, surgiu a presente necessidade de sentar-se ao redor dele. Observamos gatos e cachorros adquirindo a mesma segunda natureza. Com Abrigo e Vestes apropriados, preservamos legitimamente nosso calor interno; mas com excesso desses, ou de Combustível, ou seja, um calor externo maior que o nosso interno, pode-se dizer que começa o cozimento propriamente? Darwin, o naturalista, diz a respeito dos habitantes da Tierra del Fuego que, enquanto seu próprio grupo, todos bem-vestidos e sentados perto de uma fogueira, estava longe de ficar com calor, aqueles selvagens nus, que se encontravam mais longe, eram vistos, para sua grande surpresa, "soltando vapor de suor ao enfrentarem tal calor". Então, somos informados, o habitante da Nova Holanda fica nu impunemente, enquanto o europeu tirita dentro das roupas. É impossível combinar a resistência daqueles selvagens com a intelectualidade do homem civilizado? De acordo com Liebig, o corpo do homem é uma fornalha, e a comida, o combustível que mantém a combustão interna nos pulmões. No frio, comemos mais; no calor, menos. O calor animal é resultado de uma lenta combustão, e a doença e a morte ocorrem quando é rápida demais; por necessidade de combustível ou por algum defeito na ventilação, o fogo se apaga. É claro que o calor vital não pode ser confundido com fogo; é tudo uma analogia. Ao que parece, então, da lista citada, a expressão *vida animal* é quase um sinônimo da expressão *calor animal*; pois enquanto o Alimento pode ser considerado o Combustível que mantém vivo o fogo dentro de nós – e Combustível serve apenas para preparar aquele Alimento ou aumentar o calor em nosso corpo com adição de fora –, Abrigo e Vestes também servem apenas para manter o *calor* assim gerado e absorvido.

    A grande necessidade, então, para nosso corpo, é se manter aquecido, manter o calor vital dentro de nós. A que esforços nos prestamos de acordo com isso, não apenas a respeito de nosso Alimento e Vestes e Abrigo, mas de nossa cama, que são nossa veste noturna, roubando ninhos e a plumagem dos peitos das aves para preparar esse abrigo dentro do abrigo, como a toupeira tem sua cama de grama e folhas no fundo de sua toca! O pobre homem costuma reclamar que este mundo é frio; e ao frio, não menos físico que social, remetemos boa parte de nossas aflições. O verão, em alguns climas, permite ao homem um tipo de vida elísia. Combustível, a não ser para cozinhar seu Alimento, é, então, desnecessário; o sol é seu fogo, e muitos dos frutos são cozidos o suficiente por seus raios, enquanto Alimento em geral é mais variado e mais fácil de ser obtido, e Vestes e Abrigo são totalmente ou em parte desnecessários. No presente, neste país, como vejo por experiência própria, uns poucos implementos, uma faca, um machado, uma pá, um carrinho de mão etc. e, para os estudiosos, lamparina, papel de carta e acesso a uns poucos livros, estão ao lado das necessidades e podem todos ser obtidos por uma ninharia. No entanto, alguns, não sábios, vão ao outro lado do globo, para regiões bárbaras e insalubres, e se devotam aos negócios por dez ou vinte anos a fim de que possam viver – isto é, ficarem confortavelmente aquecidos – e, por fim, morrer na Nova Inglaterra. Os ricos luxuosos não são mantidos apenas confortavelmente aquecidos, mas inaturalmente quentes; como sugeri antes, são cozidos, é claro que à moda.

 A maior parte dos luxos e muitos dos chamados confortos da vida são não apenas indispensáveis, mas entraves positivos à elevação da humanidade. A respeito dos luxos e dos confortos, os mais sábios sempre levaram uma vida mais simples e frugal que os pobres. Os filósofos ancestrais, chineses, indianos, persas e gregos, formavam a classe mais pobre de todas em riquezas exteriores e a mais rica no interior. Não sabemos muito sobre eles. É marcante que *nós* saibamos sobre eles tanto quanto sabemos. O mesmo se aplica a reformadores e benfeitores mais modernos de suas raças. Ninguém pode ser observador imparcial ou sábio da vida humana se não for do ponto vantajoso do que *nós* chamaremos de pobreza voluntária. De uma vida de luxo, o fruto é luxo, seja na agricultura, no comércio, na literatura, seja na arte. Há hoje professores de filosofia, mas não filósofos. Ainda assim, é admirável professar por que um dia foi admirável viver. Ser filósofo não é meramente ter pensamentos subjetivos nem mesmo fundar uma escola, mas, sim, amar tanto a sabedoria de modo a viver de acordo com o que ela dita: uma vida de simplicidade, independência, magnanimidade e confiança. É resolver alguns dos problemas da vida não apenas em teoria, mas na prática. O sucesso dos grandes estudiosos e pensadores é, em geral, um sucesso como o do cortesão, não do rei, não do homem. Improvisam para viver apenas pela conformidade, praticamente como seus pais fizeram, e não são de nenhum modo progenitores de uma raça nobre de homens. Mas por que os homens degeneram? O que faz as famílias acabarem? Qual é a natureza do luxo que enfraquece e destrói nações? Temos certeza de que não há nada disso em nossa própria vida? O filósofo está além de sua época mesmo na forma externa de sua vida. Ele não é alimentado, abrigado, vestido, aquecido como seus contemporâneos. Como um homem pode ser um filósofo e não manter seu calor vital com métodos melhores que os dos outros homens?

Quando um homem está aquecido das várias maneiras que descrevi, o que ele quer em seguida? Certamente não mais calor do mesmo tipo, como comida mais farta e rica, casas maiores e mais esplêndidas, roupas mais abundantes e refinadas, fogos mais numerosos, incessantes e mais quentes e coisas do tipo. Quando ele obteve aquelas coisas que são necessárias para a vida, há alternativa além de obter coisas supérfluas; isto é, se aventurar na vida agora, tendo começado as férias do trabalho mais humilde. O solo, ao que parece, é adequado à semente, pois empurrou a radícula para baixo, ao que ela agora bem pode erguer seu broto com confiança. Por que o homem se enraizou assim tão firme na terra, se não para se levantar na mesma proporção aos céus acima? Pois as plantas mais nobres são valorizadas pelos frutos que por fim seguram no ar e na luz, longe do solo, e não são tratados como os esculentos mais humildes, que, embora possam ser bienais, são cultivados apenas até perfazerem as raízes e com frequência cortados na parte de cima para esse propósito, de modo que a maioria das pessoas não os reconheceria nas floradas.

Não tenho a intenção de prescrever regras a naturezas fortes e valentes, que vão cuidar de seus próprios assuntos, seja no céu, seja no inferno, e talvez construir coisas mais magníficas e gastar de modo mais extravagante que os mais ricos, sem jamais empobrecerem a si mesmos, sem saber como eles vivem – se, de fato, há algo assim, como foi sonhado; nem para os que encontram encorajamento e inspiração precisamente na presente condição das coisas e as celebram com o afeto e o entusiasmo dos amantes – e, até certo ponto, me reconheço entre eles; não falo daqueles bem empregados, em quaisquer circunstâncias, e eles sabem se são bem empregados ou não –, mas em especial para a massa de homens descontentes, reclamando indolentemente da dureza de seu quinhão ou dos tempos, quando poderiam melhorá-los. Há alguns que reclamam de forma mais energética e inconsolável que todos, porque estão, como dizem, cumprindo seu dever. Também tenho em mente aquela classe aparentemente rica, mas a mais empobrecida de todas, que acumulou entulhos, mas não sabe como usá-los nem como se livrar deles e, assim, forjou seus próprios grilhões de ouro ou prata.

Se eu tentasse contar como quis passar minha vida no passado, provavelmente surpreenderia os leitores que de algum modo conhecem essa história verdadeira; certamente espantaria aqueles que não sabem nada sobre ela. Apenas aludirei a alguns dos empreendimentos que cultivei.

Em qualquer condição climática, a qualquer hora do dia ou da noite, estive ansioso para melhorar o tempo e entalhá-lo em meu cajado também; ficar no encontro de duas eternidades, o passado e o futuro, que é precisamente o momento presente; colocar o pé naquela linha. Perdoem algumas obscuridades, pois há mais segredos no meu ramo que no da maioria dos homens, e ainda assim não mantidos voluntariamente, mas são inseparáveis de sua própria natureza. Ficaria feliz em contar tudo o que sei sobre isso e jamais pintar "Entrada proibida" sobre meu portão.

Há muito tempo, perdi um cão de caça, um cavalo baio e um pombo – e ainda sigo a trilha deles. Muitos são os viajantes com quem conversei a respeito deles, descrevendo seus rastros e a que chamados respondiam. Encontrei um ou dois que ouviram o cão, e o galope do cavalo, e até viram o pombo desaparecer atrás de uma árvore; e pareciam tão ansiosos para recuperá-los como se eles próprios os tivessem perdido.

Antecipar não o amanhecer e o pôr do sol apenas, mas, se possível, a própria Natureza! Quantas manhãs, verão e inverno, antes que qualquer vizinho cuidasse de seus afazeres, estive cuidando dos meus! Sem dúvida, muitos moradores da cidade me encontraram voltando dessa empreitada, agricultores saindo para Boston no lusco-fusco ou lenhadores indo para o trabalho. É verdade, jamais ajudei o sol materialmente em seu levantar, mas, não duvide, era da maior importância apenas estar presente.

Tantos dias de outono, sim, e de inverno passados fora da cidade, tentando ouvir o que estava no vento, ouvir e transmitir o que exprimia! Eu quase afundei todo meu capital nisso – e perdi meu próprio fôlego na barganha, correndo na frente dele. Se dissesse respeito a qualquer um dos partidos políticos, dependesse deles, teria aparecido na *Gazette* com a primeira notícia. Outras vezes, olhando de meu observatório em algum penhasco ou árvore, para telegrafar cada nova chegada, ou esperando à noite no topo das colinas que o céu caísse para que eu pudesse apanhar algo, embora jamais tenha apanhado muito e aquilo, como o maná, se dissolveria de novo sob o sol.

Por longo tempo, fui repórter de um jornal de circulação não muito grande, cujo editor jamais achou por bem imprimir o grosso de minhas contribuições, e, como é bem comum com escritores, apenas tive o trabalho como pagamento por meus esforços. No entanto, nesse caso, meus esforços eram sua própria recompensa.

Por muitos anos, eu me autonomeei inspetor de tempestades e nevascas e cumpri meu dever com rigor; supervisor, se não das estradas, então de caminhos na floresta e rotas entre lotes, mantendo-os abertos, e pontes sobre as ravinas, transitáveis em todas as estações, onde os calcanhares públicos testemunharam sua utilidade.

Cuidei dos animais selvagens da cidade, que dão a um pastor fiel muitos problemas ao pular cercas, e fiquei de olho nos cantos não frequentados da fazenda; embora não soubesse sempre se Jonas ou Salomão trabalhavam em um campo em particular naquele dia, aquilo não era de minha alçada. Aguei o mirtilo-vermelho, a ameixeira-silvestre e o lodoeiro, o pinheiro-vermelho e o freixo-negro, a uva-branca e a violeta amarela, que de outra maneira teriam murchado na estação seca.

Resumindo, segui assim por um longo tempo (posso dizer isso sem contar vantagem), cuidando fielmente de meus negócios, até que ficou cada vez mais evidente que meus concidadãos não me admitiriam, depois de tudo, na lista de funcionários municipais nem transformariam minha posição em uma sinecura de pagamento moderado. Minhas prestações de contas, que posso jurar que mantive fielmente, nunca foram auditadas, ainda menos aceitas, muito menos pagas e acertadas. No entanto, não me dediquei de alma a isso.

Não muito tempo depois, um indígena andarilho foi vender cestos na casa de um advogado conhecido na vizinhança. "Quer comprar algum cesto?", perguntou. "Não, não queremos nenhum", foi a resposta. "O quê?! Quer nos matar de fome?!", exclamou o indígena ao sair pelo portão. Vendo seu industrioso vizinho branco tão bem de vida – que o advogado apenas precisava tecer argumentos, e, por algum tipo de mágica, seguiam-se riqueza e posição –, ele disse a si mesmo: vou entrar no negócio, vou tecer cestos, isso é algo que posso fazer. Pensava que, ao fazer os cestos, teria cumprido sua parte, e então seria a vez de o homem branco comprá-los. Ele não tinha descoberto que era necessário fazer valer a pena para que o outro os comprasse – ou ao menos fazê-lo pensar que valia a pena, ou fazer alguma outra coisa que valesse a pena comprar. Eu também tinha tecido cestos de um tipo de textura delicada, mas não fiz com que valesse a pena comprá-los. Ainda assim, no meu caso, achei que valia a pena tecê-los e, em vez de estudar como fazer valer a pena para que outros o comprassem, estudei como evitar a necessidade de vendê-los. A vida que os homens louvam e consideram um sucesso é apenas de um tipo. Por que deveríamos exagerar qualquer tipo à custa dos outros?

Vendo que os cidadãos de minha cidade não me ofereceriam nenhuma sala no tribunal nem qualquer sinecura ou vicariato, tampouco qualquer outro local para viver, mas que deveria me mexer sozinho, eu me voltei mais exclusivamente que antes para a mata, onde era mais conhecido. Decidi entrar de vez no negócio e não esperar para conseguir o capital de costume, usando os parcos meios de que já dispunha. Meu propósito ao ir para o lago Walden não era viver ali de modo barato nem dispendioso, mas cuidar de negócios privados com menos obstáculos; ser impedido de obtê-los por falta de um pouco de bom senso, um pouco de empreendedorismo e talento para negócios me parecia mais tolo que triste.

Sempre me empenhei em adquirir hábitos rígidos de negócios; são indispensáveis a qualquer homem. Se seu negócio é com o Império Celestial, então um pequeno escritório de contabilidade na costa, em algum porto de Salem, já seria suficiente. Exportará artigos que o país oferece, produtos totalmente nativos, muito gelo, madeira de pinho e um pouco de granito, sempre em navios nacionais. Serão bons empreendimentos. Supervisionar todos os detalhes em pessoa; ser ao mesmo tempo piloto e capitão, proprietário e agente de seguros; comprar, vender e fazer a contabilidade; ler cada carta recebida e escrever ou ler cada carta enviada; supervisionar a descarga das importações noite e dia; estar em muitas partes da costa quase ao mesmo tempo – com frequência a carga mais rica será descarregada em uma costa de Jersey; ser seu próprio telégrafo, incansavelmente varrendo o horizonte, falando com todos os navios que vão para a costa; manter um envio contínuo de mercadorias para suprir um mercado tão distante e exorbitante; manter-se informado do estado dos mercados, perspectivas de guerra e paz em todos os lugares e antecipar as tendências de mercado e civilização – tirando vantagem dos resultados de todas as expedições de exploração, usando novas passagens e todas as melhorias em navegação; mapas a serem estudados, a posição dos recifes e novas luzes e boias a ser averiguadas, e sempre, e sempre, as tabelas logarítmicas a ser corrigidas, pois, por causa do erro de algum calculador, os navios frequentemente se arrebentam em um rochedo quando deveriam ter chegado a um cais acolhedor – como o destino não dito de Pérouse; a ciência universal a ser acompanhada, estudando a vida de todos os grandes descobridores e navegadores, grandes aventureiros e mercadores, desde Hanão e os fenícios até nossos dias; na contabilidade acurada do estoque, a ser feita de tempos em tempos para saber a situação. É um trabalho que emprega as faculdades de um homem – problemas de lucro e perdas, juros, tara e avaria e aferições de todos os tipos, que exigem um conhecimento universal.

 Imaginei que o lago Walden seria um bom lugar para negócios não apenas por causa da ferrovia e do comércio de gelo, mas por oferecer vantagens que pode não ser boa política divulgar; é um bom porto e uma boa fundação. Não há nenhum pântano do Neva que precise ser aterrado, embora seja necessário construir em vigas que você mesmo precisará colocar. Diz-se que uma maré cheia, com um vento do oeste e gelo no Neva, varreria São Petersburgo da face da Terra.

 Como o negócio deveria ser iniciado sem o capital comum, pode não ser fácil conjecturar de onde os meios que ainda são indispensáveis para empreitadas do tipo poderiam ser obtidos. Quanto às Vestes, para ir logo à parte prática da questão, talvez sejamos levados com frequência mais pelo amor à novidade e por dar importância à opinião dos homens ao buscá-las que por uma verdadeira utilidade. Que aquele que tem trabalho a fazer se recorde de que o objetivo das vestes é, em primeiro lugar, reter o calor vital e, em segundo, neste estado da sociedade, cobrir a nudez, e julgue quanto de qualquer trabalho necessário ou importante pode ser feito sem aumentar seu guarda-roupa. Reis e rainhas que vestem roupas apenas uma vez, embora feitas por algum alfaiate ou modista para suas majestades, não conhecem o conforto de usar um traje que serve. Não são melhores que cavaletes de pau para pendurar roupas. A cada dia nossas vestes se assimilam mais a nós, recebendo a impressão do caráter de quem a usa, até que hesitamos em deixá-las de lado sem o atraso, aparato médico e até algo da solenidade que dedicamos ao nosso corpo. Nenhum homem jamais caiu em minha estima por ter remendo na roupa; porém, estou certo de que há mais preocupação, normalmente, em ter roupas da moda, ou ao menos limpas e sem remendos, que ter uma consciência limpa. No entanto, mesmo se o rasgado não é remendado, talvez o pior vício demonstrado seja a imprevidência. Às vezes, testo meus conhecidos assim: quem usaria um remendo, ou só duas costuras a mais, no joelho? A maioria se comporta como se acreditasse que suas perspectivas de vida seriam arruinadas se o fizessem. Seria mais fácil para eles pular até a cidade com a perna quebrada que com a calça rasgada. Se acontece um acidente com a perna de um cavalheiro, com frequência ela pode ser consertada; porém, se um acidente similar acontece com a perna de sua calça, não há conserto; pois ele não considera o que é de fato respeitável, e sim o que é respeitado. Conhecemos poucos homens, mas muitos casacos e calças. Vista um espantalho com sua última camisa, ficando sem camisa ao lado, e quem não saudaria logo o primeiro? Passando por um milharal noutro dia, perto de um chapéu e um casaco em uma estaca, reconheci o proprietário da fazenda. Estava apenas um pouco mais desgastado pelo tempo que da última vez que o vira. Ouvi falar sobre um cão que latia para cada estranho que se aproximava da propriedade de seu dono usando roupas, mas era facilmente aquietado por um ladrão nu. É interessante saber quanto de sua posição relativa os homens manteriam se fossem despojados de suas roupas. Você conseguiria, se fosse o caso, distinguir em um grupo de homens civilizados quais pertenciam à classe mais respeitada? Quando madame Pfeiffer, em suas viagens cheias de aventura em torno do mundo, de leste a oeste, chegou tão perto de casa quanto a Rússia asiática, diz que sentiu necessidade de usar outras roupas que não um vestido de viagem quando foi encontrar as autoridades, pois "agora estava em um país civilizado, onde [...] as pessoas são julgadas pelas roupas". Mesmo em nossas cidades democráticas da Nova Inglaterra, a possessão acidental de riqueza e sua manifestação apenas em vestes e equipamentos dão a quem as possui respeito quase universal. Mas os que rendem tal respeito, numerosos como são, não passam de pagãos e precisam que lhes enviem um missionário. Além do mais, as roupas introduziram a costura, o tipo de trabalho que se pode chamar de infinito; o vestido de uma mulher, ao menos, jamais está pronto.

Um homem que por fim encontrou algo para fazer não precisará de um novo terno para usar; para ele, servirá o velho, o que ficou empoeirado no sótão por período indeterminado. Sapatos velhos servirão a um herói por mais tempo do que serviram a seu pajem – se é que um herói sempre tem um pajem –, pés descalços são mais velhos que qualquer sapato e lhe servirão. Apenas os que vão a *soirées* e bailes legislativos precisam de novos casacos, casacos para trocar tantas vezes quanto o homem muda enquanto os veste. Contudo, se meu paletó e minha calça, meu chapéu e meus sapatos servem para adorar a Deus, eles servirão, não servirão? Quem já viu suas roupas velhas... seu velho casaco gasto, desintegrado em seus elementos primitivos, de modo que não seria um ato de caridade dá-lo a algum rapaz pobre, por ele talvez doá-lo a alguém ainda mais pobre, ou devemos dizer mais rico, que poderia passar com menos? Eu digo: cuidado com todas as empreitadas que exigem roupas novas, não um novo usuário delas. Se não há um novo homem, como as novas roupas podem servir? Se você tem alguma empreitada diante de si, tente fazê-la usando suas velhas roupas. Nem todos os homens querem algo *com o que fazer* alguma coisa, mas *fazer* alguma coisa, ou melhor, *ser* alguma coisa. Talvez não devêssemos nunca buscar um novo terno – por mais rasgado e sujo que esteja o velho –, até que tenhamos conduzido, empreendido ou navegado de algum jeito, de modo que nos sentíssemos novos homens nas roupas antigas e que mantê-las seria como guardar vinho novo em garrafas velhas. Nossa estação de muda, como a das aves, deve ser uma crise em nossa vida. A mobelha se recolhe em lagos solitários nessa fase. Do mesmo modo, a cobra se desfaz de sua pele, e a lagarta, de seu casaco verminoso, por diligência interna e expansão; pois as roupas são nossa película mais externa e nossa espiral mortal. De outro modo, seríamos vistos navegando com bandeiras falsas e inevitavelmente expulsos, por fim, por nossa própria opinião, assim como a da humanidade.

Vestimos roupas sobre roupas, como se crescêssemos, tal qual plantas exógenas, por adição externa. Nosso exterior e roupas frequentemente finas e extravagantes são nossa epiderme, ou pele falsa, que não partilha de nossa vida e pode ser retirada aqui e ali sem ferimento fatal; nossas vestes mais grossas, usadas constantemente, são nosso tegumento celular, ou córtex; por sua vez, nossas camisas são nosso líber, ou casca verdadeira, que não pode ser removida sem cingir e, assim, destruir o homem. Creio que todas as raças, em alguma estação, usam algo equivalente à camisa. É desejável que um homem esteja vestido de modo tão simples que possa colocar as mãos em si mesmo no escuro e que ele viva em todos os respeitos de modo tão compacto e preparado que, se um inimigo tomar a cidade, ele possa, como o velho filósofo, sair pelo portão de mãos vazias sem ansiedade. Enquanto uma veste grossa é, para a maioria dos propósitos, tão boa quanto três finas, e vestes baratas podem ser obtidas por preços que de fato agradam ao cliente; enquanto um casaco grosso pode ser comprado por cinco dólares e durará o mesmo número de anos; calças grossas, por dois dólares; botas de couro de vaca, por um dólar e meio o par; um chapéu de verão, por um quarto de dólar; e um gorro de inverno, por sessenta e dois centavos e meio – ou, melhor, feito em casa por um custo nominal –, onde há alguém tão pobre que, vestido com tais vestes, *pagas com seus próprios ganhos*, não encontrará homens sábios que o reverenciem?

Quando peço uma roupa de uma forma particular, minha costureira me diz com seriedade: "Não fazem desse jeito agora", sem mencionar o "eles", como se falasse de uma autoridade tão impessoal quanto as Moiras. E acho difícil conseguir que faça o que quero, simplesmente porque ela não acredita que estou falando sério, que seja tão estouvado. Quando ouço essa frase oracular, por um minuto fico absorto em pensamento, enfatizando a mim mesmo cada palavra separadamente para que possa chegar ao significado delas, para que possa descobrir por que grau de consanguinidade *eles* são *meus* parentes e que autoridade podem ter em uma questão que me afeta de modo tão íntimo; por fim, fico inclinado a responder a ela com igual mistério e sem nenhuma ênfase a mais no "eles": "É verdade, eles não faziam desse modo recentemente, mas agora fazem". Qual a serventia de me medir assim, se ela não mede meu caráter, mas apenas a largura de meus ombros, como se fosse um gancho para pendurar o casaco? Não adoramos as Graças nem as Parcas, mas a Moda. Ela fia e tece e corta com total autoridade. O macaco chefe em Paris coloca um chapéu de viajante, e todos os macacos na América fazem o mesmo. Às vezes perco as esperanças de conseguir qualquer coisa bem simples e feita de modo honesto neste mundo com a ajuda do homem. Eles teriam de passar por uma prensa poderosa antes, para espremer deles suas velhas noções, de modo que não ficariam de pé novamente com rapidez; então haveria alguém no grupo com um verme na cabeça, nascido de um ovo depositado ali ninguém sabe quando, pois nem mesmo o fogo mata essas coisas, e pode ter perdido seu trabalho. De qualquer modo, não nos esqueçamos de que um pouco de trigo egípcio nos foi dado por uma múmia.

No geral, creio que não se pode dizer que se vestir elevou-se à dignidade de uma arte neste ou em qualquer outro país. No momento, homens se viram para usar o que conseguem. Como marinheiros náufragos, vestem o que encontram na praia e a alguma distância, seja de espaço, seja de tempo, riem dos disfarces um dos outros. Cada geração ri das velhas modas, mas segue religiosamente as novas. Nós nos divertimos ao contemplar as vestes de Henrique VIII, ou da rainha Elizabeth, tanto quanto se fossem do rei e da rainha das Ilhas Canibais. Todas as roupas fora do corpo de um homem são deploráveis ou grotescas. Apenas o olho sério mirando dali ou a vida sincera passada dentro dela refreiam o riso e consagram as vestes de qualquer pessoa. Se o Arlequim tiver um acesso de cólicas, seus adornos terão de servir àquela disposição também. Quando o soldado é atingido por uma bala de canhão, trapos lhe caem tão bem quanto púrpura.

O gosto infantil e selvagem de homens e mulheres por novas estampas mantém sabe-se quantas pessoas chacoalhando e olhando caleidoscópios para descobrir a figura em particular que esta geração exige hoje. Os fabricantes sabem que esse gosto é meramente extravagante. De duas estampas que diferem em apenas poucos fios de uma cor distinta, uma será vendida de imediato, a outra fica em uma prateleira, embora com frequência aconteça que, depois de uma estação, a última entre na moda. Em termos comparativos, a tatuagem não é o hábito horrível que consideram. Não é bárbaro meramente porque a impressão é epidérmica e inalterável.

Não creio que nosso sistema fabril seja o melhor modo pelo qual os homens podem conseguir roupas. As condições dos operários se tornam a cada dia mais parecidas com as dos ingleses; e não é de admirar, já que, até onde ouvi ou observei, o principal objetivo não é que a humanidade esteja bem-vestida e de modo honesto, mas sim, inquestionavelmente, que as corporações possam enriquecer. No longo prazo, os homens atingem apenas o que almejam. Assim, embora logo fossem fracassar, é melhor almejar alto.

Quanto a um Abrigo, não nego que agora seja uma necessidade da vida, embora existam casos de homens passando sem ele por longos períodos em países mais frios que este. Samuel Laing diz que "o lapão, em suas vestes de pele e com uma sacola de pele que coloca sobre a cabeça e os ombros, dorme noite após noite na neve [...] em um grau de frio que extinguiria a vida de alguém exposto a ele em roupas de lã". Ele os viu dormir assim. No entanto, completa: "Eles não são mais resistentes que outros povos". Mas, provavelmente, o homem não viveu muito tempo na terra sem descobrir a conveniência que há em uma casa, os confortos domésticos, expressão que deve ter originalmente significado mais as satisfações da casa que a da família; embora sejam muito parciais e ocasionais nos climas em que a casa está associada, em nossos pensamentos, em especial com o inverno e a estação das chuvas, sendo desnecessária por dois terços do ano, a não ser como guarda-sol. Em nosso clima, no verão, era antes quase somente uma cobertura à noite. Nas gazetas dos indígenas, a tenda era o símbolo de um dia de marcha, e uma fila delas pintadas na casca de uma árvore significava quantas vezes eles tinham acampado. O homem não foi feito tão robusto e com membros largos a ponto de precisar estreitar seu mundo e murar um espaço de modo que lhe caiba. No início, era nu e vivia ao ar livre; mas, enquanto isso era agradável em clima quente e sereno, na luz do dia, a estação chuvosa e o inverno, para não falar do sol tórrido, acabariam com sua espécie ainda em broto se ele não tivesse se apressado em se vestir com o abrigo de uma casa. Adão e Eva, de acordo com a fábula, vestiam a pérgula antes de outras roupas. O homem queria um lar, um local de calor, de conforto – primeiro de calor físico, depois do calor das afeições.

Podemos imaginar um tempo em que, na infância da espécie humana, algum mortal empreendedor entrou em uma caverna buscando abrigo. Cada criança recomeça o mundo, em algum grau, e ama ficar ao ar livre, mesmo quando está chuvoso e frio. Brinca de casinha, assim como de cavalo, tendo instinto para isso. Quem não se recorda do interesse com que, quando jovem, olhava rochas inclinadas ou qualquer aproximação de uma caverna? Era o anseio natural por qualquer porção de nosso ancestral mais primitivo que ainda sobrevivia em nós. Da caverna, avançamos para telhados de folhas de palmeiras, de cascas e ramos de árvores, de linho tecido e esticado, de grama e junco, de tábuas e telhas, de pedras e azulejos. Por fim, não sabemos o que é viver ao ar livre, e nossa vida é doméstica em mais sentidos do que pensamos. Da lareira ao campo, há uma grande distância. Seria bom, talvez, se passássemos mais de nossos dias e noites sem nenhuma obstrução entre nós e os corpos celestiais, se o poeta não falasse tanto debaixo de um teto, ou o santo vivesse ali por tanto tempo. Pássaros não cantam em cavernas, nem pombos valorizam sua inocência em pombais.

No entanto, se alguém planeja construir uma moradia, cabe a essa pessoa exercer um pouco da sagacidade ianque para que, por fim, não se encontre, em vez disso, em um reformatório, um labirinto sem pista, um museu, uma casa de caridade, uma prisão ou um esplêndido mausoléu. Considere primeiro quão leve um abrigo deve necessariamente ser. Vi indígenas penobscot, nesta cidade, vivendo em tendas de tecido fino de algodão, enquanto a neve se acumulava em quase trinta centímetros em torno deles, e creio que ficariam felizes com um acúmulo ainda maior para barrar o vento. Antes, quando viver de forma honesta, com liberdade para minhas próprias atividades, era uma questão que me atormentava ainda mais que agora, pois infelizmente me tornei um tanto calejado, costumava ver uma grande caixa ao lado da ferrovia, um metro e oitenta de comprimento por noventa centímetros de largura, na qual os trabalhadores trancavam as ferramentas à noite. Isso me sugeriu que cada homem em dificuldades poderia conseguir uma por um dólar, e, tendo feito alguns buracos de broca nela, para deixar passar ao menos ar, entrar nela quando chovesse e durante a noite, prender a tampa e ter liberdade em seu amor, e ali sua alma estaria livre. Não parecia a pior alternativa nem a mais desprezível. Era possível ficar acordado quanto quisesse e, sempre que se levantasse, sair sem nenhum senhorio nem proprietário perseguindo-o por causa do aluguel. Muitos homens atormentados até a morte para pagar o aluguel de caixas maiores e mais luxuosas não teriam morrido congelados em uma caixa como essa. Estou longe de brincar. Economia é um assunto que aceita ser tratado com frivolidade, mas não pode ser deixado de lado do mesmo modo. Uma casa confortável de uma raça rudimentar e resistente, que vivia a maior parte do tempo ao ar livre, foi um dia feita aqui quase apenas de materiais que a Natureza colocou ao alcance das mãos. Gookin, que era superintendente dos indígenas da Colônia de Massachusetts, escrevendo em 1674, diz: "As melhores de suas casas são cobertas muito cuidadosamente, firmes e aquecidas, com cascas de árvores, retiradas nas estações em que a seiva sobe, e transformadas em grandes lascas, sob a pressão de madeira pesada, quando estão verdes... As mais simples são cobertas de esteiras que eles fazem com um tipo de junco e também são firmes e quentes do mesmo modo, mas não tão boas quanto as primeiras [...] Vi algumas de vinte a trinta metros de comprimento e dez de largura [...] Fiquei hospedado em suas tendas com frequência e as achei tão aquecidas quanto as melhores casas inglesas". Ele acrescenta que elas eram normalmente atapetadas e cobertas com esteiras bordadas bem tecidas e continham vários utensílios. Os indígenas eram avançados a ponto de regular o efeito do vento com uma esteira suspensa sobre o buraco no teto, movida por um fio. Um abrigo assim era construído em primeira instância em um dia ou dois, no máximo, e desmontado e guardado em poucas horas; e toda família possuía um ou parte de um deles.

Entre os selvagens, cada família possui um abrigo tão bom quanto possível e o suficiente para suas necessidades mais simples e brutas, mas acho que não é exagero dizer que, embora os pássaros do ar tenham seus ninhos, as raposas, suas tocas, e os selvagens, suas tendas, na sociedade civilizada moderna não mais que a metade das famílias possui um abrigo. Nas cidades e nas vilas maiores, onde a civilização prevalece, o número dos que possuem um abrigo é uma fração muito pequena do total. O resto paga um preço anual por essa veste mais exterior, tornada indispensável no verão e no inverno, montante com o qual seria possível comprar uma vila de tendas indígenas, mas que agora ajuda a mantê-los pobres enquanto viverem. Não tenho a intenção de insistir aqui nas desvantagens do aluguel em comparação com ser dono da propriedade, mas é evidente que o selvagem é dono de seu abrigo porque ele custa bem pouco, enquanto o homem civilizado normalmente aluga o seu porque não consegue ser proprietário e, no longo prazo, não conseguirá pagar o aluguel. Mas, responde um, ao simplesmente pagar essa taxa, o homem civilizado garante uma moradia que é um palácio comparada com a do selvagem. Um aluguel anual de vinte cinco até cem dólares (esses são os preços locais) lhe dá o benefício de melhorias de séculos, acomodações espaçosas, tinta e papel de parede claros, lareira Rumford, reboco reforçado, venezianas, bomba de cobre, trava de mola, um porão espaçoso e muitas outras coisas. Mas como este homem, que dizem desfrutar dessas coisas, é com frequência um homem civilizado *pobre*, enquanto o selvagem, que não as tem, é rico enquanto selvagem? Se afirmam que a civilização é um avanço real na condição do homem – e eu acho que é, embora apenas os sábios melhorem suas vantagens –, deve-se demonstrar que ela produziu moradias melhores sem as tornar mais caras; e o custo de algo é a quantidade do que chamarei de vida que é exigida em troca, de imediato ou em longo prazo. Uma casa comum nesta vizinhança custa talvez oitocentos dólares, e juntar essa quantia levará de dez a quinze anos da vida do trabalhador, mesmo se ele não tiver de sustentar uma família – estimando o valor pecuniário do trabalho de um homem em um dólar por dia, pois, se alguns recebem mais, outros recebem menos –, de modo que ele terá gasto mais da metade de sua vida antes que *sua* tenda seja adquirida. Se imaginarmos que ele pague um aluguel em vez disso, é uma escolha duvidosa entre dois males. O selvagem seria sábio em trocar sua tenda por um palácio nesses termos?

Pode-se imaginar que reduzo quase toda a vantagem de possuir essa propriedade supérflua a uma reserva financeira para o futuro, no que diz respeito ao indivíduo, principalmente para custear os gastos do funeral. Mas talvez um homem não tenha obrigação de enterrar a si mesmo. De qualquer modo, isso aponta para uma distinção importante entre o homem civilizado e o selvagem; e, sem dúvidas, é para nosso benefício que a vida do povo civilizado foi transformada em uma *instituição*, que absorve muito da vida do indivíduo a fim de preservar e aperfeiçoar a da espécie. Mas gostaria de mostrar quais sacrifícios essa vantagem nos custa atualmente e sugerir que é possível viver de modo a manter todas as vantagens sem sofrer nenhuma das desvantagens. O que quereis dizer quando afirmais que sempre tereis os pobres convosco ou que os pais comeram uvas verdes e os dentes dos filhos se embotaram?

"Por minha vida, oráculo do senhor Iahweh, não repetireis jamais este provérbio em Israel."

"Todas as vidas me pertencem, tanto a vida do pai como a do filho. Pois bem, aquele que pecar, esse morrerá."

Quando considero meus vizinhos, os fazendeiros de Concord, que estão ao menos tão bem de vida quanto as outras classes, vejo que na maioria labutam durante vinte, trinta ou quarenta anos para se tornarem proprietários de fato de suas fazendas, que normalmente herdaram com encargos ou compraram com dinheiro emprestado – e podemos considerar um terço daquela labuta como custo de suas casas –, mas em geral ainda não terminaram de pagar. É verdade, os encargos às vezes são maiores que o valor da fazenda, de modo que a propriedade em si se torna um grande encargo, e ainda assim um homem a recebe de herança, conhecendo-a bem, como diz. Ao recorrer aos avaliadores, fiquei surpreso em descobrir que não conseguem dizer o nome de uma dúzia de cidadãos que são donos de suas propriedades, sem dívidas. Se gostaria de saber a história dessas propriedades, pergunte ao banco onde foram hipotecadas. O homem que de fato pagou por sua fazenda com o trabalho é tão raro que todos os vizinhos sabem quem é. Duvido que existam três homens assim em Concord. O que se diz dos comerciantes, que a grande maioria, até noventa e sete a cada cem, certamente fracassa, também se aplica aos fazendeiros. No que diz respeito aos comerciantes, no entanto, um deles afirma com pertinência que grande parte de seus fracassos não são genuinamente monetários, mas, sim, falhas apenas na hora de honrar compromissos, pois é inconveniente; ou seja, é o caráter moral que vai à falência. Isso dá um aspecto infinitamente pior à questão e sugere, além do mais, que provavelmente nem mesmo os outros três tiveram sucesso ao salvar sua alma, mas talvez estejam falidos de um modo pior que aquele que fracassa honestamente. Falência e repúdio são os trampolins de onde muito de nossa civilização salta e dá cambalhotas, mas o selvagem está na prancha rígida da fome. Ainda assim, a Exposição de Gado de Middlesex acontece aqui anualmente com *éclat*, como se todas as peças da máquina agrícola funcionassem muito bem.

O fazendeiro se empenha para resolver o problema da subsistência por uma fórmula mais complicada que o problema em si. Para conseguir cadarços, ele especula em rebanhos de gado. Com habilidade perfeita, fez sua armadilha com uma mola para capturar conforto e independência e, então, conforme se virou, enfiou nela a própria perna. Essa é a razão pela qual ele é pobre; e por razão similar somos todos pobres em relação a mil confortos selvagens, embora cercados de luxos. Como canta Chapman:

"A sociedade falsa dos homens –
– por grandeza terrena
Os confortos celestes dissipam no ar."

E quando o fazendeiro possui sua casa, pode não ficar mais rico com isso, e sim mais pobre, já que foi a casa que o possuiu. Do meu ponto de vista, Momo levantou uma objeção válida contra a casa feita por Minerva, que "não a fez móvel, de modo que se pudesse evitar uma vizinhança ruim"; e isso ainda pode ser argumentado, pois nossas casas são propriedades incômodas das quais muitas vezes somos prisioneiros, não moradores; e a má vizinhança a ser evitada são nossos próprios ordinários eus. Conheço ao menos uma ou duas famílias nesta cidade que, por quase uma geração, querem vender suas casas nos subúrbios e se mudar para a vila, mas não conseguem, e apenas a morte as libertará.

Supondo que a *maioria* é capaz, por fim, de alugar ou comprar a casa moderna com todas as melhorias. Enquanto a civilização progrediu em nossas casas, não obteve o mesmo progresso nos homens que devem habitá-las. Criou palácios, mas não foi tão fácil criar nobres e reis. E *se as ocupações do homem civilizado não são mais válidas que as dos selvagens, se ele passa boa parte da vida para obter meramente necessidades básicas e confortos, por que deveria ter uma moradia melhor que a do selvagem?*

Mas como a *minoria* pobre passa? Talvez descubramos que na mesma proporção em que alguns foram colocados acima do selvagem, em circunstâncias externas, outros foram degradados para baixo dele. O luxo de uma classe é contrabalanceado com a indigência de outra. De um lado, há o palácio; do outro, o asilo de caridade e o "pobre silencioso". As miríades que construíram as pirâmides para serem tumbas dos faraós foram alimentadas com alho, e é possível que eles mesmos não tenham sido enterrados decentemente. O pedreiro que termina a cornija do palácio talvez retorne à noite para uma cabana não tão boa quanto uma tenda indígena. É um erro imaginar que, em um país onde existem as usuais evidências de civilização, as condições de um grande grupo de habitantes não sejam tão degradadas quanto as do selvagem. Eu me refiro agora ao degradado pobre, não ao degradado rico. Para saber disso, não preciso olhar além das choupanas em todos os lugares ao lado das ferrovias, essa última melhoria de nossa civilização; onde vejo, em minhas caminhadas diárias, seres humanos vivendo em chiqueiros, passando o inverno todo de porta aberta para deixar entrar luz, sem nenhuma pilha visível, muitas vezes imaginária, de madeira, e formas jovens e velhas permanentemente contraídas no velho hábito de se encolher de frio e miséria, e o desenvolvimento de todos os membros tolhido. É justo observar as classes que trabalham para conseguir as obras que distinguem essa geração. Assim também é, em maior ou menor grau, a condição dos operários de todas as designações na Inglaterra, que é o maior asilo de trabalho do mundo. Ou poderia me referir à Irlanda, marcada como um dos pontos brancos ou iluminados do mapa. Compare as condições físicas dos irlandeses com a dos indígenas norte-americanos, ou dos ilhéus dos mares do Sul, ou de qualquer outra raça selvagem antes de ser degradada pelo contato com o homem civilizado. No entanto, não duvido que os governantes desses povos sejam tão sábios quanto a média dos governantes civilizados. A condição deles apenas prova que a esqualidez pode ser consistente com civilização. Mal preciso me referir agora aos trabalhadores dos estados sulinos, que produzem as exportações básicas deste país, eles mesmos uma produção básica do Sul. Mas me atenho aos que estão em circunstâncias *moderadas*.

 A maioria dos homens parece jamais ter considerado o que é uma casa e é pobre sem necessidade durante toda a vida porque acha que precisa ter uma como a dos vizinhos. É como se alguém precisasse usar qualquer casaco que o alfaiate lhe cortasse ou, deixando de lado aos poucos o chapéu de folha de palmeira ou boné de pele de marmota, reclamasse dos tempos difíceis porque não consegue comprar uma coroa! É possível inventar uma casa ainda mais luxuosa e conveniente que a que temos; no entanto, todos admitiríamos que o homem não tem condições de pagar por isso. Sempre estudaremos como conseguir mais de tais coisas, e não às vezes ficarmos contentes com menos? Os respeitáveis cidadãos assim ensinam com seriedade, por preceito e costume, ao jovem a necessidade de providenciar certo número de galochas e guarda-chuvas e quartos de hóspedes vazios para hóspedes vazios, antes de morrer? Por que nossa mobília não pode ser simples como a dos árabes e dos indígenas? Quando penso nos benfeitores da raça, a quem apoteosamos como mensageiros do céu, portadores dos dons divinos ao homem, não vejo nenhum séquito atrás deles, nenhuma carga de móveis da moda. E se permitíssemos – não seria uma permissão singular? – que nossa mobília fosse mais complexa que a dos árabes, na proporção em que somos moral e intelectualmente superiores? No presente nossas casas são entulhadas e profanadas por ela, e uma boa dona de casa varreria a maior parte para o lixo e não deixaria de fazer o trabalho da manhã. O trabalho da manhã! Pelos rubores da Aurora e a música de Mêmnon, qual deveria ser o *trabalho da manhã* do homem neste mundo? Havia três pedras de calcário em minha mesa, mas me apavorei ao descobrir que precisavam ser espanadas diariamente, enquanto a mobília de minha mente ainda estava toda sem espanar, e as joguei pela janela, desgostoso. Como, então, poderia ter uma casa mobiliada? Preferiria sentar-me ao ar livre, pois a poeira não se acumula no mato, onde o homem não abriu o solo.

 É o dissoluto e cheio de luxo que lança as modas que o rebanho segue de modo tão diligente. O viajante que para nas melhores casas, por assim dizer, logo descobre isso, pois o taberneiro já imagina que ele seja um Sardanápalo, e, se ele se resignasse a aceitar suas compaixões, logo terminaria totalmente emasculado. Creio que no vagão de trem ficamos inclinados a gastar mais com luxo que com segurança e conveniência, e, sem conseguir esses últimos, ele ameaça não ser mais que um escritório moderno, com seus divãs, otomanas e cortinas nas janelas, e uma centena de outras coisas orientais, que levamos conosco para o oeste, inventadas para as senhoras do harém e nativos efeminados do Império Celestial, dos quais Jônatas deveria se envergonhar de saber os nomes. Preferiria me sentar em uma abóbora e tê-la toda para mim a me apertar em uma almofada de veludo. Preferiria andar pela terra em uma carroça puxada por um boi, com circulação livre, a ir para o céu em um carro luxuoso ou trem de excursão e respirar *malária* por todo o caminho.

    A própria simplicidade e a nudez da vida do homem nas eras primitivas sugerem essa vantagem, ele ao menos podia ainda ser um hóspede da natureza. Quando se revigorava com comida e sono, contemplava sua jornada outra vez. Vivia, por dizer, em uma tenda neste mundo e caminhava pelos vales, ou cruzava planícies, ou subia picos de montanhas. Mas, ai!, os homens se tornaram as ferramentas de suas ferramentas. O homem que colhia frutas independentemente de quando sentia fome se transformou em agricultor; e o que buscava abrigo debaixo da árvore mantém a casa. Já não acampamos durante a noite, mas nos assentamos na terra e nos esquecemos do céu. Adotamos o cristianismo meramente como método melhorado de agricultura. Construímos uma mansão de família para este mundo e uma tumba de família para o próximo. As melhores obras de arte são a expressão da luta do homem para se libertar dessa condição, mas o efeito de nossa arte é meramente tornar confortável esse estado baixo e fazer aquele estado superior ser esquecido. Não há lugar real para uma obra de belas-artes nesta vila, se alguma chegasse a nós, pois nossa vida, nossas casas e nossas ruas não formam um pedestal adequado para ela. Não há um prego para pendurar um quadro nem uma prateleira para receber o busto de um herói ou de um santo. Quando considero como nossas casas são construídas e pagas, ou não pagas, e como sua economia interna é gerenciada e mantida, eu me pergunto como o chão não cede sob os pés do visitante enquanto ele admira bugigangas sobre a lareira e não o manda para o porão, para uma fundação sólida e honesta, embora simples. Não posso deixar de notar que as pessoas se atiram na chamada vida rica e refinada e não embarco no deleite das *belas*-artes que a adornam, tendo a atenção totalmente ocupada pelo pulo; pois me recordo que o maior salto genuíno, devido apenas aos músculos humanos, já registrado é o de certos árabes andarilhos, que dizem ter saltado sete metros e sessenta centímetros do nível do solo. Sem apoio artificial, o homem certamente cai em terra além dessa distância. A primeira questão que fico tentado a fazer ao proprietário de tão grande impropriedade é: quem o sustenta? Você é um dos noventa e sete que fracassam ou dos três que triunfam? Responda-me a essas questões, e talvez possa olhar suas bugigangas e achar que são ornamentais. A carroça diante do cavalo não é algo bonito nem útil. Antes de podermos adornar nossas casas com belos objetos, as paredes devem ser desnudadas, nossa vida deve ser desnudada, e os belos cuidados com a casa e a bela vida colocados em uma fundação: agora, o gosto pela beleza é melhor cultivado ao ar livre, onde não há casa nem manutenção.

O velho Johnson, em *Wonder-Working Providence* [Providência milagrosa], falando dos primeiros colonos desta cidade, de quem ele foi contemporâneo, nos diz que "como primeiro abrigo eles fazem covas na terra sob alguma encosta e, jogando solo na madeira, fazem um fogo fumacento na terra, do lado mais alto". Eles não "providenciavam casas", diz ele, "até que a terra, pela bênção do Senhor, trouxesse o pão para alimentá-los", e a colheita do primeiro ano foi tão fraca que "foram forçados a cortar o pão em fatias bem finas por uma longa estação". O secretário da província de Nova Holanda, escrevendo em holandês, em 1650, para a informação de quem lá desejasse tomar terras, afirma particularmente que "aqueles em Nova Holanda, e em especial na Nova Inglaterra, que não têm meios para construir casas de fazenda de acordo com seus desejos no início, cavam um buraco quadrado, com medida de um metro e oitenta a dois metros e dez de profundidade, com a largura e a extensão que consideram mais adequadas, revestem de madeira todas as paredes internas e cobrem a madeira com cascas de árvore ou outra coisa para impedir o desmoronamento da terra; colocam madeira no chão e um lambril em cima como teto, sobem um telhado de barrotes e os cobrem com cascas de árvore ou turfa verde para que possam viver secos e aquecidos nessas casas com suas famílias por dois, três, quatro anos, sabendo-se que faziam repartições naqueles porões, adaptadas ao tamanho da família. Os homens mais importantes e ricos da Nova Inglaterra, no começo das colônias, fizeram suas primeiras moradias dessa maneira por duas razões: primeira, para não perder tempo construindo e não ficar sem comida na estação seguinte; segunda, para não desencorajar os pobres trabalhadores que trouxeram aos montes da terra natal. Ao longo de três ou quatro anos, quando o campo se adaptava à agricultura, construíram para si belas casas, gastando milhares nelas".

No modo como agiram nossos ancestrais, ao menos havia sinal de prudência, como se o princípio deles fosse satisfazer as necessidades mais urgentes antes. Mas as necessidades mais urgentes foram satisfeitas agora? Quando penso em comprar uma de nossas luxuosas moradias, sou impedido, pois, por assim dizer, essa região ainda não está adaptada à cultura *humana*, e ainda somos forçados a cortar nosso pão *espiritual* em fatias bem mais finas que aquelas em que nossos antepassados cortaram seus pães de trigo. Não que todo ornamento arquitetural deva ser negligenciado, mesmo nos períodos mais vulgares, mas que primeiro nossas casas sejam forradas de beleza onde entram em contato com nossa vida, como a concha, e não coberta por elas. Mas, ai de mim!, visitei uma ou duas delas e sei do que estão forradas.

Embora não sejamos hoje degenerados a ponto de viver em uma caverna ou uma tenda, ou de vestir peles, certamente é melhor aceitar as vantagens, obtidas com tanto custo, oferecidas pela invenção e pela diligência da humanidade. Em uma vizinhança como essa, tábuas, cascalho, cal e tijolos são mais baratos e facilmente encontrados que cavernas apropriadas, ou troncos inteiros, ou casca de árvore em quantidade suficiente, ou mesmo argila bem preparada e pedras chatas. Falo com conhecimento de causa desse assunto, pois me inteirei dele tanto na teoria quanto na prática. Com um pouco mais de inteligência, poderemos usar esses materiais para ficarmos mais ricos que os mais ricos de hoje e tornarmos nossa civilização uma bênção. O homem civilizado é um selvagem mais experiente e sábio. Mas vamos ao meu próprio experimento.

Perto do fim de março de 1845, tomei emprestado um machado e desci para a mata às margens do lago Walden, perto do local onde tinha intenção de construir minha casa, e comecei a cortar uns pinheiros brancos altos e finos, ainda jovens, para madeira. É difícil começar sem emprestar, mas talvez seja mais generoso permitir que seus colegas humanos se interessem por sua empreitada. O dono do machado, ao soltá-lo, disse que era seu predileto; e eu o devolvi mais afiado que quando o recebi. Trabalhei em uma encosta agradável, coberta de pinheiros, pelos quais eu avistava o lago e um pequeno campo aberto na mata, onde brotavam pinheiros e nogueiras. O gelo no lago ainda não havia derretido, embora houvesse alguns espaços abertos, e tudo era escuro e saturado de água. Houve quedas leves de neve nos dias que trabalhei ali; mas, na maior parte do tempo, quando ia para a ferrovia, no caminho para casa, o monte de areia amarela se estendia brilhando na atmosfera enevoada, os trilhos refletiam sob o sol da primavera, e ouvi a cotovia, o papa-moscas-cinzento e outros pássaros que já chegavam para começar outro ano conosco. Eram dias agradáveis de primavera, nos quais o inverno de descontentamento do homem degelava assim como a terra, e a vida que estivera entorpecida começava a se estirar. Um dia, quando meu machado saiu do cabo e precisei cortar uma nogueira verde para fazer uma cunha, enfiando-a com uma pedra, e coloquei tudo de molho em um buraco do lago para que a madeira inchasse, vi uma cobra listrada rastejar para dentro da água, e ela ficou no fundo, aparentemente sem inconvenientes, pelo tempo em que permaneci ali, ou mais de vinte minutos; talvez porque ainda não tivesse saído de fato do estado de torpor. Para mim, é por razões assim que os homens permanecem em sua condição baixa e primitiva dos dias presentes; se sentissem a influência da primavera de todas as primaveras se levantar dentro deles, por necessidade alcançariam uma vida mais elevada e etérea. Já tinha visto cobras no caminho em manhãs geladas, com partes do corpo ainda dormentes e inflexíveis, esperando que o sol as degelasse. No dia 1º de abril choveu, e o gelo derreteu, e no começo do dia, que estava muito enevoado, ouvi um ganso debatendo-se e grasnando como se estivesse perdido, ou como se fosse o espírito da neblina.

Então passei uns dias cortando e derrubando madeira, e também estacas e vigas, tudo com meu machado estreito, sem ter muitos pensamentos comunicáveis ou eruditos, cantando para mim mesmo:

Os homens dizem saber coisas várias;
Mas veja só! Tomaram asas,
Ciências e artes,
Petrechos aos milhares;
O vento que bate
É tudo que o corpo sabe.

Cortei as madeiras principais com quarenta centímetros quadrados, a maior parte das estacas em só dois lados, e vigas e madeira para o assoalho em um lado, deixando o resto da casca, de modo que ficaram tão retas quanto as serradas e muito mais fortes. Cada madeira foi cuidadosamente ensamblada ou encaixada na ponta, pois àquela altura tinha emprestado outras ferramentas. Meus dias na mata não eram muito longos; porém, eu sempre levava minha refeição de pão e manteiga e lia o jornal no qual ela vinha embrulhada, ao meio-dia, sentado entre os galhos de pinheiro que cortara, e meu pão ficava impregnado por um pouco de sua fragrância, pois minhas mãos estavam cobertas por uma grossa camada de resina. Antes de terminar, era mais amigo que inimigo do pinheiro, embora tivesse cortado alguns deles, pois os conhecia melhor. Às vezes um andarilho nas matas era atraído pelo som de meu machado, e tínhamos uma conversa agradável sobre as lascas de madeira que eu fizera.

Lá pela metade de abril, pois não me apressava no trabalho, e sim tirava o melhor dele, minha casa estava alicerçada e pronta para subir. Já tinha comprado a cabana de James Collins, um irlandês que trabalhava na ferrovia Fitchburg, para aproveitar as tábuas. A cabana de James Collins era considerada extraordinariamente boa. Quando fui vê-la, ele não estava em casa. Andei pelo lado de fora, no começo sem ser observado de lá de dentro, a janela era muito alta e recuada. Tinha pequenas dimensões, com um telhado em ponta, e pouco mais a ser visto, a terra levantada um metro e meio em torno dela, como se fosse uma pilha de compostagem. O telhado era a parte mais sólida, embora um tanto empenado e fragilizado pelo sol. Não havia soleira, mas, sim, uma passagem perene para as galinhas sob a tábua da porta. A senhora C. veio à porta e me pediu para olhar o interior. As galinhas saíram correndo quando me aproximei. Estava escuro, e a maior parte era de assoalho de terra, úmido, grudento e frio, aqui e ali uma tábua que não podia ser removida. Ela acendeu uma lamparina para me mostrar o interior do teto e das paredes, e também o chão de madeira debaixo da cama, avisando-me para não pisar no porão, um tipo de buraco na terra com sessenta centímetros de profundidade. Nas palavras dela, havia "boas tábuas acima, boas tábuas ao redor, e uma boa janela" – originalmente com dois painéis, mas a gata passara por ali havia não muito tempo. Havia um fogão, uma cama e um local para sentar--se, um bebê que nascera ali, uma sombrinha de seda, um espelho com moldura dourada e um moedor de café claramente novo preso a uma muda de carvalho e só. O negócio logo foi concluído, pois naquele meio-tempo James tinha retornado. Eu precisava pagar quatro dólares e vinte e cinco centavos naquela noite para que ele deixasse o local às cinco da manhã do dia seguinte, sem vender a outra pessoa; eu tomaria posse às seis. Era bom, ele disse, chegar lá cedo e antecipar certas disputas indistintas, mas totalmente injustas, sobre aluguel do terreno e combustível. Ele me assegurou que eram os únicos encargos. Às seis, passei por ele e a família na estrada. Em um grande embrulho, levavam tudo – cama, moedor de café, espelho, galinhas –, tudo menos a gata; foi para a mata, se tornou selvagem e, conforme eu soube depois, pisou em uma armadilha colocada para marmotas e, por fim, se tornou uma gata morta.

Derrubei aquela moradia na mesma manhã, puxando os pregos, e a removi para às margens do lago em pequenas cargas, deitando as tábuas na grama para branquear e desempenar ao sol. Um sabiá adiantado deu-me uma nota ou duas enquanto andava pelo caminho na mata. Fui informado traiçoeiramente por um jovem Patrick de que o vizinho Seeley, irlandês, nos intervalos de transporte, transferia pregos, grampos e cravos ainda retos e em condições de uso para seu bolso, e então ficava de pé quando voltava, e olhava para cima, com pensamentos primaveris, despreocupado com a devastação; ali por falta de trabalho, como ele disse. Estava ali para representar espectadores e me ajudar a colocar aquele evento aparentemente insignificante no mesmo patamar da remoção dos deuses de Troia.

Cavei meu porão na lateral de uma encosta de frente para o sul, onde uma marmota havia previamente cavado sua toca, atravessando raízes de sumagre e amoreira-brava, e as manchas mais profundas de vegetação, um metro e oitenta quadrados por dois metros e treze de profundidade, até atingir uma areia fina em que as batatas não congelariam em nenhum inverno. Os lados foram deixados para a instalação de prateleiras e não foram recobertos de pedra; mas, como o sol jamais brilhou ali, a areia ainda permanecia no lugar. Todo o trabalho levou cerca de duas horas. Foi especialmente prazeroso abrir o chão, pois em quase todas as altitudes os homens cavam a terra para atingir uma temperatura uniforme. Sob a casa mais esplêndida da cidade, ainda se encontra o porão onde armazenam raízes como antigamente, e, muito depois do desaparecimento da superestrutura, a posteridade percebe a reentrância no solo. A casa ainda é apenas um tipo de alpendre na entrada de uma toca.

Por fim, no começo de maio, com a ajuda de alguns conhecidos, mais para aproveitar a chance de boa vizinhança que por necessidade, ergui a estrutura de minha casa. Nenhum homem foi mais honrado com o caráter de seus ajudantes que eu. São destinados, tenho certeza, a ajudar a levantar estruturas bem maiores. Comecei a ocupar minha casa no dia 4 de julho, assim que foram colocados o assoalho e o telhado, pois as tábuas foram cuidadosamente biseladas e encaixadas para ficarem impenetráveis pela chuva, mas, antes de colocar as tábuas, fiz a fundação de uma chaminé em uma das extremidades, trazendo nos braços duas cargas de pedras do lago para cima da colina. Construí a chaminé depois da capina do outono, antes que uma lareira fosse necessária para aquecer, cozinhando, nesse meio-tempo, ao ar livre, no chão, bem de manhãzinha: maneira que ainda acho, em alguns aspectos, mais agradável que a costumeira. Quando chovia antes que meu pão estivesse assado, eu colocava algumas tábuas sobre a fogueira e me sentava debaixo delas para observá-lo – assim passei muitas horas agradáveis. Naqueles dias, quando minhas mãos estavam bastante ocupadas, lia pouco, mas os menores pedaços de papel que caíam no chão, no recipiente ou na toalha de mesa me ofereciam o mesmo entretenimento, de fato tinham o mesmo propósito, que a *Ilíada*.

Seria válido construir ainda mais deliberadamente que eu, considerando, por exemplo, qual fundação uma porta, uma janela, um sótão têm na natureza do homem, e talvez sem erguer jamais uma superestrutura até acharmos motivo melhor para isso que nossas necessidades mundanas. Há algo da mesma aptidão em um homem construir sua própria casa e um pássaro construir seu próprio ninho. Se o homem construísse sua casa com as próprias mãos e alimentasse a si mesmo e à família de um jeito simples e honesto, quem sabe a faculdade poética não seria universalmente desenvolvida, como pássaros cantam universalmente quando ocupados dessa maneira? Mas, ai de nós!, fazemos como os cucos e os chupins, que colocam ovos nos ninhos construídos por outros pássaros e não encantam nenhum viajante com trinados e notas desafinados. Renunciaremos para sempre o prazer da construção ao carpinteiro? Que porção é equivalente à arquitetura na experiência da maioria dos homens? Jamais, em todas as minhas andanças, encontrei homem envolvido com a ocupação tão simples e natural que é construir sua casa. Pertencemos à comunidade. Não é apenas o alfaiate que é a nona parte de um homem; também o são o pregador, o mercador, o agricultor. Onde vai parar essa divisão de trabalho? E a que objetivo ela, por fim, serve? Sem dúvida outros *podem* pensar por mim, mas não é aceitável que o façam para que eu não pense por mim mesmo.

É verdade, há arquitetos neste país, e ouvi que ao menos um tinha ideia de fazer com que ornamentos arquitetônicos tivessem um âmago de verdade, uma necessidade e, assim, uma beleza, como se isso lhe fosse uma revelação. Tudo muito bem, talvez, do ponto de vista dele, mas apenas um pouco melhor que o diletantismo comum. Um reformador sentimental da arquitetura começou na cornija, não na fundação. Era apenas colocar um âmago de verdade dentro dos ornamentos, de fato cada confeito pode ter dentro uma amêndoa ou uma semente de alcaravia – embora eu defenda que amêndoas são mais saudáveis sem o açúcar –, não como o habitante, o morador, poderia construir verdadeiramente dentro e fora e deixar que os ornamentos cuidassem de si. Que homem razoável imaginou que os ornamentos fossem algo apenas exterior e epitelial – que a tartaruga conseguiu seu casco pintado ou a concha seus tons de madrepérola por um contrato dos habitantes da Broadway com sua igreja Trinity? Mas um homem tem tanto envolvimento com o estilo arquitetônico de sua casa quanto a tartaruga com o de sua casca; ninguém precisa de um soldado tão ocioso a ponto de tentar pintar a cor exata de sua virtude em seu estandarte. O inimigo descobrirá. Ele pode empalidecer quando a provação começar. Este homem me pareceu curvar-se sobre a cornija e sussurrar suas meias verdades para os ocupantes grosseiros, que de fato estavam mais informados que ele. O que vejo agora de beleza arquitetônica, sei que cresceu gradualmente de dentro para fora, das necessidades e do caráter do morador, que é o único construtor – de alguma verdade inconsciente e nobreza, sem mesmo pensar na aparência, e qualquer beleza adicional deste tipo destinada a ser produzida será precedida por uma semelhante beleza inconsciente da vida. As moradias mais interessantes neste país, como sabe o pintor, são casinhas e casebres de madeira despretensiosos e humildes dos pobres; é a vida dos habitantes, de quem são as conchas, e não meramente qualquer peculiaridade em sua superfície, que as tornam *pitorescas*; e serão igualmente interessantes as caixas suburbanas dos cidadãos, quando a vida deles puder ser tão simples e agradável à imaginação, e haverá pouco esforço em busca de efeitos de estilo em sua moradia. Em grande parte, os ornamentos arquitetônicos são literalmente ocos e seriam arrancados por um vento de setembro, como plumas emprestadas, sem prejuízo ao que é fundamental. Quem não tem azeitonas ou vinhos no porão pode passar sem *arquitetura*. E se o mesmo barulho fosse feito a respeito dos ornamentos de estilo em literatura, e os arquitetos de nossas bíblias passassem tanto tempo cuidando de suas cornijas quanto os arquitetos o passam cuidando de nossas igrejas? Assim são feitas as *belles-lettres* e as *beaux-arts* e seus professores. O homem se preocupa muito, certamente, com como se inclinam alguns paus acima ou abaixo dele e de quais cores pintam sua caixa. Significaria algo, se, com alguma seriedade, *ele* tivesse inclinado os paus ou passado a tinta; mas, tendo o espírito saído do inquilino, é o mesmo que construir seu próprio caixão – a arquitetura do túmulo, e "carpinteiro" é apenas outra palavra para "construtor de caixão". Um homem diz, em desespero ou indiferença em relação à vida, tome um punhado de terra a teus pés e pinte tua casa daquela cor. Ele pensa em sua última casa estreita? Jogue uma moeda por isso também. Que abundância de tempo ele deve ter! Por que você pega um punhado de terra? Melhor pintar sua casa da cor de sua pele; que ela empalideça ou ruborize por você. Que empreitada melhorar o estilo da arquitetura dos chalés! Quando terminar meus ornamentos, vou usá-los.

Antes do inverno, construí uma chaminé e revesti os lados da casa, que já eram impenetráveis à chuva, com ripas imperfeitas e cheias de seiva feitas da primeira fatia do tronco, com pontas que precisei endireitar com uma plaina.

Desse modo, tenho uma casa revestida e rebocada, com três metros de largura e quatro metros e cinquenta de comprimento, e pilares de dois metros e quarenta, com um sótão e uma despensa, uma janela grande de cada lado, dois alçapões, uma porta em uma ponta e uma lareira de tijolos na ponta oposta. O custo exato de minha casa, pagando os preços comuns para o material que usei, mas sem contar o trabalho, que foi todo feito por mim mesmo, foi o seguinte – e eu dou detalhes porque poucos são capazes de dizer exatamente quanto custou sua casa, e menos ainda, se é que alguém pode, separam os custos dos diferentes materiais que a compõem:

Tábuas..........8,03+ Maior parte da cabana
Refugo de ripas de madeira para os lados do telhado..........4
Ripas..........1,25
Duas janelas de segunda mão com vidro..........2,43
Mil tijolos velhos..........4
Dois barris de cal..........2,40 Foi bastante.
Pelos..........0,31 Mais do que precisava.
Ferro para estrutura da lareira..........0,15
Pregos..........3,90
Dobradiças e parafusos..........0,14
Trincos..........0,10
Cal..........0,01
Transporte..........1,40 Levei boa parte nas costas.
Total..........$ 28,12+

Esses são os materiais, exceto madeira, pedras e areia, que peguei pelo direito do invasor. Também tenho um pequeno galpão de madeira ao lado, feito principalmente do que sobrou da construção da casa.

Tenho a intenção de construir uma casa que vai superar qualquer uma na rua principal de Concord em grandeza e luxo, assim que tiver vontade, e não me custará mais que minha casa presente.

Assim descobri que o estudante que deseja um abrigo pode obter um pela vida toda a um custo que não será maior que o aluguel que ele agora paga anualmente. Se pareço me gabar mais do que é de bom-tom, minha desculpa é que me gabo da humanidade, não de mim mesmo; e meus defeitos e minhas inconsistências não afetam a verdade de minha declaração. A despeito de muita conversa e hipocrisia – joio que acho difícil separar de meu trigo, pelo qual sinto tanto quanto qualquer homem –, vou respirar livremente e me estender a respeito disso, pois é um grande alívio para o sistema moral e também o físico; estou decidido que não serei, por humildade, advogado do diabo. Vou me empenhar em falar bem da verdade. No Cambridge College, o mero aluguel de um quarto de estudante, que é só um pouco maior que o meu, custa trinta dólares por ano, embora a corporação tenha tido a vantagem de construir trinta e dois quartos lado a lado sob o mesmo teto e os ocupantes sofram as inconveniências de ter muitos vizinhos barulhentos, e talvez uma residência no quarto andar. Não posso deixar de pensar que, se tivéssemos sabedoria verdadeira a respeito disso, não apenas seria necessário menos educação, pois com certeza mais teria sido adquirida, mas o gasto pecuniário de conseguir educação em grande medida desapareceria. As conveniências que os estudantes exigem em Cambridge ou outro lugar custam a ele ou a outra pessoa um sacrifício de vida dez vezes maior que o que teriam com uma administração sensata de ambos os lados. As coisas que exigem dinheiro nunca são aquelas que o estudante mais deseja. Ensino, por exemplo, é um item importante da conta da anuidade, enquanto, para a educação mais valiosa que ele recebe ao se juntar com seus contemporâneos mais cultos, não há taxa. O modo de criar uma faculdade é, em geral, conseguir uma subscrição de dólares e centavos e, então, seguindo cegamente os princípios de uma divisão de trabalho ao extremo – um princípio que nunca deveria ser seguido sem cautela –, chamar um construtor que a transforma em objeto de especulação, depois emprega irlandeses ou outros operários para de fato colocar as fundações, enquanto os estudantes supostamente se preparam para isso; e por esse lapso sucessivas gerações terão de pagar. Acho que *seria melhor* que os estudantes, ou quem deseja se beneficiar com isso, coloquem eles mesmos as fundações. O estudante que alcança cobiçados lazer e retiro evitando qualquer trabalho necessário ao homem consegue apenas um lazer ignóbil e improdutivo, tirando de si mesmo a experiência que sozinha pode tornar o lazer produtivo. "Mas", diz alguém, "você quer dizer que os estudantes deveriam trabalhar com as mãos, não com a cabeça?". Não é exatamente o que quero dizer, mas algo que ele pode achar um tanto parecido; quero dizer que eles não deveriam *brincar* de vida, ou meramente *estudá-la*, enquanto a comunidade os sustenta nesse jogo caro; deveriam, sim, *viver* verdadeiramente do começo ao fim. Como os jovens poderiam aprender melhor a viver que tentar de uma vez o experimento de viver? Creio que isso exercitaria a mente deles tanto quanto matemática. Se quisesse que um menino soubesse algo de artes e ciências, por exemplo, não iria atrás do caminho conhecido, que é meramente enviá-lo para a vizinhança de algum professor, onde qualquer coisa é professada e praticada, mas não a arte da vida; observar o mundo através de um telescópio ou microscópio e nunca com seu olho natural; estudar química, e não aprender como se faz pão, ou mecânica, e não aprender como é obtida; descobrir novos satélites de Netuno e não detectar o cisco em seu olho, ou a que vagabundo ele mesmo serve de satélite; ou ser devorado pelos monstros que o rodeiam, enquanto contempla os monstros em uma gota de vinagre. Quem teria avançado mais no fim de um mês, o menino que fez seu próprio canivete do metal que ele próprio cavou e derreteu, lendo o que foi necessário para isso, ou o que, nesse tempo, foi a palestras sobre metalurgia no instituto e ganhou um canivete Rodger de seu pai? Qual deles tem mais chances de cortar os dedos...? Para meu assombro, ao deixar a faculdade, fui informado de que eu tinha estudado navegação! Ora, se tivesse trabalhado um turno no porto, saberia mais a respeito. Até o estudante *pobre* estuda e é ensinado apenas economia política, enquanto a economia de viver, que é sinônimo de filosofia, não é nem professada com sinceridade em nossas faculdades. A consequência é que, enquanto ele lê Adam Smith, Ricardo e Say, ele leva o pai a se endividar irremediavelmente.

Assim como ocorre em nossas faculdades, é com mil "melhorias modernas"; há uma ilusão sobre elas; não é sempre um avanço positivo. O diabo segue arrecadando juros compostos sobre sua participação inicial e numerosos investimentos seguintes nelas. Nossas invenções costumam ser belos brinquedos, que distraem nossa atenção das coisas sérias. São meios melhorados para um fim não melhorado, um fim ao qual já era fácil demais de chegar, como as ferrovias seguem para Boston ou Nova York.

Temos uma grande pressa de construir um telégrafo magnético do Maine ao Texas; mas Maine e Texas, possivelmente, não têm nada de importante a comunicar. Ambos estão no mesmo aperto que o homem que desejava ser apresentado a uma distinta mulher surda, mas, quando isso aconteceu e uma ponta do aparelho auditivo dela foi colocada em sua mão, não tinha nada a dizer. Como se o principal objetivo fosse falar rápido, não falar com sensatez. Estamos ansiosos para cavar um túnel sob o Atlântico e trazer o Velho Mundo algumas semanas mais para perto do Novo; no entanto, talvez as primeiras notícias que chegarão através da orelha americana larga e caída será que a princesa Adelaide apresenta uma tosse terrível. Por fim, o homem cujo cavalo trota uma milha em um minuto não leva a mensagem mais importante; ele não é um evangelista nem chega comendo gafanhotos e mel silvestre. Duvido que Flying Childers algum dia tenha levado um monte de milho para o moinho.

Alguém me diz: "Imagino que não guarde dinheiro; você ama viajar; deve pegar os vagões para Fitchburg hoje e ver o campo". Mas sou mais sábio que isso. Aprendi que o viajante mais rápido é aquele que vai a pé. Digo a meu amigo: suponha que testemos quem chega lá primeiro; a distância é de quarenta e oito quilômetros; a passagem custa noventa centavos. É quase o pagamento de um dia. Eu me lembro de quando o pagamento era de sessenta centavos por dia para trabalhadores nessa mesma via. Bem, começo agora a pé e chego lá antes de anoitecer; viajei a essa velocidade a semana toda. Você, enquanto isso, terá ganhado seu pagamento e chegará lá em algum horário de amanhã, ou possivelmente nesta noite, se tiver sorte o bastante para conseguir um trabalho na estação. Em vez de ir para Fitchburg, vai trabalhar aqui durante a maior parte do dia. E, assim, se a ferrovia desse a volta ao mundo, creio que eu ficaria adiante de você; quanto a ver o país e ter experiências desse tipo, teria de acabar de vez nosso contato.

Assim é a lei universal, que nenhum homem pode lograr; e a respeito da ferrovia, podemos dizer que é tão larga quanto comprida. Fazer uma ferrovia em torno do mundo disponível para toda a humanidade é o equivalente a nivelar toda a superfície do planeta. Os homens têm uma noção indistinta de que, se mantiverem a atividade conjunta de estoques e espadas por tempo suficiente, todos, por fim, iremos a algum lugar, em pouco tempo, e por nada; mas, embora uma multidão se apresse para a estação e o condutor grite "todos a bordo!", quando a fumaça é soprada e o vapor está condensado, se perceberá que poucos seguem, enquanto o resto é atropelado – e será assim chamado, e será "um acidente melancólico". Sem dúvida podem andar de trem os que conseguirem sua passagem, isto é, se sobreviverem tanto tempo, mas provavelmente terão, então, perdido a elasticidade e o desejo de viajar. Isso de gastar a melhor parte da vida ganhando dinheiro para desfrutar de uma liberdade questionável durante a parte menos valiosa dela me recorda do inglês que foi para a Índia fazer fortuna primeiro, para que pudesse voltar para a Inglaterra e levar a vida de um poeta. Deveria ter subido de vez ao sótão. "O quê?!", exclamam um milhão de irlandeses levantando-se de todos os barracos da terra. "Essa ferrovia que construímos não é uma coisa boa?" Sim, eu respondo, *comparativamente* boa; isto é, poderiam ter feito algo pior; mas gostaria, como são meus irmãos, que tivessem passado seu tempo de maneira melhor que cavando naquela terra.

Antes de terminar minha casa, desejando ganhar dez ou doze dólares de algum modo honesto e agradável para cobrir minhas despesas extraordinárias, plantei cerca de dois acres e meio de terra leve e arenosa perto dela, a maior parte feijão, mas também uma parte pequena com batata, milho, ervilha e nabo. O lote todo tinha onze acres, a maior parte tomada por pinheiros e nogueiras, e foi vendido na estação anterior por oito dólares e oito centavos o acre. Um fazendeiro disse que "só prestava para criar esquilos que gorjeiam". Não coloquei adubo na terra, não sendo o dono, mas meramente um ocupante, sem esperar cultivar tanto novamente, e não carpi tudo de uma vez. Tirei vários tocos ao lavrar, o que me deixou com um suprimento de combustível para um longo tempo, e deixei pequenos círculos de terra fértil original, facilmente distinguíveis no verão pelo maior viço dos feijões ali. A madeira morta e em sua maior parte impossível de ser vendida atrás de minha casa e madeira flutuante do lago supriram o resto de meu combustível. Fui obrigado a contratar uma parelha e um homem para lavrar, embora eu mesmo segurasse o arado. Os custos de minha fazenda na primeira estação, para implementos, sementes, trabalho etc., foram de $ 14,72+. O milho para semear me foi cedido. Isso nunca custa nada digno de nota, a não ser que se plante mais que o suficiente.

Consegui doze alqueires de feijão e dezoito de batata, além de um pouco de ervilha e de milho. O milho amarelo e o nabo demoraram muito para virar algo. Minha renda total da fazenda foi de:

$ 23,44
Deduzindo as despesas.........14,72+
Restaram.........$ 8,71+

Isso além da produção consumida e à disposição na época em que essa estimativa foi feita, no valor de $ 4,50 – o total à disposição mais que compensando o pouco de pasto que não cultivei. Considerando tudo, isto é, considerando a importância da alma de um homem e o dia de hoje, apesar do curto tempo de meu experimento, em parte até mesmo por causa de seu caráter transitório, creio que estava indo melhor que qualquer agricultor de Concord naquele ano.

No ano seguinte, eu me saí ainda melhor, pois lavrei toda a terra de que precisava, cerca de um terço de acre, e aprendi com a experiência nos dois anos, sem me impressionar nem um pouco por muitos trabalhos celebrados de agricultura, incluindo o de Arthur Young, que se alguém vive de modo simples e come apenas o que planta, e não planta mais do que consome, e não troca por uma quantidade insuficiente de coisas mais luxuosas e caras, precisa cultivar apenas alguns metros, e que é mais barato cavar o solo que usar bois para ará-lo, e selecionar um local novo de tempos em tempos em vez de adubar o antigo, e que poderia fazer todo o trabalho de fazenda necessário com facilidade em algumas horas do verão; e assim não estaria ligado a boi, cavalo ou vaca ou porco, como hoje. Gostaria de falar disso de maneira imparcial, como alguém não apenas interessado no sucesso ou no fracasso do presente arranjo social e econômico. Eu era mais independente que qualquer agricultor em Concord, pois não estava ancorado em uma casa ou uma fazenda, mas podia seguir minha vontade, que é muito forte, a cada minuto. Além de já estar melhor que eles, se minha casa pegasse fogo ou minha plantação não vingasse, estaria quase tão bem quanto antes.

Costumo pensar que os homens não são tanto guardadores dos rebanhos quanto os rebanhos são guardadores dos homens, sendo tão mais livres que os últimos. Os homens e os bois trocam trabalho; mas, se considerarmos apenas o trabalho necessário, os bois estarão em larga vantagem, a fazenda deles é tão maior. O homem faz algo de sua parte do trabalho dessa troca em seis semanas de preparação do feno, e não é brincadeira de criança. Certamente nenhuma nação que viveu de maneira simples em todos os aspectos, isto é, nenhuma nação de filósofos, cometeria erro tão grande quanto usar a força animal. É verdade que jamais existiu e não deve existir tão cedo uma nação de filósofos – nem mesmo tenho certeza de que é desejável existir uma. No entanto, *eu* jamais domaria um cavalo ou um touro e o alimentaria pelo trabalho que ele poderia fazer por mim, pois temo me transformar em mero cavaleiro ou boiadeiro; e, se a sociedade parece se beneficiar com isso, estamos certos de que o ganho de um homem não é a perda de outro e de que o cavalariço tem causas iguais a de seu mestre para estar satisfeito? Reconheço que alguns trabalhos públicos não poderiam ser construídos sem essa ajuda e que o homem divide a glória deles com o boi e o cavalo; isso significa que ele não poderia ter feito trabalhos ainda mais dignos dele neste caso? Quando os homens começam a fazer um trabalho não apenas desnecessário ou artístico, mas luxuoso e ocioso, com a assistência deles, é inevitável que alguns concluam todo o trabalho de troca com o boi ou, em outras palavras, se tornem escravos dos mais fortes. Desse modo, o homem não trabalha apenas para o animal interior, mas para um símbolo disso, trabalha para o animal exterior. Embora tenhamos muitas casas sólidas de tijolo ou pedra, a prosperidade do fazendeiro ainda é medida pelo grau em que o celeiro sombreia a casa. Diz-se que nesta cidade há as maiores casas para bois, vacas e cavalos nesta área, e ela não fica atrás em seus prédios públicos; mas há, na verdade, poucos salões para o culto livre ou o livre discurso neste condado. Não deveria ser por suas arquiteturas, mas por que nem mesmo pelo poder do pensamento abstrato as nações deveriam celebrar a si mesmas? O *Bhagavad-Gita* é tão mais admirável que todas as ruínas do Oriente! Torres e templos são o luxo dos príncipes. Uma mente simples e independente não labuta a pedido de nenhum príncipe. O gênio não é serviçal de nenhum imperador, nem seu material é prata, ouro ou mármore, exceto se for uma ninharia. Para qual fim, rogo, tanta pedra é martelada? Em

Arcádia, quando estive lá, não vi ninguém batendo em pedra. As nações são tomadas por uma ambição insana de perpetuar sua memória pelo tanto de pedra martelada que deixam. E se o mesmo esforço fosse dedicado a amaciar e polir seus modos? Um pouco de bom senso seria mais memorável que um monumento alto como a Lua. Gosto mais de ver as pedras em seu lugar. A grandeza de Tebas era uma grandeza vulgar. Mais sensato é o muro de pedras que cerca o pasto de um homem honesto que a Tebas de cem portões que foi além do fim verdadeiro da vida. A religião e a civilização que são bárbaras constroem templos esplêndidos, mas o que você poderia chamar de cristianismo, não. A maior parte da pedra martelada de uma nação vai apenas para sua tumba. Ela se enterra viva. Quanto às Pirâmides, não há nada para se maravilhar tanto a respeito delas quanto o fato de que muitos homens foram degradados o suficiente para passar a vida construindo uma tumba para algum tolo, que seria mais sábio e viril caso fosse afogado no Nilo e tivesse o corpo jogado aos cães. Possivelmente poderia inventar uma desculpa para eles e para ele, mas não tenho tempo para isso. Quanto à religião e ao amor pela arte dos construtores, é muito parecido em todo o mundo, seja a construção um templo egípcio, seja o Banco dos Estados Unidos. Custa mais do que vale. O motor é a vaidade, ajudado pelo amor por alho, pão e manteiga. O senhor Balcom, um jovem arquiteto promissor, o projeta na parte de trás de seu Vitrúvio, com lápis e régua, e o trabalho é passado para Dobson & Filhos, construtores. Quando os trinta séculos baixam o olhar para ela, a humanidade levanta o seu de volta. Quanto a suas torres altas e seus monumentos, havia um camarada maluco nesta cidade que começou a cavar até a China e chegou tão longe que, conforme ele disse, ouviu o barulho das panelas e das chaleiras chinesas; mas acho que não desviarei de meu caminho para admirar o buraco que ele fez. Muitos se preocupam com os monumentos do Ocidente e do Oriente – em saber quem os construiu. De minha parte, gostaria de saber quem, naqueles dias, não os construiu – quem estava acima de tal ninharia. Mas vamos seguir com minhas estatísticas.

Nesse ínterim, trabalhando como agrimensor, carpinteiro e vários outros tipos de trabalho na vila, pois tenho tantos ofícios quanto dedos, ganhei $ 13,34. Os custos com comida por oito meses, a saber de 4 de julho a 1º de março, o tempo em que essas estimativas foram feitas, embora eu tenha morado ali mais de dois anos – sem contar as batatas, um pouco de milho-verde e algumas ervilhas, que plantei, e sem considerar o valor do que estava à disposição no último dia –, foi:

Arroz..........$ 1,73½
Melaço..........1,73 Forma mais barata de sacarina
Farinha de centeio..........1,04¾
Farinha de milho..........0,99¾ Mais barato que centeio
Porco..........0,22

Todos os experimentos que fracassaram:

Farinha de trigo..........0,88 Custa mais que farinha de milho, em dinheiro e trabalho
Açúcar..........0,80
Banha..........0,65
Maçãs..........0,25
Maçã seca..........0,22
Batata-doce..........0,10
Uma abóbora..........0,06
Uma melancia..........0,02
Sal..........0,03

Sim, consumi $ 8,74, tudo listado; no entanto, não deveria publicar assim sem corar minha culpa se não soubesse que a maior parte de meus leitores é igualmente culpada e que seus feitos não ficariam melhor impressos. No ano seguinte, por vezes peguei um pouco de peixe para o jantar e uma vez cheguei a ponto de matar uma marmota que destruía minha plantação de feijões – efetuar sua transmigração, diria um tártaro – e devorá-la, em parte como experimento; mas, embora me desse um prazer momentâneo, a despeito de um sabor almiscarado, vi que um uso maior não tornaria aquela prática boa, não importa como pareça ter a marmota já pronta pelo açougueiro da vila.

Roupas e alguns gastos incidentais nas mesmas datas, embora pouco possa se deduzir de cada item, somaram:

$8,40 – ¾
ÓLEO E ALGUNS UTENSÍLIOS DOMÉSTICOS.........2,00

De modo que todos os gastos pecuniários, exceto lavar e remendar, os quais na maioria foram feitos fora da casa, e suas contas ainda não foram recebidas – e esses são todos e mais que todos os modos pelos quais o dinheiro é necessariamente gasto nesta parte do mundo –, foram:

CASA.........$ 28,12 ½
FAZENDA UM ANO.........14,72+
COMIDA OITO MESES.........8,74
ROUPAS ETC. OITO MESES.........8,40¾
ÓLEO ETC. OITO MESES.........2
TOTAL.........61,99¾

Agora me dirijo aos leitores que têm uma vida a ser ganha. E para isso vendi como produto da fazenda:

$ 23,44
RECEBIDO POR DIA DE TRABALHO.........13,34
TOTAL.........$ 36,78

Isso subtraído da soma dos custos deixa um balanço de $ 25,21¾ de um lado – sendo muito próximo dos meios com que comecei e a medida dos custos a serem incorridos –, e, de outro, além do lazer, da independência e da saúde assim garantidos, uma casa confortável para mim pelo tempo que eu desejar ocupá-la.

Essas estatísticas, por mais que possam parecer acidentais e, assim, não instrutivas, por terem certa integridade, também têm certo valor. Nada me foi dado de que eu não tenha prestado contas. Parece, do que foi estimado aqui, que apenas minha comida me custou em dinheiro cerca de vinte e sete centavos por semana. Foi, por quase dois anos depois disso, centeio e farinha de milho sem fermento, batata, arroz, muito pouco porco salgado, melaço e sal; e minha bebida, água. Era adequado que eu vivesse de arroz, em grande parte, sendo tão afeito à filosofia da Índia.

Para as objeções de alguns caviladores inveterados, posso bem afirmar que, se jantasse fora ocasionalmente, como sempre fiz, e creio que terei oportunidades de fazer outra vez, era com frequência em detrimento de meus arranjos domésticos. Mas jantar fora sendo, como afirmei, um elemento constante, isso não afeta nem um pouco um relatório comparativo como esse.

Aprendi com minha experiência de dois anos que custa incrivelmente pouco obter a comida necessária, mesmo nesta latitude; que um homem pode ter uma dieta simples como a dos animais e, ainda assim, manter a saúde e a força. Fiz um jantar satisfatório, satisfatório em diferentes relatos, simplesmente de um prato de beldroega (*Portulaca oleracea*), que colhi em meu milharal, fervi e salguei. Dou o nome em latim por causa do saboroso nome comum. E o que mais pode um homem razoável desejar, em tempos de paz, em tardes comuns, se não um número suficiente de espigas de milho cozidas, com sal? Até a pouca variedade que usei era uma rendição às demandas do apetite, não da saúde. No entanto, os homens chegaram a um ponto em que frequentemente sentem fome não pela falta de coisas necessárias, mas de luxos; e eu conheço uma boa mulher que pensa que o filho perdeu a vida porque começou a beber apenas água.

O leitor perceberá que trato o assunto de um ponto de vista econômico, em vez de dietético, e não se aventurará a testar minha frugalidade, a não ser que tenha uma despensa bem estocada.

No começo, fiz pão com farinha de milho pura e sal, genuínos bolos de milho, os quais assava diante do fogo ao ar livre, em uma telha de madeira ou na ponta de um pedaço de madeira que serrei ao construir minha casa; mas costumava ficar defumado e com sabor de pinho. Tentei também farinha de trigo, até que, por fim, encontrei uma mistura de centeio e farinha de milho mais conveniente e agradável. No frio era divertido assar vários pequenos pães desses em sucessão, virando-os e ocupando-me deles com tanto cuidado quanto um egípcio olha seus ovos chocando. Eram um verdadeiro fruto cereal que eu fazia madurar e, para meus sentidos, tinham um perfume diferente do de qualquer outro fruto nobre, que eu mantinha pelo maior tempo possível enrolando-os em panos. Fiz um estudo da arte ancestral e indispensável de assar pão, consultando as autoridades disponíveis, voltando aos dias primitivos e à primeira invenção do tipo ázimo, quando, da selvageria de nozes e carnes, os homens finalmente alcançam a brandura e o refinamento de sua dieta, e aos poucos seguindo na viagem de meus estudos pelo azedamento acidental da massa que, supostamente, mostrou o processo de levedura e as várias fermentações posteriores, até chegar ao "bom, doce, saudável pão", esteio da vida. A levedura, que alguns consideram a alma do pão, o *spiritus* que preenche seu tecido celular, que é preservado religiosamente como o fogo das vestais – uma garrafa preciosa, imagino, trazida primeiro pelo *Mayflower*, fez seu trabalho na América, e sua influência ainda sobe, enche, se espalha em vagas cerealianas pela terra; nessa semente eu buscava regular e fielmente na vila, até que numa manhã me esqueci das regras e escaldei minha levedura; com esse acidente, descobri que nem ele era indispensável – pois minhas descobertas não se davam pelo processo sintético, e sim pelo analítico – e, desde então, o dispenso de bom grado, embora a maioria das donas de casa me diga com sinceridade que pão saudável e seguro sem levedura não existe e os idosos profetizem uma decadência rápida das forças vitais. No entanto, descobri que não é um ingrediente essencial e, depois de um ano sem ele, ainda estou na terra dos vivos; fico feliz de escapar da trivialidade de levar uma garrafa cheia no bolso, que às vezes se abria e soltava seu conteúdo, para meu desconcerto. É mais simples e respeitável passar sem ela. O homem é um animal mais capaz que qualquer outro de adaptar-se a todos os climas e as circunstâncias. Também não usei nenhum carbonato de sódio ou quaisquer outros ácidos ou álcali no meu pão. Parecia ser feito de acordo com a receita que Marco Pórcio Catão deu dois séculos antes de Cristo. "*Panem depsticium sic facito. Manus mortariumque bene lavato. Farinam in mortarium indito, aquae paulatim addito, subigitoque pulchre. Ubi bene subegeris, defingito, coquitoque sub testu*", o que creio que significa: "Faça assim o pão sovado. Lave bem as mãos e a vasilha. Coloque a farinha na vasilha, adicione água gradualmente e sove bastante. Quando estiver bem sovado, molde-o e asse-o sob uma cobertura", ou seja, uma assadeira. Nem uma palavra sobre levedura. Mas nem sempre usei esse sustento da vida. Uma vez, devido ao vazio de minha bolsa, não vi nenhum por mais de um mês.

Qualquer morador da Nova Inglaterra pode fazer seu pão nesta terra de centeio e farinha de milho, sem depender de mercados distantes e flutuantes. No entanto, estamos tão longe da simplicidade e da independência que, em Concord, farinha fresca e boa é raramente vendida nas lojas, e canjica e milho numa forma ainda mais grosseira não são usados por quase ninguém. A maioria dos fazendeiros dá ao gado e aos porcos o grão que ele mesmo produz e compra farinha, que não é nem ao menos mais saudável, por um custo maior, na loja. Percebi que poderia facilmente cultivar um alqueire ou dois de centeio e milho, pois o primeiro cresce até no solo mais pobre, e o segundo não exige o melhor, e moê-los em um pilão, e assim ficar sem arroz e porco; se precisasse de doce concentrado, descobri por experimentação que poderia fazer bom melaço tanto de abóbora quanto de beterraba e sabia que precisaria apenas de uns pés de bordo para obtê-los ainda mais facilmente – enquanto eles estivessem crescendo, poderia usar vários substitutos além dos que já mencionei. "Pois", como cantavam os antepassados:

"Podemos fazer licor para adoçar nossos lábios
De abóboras e lascas de nogueira e pastinaca."

Por fim, quanto ao sal, o grande mantimento, obtê-lo pode ser uma boa ocasião para uma visita à praia; caso contrário, se ficasse sem ele, provavelmente beberia menos água. Não creio que os indígenas alguma vez se importaram em obtê-lo.

Assim conseguia evitar todo o comércio e a barganha no que dizia respeito a minha comida; então, já tendo um abrigo, restaria apenas conseguir roupas e combustível. As calças que uso agora foram tecidas na família de um fazendeiro – graças aos Céus ainda há tanta virtude no homem, pois acho que a queda do agricultor para o operário é tão grande e memorável quanto a do homem para o agricultor –, e, em um novo país, combustível é um ônus. Quanto ao hábitat, se não me fosse permitido ocupar, poderia comprar um acre pelo mesmo preço pelo qual era vendida a terra cultivada – a saber, oito dólares e oito centavos. Mas, naquele estado das coisas, considerei que aumentava o valor da terra ao ocupá-la.

Há certa classe de descrentes que às vezes me faz perguntas como se acho que posso viver apenas de comida vegetal; e, para alcançar o cerne da questão de uma vez – pois o cerne é fé –, costumo responder que posso viver de pregos. Se eles não conseguem entender isso, não conseguem entender muito do que tenho a dizer. De minha parte, fico feliz em saber que experimentos assim vêm sendo testados; como aquele jovem que tentou passar duas semanas vivendo de milho duro na espiga, usando os dentes como pilão. A tribo dos esquilos tentou a mesma coisa e obteve sucesso. A raça humana está interessada nesses experimentos, embora algumas velhas mulheres, incapacitadas para eles, que têm um terço em moinhos, possam se alarmar.

Meus móveis, parte dos quais eu mesmo fiz – e o resto não me custou nada além do que já prestei contas –, consistiam em uma cama, uma mesa, uma escrivaninha, três cadeiras, um espelho com sete centímetros e meio de diâmetro, um par de tenazes e o suporte da lareira, uma chaleira, uma caçarola, uma frigideira, uma concha, uma bacia, duas facas e dois garfos, três pratos, uma xícara, uma colher, uma jarra para azeite, uma jarra para melaço e uma lamparina laqueada. Ninguém é tão pobre que precise sentar-se em uma abóbora. Isso é falta de ambição. Há muitas cadeiras do jeito que eu gosto em porões da vila para serem levadas embora de graça. Mobília! Graças a Deus posso me sentar e ficar de pé sem a ajuda de um depósito de móveis. Que homem, além de um filósofo, não se envergonharia de ver sua mobília colocada em uma carroça e indo para o campo exposta à luz do céu e aos olhos dos homens, uma prestação de contas miserável de caixas vazias? Aquela é a mobília do Spaulding. Jamais poderia diferenciar, inspecionando tal carga, se pertencia a um homem dito rico ou a um pobre; o dono sempre parecia atingido pela pobreza. De fato, quanto mais você tem coisas assim, mais pobre é. Cada carga parece conter uma dúzia de casebres; e, se um casebre é pobre, isso é doze vezes pobre. Pois para que nos *mudamos* a não ser para nos livrar de nossa mobília e nossas exúvias; por fim, ir-se deste mundo para outro recentemente mobiliado e deixar este aqui para ser queimado? É como se todas essas armadilhas estivessem presas ao cinto de um homem, e ele não pudesse se mover no campo acidentado onde estão nossas linhas sem arrastá-las – arrastar sua armadilha. A raposa sortuda deixou a cauda na armadilha. O rato-almiscarado roerá sua terceira pata para se libertar. Não é de surpreender que o homem tenha perdido sua elasticidade. Quantas vezes se vê encurralado! "Senhor, se me permite a ousadia, o que quer dizer com encurralado?" Se você é vidente, sempre que vê um homem, verá tudo o que ele possui, e o que ele finge repudiar, atrás dele, até a mobília de sua cozinha e todas as quinquilharias que ele junta e não queima, e ele parecerá amarrado a eles, avançando o que pode. Creio que o homem está encurralado quando passa por um buraco ou um portão onde sua carga com a mobília não pode segui-lo. Apenas posso sentir compaixão quando ouço algum homem de aparência elegante e compacta, aparentemente livre, preparado e pronto, falar de sua "mobília", como se estivesse ou não no seguro. "Mas o que devo fazer com minha mobília?" – então minha borboleta alegre fica presa numa teia de aranha. Mesmo aqueles que parecem por muito tempo não ter nada, se questionados mais de perto, se descobrirá que têm algo guardado no celeiro de alguém. Olho para a Inglaterra hoje como um velho cavalheiro que viaja com bastante bagagem, quinquilharias que acumulou em um longo tempo de cuidados domésticos, que ele não tem coragem de queimar; baú grande, baú pequeno, chapeleira, embrulho. Jogue fora ao menos os primeiros três. Certamente ultrapassaria as forças de um homem saudável hoje pegar sua cama e andar, e certamente aconselharia um doente a baixar a sua e correr. Quando encontrei um imigrante cambaleando debaixo de uma trouxa que continha tudo de seu – parecendo um cisto enorme em cima do pescoço –, fiquei com pena dele não por ser tudo o que tinha, mas porque ele tinha tudo *aquilo* para carregar. Se precisar arrastar minha armadilha, cuidarei para que seja uma leve e que não me fure em uma parte vital. Mas talvez o mais sábio seja jamais colocar a pata nela.

    Observo, a propósito, que não gastei nada em cortinas, pois não tenho um observador para bloquear a vista além do sol e da lua e desejo que avistem o interior. A lua não vai azedar o leite nem estragar uma carne minha, tampouco o sol vai ferir minha mobília ou desbotar meu tapete; e, se ele às vezes é um amigo caloroso demais, ainda acho melhor economia me esconder atrás de uma cortina que a natureza providenciou que adicionar um único item nos detalhes dos cuidados domésticos. Uma senhora uma vez me ofereceu um capacho, mas, como não tinha espaço dentro da casa nem tinha tempo dentro ou fora da casa para batê-lo, recusei, preferindo limpar os pés no torrão de grama diante da porta. É melhor evitar o começo de um novo mal.

Não muito tempo depois, compareci ao leilão dos pertences do diácono, pois sua vida não fora inútil:

"O mal que os homens fazem sobrevive depois deles."

Como de costume, uma grande proporção era quinquilharia que começara a se acumular na época do pai dele. Entre o resto, havia uma tênia seca. E agora, depois de passar meio século no sótão dele e em outros buracos cobertos de pó, aquelas coisas não foram queimadas; em vez de uma *fogueira*, ou da destruição purificadora delas, houve um *leilão*, ou aumento delas. Os vizinhos se juntaram com alegria para vê-las, compraram todas e cuidadosamente as transportaram para seus sótãos e seus buracos cobertos de pó, para ficar ali até que que seu espólio fosse decidido, quando começariam novamente. Quando um homem morre, ele chuta a poeira.

Os costumes de algumas nações selvagens poderiam, talvez, ser imitados por nós de modo proveitoso, pois eles ao menos aparentam trocar de pele anualmente; têm a ideia da coisa, realidade ou não. Não seria bom se celebrássemos um *"busk"*, ou "festival dos primeiros frutos", como Bartram descreve ser o costume dos indígenas mucclasse? "Quando uma cidade celebra o *busk*", ele diz, "tendo antes providenciado para si novas roupas, novos potes e panelas e outros utensílios domésticos e móveis, eles reúnem todas as roupas gastas e outras coisas desprezíveis, varrem e limpam suas casas, praças e toda a cidade da sujeira, que jogam com o restante dos grãos e outras provisões velhas em uma pilha comum e queimam. Depois de tomarem remédio e de jejuarem por três dias, todas as fogueiras na cidade são extintas. Durante o jejum, eles se abstêm da gratificação de todos os apetites e as paixões. Uma anistia geral é proclamada; todos os malfeitores podem retornar a suas cidades".

"Na quarta manhã, o sumo sacerdote, esfregando madeira seca, produz uma nova fogueira na praça pública, da qual cada moradia na cidade é abastecida com uma chama nova e pura."

Eles então banqueteiam com espigas novas e frutas, e dançam e cantam por três dias, "e nos quatro dias seguintes recebem visitas e se rejubilam com os amigos de cidades vizinhas que se purificaram e se prepararam da mesma maneira".

ECONOMIA

Os mexicanos também praticavam uma purificação parecida ao fim de cada cinquenta e dois anos, na crença de que estava na hora de o mundo acabar.

Poucas vezes ouvi falar de um sacramento mais verdadeiro, isto é, como o dicionário define, "um sinal externo e visível de uma graça espiritual interna", que isso, e não duvido de que foram originalmente inspirados de forma direta pelo Céu para fazer isso, embora não tenham registro bíblico de tal revelação.

Por mais de cinco anos, eu me sustentei apenas com o trabalho de minhas mãos e descobri que, trabalhando cerca de seis semanas no ano, poderia cobrir todas as despesas de vida. A totalidade de meus invernos, assim como a maior parte de meus verões, ficou livre para estudar. Tentei com afinco manter uma escola e descobri que meus custos eram proporcionais, ou melhor, desproporcionais, a meus ganhos, pois eu era obrigado a me vestir e treinar, sem falar de pensar e acreditar, de acordo, e perdi meu tempo no negócio. Como não ensinava pelo bem do homem, mas simplesmente para ganhar a vida, era um fracasso. Tentei o comércio, mas descobri que levaria dez anos para fazer progresso nisso e que, então, provavelmente estaria a caminho do diabo. De fato, temi que pudesse, portanto, estar fazendo o que é considerado um bom negócio. Antes, quando pesquisava para ver o que poderia fazer para ganhar a vida, com uma experiência triste de me conformar aos desejos dos amigos ainda fresca na mente para sobrecarregar minha ingenuidade, pensei com frequência e seriedade em colher mirtilos-vermelhos; que certamente poderia fazê-lo e que seu pequeno lucro poderia ser suficiente – pois minha grande habilidade era desejar pouco –, exigia tão pouco capital, tão pouca distração de meus humores costumeiros, pensei, tolamente. Enquanto meus conhecidos seguiam sem hesitar para o comércio ou outras profissões, eu contemplava aquela ocupação em grande parte como a deles; percorrer as colinas por todo o verão para colher as bagas que estivessem em meu caminho e depois me dispor delas sem cuidado; assim, como manter os rebanhos de Admeto. Também sonhava em poder colher ervas silvestres ou levar plantas perenes para os moradores da vila que amavam ser lembrados da mata, mesmo na cidade, por carretas de feno. Mas desde então aprendi que o comércio amaldiçoa tudo o que toca; e, mesmo se comerciar mensagens do céu, toda a maldição do comércio se liga ao negócio.

Como eu preferia certas coisas a outras e valorizava especialmente minha liberdade, como podia me virar bem com pouco, não desejava passar o tempo conseguindo ricos tapetes ou outras mobílias refinadas, ou culinária delicada, ou uma casa no estilo grego ou gótico, não ainda. Se há alguém para quem adquirir essas coisas não causa impedimentos, e que sabe usá-las depois de adquiri-las, deixo a essa pessoa tal busca. Alguns são "industriosos" e parecem amar o trabalho por si só, ou talvez porque os mantenha longe de piores danos; a esses não tenho, no momento, nada a dizer. Aos que não saberiam o que fazer com mais tempo livre que aquele de que desfrutam agora, devo aconselhar que trabalhem o dobro do que fazem – trabalhem até pagar suas despesas e consigam seus papéis de alforria. Para mim, descobri que a ocupação de trabalhador contratado por dia era a mais independente de todas, em especial porque exigia apenas trinta ou quarenta dias ao ano para ganhar o sustento. O dia do trabalhador termina com o pôr do sol, e ele então fica livre para se devotar à atividade escolhida, independentemente de seu trabalho; mas seu empregador, que especula de mês a mês, não tem trégua de uma ponta à outra do ano.

Em resumo, estou convencido, tanto por fé quanto por experiência, de que se manter nesta terra não é uma dificuldade, e sim um passatempo, se vivermos com simplicidade e sabedoria; assim como as atividades das nações mais simples ainda são esportes nas mais artificiais. Um homem não tem necessidade de ganhar seu sustento com o suor de seu rosto, a não ser que ele transpire com mais facilidade que eu.

Um jovem conhecido, que herdou alguns acres, me disse que achou que devia viver como eu fiz, *se tivesse os meios*. Não obrigaria ninguém a adotar *meu* modo de vida por nenhum motivo; afinal, além do mais, antes que ele aprendesse de fato, eu poderia ter encontrado outro para mim mesmo, e desejo que existam tantas pessoas diferentes no mundo quanto possível; no entanto, gostaria que cada um descobrisse com muito cuidado *seu próprio* caminho e o seguisse – e não o de seu pai, o de sua mãe ou o do vizinho. Os jovens podem construir, plantar ou navegar, desde que não sejam impedidos de fazer o que dizem que gostariam de fazer. Somos sábios apenas por um ponto matemático, como o marinheiro ou o escravo fugitivo mantêm os olhos na Estrela do Norte; mas isso é orientação suficiente para toda a nossa vida. Podemos não chegar ao porto dentro de um período calculável, mas preservaríamos o curso verdadeiro.

Sem dúvidas, neste caso, o que é verdade para um é ainda mais verdade para uma centena, como uma casa maior não é proporcionalmente mais cara que uma menor, já que só um teto pode cobrir, um só porão pode ficar abaixo e uma parede pode separar diferentes aposentos. De minha parte, prefiro a moradia solitária. Além disso, é em geral mais barato construir tudo sozinho que convencer outra pessoa das vantagens de uma parede comunitária; e, quando tiver feito isso, a partição comum, para ser muito mais barata, precisa ser fina, e a outra pessoa pode se mostrar um mau vizinho e não manter seu lado em boas condições. A única cooperação possível é muito parcial e superficial; e a pouca cooperação verdadeira que existe é como se não existisse, sendo a harmonia inaudível para o homem. Se um homem tem fé, ele irá cooperar com a mesma fé em todo lugar; se não a tem, continuará a viver como o resto do mundo, não importa a companhia. Cooperar no sentido mais elevado e também no mais baixo significa *ganhar a vida juntos*. Ouvi recentemente a proposição de que dois jovens deveriam viajar juntos pelo mundo, um sem dinheiro, ganhando seus meios enquanto seguia, diante do mastro e atrás do arado, e outro com uma ordem de pagamento no bolso. Seria fácil perceber que não poderiam mais ser companheiros ou cooperar, já que um não *operaria*. Eles se separariam na primeira crise interessante em suas aventuras. Acima de tudo, como dei a entender, o homem que segue sozinho pode começar hoje; mas quem viaja com outra pessoa precisa esperar até que ela esteja pronta – e pode levar um bom tempo até que partam.

Mas tudo isso é muito egoísta, ouvi alguns de meus concidadãos dizerem. Confesso que até aqui me envolvi bem pouco em empreendimentos filantrópicos. Fiz alguns sacrifícios a um sentido de dever e, entre outros, também sacrifiquei esse prazer. Há aqueles que usaram todas as suas artes para me persuadir a cuidar do sustento de uma família pobre da cidade; e, se não tivesse nada para fazer – pois o diabo encontra trabalho para o ocioso –, poderia tentar algum passatempo como esse. No entanto, quando pensei em me entregar a esse propósito e conseguir alguns créditos no Céu deles mantendo certas pessoas pobres tão confortavelmente quanto eu mesmo em todos os aspectos, e cheguei ao ponto de fazer a oferta, todos preferiram, sem hesitação, continuar pobres. Enquanto moradores e moradoras de minha cidade se devotam de tantas maneiras a fazer o bem a seus semelhantes, creio que ao menos um possa ser dispensado para outras atividades menos humanas. É preciso ter talento para caridade, assim como para qualquer outra coisa. Quanto ao fazer-o-bem, é uma das profissões mais plenas e exigentes. Além do mais, tentei com justiça e, por mais estranho que possa parecer, fico satisfeito que não combine com minha constituição. Provavelmente não deveria abandonar de modo consciente e deliberado qualquer chamado particular para fazer o bem que a sociedade demande de mim, salvar o universo da aniquilação; e creio que apenas uma constância parecida, mas infinitamente maior, em outro lugar, é tudo que o preserva agora. Mas não ficaria entre um homem e seu talento; e, para quem faz esse trabalho, o qual eu recuso, com todo o coração, a alma e a vida, eu diria: persevere, mesmo quando o mundo disser que faz o mal, como é provável que diga.

Estou longe de imaginar que meu caso seja peculiar; sem dúvida, muitos de meus leitores dariam uma justificativa parecida. Ao fazer algo – não garanto que os vizinhos digam que é o bem –, não hesito em dizer que sou um ótimo empregado; contudo, o que isso significa cabe a meu empregador descobrir. Qualquer *bem* que eu faça, no sentido comum da palavra, deve estar ao lado de meu caminho principal, e na maior parte totalmente sem intenção. Os homens dizem, praticamente: comece onde está e como é, sem almejar ter mais valor, e, com bondade premeditada, siga fazendo o bem. Se fosse pregar algo nessa linha, eu diria: comece sendo bom. Como se o sol fosse parar quando tivesse avivado seu fogo até o esplendor de uma lua ou uma estrela de sexta grandeza, e saísse como um duende olhando para dentro das janelas de todas as casas, inspirando lunáticos e estragando carnes, tornando a escuridão visível, em vez de aumentar seu calor e sua beneficência genial até que brilhasse tanto que nenhum mortal pudesse olhar para seu rosto, e então, e também nesse ínterim, andar pelo mundo em sua própria órbita, fazendo o bem, ou melhor, como uma filosofia mais verdadeira foi descoberta, o mundo seguindo em torno dele, ficando bom. Quando Faetonte, desejando provar seu nascimento celestial por seu bem-fazer, pegou a carruagem do sol por um só dia e a guiou para fora do caminho de sempre, queimou vários quarteirões de casas nas ruas mais baixas do céu, e tostou a superfície da Terra, e secou todas as fontes e fez o grande deserto do Saara, até que, por fim, Júpiter o jogou de cabeça para a Terra com um relâmpago, e o sol, de luto por sua morte, não brilhou por um ano.

    Não há cheiro tão ruim quanto o que se levanta de uma bondade estragada. É carniça humana, divina. Se soubesse com certeza que um homem seguia para minha casa com o projeto consciente de me fazer bem, correria para salvar minha vida, como se fosse daquele vento seco e abrasador dos desertos africanos chamado simum, que enche boca, nariz, olhos e ouvidos de areia até sufocar, por temer que ele conseguisse fazer um pouco de seu bem para mim – um pouco de seu vírus misturado em meu sangue. Não; neste caso, preferiria sofrer o mal do modo natural. Um homem não é um bom *homem* para mim porque me alimentará se eu estiver faminto ou porque me aquecerá se eu estiver congelando ou porque me tirará de uma vala algum dia se eu cair dentro de uma. Posso lhe arranjar um cão terra-nova que faz o mesmo. A filantropia não é o amor pelo semelhante no sentido mais amplo. Howard com certeza era um homem bastante bondoso e digno a seu modo e teve sua recompensa; mas, falando comparativamente, o que são para nós cem Howards se a filantropia deles não *nos* ajuda em nosso melhor estado, quando somos mais merecedores de ajuda? Jamais soube de um encontro filantrópico em que tenha sido proposto sinceramente algum bem para mim ou para os que são como eu.

    Os jesuítas ficaram um tanto desapontados com indígenas que, ao serem queimados na estaca, sugeriam novas maneiras de tortura a seus algozes. Estando acima do sofrimento físico, às vezes ocorria de serem superiores a qualquer consolo que os missionários poderiam oferecer; e a lei de fazer aos outros o que queremos que nos façam era menos persuasiva aos ouvidos daqueles que, de sua parte, não se importavam com o que faziam com eles, que amavam seus inimigos seguindo uma nova moda e que chegaram muito perto de perdoar tudo o que fizeram.

    Certifique-se de dar ao pobre a ajuda de que ele mais precisa, embora seja o seu exemplo que os ultrapassa. Se doa dinheiro, doe-se com ele, e não apenas o abandone com eles. Às vezes cometemos erros curiosos. É comum o pobre não estar tão faminto ou friorento quanto sujo, maltrapilho e imundo. É em parte seu gosto, não apenas seu azar. Se lhe der dinheiro, talvez ele compre mais trapos. Eu costumava sentir pena dos trabalhadores irlandeses desajeitados que cortavam gelo no lago em roupas tão pobres e rasgadas, enquanto eu estremecia em minhas vestes mais arrumadas e na moda, até que, num dia muito frio, um deles que caíra na água veio se aquecer em minha casa, e o vi tirar três pares de calças e dois pares de meias até chegar à pele, embora estivessem bastante sujas e maltrapilhas, é verdade, e que ele podia recusar as vestes *extra* que lhe oferecia, com tantas *intra* que tinha. O mergulho era exatamente aquilo de que ele precisava. Então comecei a ter pena de mim mesmo e percebi que seria caridade maior me dar uma camisa de flanela que dar toda uma loja de roupas para ele. Há mil podando os galhos do mal para cada um que golpeia a raiz, e pode ser que aquele que dá mais tempo e dinheiro aos necessitados faça mais, por seu modo de vida, para produzir a miséria que ele tenta em vão aliviar. É o criador de escravos pio que devota os lucros de um escravo a cada dez a fim de comprar um domingo de liberdade para o resto. Alguns mostram a bondade aos pobres empregando-os em suas cozinhas. Não seria mais bondoso se empregassem a si mesmos ali? Você se gaba de destinar um décimo de seus ganhos à caridade; talvez devesse destinar os nove décimos e acabar com isso. A sociedade recupera apenas uma décima parte da propriedade assim. Isso se deve à generosidade de quem a possui ou ao descuido dos oficiais de justiça?

A filantropia é quase a única virtude a ser suficientemente estimada pela humanidade. Não, é bastante superestimada – e é nosso egoísmo que a superestima. Um homem pobre e robusto, num dia ensolarado aqui em Concord, elogiou um concidadão para mim porque, conforme disse, o homem era bom para os pobres; significando ele mesmo. Os bons tios e tias da raça são mais estimados que seus verdadeiros pais e mães espirituais. Uma vez ouvi um reverendo falar sobre a Inglaterra, um homem de grande erudição e inteligência, depois de enumerar expoentes científicos, literários e políticos, Shakespeare, Bacon, Cromwell, Milton, Newton e outros, falando a seguir de seus heróis cristãos, como se sua profissão assim lhe exigisse, os elevou a um lugar muito acima de todo o resto, como os maiores entre os grandes. Ali estavam Penn, Howard e a senhora Fry. Todos devem sentir a falsidade e a hipocrisia disso. Esses últimos não eram os melhores homens e mulheres da Inglaterra; apenas, talvez, os melhores filantropos.

Eu não subtrairia nada do louvor devido à filantropia; apenas exijo justiça por todos que, por sua vida e sua obra, são uma bênção para a humanidade. Não dou maior valor para a retidão e a benevolência de um homem, que são como seu caule e as folhas. As plantas que, depois de secas, usamos para fazer chá para o doente servem para um uso humilde e são mais utilizadas por curandeiros. Quero a flor e o fruto de um homem; que alguma fragrância flutue dele até mim, que alguma madureza dê sabor a nossa comunicação. Sua bondade não deve ser um ato parcial e transitório, mas uma superfluidade constante, que não custa nada a ele e da qual está inconsciente. Isso é uma caridade que esconde uma pilha de pecados. O filantropo com muita frequência cerca a humanidade com a lembrança de suas próprias tristezas descartadas, como uma atmosfera, e chama isso de empatia. Deveríamos partilhar nossa coragem, não nosso desespero, nossa saúde e nosso conforto, não nossa doença, e cuidar para que esta não se espalhe por contágio. De quais planícies sulistas vem o som de lamento? Em qual latitude residem os pagãos e a quem deveríamos enviar luz? Quem é o homem intempestivo e brutal a quem precisamos redimir? Se algo aflige um homem, de modo que ele não cumpre suas funções, se ele tem dor nos intestinos – pois ali é o local da empatia –, ele sem demora se põe a reformar... o mundo. Sendo um microcosmo em si, ele descobre – e é uma descoberta verdadeira, e ele é o homem certo para fazê-la – que o mundo vem comendo maçãs verdes; aos olhos dele, na verdade, o globo em si é uma grande maçã verde, e há o perigo, horrível de pensar, de que os filhos dos homens a mordiscarão antes que esteja madura; e imediatamente sua filantropia busca os esquimós e os habitantes da Patagônia e abraça as populosas vilas indianas e chinesas; e assim, em alguns anos de atividade filantrópica, nesse meio-tempo os poderes o usam para seus próprios fins, sem dúvidas ele se cura de sua indigestão, o globo adquire um leve rubor em uma ou nas duas faces, como se começasse a amadurecer, e a vida perde sua crueza, e viver volta a ser doce e saudável. Jamais sonhei uma enormidade maior do que já cometi. Nunca conheci, nem jamais conhecerei, homem pior que eu mesmo.

    Creio que o que entristece tanto o reformista não é sua empatia pelo semelhante em perigo, mas, sim, suas aflições privadas, embora seja o mais santo filho de Deus. Se tudo isso se acertar, se a primavera chegar a ele, e a manhã se levantar sobre seu divã, ele abandonará sua companhia generosa sem justificativas. Minha desculpa para não fazer sermões contra o uso do tabaco é que jamais o masquei, isso é uma pena que os mascadores de fumo que se emendaram devem pagar – embora existam muitas coisas que masquei e contra as quais poderia fazer sermões. Se algum dia trair-se entrando em uma dessas filantropias, não deixe que a sua mão esquerda saiba o que sua mão direita faz, pois não vale a pena saber. Salve quem se afoga e amarre os cadarços. Não tenha pressa e inicie algum trabalho gratuito.

Nossos modos foram corrompidos pela comunicação com os santos. Nossos hinários ressoam um praguejar melodioso contra Deus, suportando-O para sempre. Seria possível dizer que até os profetas e os redentores mais consolaram os medos que confirmaram as esperanças dos homens. Não há registro em lugar nenhum de uma simples e incontrolável satisfação com o dom da vida, nenhum louvor memorável a Deus. Toda saúde e todo sucesso me fazem bem, por mais distantes e remotos que possam parecer; toda doença e todo fracasso ajudam a me entristecer e me fazem mal, por mais empatia que possam ter por mim ou eu por eles. Então, se de fato vamos restaurar a humanidade por meios verdadeiramente nativos, botânicos, magnéticos ou naturais, primeiro sejamos nós mesmos simples e bons como a própria Natureza, dispersemos as nuvens sobre nossa cabeça e bebamos um pouco de vida pelos poros. Não fique a supervisionar os pobres, mas trabalhe para se tornar um dos mais valorosos do mundo.

Li em *Gulistan, o jardim das rosas*, do xeque Saadi de Shiraz, que "perguntaram a um sábio: das muitas árvores celebradas que o Altíssimo Deus criou imponentes e sombreadas, a nenhuma chamam *azad*, ou livre, a não ser o cipreste, que não produz fruto; que mistério é esse? Ele respondeu: cada um tem sua produção apropriada, e estação certa, durante a qual está fresca e florida e, em sua ausência, seca e murcha; a nenhum desses estados o cipreste se expõe, florescendo sempre; e dessa natureza são os *azads*, ou independentes religiosos. Não prendas teu coração no que é transitório, pois o Djilah, ou Tigre, continuará a correr por Bagdá depois que a raça dos califas for extinta; se tuas mãos têm muito, sê generoso como a tamareira; mas, se nada tens para dar, sê um *azad*, ou homem livre, como o cipreste".

VERSOS COMPLEMENTARES

As pretensões da pobreza

Tu muito presumes, pobre miserável
Reclamar uma estação no firmamento
Por que tua cabana humilde, ou tua banheira,
Nutre alguma virtude pedante ou desleixada
No sol barato ou em fontes sombreadas,
Com raízes e verduras; onde tua mão direita,
Arrancando as paixões humanas da mente,
Sobre as quais belas virtudes florescem,
Degrada a natureza, e adormece os sentidos,
E, como a Górgona, transforma homens ativos em pedra.
Não exigimos a sociedade maçante
De tua temperança necessitada
Ou daquela estupidez artificial
Que não conhece alegria ou tristeza nem tua fortaleza
Passiva e falsamente exaltada
Acima dos ativos. Raça abjeta e baixa,
Que se assenta na mediocridade,
Tornou-se vossa mente servil; mas avançamos
Apenas nas virtudes que admitem excesso,
Atos corajosos, generosos, magnificência real,
Prudência que tudo vê, magnanimidade
Que não conhece limite, e aquela virtude heroica
Para a qual a Antiguidade não deixou nome.
Apenas modelos, como Hércules,
Aquiles, Teseu. De volta a tua detestada cela,
Quando vires uma nova esfera iluminada,
Leia para saber quem foram tais valorosos.

T. CAREW

2
Onde e para que vivi

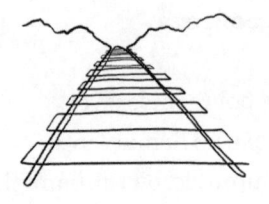

Em certa época da vida, temos o hábito de considerar qualquer local um lugar potencial para uma casa. Desse modo, inspecionei o campo em um raio de vinte quilômetros de onde vivo. Em minha imaginação, comprei todas as fazendas em sucessão, pois sabia o preço de tudo o que havia para ser comprado. Caminhei pelos terrenos de cada agricultor, provei suas maçãs silvestres, conversei com eles sobre agricultura, aceitei o preço deles pela fazenda, qualquer preço, fazendo uma hipoteca mental; até botei um preço mais alto – aceitava tudo, menos a escritura: aceitei a palavra deles como escritura, pois adoro conversa –, cultivei a terra, e a eles também em algum grau, creio, e parti quando tinha desfrutado o bastante, deixando-os continuar. Essa experiência me fez ser considerado uma espécie de corretor imobiliário entre meus amigos. Poderia morar onde quer que me sentasse, e consequentemente a paisagem radiava de mim. O que é uma casa além de uma *sedes*, um assento? Melhor ainda se for uma sede no campo. Descobri muitos lugares para uma casa que não receberiam melhorias em breve, os quais alguns poderiam considerar longe demais da vila; no entanto, a meu ver, era a vila que ficava longe demais de lá. Bem, eu poderia viver ali, disse; e ali eu vivi de fato, por uma hora, uma vida de inverno e verão; vi como poderia deixar os anos correrem, atravessar o inverno, ver entrar a primavera. Os futuros habitantes dessa região, não importa onde coloquem suas casas, podem ter certeza de que foram antecipados. Uma tarde foi o suficiente para dividir a terra em pomar, lote de lenha e pasto, e decidir quais eram os bons pinheiros e carvalhos a ser deixados de pé diante da porta e de onde cada árvore debilitada melhor poderia ser vista; e então a deixava ali, talvez em pousio, pois a riqueza de um homem é proporcional às coisas que ele pode se dar ao luxo de deixar em paz.

Minha imaginação me levava tão longe que até recebi a recusa de várias fazendas – a recusa era tudo o que eu queria –, mas nunca queimei os dedos em uma posse efetiva. O mais próximo que cheguei de posse efetiva foi quando comprei a fazenda dos Hollowell e tinha começado a separar minhas sementes e reunir o material para fazer uma carriola a fim de levá-las; contudo, antes que o proprietário me desse a escritura, a mulher dele – todo homem tem uma mulher assim – mudou de ideia e quis ficar com ela, e ele me ofereceu dez dólares para dispensá-lo do negócio. Para dizer a verdade, tinha apenas dez centavos, e minha aritmética não me permitia saber se eu era um homem que possuía dez centavos, uma fazenda, dez dólares ou tudo isso. No entanto, deixei que ele ficasse com os dez dólares e a fazenda também, pois tinha ido longe o suficiente, ou melhor, para ser generoso, vendi a ele a fazenda exatamente pelo que comprei, e, como ele não era um homem rico, presenteei-o com dez dólares e ainda fiquei com meus dez centavos, além de sementes e do material para uma carriola. Assim, achei que tinha sido rico sem nenhum detrimento à minha pobreza. Mas fiquei com a paisagem e, desde então, saio com seus lucros anuais, sem usar carriola. A respeito das paisagens:

"Sou monarca de tudo que *vistorio*
Meu direito aqui é indiscutível."

Com frequência, vi poetas irem embora, tendo desfrutado da parte mais agradável de uma fazenda, enquanto o fazendeiro rabugento imagina que ele só pegou maçãs silvestres. Ora, o dono passa muitos anos sem saber que o poeta colocou sua fazenda em rimas, o tipo mais admirável de cerca invisível, a trancou, tirou o leite, fez nata, ficou com o creme e deixou o fazendeiro apenas com leite desnatado.

As verdadeiras atrações da fazenda Hollowell eram, para mim: seu total isolamento, ficando a cerca de três quilômetros da vila e a oitocentos metros do vizinho mais próximo, separada da estrada por um campo largo; sua fronteira com o rio, cujo nevoeiro o dono disse proteger das geadas na primavera, embora isso não significasse nada para mim; a cor cinza e o estado de ruína da casa e do celeiro, e as cercas dilapidadas, que colocavam um bom intervalo entre mim e o ocupante anterior; as macieiras ocas e cobertas de líquen, mordiscadas por coelhos, mostrando o tipo de vizinhança que eu teria; e, sobretudo, a lembrança que tinha dali de minhas primeiras incursões rio acima, quando a casa estava escondida atrás de um denso bosque de bordos vermelhos através do qual ouvi o cão deles latir. Tinha pressa de comprá-la, antes que o proprietário terminasse de tirar algumas pedras, cortar as macieiras ocas e arrancar algumas bétulas que haviam brotado no pasto – em resumo, que fizesse qualquer outra de suas melhorias. Para desfrutar dessas vantagens, eu estava pronto para seguir adiante, e, como Atlas, colocar o mundo sobre os ombros – jamais soube qual recompensa ele recebeu por isso – e fazer o que não tinha outro motivo ou desculpa além de que poderia pagar pela fazenda e ser seu dono sem perturbações; pois sabia que ela daria a colheita mais abundante do tipo que eu queria se pudesse deixá-la em paz. Mas ocorreu o que eu disse.

Tudo o que eu poderia dizer, então, a respeito de agricultura em larga escala – sempre cultivei uma horta – é que tinha minhas sementes prontas. Muitos pensam que as sementes melhoram com o tempo. Não duvido que o tempo separa as boas das más; e, quando por fim plantá-las, tenho menos chances de me desapontar. Mas diria a meus camaradas, de uma vez por todas: enquanto for possível, viva livre de amarras. Faz pouca diferença se você está amarrado a uma fazenda ou à cadeia do condado.

O velho Catão, cujo *De re rustica* é meu *Cultivator*, diz – e a única tradução que vi da passagem não faz o menor sentido: "Quando pensar em comprar uma fazenda, tenha em mente não comprar com pressa; não poupe esforços para olhá-la e não pense que basta visitá-la uma vez. Quanto mais for lá, mais ela o agradará, se for boa". Acho que não comprarei com pressa, e sim farei visitas enquanto viver, e serei enterrado nela primeiro para que me agrade mais por fim.

O presente experimento foi meu primeiro do tipo, e proponho descrevê-lo com detalhes, por conveniência colocando a experiência de dois anos em um. Como disse, não proponho escrever uma ode ao desalento, mas me gabar tão alto quanto um galo pela manhã, de pé em seu poleiro, apenas para acordar os vizinhos.

Quando comecei a morar na mata, isto é, comecei a passar lá também as noites, além dos dias, o que, por acaso, foi no Dia da Independência, 4 de Julho de 1845, minha casa não estava terminada para o inverno, era mera defesa contra a chuva, sem reboco nem chaminé, as paredes de tábuas grosseiras e manchadas pela chuva, com grandes rachaduras, que a tornavam fresca à noite. Os pilares brancos cortados e as estruturas recém-pintadas da porta e das janelas lhe davam um aspecto arejado, especialmente de manhã, quando as madeiras estavam saturadas de orvalho, de modo que eu imaginava que lá pelo meio-dia exsudaria uma resina doce. Em minha mente, ela mantinha ao longo das horas um tanto desse caráter de aurora, recordando-me de certa casa na montanha que visitara um ano antes. Era uma cabana arejada e sem reboque, boa o suficiente para um deus viajante, enquanto uma deusa poderia prender as roupas. Os ventos que passavam em minha moradia eram os mesmos que varriam o cume das montanhas, levando a melodia partida, ou talvez apenas as partes celestiais, da música terrestre. O vento matinal sopra para sempre, o poema da criação é ininterrupto; mas poucos são os ouvidos que o escutam. O Olimpo está bem no exterior de toda a terra.

A única casa que tive antes, se não contar um barco, foi uma tenda, a qual eu usava ocasionalmente em excursões de verão e ainda está enrolada em meu sótão; mas o barco, depois de passar de mão em mão, desceu pelo rio do tempo. Com esse abrigo mais substancial em torno de mim, fiz algum progresso na direção de me assentar no mundo. Aquela estrutura, coberta de modo tão leve, era um tipo de cristalização ao meu redor e reagia ao construtor. Era sugestiva como um desenho em esboço. Eu não precisava sair para tomar ar fresco, pois a atmosfera dentro dela não perdia nada de seu frescor. Onde costumava me sentar não era como estar no interior de portas, e sim atrás de uma porta, mesmo no tempo mais chuvoso. O *Harivamsa* diz: "Moradia sem pássaros é como carne sem tempero". Minha moradia não era assim, pois me vi de repente vizinho dos pássaros; não por ter aprisionado um, mas por ter me engaiolado perto deles. Eu não estava apenas mais perto daqueles que em geral frequentam o jardim e o pomar, mas dos menores e mais empolgantes cantores da floresta, que nunca, ou raramente, fazem serenata para um morador do vilarejo – o tordo, o sabiá norte-americano, o sanhaço-escarlate, o pardal-do-campo, o bacurau e muitos outros.

Estava assentado às margens de um pequeno lago, cerca de dois quilômetros e meio ao sul da vila de Concord, e um tanto acima dela, no meio de uma mata extensa entre aquela cidade e Lincoln, e a cerca de três quilômetros e meio ao sul de nosso único campo famoso, o Campo de Batalha de Concord; mas estava tão fundo na mata que a costa oposta, a oitocentos metros, como todo o resto, coberta de árvores, era meu horizonte mais distante. Na primeira semana, sempre que eu olhava para o lago, ele me impressionava como uma lagoa da montanha, o fundo muito acima da superfície de outros lagos, e, conforme o sol se levantava, eu o via se despir de sua roupa noturna de névoa, e, aqui e ali, aos poucos, suas ondas suaves de superfície espelhada se revelavam, enquanto as brumas, como fantasmas, retiravam-se dissimuladamente para dentro da mata em todas as direções, como o fim de algum conventículo noturno. O próprio orvalho parecia permanecer sobre as árvores até mais tarde no dia que de costume, assim como nas laterais das montanhas.

Esse pequeno lago era a vizinhança mais valiosa nos intervalos das chuvas gentis de agosto, quando, estando ar e água perfeitamente imóveis, mas o céu ainda nublado, o meio da tarde tinha toda a serenidade da noite, e o tordo cantava e era ouvido de margem a margem. Um lago assim nunca é mais tranquilo que em uma hora como essa; e, com a porção clara do ar sobre ele rasa e escurecida por nuvens, a água, cheia de luzes e reflexos, torna-se ela mesma um céu baixo e, por isso, mais importante. De um cume próximo, onde a mata fora recentemente cortada, havia uma bela vista para o sul do lago, através de uma fenda nas colinas que formavam a margem ali, onde os lados opostos, descendo em direção um ao outro, sugeriam um riacho correndo naquela direção em meio a um vale coberto de mata, mas não havia riacho. Naquela direção, avistava entre os montes verdes outras montanhas mais distantes e altas no horizonte, tingidas de azul. De fato, se ficasse na ponta dos pés, conseguia vislumbrar alguns dos picos de cordilheiras ainda mais distantes e azuis a noroeste, aquelas moedas de azul verdadeiro cunhadas na casa da moeda do céu, e também parte da vila. Mas, nas outras direções, mesmo daquele ponto, não conseguia ver além da floresta que me cercava. É bom ter água na vizinhança, para dar à terra leveza e flutuação. Um mérito até da menor fonte é que, quando você mira dentro dela, percebe que a terra não é um continente, mas é insular. É tão importante quanto manter a manteiga fresca. Quando olhei de um cume para o outro lado do lago, em direção às campinas de Sudbury, que na cheia eu via elevadas, talvez por uma miragem em seu vale enfumaçado, como uma moeda numa bacia, toda a terra além do lago parecia uma fina casca ilhada que flutuava nesta delgada camada de água invertida, e eu lembrava que ali onde vivia era *terra seca*.

 Embora a vista de minha porta fosse ainda mais compacta, não me sentia nem um pouco apertado ou confinado. Havia pasto o suficiente para minha imaginação. O platô baixo de arbustos de carvalho da outra margem se estendia na direção das pradarias do oeste e das estepes da Tartária, com muito espaço para todas as famílias nômades. "Não há ninguém feliz no mundo além dos seres que desfrutam livremente de um vasto horizonte", disse Damodara, quando seus rebanhos exigiram pastos novos e maiores.

 Tempo e espaço mudaram, e vivi mais perto das partes do universo e das eras da história que mais me atraíam. Onde morava era mais longe que muitas regiões vistas por astrônomos à noite. Estamos acostumados a imaginar locais raros e deleitosos em algum canto remoto e mais celestial do sistema, atrás da constelação de Cassiopeia, longe de barulhos e distúrbios. Descobri que minha casa realmente estava em uma parte recolhida, mas para sempre nova e imaculada, do universo. Se valesse a pena me instalar naquelas partes próximas das Plêiades ou das Híades, de Aldebarã ou Altair, então estive realmente lá, ou a uma distância semelhante da vida que havia deixado para trás, diminuto e cintilando raios finos ao vizinho mais próximo, para ser visto por ele apenas em noites sem lua. Assim era aquela parte da criação que ocupei:

> "Havia um pastor que vivia
> E pensava de modo elevado
> Como as montanhas onde seus rebanhos
> De hora em hora o alimentavam."

O que deveríamos pensar da vida do pastor se seu rebanho sempre escapa para pastos mais elevados que seus pensamentos?

Cada manhã era um convite alegre para tornar minha vida tão simples e, devo dizer, inocente quanto a própria Natureza. Fui um devoto tão sincero de Aurora quanto os gregos. Eu me levantava cedo e me banhava no lago; era um exercício religioso, além de uma das melhores coisas que fiz. Dizem que na banheira do rei Ching-Tang havia caracteres entalhados que diziam algo como: "Renova-te completamente a cada dia; faça isso sempre". Isso posso compreender. A manhã traz de volta as eras heroicas. Eu era tão afetado pelo zumbido fraco de um mosquito fazendo seu passeio invisível e inimaginável em minha moradia de manhã cedinho, quando me sentava com porta e janelas abertas, quanto seria por qualquer trombeta que um dia anunciou a fama. Era o réquiem de Homero; em si a *Ilíada* e a *Odisseia* do ar, cantando sua própria ira e suas andanças. Havia algo cósmico nele; um anúncio, válido até segundo aviso, do vigor eterno e da fertilidade do mundo. A manhã, que é a parte mais memorável do dia, é a hora de despertar. Então há ao menos sonolência em nós; e, por uma hora, no mínimo, desperta uma parte de nós que cochila o resto do dia e da noite. Pouco pode se esperar do dia, se é que pode ser chamado de dia, em que somos despertados não por nosso Gênio, mas pelos cutucões mecânicos de algum criado, não somos despertados por nossas aspirações internas e nossas forças recém-adquiridas, acompanhadas por ondulações de música celestial, em vez de sinos de fábrica, e uma fragrância tomando o ar – para uma vida mais elevada que a que deixamos ao adormecer; e assim a escuridão frutifica, e prova ser boa, não menos que a luz. O homem que não crê que cada dia contém uma hora anterior, mais sagrada e auroral que as que ele já profanou, está desesperado da vida e desce um caminho que fica cada vez mais escuro. Depois do fim de parte de sua vida sensual, a alma de um homem – ou seus órgãos, na verdade – é revigorada diariamente, e seu Gênio tenta outra vez a vida nobre que pode conseguir. Todos os acontecimentos memoráveis, deveria dizer, ocorrem no tempo da manhã e numa atmosfera matinal. Os *Vedas* dizem: "Todas as inteligências despertam com a manhã". Poesia e arte, os mais belos e memoráveis atos dos homens, datam dessa hora. Todos os poetas e os heróis, como Mêmnon, são filhos da Aurora e emitem sua música ao nascer do sol. Para aquele cujos pensamentos elásticos e vigorosos mantêm o ritmo do sol, o dia é uma manhã perpétua. Não importa o que dizem o relógio ou as atitudes e os trabalhos dos homens. Manhã é quando estou desperto e há uma aurora em mim. A reforma moral é o esforço de jogar fora o sono. Por que os homens fazem um relato tão pobre de seu dia se não estavam cochilando? Não são tão ruins no cálculo. Se não fossem dominados pelo sono, teriam feito algo. Há milhões despertos o suficiente para trabalho físico; mas apenas um em um milhão está desperto o bastante para o esforço intelectual efetivo, apenas um em cem milhões, para uma vida poética ou divina. Estar desperto é estar vivo. Ainda não conheci um homem que estivesse bem desperto. Como poderia ter olhado para seu rosto?

Precisamos aprender a despertar novamente e nos mantermos despertos, não com auxílios mecânicos, mas por uma imensa expectativa pelo amanhecer, que não nos abandona em nosso sono mais profundo. Não conheço fato mais encorajador que a habilidade inquestionável do homem de elevar sua vida por esforço consciente. É um feito ser capaz de pintar uma imagem em particular, ou esculpir uma estátua, e deixar belos alguns objetos; mas é muito mais glorioso esculpir e pintar a própria atmosfera e o meio através do qual olhamos, o que podemos fazer moralmente. Afetar a qualidade do dia é a mais alta de todas as artes. Cada homem é encarregado de fazer sua vida, mesmo nos detalhes, digna de ser contemplada em sua hora mais elevada e crítica. Se nos recusamos, ou melhor, desperdiçamos, a pouca informação que conseguimos, os oráculos podem nos informar distintamente sobre como isso pode ser feito.

Fui para a floresta porque desejava viver deliberadamente, enfrentar apenas os fatos essenciais da vida e ver se poderia aprender o que tinham a ensinar, e não descobrir, quando estivesse à beira da morte, que não tinha vivido. Não queria viver o que não era vida, viver é tão caro; nem desejava praticar a resignação, a não ser que fosse muito necessário. Queria viver profundamente e sugar todo o tutano da vida, viver de modo tão robusto e espartano que arrancasse tudo que não fosse vida, cortasse uma faixa larga e raspasse bem, enfiasse a vida num canto e a reduzisse a seus termos mais baixos, e, se ela se mostrasse mesquinha, então arrancar toda a mesquinharia genuína dela e publicar para o mundo; ou, se fosse sublime, saber por experiência e ser capaz de fazer um relato verdadeiro em minha próxima excursão. Pois a maioria dos homens, parece-me, está em uma estranha incerteza sobre isso, se é do diabo ou de Deus, e concluiu de um modo *um tanto apressado* que o fim principal do homem aqui é "glorificar Deus e desfrutar Dele para sempre".

Ainda vivemos de modo mesquinho, como formigas; embora a fábula nos diga que há muito tempo fomos transformados em homens; como os pigmeus, lutamos contra grous; é erro sobre erro, golpe sobre golpe, e nossa melhor virtude tem como ocasião uma desgraça supérflua e evitável. Nossa vida é desperdiçada em detalhes. Um homem honesto mal precisa contar além de seus dez dedos ou, em casos extremos, pode somar os dez dedos dos pés e amontoar o resto. Simplicidade, simplicidade, simplicidade! Eu digo: que seus assuntos sejam dois ou três, não cem ou mil; em vez de um milhão, conte até meia dúzia e mantenha as contas na unha do polegar. No meio desse mar agitado da vida civilizada, tais são as nuvens, as tempestades e as areias movediças e mil e um itens a ser levados em conta que um homem precisa viver, se não naufragar e for para o fundo e não encontrar seu porto, por navegação estimada, e ele precisa ser muito bom de cálculo para conseguir. Simplifique, simplifique. Em vez de três refeições ao dia, se for necessário, coma apenas uma; em vez de cem pratos, cinco; e reduza outras coisas na mesma proporção. Nossa vida é como uma Confederação Germânica, formada de pequenos Estados, com suas fronteiras eternamente flutuantes, de modo que nem mesmo um alemão pode dizer qual ela é em qualquer momento. A própria nação, com todas as ditas melhorias internas, as quais, a propósito, são todas externas e superficiais, é um estabelecimento de tal modo inflexível e cheio, abarrotado de mobília e enrolado em suas próprias armadilhas, arruinado pelo luxo e pelos gastos desnecessários, pela falta de cálculo e de um alvo digno, como as milhões de casas na terra; e a única cura para isso, como para elas, é uma economia rígida, uma simplicidade de vida rígida e mais espartana e elevação de propósito. Ela vive rápido demais. Os homens acreditam ser essencial que a *Nação* tenha comércio, e exporte gelo, e fale pelo telégrafo, e ande a cinquenta quilômetros por hora, sem dúvida, façam *eles* ou não; mas, se deveríamos viver como babuínos ou homens, isso é um pouco incerto. Se não conseguirmos nossos dormentes, e forjarmos trilhos, e devotarmos nossos dias ao trabalho, e sim nos debruçarmos sobre nossa *vida* para melhorá-la, quem vai construir ferrovias? E se as ferrovias não forem construídas, como chegaremos ao céu a tempo? Mas se ficarmos em casa e cuidarmos de nossas coisas, quem vai querer ferrovias? Não passamos pela ferrovia, ela é que passa sobre nós. Já pensou no que são os dormentes que sustentam a ferrovia? Cada um é um homem, um irlandês, um ianque. Os trilhos são colocados sobre eles e são cobertos por areia, e os vagões correm suavemente sobre eles. São dormentes profundos, asseguro-lhe. E, a cada tantos anos, deita-se um novo lote e corre-se por cima; de modo que alguns têm o prazer de andar de ferrovia, e outros, o azar de que andem sobre eles. E quando correm por cima de um homem que desperta de seu sono, um dormente excedente na posição errada, e o acordam, eles subitamente param os vagões e fazem um grande berreiro, como se fosse uma exceção. Fico feliz de saber que é preciso um grupo de homens a cada oito quilômetros para manter os dormentes nivelados em suas camas, pois isso é sinal de que podem um dia levantar-se novamente.

 Por que deveríamos viver com tanta pressa e desperdício de vida? Estamos determinados a morrer de inanição antes de sentir fome. Os homens dizem que um ponto agora evita nove no dia seguinte, então dão mil pontos hoje para evitar os nove amanhã. Quanto ao *trabalho*, não temos nenhum de qualquer consequência. Temos a dança de São Vito, não podemos manter a cabeça imóvel. Se eu puxasse algumas vezes a corda do sino da igreja, como em um aviso de incêndio, ou seja, sem bater o sino, dificilmente haverá um homem em sua fazenda nos arredores de Concord, apesar daquela pressa para cumprir compromissos que usou tantas vezes de desculpa naquela manhã, nem um rapaz, ou mulher, devo quase dizer, que não deixaria tudo e seguiria aquele som, não em especial para salvar a propriedade das chamas, mas, se confessarmos a verdade, muito mais para vê-la queimar, já que deve mesmo queimar, e, seja dito, não ateamos o fogo – ou vê-lo sendo apagado, e ajudar, se for feito graciosamente; sim, até se fosse a própria igreja da paróquia. Um homem mal cochila por meia hora depois do jantar, mas, quando acorda, levanta a cabeça e pergunta: "Quais são as notícias?", como se o resto da humanidade ficasse de sentinela. Alguns dão instruções para ser acordados a cada meia hora, sem dúvidas para o mesmo propósito; e então, como paga, dizem o que sonharam. Depois de uma noite de sono, as notícias são tão indispensáveis quanto o café da manhã. "Por favor, diga-me qualquer novidade que tenha acontecido com um homem em qualquer lugar do planeta" – e ele lê, tomando o café e comendo os pãezinhos, que um homem teve os olhos arrancados naquela manhã no rio Wachito; sem sonhar que vive na gigantesca caverna escura e insondável deste mundo e só tem rudimentos de um olho.

De minha parte, viveria facilmente sem o correio. Acho que poucas comunicações importantes são feitas por ele. Para falar de modo crítico, jamais recebi mais que uma ou duas cartas – escrevi isso alguns anos atrás – que valessem a postagem. O serviço postal de centavo é, normalmente, uma instituição por meio da qual, por seus pensamentos, você oferece a sério aquele centavo em geral oferecido como brincadeira. E estou certo de jamais ter lido notícia digna de nota em um jornal. Se lemos que um homem foi roubado, ou assassinado, ou morto em um acidente, ou que uma casa pegou fogo, ou que um navio naufragou, ou que um barco a vapor explodiu, ou que uma vaca foi atropelada na Western Railroad, ou um cão hidrófobo foi morto, ou uma nuvem de gafanhotos no inverno – jamais precisamos ler outra. Uma basta. Se você conhece o princípio, por que se importar com uma miríade de ocorrências e aplicações? Para um filósofo, todas as *notícias*, como são chamadas, são mexericos, e os que as editam e leem são velhas mulheres que bebem chá. Ainda assim, não são poucos os ávidos por tais mexericos. Soube que houve tamanha investida, outro dia, para ouvir as notícias internacionais que acabavam de chegar a um dos escritórios que várias vidraças do estabelecimento foram quebradas pela pressão – notícia que acredito seriamente que uma inteligência preparada poderia escrever com antecedência de doze meses, ou doze anos, com apuro suficiente. Quanto à Espanha, por exemplo, se você souber quando mencionar Don Carlos e a Infanta, e Don Pedro e Sevilha e Granada, de tempos em tempos nas proporções adequadas – podem ter mudado um pouco os nomes desde a última vez que li os jornais –, e apresentar uma tourada quando os outros entretenimentos falham, será fiel à letra e nos dará uma ideia do estado ou da ruína das coisas na Espanha tão boa quanto a reportagem mais lúcida e sucinta sob este título nos jornais; quanto à Inglaterra, o último fiapo de notícia importante foi a Revolução de 1649; e, se conhece a história da média anual de suas plantações, jamais precisará olhar para isso novamente, a não ser que suas especulações sejam de mero caráter pecuniário. Se alguém que raramente olha os jornais pode dar seu julgamento, nada de novo nunca acontece nas terras estrangeiras, sem exceção de uma revolução francesa.

Que notícia! Como é importante saber sobre aquilo que nunca envelheceu! "Kieou-he-yu (grande dignatário do Estado de Wei) enviou um homem a Khoung-tseu para ter notícias dele. Khoung-tseu fez com que o mensageiro se sentasse perto dele e o questionou nos seguintes termos: o que seu mestre está fazendo? O mensageiro respondeu com respeito: meu mestre deseja diminuir o número de suas falhas, mas não consegue acabar com elas. Quando o mensageiro partiu, o filósofo observou: que mensageiro digno! Que mensageiro digno!". O pregador, em vez de atormentar os ouvidos dos agricultores sonolentos em seu dia de descanso – pois o domingo é a conclusão apropriada para uma semana mal-empregada, não o começo fresco e corajoso de uma nova semana –, com outro sermão arrastado, deveria gritar com voz trovejante: "Chega! Parem! Por que parecem tão rápidos, mas são mortalmente lentos?".

Farsas e ilusões são tidas como grandes verdades, enquanto a realidade é fabulosa. Se os homens observassem continuamente a realidade apenas e não se permitissem a ilusão, a vida, comparada com o que sabemos, seria como um conto de fadas ou como histórias de *As mil e uma noites*. Se respeitássemos apenas o que é inevitável e tem direito de existir, a música e a poesia ressoariam pelas ruas. Quando lidamos com calma e sabedoria, percebemos que apenas as coisas grandes e dignas têm qualquer existência permanente e absoluta, que os pequenos medos e prazeres são apenas uma sombra da realidade. Isso é sempre estimulante e sublime. Ao fechar os olhos e cochilar, e consentir em ser enganado por aparências, os homens estabelecem e confirmam sua vida diária de hábitos e rotina em todos os lugares, ainda erguidas sobre bases puramente ilusórias. Crianças, que brincam de vida, distinguem sua lei verdadeira e relações mais claramente que os homens, que fracassam em viver dignamente, mas acham que ficaram mais sábios com a experiência, ou seja, com o fracasso. Li em um livro indiano que "havia o filho de um rei, que, tendo sido expulso de sua cidade natal na infância, foi criado por um homem da floresta e, crescendo até a maturidade naquele estado, imaginou fazer parte da raça bárbara com a qual vivia. Um dos ministros de seu pai, descobrindo-o, revelou-lhe sua verdadeira identidade, e o engano sobre seu caráter foi removido, e ele soube que era um príncipe. Então a alma", continua o filósofo indiano, "a partir das circunstâncias em que é colocada, se engana a respeito de seu próprio caráter, até que a verdade é revelada a ela por algum professor sagrado, e então ela sabe que é *Brahma*". Percebo que os habitantes da Nova Inglaterra levam essa vida mesquinha porque nossa visão não penetra a superfície das coisas. Achamos que é o que *parece ser*. Se um homem caminhasse por essa cidade e visse apenas a realidade, onde, você acha, iria parar a região central "Mill-dam"? Se ele nos descrevesse as realidades que viu aqui, não reconheceríamos o lugar em sua descrição. Olhe para uma igreja, um tribunal, uma cadeia, uma loja ou uma moradia e diga o que realmente é diante de um olhar verdadeiro, e todos se despedaçariam em sua descrição. O homem valoriza a verdade remota, nos arredores do sistema, atrás da estrela mais distante, antes de Adão e depois do último homem. Há de fato na eternidade algo verdadeiro e sublime. Mas todas essas horas, esses locais e essas ocasiões são aqui e agora. O próprio Deus culmina no momento presente e jamais será mais divino na passagem de todas as eras. E somos habilitados a apreender tudo o que é sublime e nobre apenas pela instilação e pelo embebedamento da realidade que nos cerca. O universo responde com constância e obediência a nossas concepções; se viajamos rápido ou devagar, a trilha nos foi colocada. Que passemos a vida, então, concebendo. Não houve ainda poeta ou artista com proposição tão bela e nobre que não pudesse ser realizada por alguém na posteridade.

    Passemos um dia tão deliberadamente quanto a Natureza e não sejamos desviados do caminho a cada casca de noz ou asa de mosquito que cai nos trilhos. Vamos acordar cedo e jejuar, ou tomar o café, gentilmente e sem perturbações; que a companhia venha e se vá, que os sinos soem e as crianças chorem – determinados a ter um dia verdadeiro. Por que deveríamos nos render e seguir a corrente? Que não fiquemos transtornados e tomados naquela correnteza terrível e o rodamoinho chamado almoço, situado nos baixios meridianos. Passe por esse perigo e está a salvo, pois o resto do caminho é descida. Com nervos tensos, com vigor matinal, navegue por ele, olhando para o outro lado, amarrado ao mastro como Ulisses. Se a locomotiva apitar, deixe que apite até ficar rouca com sua chateação. Se o sino dobra, por que deveríamos correr? Vamos considerar que tipo de música parecem. Vamos nos acomodar e trabalhar e enfiar o pé fundo no barro e na neve suja da opinião, do preconceito, da ilusão, da aparência, aquele aluvião que cobre o planeta, passando por Paris e Londres, Nova York, Boston e Concord, Igreja e Estado, poesia, filosofia e religião, até chegarmos a um fundo duro e rochas no local, que podemos chamar de *realidade*, e dizer: é isso, não um engano; e então começar, tendo um *point d'appui* abaixo de enchente, gelo e fogo, um lugar onde se podem colocar as fundações de um muro ou um estado, ou instalar um poste de luz com segurança, ou talvez um medidor, não um Nilômetro, mas um Realômetro, para que as eras futuras possam saber a profundidade que uma enchente de farsa e aparências alcançou de tempos em tempos. Se ficar de pé frente a frente com um fato, verá o sol brilhar em ambas as superfícies, como uma cimitarra, e sentirá o doce fio cortando-o pelo coração e pela medula, e concluirá alegremente sua carreira mortal. Seja vida, seja morte, ansiamos apenas pela realidade. Se já estamos morrendo, que escutemos o chocalho na garganta e sintamos frio nas extremidades; se estamos vivos, que sigamos com nossos assuntos.

    O tempo é só o rio no qual vou pescar. Bebo dele; mas, enquanto bebo, vejo o fundo arenoso e detecto sua rasura. Sua corrente fraca desliza, mas a eternidade permanece. Beberia mais profundamente; pescaria no céu, cujo fundo é pedregulhento de estrelas. Não posso contar um. Não sei a primeira letra do alfabeto. Sempre me arrependi de não ser tão sábio quanto no dia em que nasci. O intelecto é uma machadinha; discerne e fende seu caminho para o segredo das coisas. Não desejo me ocupar com minhas mãos além do necessário. Minha cabeça são mãos e pés. Sinto minhas melhores faculdades concentradas nela. Meus instintos me dizem que minha cabeça é um órgão para cavar, como certas criaturas usam o focinho e as patas da frente, e com ela eu minaria e cavaria meu caminho por essas montanhas. Acho que o veio mais rico está em algum lugar por aqui; então, julgo pela varinha divinatória e pelos vapores finos que sobem; e aqui começarei a minerar.

3
Leituras

Com um pouco mais de deliberação na escolha de seus afazeres, todos os homens talvez se tornassem em essência estudantes e observadores, pois com certeza sua natureza e seu destino interessam a todos igualmente. Ao acumular propriedades para nós e nossa posteridade, fundar uma família ou um Estado, ou até mesmo adquirir fama, somos mortais; mas, ao lidar com a verdade, somos imortais e não precisamos temer nenhuma mudança ou acidente. O mais antigo filósofo egípcio ou indiano levantou o canto do véu da estátua da divindade; e o manto tremulante permanece suspenso, e eu miro a glória tão fresca quanto ele, já que então era eu nele sendo tão ousado, e agora é ele em mim que revê a visão. Nenhum pó se assentou sobre aquele manto; nenhum tempo passou desde que aquela divindade foi revelada. O tempo em que realmente nos aperfeiçoamos, ou que é aperfeiçoável, não é passado, presente ou futuro.

Minha residência era mais favorável que uma universidade, não apenas ao pensamento, mas à leitura séria; e, embora eu estivesse fora do alcance de uma biblioteca circulante comum, estava mais que nunca sob a influência dos livros que circulam pelo mundo, cujas frases foram de início escritas em cascas de árvores, agora meramente copiadas de tempos em tempos em papel de linho. Diz o poeta senhor Udd: "Estando sentado, percorrer a região do mundo espiritual; tive essa vantagem nos livros. Ficar intoxicado por uma única taça de vinho; experimentei esse prazer quando bebi o licor das doutrinas esotéricas". Mantive a *Ilíada* de Homero em minha mesa ao longo do verão, embora olhasse suas páginas apenas de vez em quando. No começo, trabalho incessante em minhas mãos – pois tinha minha casa para terminar e meus feijões para capinar ao mesmo tempo – tornaram impossível ler mais. No entanto, eu me mantive com a perspectiva de tal leitura no futuro. Li um ou dois livros superficiais de viagem nos intervalos do trabalho até que aquilo me fez sentir vergonha de mim mesmo e me perguntei onde era que *eu* vivia.

Um estudante pode ler Homero ou Ésquilo em grego sem perigo de dissipação ou luxo, pois implica que ele de algum modo imita seus heróis e consagra horas matutinas a suas páginas. Os livros heroicos, mesmo quando impressos nos caracteres de nossa língua mãe, sempre estarão em uma língua morta para tempos degenerados; e precisamos buscar laboriosamente o sentido de cada palavra e linha, conjecturando um sentido maior que o uso comum permite, a partir da sabedoria, de nosso valor e generosidade. A imprensa moderna barata e fértil, com todas as suas traduções, fez pouco para nos deixar mais perto dos escritores heroicos da Antiguidade. Eles parecem tão solitários, e a letra em que são impressos, rara e curiosa, como sempre. Vale o custo de dias joviais e horas penosas aprender apenas algumas palavras de uma língua antiga, alçada da trivialidade da rua para ser fonte perpétua de sugestões e provocações. Não é em vão que o fazendeiro se lembra das poucas palavras em latim que ouviu e as repete. Os homens às vezes falam como se o estudo dos clássicos devesse, por fim, dar espaço a estudos mais modernos e práticos; mas os estudantes aventureiros sempre estudarão os clássicos, não importa em que língua possam ser escritos e quão antigos possam ser. Pois o que são os clássicos, se não os pensamentos mais nobres registrados do homem? São os únicos oráculos que não se deterioraram, e há neles respostas sobre a maioria das questões modernas que Delfos e Dodona jamais deram. Poderíamos também deixar de estudar a Natureza porque ela é velha. Ler bem, ou seja, ler livros verdadeiros em um espírito verdadeiro, é um exercício nobre, que exigirá do leitor mais que qualquer exercício estimado pelos valores modernos. Exige um treinamento como o seguido por atletas, a intenção constante de quase uma vida inteira a seu objetivo. Os livros devem ser lidos com a deliberação e a reserva com que foram escritos. Não é suficiente nem falar a língua da nação em que eles foram escritos, pois há um intervalo memorável entre a língua falada e a escrita, a linguagem ouvida e a linguagem lida. Uma é normalmente transitória, um som, uma fala, um dialeto apenas, quase bruto, e o aprendemos de modo quase inconsciente, como os brutos, de nossas mães. A outra é sua maturidade e sua experiência; se aquela é nossa língua materna, esta é nossa língua paterna, uma expressão reservada e seleta, significante demais para ser absorvida pelo ouvido, a qual precisaríamos renascer para falar. As multidões de homens que apenas *falavam* as línguas grega e latina na Idade Média não eram qualificadas por acidente de nascimento a *ler* as obras de gênios escritas nessas línguas; pois elas não eram escritas no grego ou latim que sabiam, e sim na linguagem seleta da literatura. Não aprenderam os dialetos mais nobres da Grécia e de Roma, e o próprio material em que eram escritas era papel desperdiçado para eles, que, em vez disso, preferiam uma literatura contemporânea barata. Mas quando as várias nações da Europa adquiriram linguagens escritas próprias, grosseiras, porém distintas, suficientes para o propósito de suas literaturas nascentes, então os primeiros conhecimentos foram revividos, e os estudiosos foram capazes de distinguir àquela distância os tesouros da Antiguidade. O que as multidões romanas e gregas não podiam *ouvir*, depois de eras, poucos estudiosos *leram* e poucos estudiosos ainda leem.

Por mais que possamos admirar a ocasional explosão de eloquência do orador, as palavras escritas mais nobres em geral estão muito atrás ou acima da fugaz linguagem falada, como o firmamento com estrelas está atrás das nuvens. *Ali* estão as estrelas, e os que conseguem podem lê-las. Os astrônomos as comentam e as observam desde sempre. Não são exalações como nossos colóquios diários e respiração vaporosa. O que é chamado de eloquência no fórum normalmente se chama de retórica no estudo. O orador cede à inspiração de uma ocasião transitória e fala para a multidão diante dele, para os que podem *ouvi-lo*; mas o escritor, cuja vida mais uniforme é sua ocasião e que ficaria distraído com o acontecimento e a multidão que inspiram o orador, fala ao intelecto e à saúde da humanidade, para todos que podem *entendê-lo*, em qualquer época.

    Não é de admirar que Alexandre carregasse a *Ilíada* consigo em suas expedições, em uma caixa preciosa. A palavra escrita é a melhor relíquia. É algo ao mesmo tempo mais íntimo de nós e mais universal que qualquer outra obra de arte. É a obra de arte mais próxima da vida em si. Pode ser traduzida em qualquer língua e não apenas lida, mas de fato soprada por todos os lábios humanos – não ser apenas representada em tela ou mármore, mas ser esculpida no próprio sopro da vida. O símbolo do pensamento de um homem ancestral se torna o discurso do homem moderno. Dois mil verões transmitiram aos monumentos da literatura grega, como a seus mármores, apenas um tom mais maduro e outonal de dourado, pois eles levaram sua própria atmosfera serena e celestial a todas as terras a fim de protegê-los da corrosão do tempo. Os livros são o tesouro valioso do mundo e a herança apropriada de gerações e nações. Livros, os melhores e mais antigos, estão naturalmente e por direito nas prateleiras de todos os casebres. Eles não têm causa própria a pleitear, mas, enquanto iluminarem e sustentarem o leitor, o bom senso dele não os recusará. Os autores são uma aristocracia natural e irresistível em toda sociedade e, mais que reis e imperadores, exercem influência na humanidade. Quando o mercador iletrado e talvez desdenhoso consegue, com seu trabalho e empreendimento, sua cobiçada independência e seu tempo livre, e é admitido aos círculos de riqueza e moda, ele inevitavelmente se vira para aqueles círculos ainda mais elevados, porém inacessíveis, círculos de intelecto e gênio, e é sensível apenas às imperfeições de sua cultura e a vaidade e a insuficiência de todas as suas riquezas, e prova seu bom senso pelo trabalho de garantir a seus filhos aquela cultura intelectual cuja falta ele sente com tanta intensidade; e é assim que ele se torna o fundador de uma família.

    Aqueles que não aprenderam a ler os antigos clássicos nas línguas em que foram escritos devem ter um conhecimento bastante imperfeito da história da raça humana; pois é notável que nenhuma transcrição delas tenha sido feita em qualquer língua moderna, a não ser que nossa civilização em si possa ser considerada uma transcrição. Homero jamais foi impresso em inglês, nem Ésquilo, nem mesmo Virgílio – obras tão refinadas, e feitas de modo tão sólido, e quase tão belas quanto a própria manhã; pois os escritores posteriores, digamos o que quisermos de seu talento, raramente, se é que o fizeram algum dia, igualaram a beleza elaborada e polida e os trabalhos literários heroicos de uma vida dos antigos. Só fala de esquecê-los quem nunca os conheceu. Será hora de esquecê-los quando tivermos a erudição e o gênio para nos permitirmos cuidar deles e apreciá-los. Será de fato rica a época em que aquelas relíquias que chamamos de Clássicos, e as ainda mais antigas e mais que clássicas, mas ainda menos conhecidas Escrituras das nações, tenham se acumulado ainda mais, quando o Vaticano estiver cheio de *Vedas*, *Zendavestas* e *Bíblias*, de Homeros, Dantes e Shakespeares, e todos os séculos por vir tiverem depositado com sucesso seus troféus no fórum do mundo. Com uma pilha dessas, podemos esperar escalar até o céu por fim.

    Os trabalhos dos grandes poetas nunca foram lidos pela humanidade, pois apenas grandes poetas podem lê-lo. Eles só foram lidos como a multidão lê as estrelas, na maior parte astrologicamente, não astronomicamente. A maioria dos homens aprendeu a ler para servir a uma reles conveniência, como aprendeu cifras para manter as contas e não ser trapaceada no comércio; mas de ler como um exercício intelectual nobre eles sabem pouco ou nada; ainda assim, é apenas leitura, em um sentido mais elevado, não a que nos embala como um luxo e deixa que as faculdades mais nobres adormeçam, enquanto isso, mas a que temos de ficar na ponta dos pés para ler e a ela devotar nossas horas mais alertas e despertas.

    Creio que, tendo aprendido nossas letras, deveríamos ler o que há de melhor em literatura, não repetir para sempre nossos bê-á-bás e palavras de uma sílaba, no quarto ou quinto ano, sentados nas carteiras mais baixas e próximas, por toda a vida. A maioria dos homens se satisfaz se lê ou ouve alguém ler, e talvez tenha sido conquistada pela sabedoria de um bom livro, a Bíblia, e pelo resto da vida vegeta e dissipa suas faculdades no que é chamado de leitura fácil. Há uma obra em vários volumes em nossa Biblioteca Circulante intitulada *Little Reading*, que pensei se referir a uma cidade com esse nome e que não visitei. Há aqueles que, como cormorões e avestruzes, podem digerir todo tipo de coisas assim, mesmo depois do mais lauto jantar de carnes e vegetais, pois não desperdiçam nada. Se outros são as máquinas que fornecem essa forragem, eles são as máquinas que as leem. Leem a nonagésima história sobre Zebulom e Sofrônia, e como eles amaram como ninguém jamais amou, e o percurso de seu amor verdadeiro não correu sem percalços – de qualquer modo, como correu e tropeçou, e se levantou de novo e seguiu! Como algum pobre desafortunado, que teria feito melhor em jamais ter ido além do campanário, subiu numa agulha de torre; então, tendo-o colocado ali sem necessidade, o romancista feliz dobra o sino para que o mundo se junte e ouça: ó caros! Como ele desceu de novo! De minha parte, creio que seria melhor metamorfosear tais aspirantes a heróis nos romances universais em cata-ventos humanos, como costumavam colocar os heróis entre as constelações, e deixar que eles girem até ficarem enferrujados, sem descerem para incomodar homens honestos com suas peças. Na próxima vez que o romancista tocar o sino, não me mexerei nem que a igreja queime. "O *Salto do ponta do pé*, romance da Idade Média, do celebrado autor de *Tittle-Tol-Tan*, a ser publicado em partes mensais; grande procura; não venham todos juntos." Tudo isso leem com olhos do tamanho de pires, e curiosidade tesa e primitiva, e moela incansável, cujo arrugamento não precisa de afiamento, como algum aluninho de quatro anos com sua edição de dois centavos com capa laminada de *Cinderela* – sem nenhuma melhoria, que eu possa ver, em pronúncia, sotaque ou ênfase, tampouco maior capacidade de extrair ou inserir a moral. O resultado é vista embotada, estagnação da circulação vital, falta geral de vitalidade e perda de todas as faculdades intelectuais. Esse tipo de biscoito de gengibre é assado diariamente e com mais diligência que pães de trigo puro e de centeio e milho em quase todos os fornos e encontra mercado mais certo.

Os melhores livros não são lidos nem mesmo por aqueles chamados de bons leitores. O que é a cultura da nossa Concord? Não há, nesta cidade, com muito poucas exceções, gosto para os melhores livros, ou muito bons, mesmo da literatura inglesa, cujas palavras todos podemos ler e soletrar. Até mesmo os homens que passaram pela faculdade, educados do dito modo liberal, aqui e em outros lugares, têm na verdade pouco conhecimento dos clássicos ingleses; e, quanto à sabedoria registrada da humanidade, os antigos clássicos e Bíblias, que são acessíveis a todos que desejam conhecê-los, não se faz o menor esforço em lugar nenhum para se familiarizar com eles. Conheço um lenhador de meia-idade que pega um jornal francês não pelas notícias, diz ele, pois está acima daquilo, mas para "manter a prática", sendo ele canadense de nascimento; e quando lhe pergunto o que ele considera a melhor coisa a fazer neste mundo, ele diz, além disso, manter e melhorar seu inglês. Isso é mais ou menos o que os frequentadores de faculdades fazem ou pretendem fazer, e, para isso, ele pegam um jornal inglês. Quem acabou de ler talvez um dos melhores livros em inglês encontrará quantos com quem pode conversar sobre isso? Ou imagine que ele venha de uma leitura de um clássico em grego e latim no original, cuja fama é familiar mesmo entre os chamados iletrados; ele não encontrará ninguém para conversar, precisará manter silêncio sobre o assunto. Na verdade, mal há professores em nossas faculdades que, tendo dominado as dificuldades da língua, proporcionalmente dominaram as dificuldades de espírito e poesia de um poeta grego e têm a empatia de compartilhar com o leitor alerta e heroico; e, quanto às sagradas Escrituras, ou Bíblias da humanidade, quem nesta cidade sabe ao menos dizer seus títulos? A maioria dos homens não sabe que outra nação a não ser a dos hebreus teve uma escritura. Um homem, qualquer homem, sairá de seu caminho para pegar um dólar de prata; mas ali estão palavras de ouro, ditas pelos homens mais sábios da Antiguidade e cujo valor nos foi assegurado por sábios de todas as eras subsequentes; no entanto, aprendemos a ler apenas até Leitura Fácil, as cartilhas e os livros escolares, e, quando deixamos a escola, o *Little Reading* e livros de histórias, que são para meninos e iniciantes; nossa leitura, nossa conversa e nossos pensamentos estão todos em um nível muito baixo, digno apenas de pigmeus e bonecos.

    Desejo conhecer mais homens sábios que o solo de nossa Concord já produziu, cujos nomes mal são conhecidos aqui. Ou devo ouvir o nome de Platão e jamais ler seu livro? Como se Platão fosse meu concidadão e eu nunca o tivesse visto – meu vizinho e eu jamais o ouvimos falar ou prestamos atenção na sabedoria de suas palavras. Mas como é de fato? Seus

Diálogos, que contêm o que era imortal nele, estão na prateleira ao lado; mesmo assim, nunca os li. Somos malcriados, vulgares e analfabetos; e, a esse respeito, confesso que não faço grande distinção entre o analfabetismo de meus concidadãos que não conseguem ler nada e o analfabetismo daquele que aprendeu a ler apenas o que há para crianças e intelectos débeis. Deveríamos ser tão bons quanto os valorosos da Antiguidade, mas em parte por sabermos antes quão bons eles eram. Somos uma raça de homens-chapim e, em nossos voos intelectuais, subimos pouco mais que as colunas do jornal diário.

Nem todos os livros são tão maçantes quanto seus leitores. Provavelmente existem palavras destinadas a nossa condição exata, as quais, se pudéssemos de fato ouvir e entender, seriam mais salutares que a manhã ou a primavera em nossa vida e possivelmente colocariam um novo aspecto na face das coisas para nós. Quantos homens dataram uma nova era em sua vida com a leitura de um livro! Talvez exista um livro para nós que explique nossos milagres e revele outros. As coisas hoje indizíveis, podemos encontrar ditas em outro lugar. As mesmas questões que nos perturbam, nos atordoam e nos confundem por sua vez ocorreram a todos os homens sábios; nenhuma foi omitida; e cada um lhes respondeu de acordo com suas habilidades, com suas palavras e sua vida. Além disso, com sabedoria aprenderemos liberalidade. O homem solitário empregado em uma fazenda nos arredores de Concord, que renasceu e teve uma experiência religiosa peculiar, e é levado, como acredita, à gravidade silenciosa e exclusividade por sua fé, pode achar que não é verdade; mas Zoroastro, milhares de anos atrás, tomou o mesmo caminho e teve a mesma experiência; contudo, sendo sábio, compreendia que era algo universal e tratou seus vizinhos de acordo com isso – dizem até que inventou e estabeleceu o culto entre os homens. Que ele então humildemente comungue com Zoroastro e, pela influência liberalizante de todos os lumiares, com o próprio Jesus Cristo e deixe "nossa igreja" de lado.

Nós nos gabamos de pertencer ao século XIX e andamos mais rápido que qualquer nação. Mas considere quão pouco esta vila faz por sua cultura. Não desejo bajular meus concidadãos nem ser bajulado por eles, pois isso não fará avançar nenhum de nós. Precisamos ser provocados – espicaçados como bois, como somos, ao trote. Temos um sistema comparativamente decente de escolas comuns, escolas apenas para crianças; mas, com exceção do liceu desnutrido no inverno, e mais recentemente, o início exíguo de uma biblioteca sugerida pelo Estado, não há escola para nós mesmos. Gastamos mais em quase qualquer artigo para alimentar ou curar o corpo do que com nosso alimento mental. Está na hora de termos escolas incomuns, para não deixar nossa educação quando começarmos a ser homens e mulheres. Está na hora de as vilas se transformarem em universidades, e seus habitantes mais velhos, docentes de universidades, com tempo – se são, de fato, tão bem de vida – para prosseguir em estudos liberais pelo resto da vida. O mundo deveria ser confinado a uma Paris ou uma Oxford para sempre? Os estudantes não poderiam se hospedar aqui e conseguir uma educação liberal sob os céus de Concord? Não podemos contratar um Abelardo para nos ensinar? Ai de nós que, com a alimentação do gado e o cuidado com a loja, somos mantidos longe da escola por muito tempo, e nossa educação é tristemente negligenciada! Neste país, a vila deveria, em alguns aspectos, tomar o lugar do nobre da Europa. Deveria ser patrono das belas-artes. É rica o suficiente. Pode gastar dinheiro o bastante em coisas a que agricultores e mercadores dão valor, mas é considerado utópico propor que se gaste dinheiro em coisas que os homens mais inteligentes sabem que são muito mais valiosas. Esta vila gastou dezessete mil dólares em uma prefeitura, graças à fortuna ou à política, mas provavelmente não gastará tanto com espírito vivo, a verdadeira carne a ser colocada naquela casca, em cem anos. Os cento e vinte e cinco dólares anualmente enviados ao liceu no inverno são mais bem gastos que qualquer outra soma equivalente arrecadada nesta cidade. Se vivemos no século XIX, por que não deveríamos aproveitar as vantagens que o século XIX oferece? Por que nossa vida deveria ser provinciana em qualquer aspecto? Se lemos os jornais, por que não deixar passar as fofocas de Boston e pegar o melhor jornal do mundo de uma vez? Não sugando a papinha dos jornais "de família" nem folheando o *Olive Branches* aqui em Nova Inglaterra. Que as reportagens de todas as sociedades eruditas venham até nós, e veremos se eles sabem alguma coisa. Por que deveríamos deixar que a Harper & Brothers e a Redding & Co. selecionem nossas leituras? Assim como o nobre de gosto cultivado se cerca do que conduz sua cultura – gênio-aprendizado-espírito-livro-pintura-estátua-música-

-instrumentos filosóficos e afins, então que assim faça a vila – não parar um pouco antes em um pedagogo, um pároco, um sacristão, uma biblioteca de paróquia e três membros do conselho municipal porque nossos antepassados peregrinos aguentaram um inverno frio com eles um dia em um rochedo desolado. Agir coletivamente está de acordo com o espírito de nossas instituições; e confio que, como nossas circunstâncias são mais prósperas, nossos meios são maiores que os dos nobres. A Nova Inglaterra pode contratar todos os sábios do mundo para vir ensiná-la, e hospedá-los por esse tempo, e não ser nenhum pouco provinciana. Essa é a escola *incomum* que queremos. Em vez de nobres, que tenhamos nobres vilas de homens. Se for necessário, deixem de lado uma ponte sobre o rio, deem uma volta ali e joguem um arco ao menos sobre o precipício de ignorância mais escuro que nos rodeia.

4
Sons

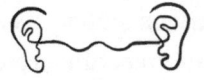

Mas enquanto estivermos confinados a livros, embora os mais clássicos e selecionados, e lermos apenas certas línguas escritas, que são em si provinciais, apenas dialetos, corremos o risco de nos esquecer da língua que todas as coisas e os acontecimentos falam sem metáfora, que sozinha é copiosa e padrão. Muito é publicado, mas pouco é impresso. Os raios que jorram pela veneziana não serão mais lembrados quando ela for removida por completo. Nenhum método ou disciplina pode suplantar a necessidade de estar eternamente alerta. O que é um curso de história, filosofia ou poesia, não importa quão bem selecionado seja, ou a melhor companhia, ou a rotina de vida mais admirável, em comparação com a disciplina de olhar sempre para o que há para ser visto? Você quer ser um leitor, mero estudante ou um vidente? Leia seu destino, veja o que há diante de você e entre na futuridade.

Não li livros no primeiro verão; capinei feijões. Não, com frequência fiz mais que isso. Houve ocasiões em que não pude sacrificar o florescer do momento presente a nenhum trabalho, fosse da mente, fosse das mãos. Gosto de ter uma margem ampla na vida. Às vezes, nas manhãs de verão, tendo tomado meu banho costumeiro, eu me sentava em meu alpendre ensolarado do nascer do sol ao meio-dia, enlevado em um devaneio, entre pinheiros, nogueiras e sumagres, em solidão e quietude imperturbadas, enquanto os pássaros cantavam em torno ou rodopiavam ao redor da casa, até que, pelo sol batendo em minha janela do lado oeste ou pelo barulho da carroça de algum viajante, eu me dava conta da passagem das horas. Cresci naqueles tempos como milho durante a noite, e foram muito melhores que qualquer trabalho das mãos poderia ter sido. Não era tempo subtraído de minha vida, mas muito acima e além de minha cota normal. Percebi o que os orientais querem dizer com contemplação e abandono das palavras. De modo geral, não me importava como as horas passavam. O dia avançava como para iluminar alguma obra minha; era manhã e, olhe, agora é noite, e nada notável foi conquistado. Em vez de cantar como os pássaros, sorri em silêncio para minha sorte incessante. Assim como o pardal trinava, sentado na nogueira diante de minha porta, eu tinha meu chilrear, ou riso, suprimido, que ele poderia ouvir vindo de meu ninho. Meus dias não eram dias da semana, levando o selo de alguma deidade pagã, nem eram moídos em horas e afligidos pelo tiquetaquear de um relógio; pois eu vivia como os indígenas puri, de quem dizem que "para ontem, hoje e amanhã há apenas uma palavra e expressam a variedade de significados apontando para trás para ontem, para frente para amanhã e sobre a cabeça para o dia que passa". Isso era pura indolência para meus concidadãos, sem dúvida; mas, se os pássaros e as flores me testassem por seus padrões, eu não seria reprovado. Um homem deve encontrar suas ocasiões em si mesmo, é verdade. O dia natural é muito calmo, e dificilmente reprovará sua indolência.

Em meu modo de vida, contei com essa vantagem, ao menos, sobre os que eram obrigados a procurar entretenimento fora de si, para a sociedade e o teatro, em meu modo de vida eu tinha a vantagem, ao menos, de que a vida em si se transformara em entretenimento e jamais deixava de ser novidade. Era um drama de muitas cenas e sem fim. Se estivéssemos sempre, de fato, vivendo nossa vida e a regulando de acordo com os últimos e melhores modos que aprendemos, jamais seríamos atrapalhados por *ennui*. Siga de perto seu gênio, e ele não deixará de mostrar uma nova perspectiva a cada hora. O trabalho doméstico era um passatempo prazeroso. Quando meu chão estava sujo, eu me levantava cedo e, colocando toda a mobília lá fora, na grama, cama e cabeceira em um só volume, jogava água no chão e salpicava areia branca do lago sobre ele, e com uma vassoura o esfregava até ficar limpo e branco; e pela hora em que os moradores da vila tomavam café, o sol matutino tinha secado minha casa o suficiente para que eu pudesse entrar de novo, e minhas meditações mal eram interrompidas. Era agradável ver todos os meus pertences domésticos lá fora, na grama, fazendo uma pequena pilha, como a bagagem de um cigano, e minha mesa de três pernas, da qual eu não tirava os livros, a caneta e o tinteiro, entre pinheiros e nogueiras. Eles próprios pareciam felizes por sair e indispostos a serem levados para dentro. Às vezes ficava tentado a colocar um toldo sobre eles e tomar assento ali. Valia a pena ver o sol brilhar nessas coisas e ouvir o vento livre soprar sobre elas; os objetos familiares pareciam tão mais interessantes ao ar livre que dentro da casa. Um passarinho pousa no galho ao lado, sempre-vivas crescem debaixo da mesa, galhos de amora-brava em torno das pernas; pinhas, ouriços de castanheiras e folhas de morango pelo chão. Era como se daquele modo tais formas fossem transferidas para nossa mobília, mesas, cadeiras e cabeceiras – porque um dia ficaram em meio a elas.

 Minha casa ficava do lado de uma colina, imediatamente na beira de uma mata maior, no meio de uma jovem floresta de pinheiros e nogueiras e cerca de trinta metros do lago, para o qual seguia uma trilha estreita colina abaixo. No jardim da frente, cresciam morangos, amoras-bravas, sempre-vivas, ervas-de-são-joão e varas-de-ouro, arbustos de carvalhos e ameixeira-brava, mirtilo e amendoim. Perto do fim de maio, a ameixeira-brava (*Cerasus pumila*) adornava as laterais do caminho com flores delicadas arranjadas cilindricamente em umbelas em torno dos cabos curtos, os quais, por fim, no outono, pendiam com belas ameixas de bom tamanho, caindo em guirlandas como raios em todos os lados. Eu as provei como um cumprimento à Natureza, embora mal fossem palatáveis. O sumagre (*Rhus glabra*) crescia de modo luxuriante em torno da casa, atravessando a barragem que construí, crescendo um metro e meio ou um metro e oitenta na primeira estação. Suas folhas largas, tropicais e pinuladas eram agradáveis de se ver, embora estranhas. Os brotos largos, subitamente saindo no fim da primavera de galhos secos que pareciam estar mortos, se desenvolviam como mágica em ramos verdes, graciosos e tenros, com cerca de dois centímetros e cinquenta de diâmetro; e às vezes, enquanto me sentava à minha janela, cresciam de modo tão displicente e pesavam tanto sobre suas juntas fracas que eu ouvia um galho fresco e tenro cair subitamente ao chão como um leque, quebrado pelo próprio peso, quando não havia sopro de ar fresco. Em agosto, as grandes massas de bagas, que, quando em flor, tinham atraído muitas abelhas silvestres, gradualmente ficaram com seu tom vermelho aveludado e, outra vez, por causa do peso, pendiam e quebravam os galhos frágeis.

Enquanto eu me sento à janela nesta tarde de verão, falcões circulam acima de minha clareira; o movimento rápido de pombos selvagens, voando em pares e trios na diagonal de minha vista, ou empoleirados sem descanso nos galhos do pinheiro atrás de minha casa, dão uma voz ao ar; uma águia-pesqueira perfura a superfície vítrea do lago e sobe com um peixe; uma marta sai silenciosamente do charco diante de minha porta e pega um sapo na margem; o junco se dobra sob o peso das tristes-pias voejando aqui e ali; e pela última meia hora ouvi um rugido de vagões de trens morrendo e revivendo como as asas de uma perdiz, conduzindo viajantes de Boston para o campo. Pois eu não vivi tão fora do mundo quanto aquele menino que, conforme me disseram, foi levado a um fazendeiro na parte leste da cidade, mas logo fugiu e voltou para casa, maltrapilho e com saudades do lar. Jamais vira lugar tão entediante e fora de mão; todas as pessoas tinham partido; ora, não se podia nem ouvir o assobio! Duvido que exista lugar assim em Massachusetts agora:

"Na verdade, nossa vila se tornou alvo
De um daqueles raios velozes das ferrovias
E em nossa planície pacífica, seu som tranquilizante é – Concord."

A ferrovia de Fitchburg chega ao lago cerca de quinhentos metros ao sul de onde eu vivo. Normalmente vou para a vila por sua passagem elevada – e sou, por assim dizer, ligado à sociedade por essa conexão. Os homens nos trens de carga, que percorrem toda a ferrovia, acenam com a cabeça para mim como se eu fosse um velho conhecido, passam por mim com tanta frequência e aparentemente pensam que sou um empregado: e, então, sou. Eu também ficaria contente em reparar trilhos em algum lugar na órbita da Terra.

O assobio da locomotiva penetra minha floresta no verão e no inverno, soando como um falcão que voa sobre o terreiro de um agricultor, informando-me que muitos mercadores agitados da cidade estão chegando ao perímetro da vila, ou vendedores aventureiros do campo, vindos do outro lado. Conforme chegam sob o mesmo horizonte, gritam avisos para que os outros saiam do trilho, às vezes ouvidos nos perímetros de duas cidades. Aqui estão seus mantimentos, campo; suas porções, homens do campo! Não há nenhum homem tão independente em sua fazenda que possa dizer não. E aqui está o pagamento por eles!, grita o assobio do homem do campo: madeiras como longos aríetes indo a mais de trinta quilômetros por hora contra os muros da cidade e cadeiras o bastante para se sentarem todos os cansados e sobrecarregados dentro deles. Com essa imensa e desairosa civilidade, o campo estende uma cadeira à cidade. Todas as colinas de mirtilos dos indígenas são desnudadas, todos os campos de oxicocos, rastelados até a cidade. Sobe o algodão, desce o pano tecido; sobe a seda, desce a lã; sobem os livros, mas desce o espírito que os escreve.

Quando encontro a locomotiva com seus vagões movendo-se com moção planetária – ou, na verdade, como um cometa, pois o observador não sabe se, com aquela velocidade e naquela direção, algum dia revisitará este sistema, já que sua órbita não se parece com uma curva de retorno –, com sua nuvem de vapor como uma bandeira fluindo atrás de si em espirais douradas e prateadas, como muitas nuvens macias que vi, alto nos céus, desdobrando suas massas para a luz – como se esse semideus viajante, esse impulsor de nuvens, logo fosse tomar o céu do ocaso como uniforme de seu séquito; quando ouço o cavalo de ferro fazendo as colinas ecoarem seu resfolegar como um trovão, chacoalhando a terra com seus pés e bafejando fogo e fumaça das ventas (que tipo de cavalo alado ou dragão flamejante vão colocar na nova Mitologia não sei), parece que a terra agora tem uma raça digna de habitá-la. Se tudo fosse como parece e se o homem transformasse os elementos em serviçais para fins nobres! Se a nuvem que paira sobre a locomotiva fosse a perspiração de feitos heroicos ou tão benéfica quanto aquelas que flutuam sobre os campos do fazendeiro, então até os elementos da própria Natureza acompanhariam alegremente os homens em suas incumbências e seriam sua escolta.

Observo a passagem dos comboios da manhã com o mesmo sentimento com que observo o nascer do sol, quase tão regular. O rastro de fumaça esticando-se até bem atrás e levantando-se cada vez mais alto, indo para o céu enquanto os comboios seguem para Boston, esconde o sol por um minuto e joga sombra em meu campo distante por um instante, um trem celestial ao lado do qual o insignificante trem de vagões que abraça a terra é apenas a farpa da lança. O cavalariço do cavalo de ferro acordou cedo nesta manhã de inverno, com a luz das estrelas entre as montanhas, para alimentar e arrear seu corcel. O fogo também foi despertado assim cedo para colocar nele o calor vital e fazer com que partisse. Se a empreitada fosse tão inocente quanto é adiantada! Se a neve está funda, colocam seus sapatos de neve e, com o limpa-neve gigante, abrem um sulco das montanhas à costa, no qual os vagões, como uma plantadeira, vão salpicando todos os homens agitados e as mercadorias flutuantes no campo como semente. O dia todo o corcel de fogo voa pelo país, parando apenas para que seu dono possa descansar, e eu sou despertado por seu passo pesado e seu resfolegar desafiador à meia-noite, quando, em algum vale remoto nas montanhas, ele afronta os elementos revestidos de gelo e neve; e chegará a seu estábulo só com a estrela da manhã, para começar uma vez mais suas viagens, sem descanso nem cochilo. Ou talvez, à noite, eu o ouça em seu estábulo, resfolegando a energia supérflua do dia, para que possa acalmar os nervos e esfriar o fígado e o cérebro por umas poucas horas de sono profundo. Se a empreitada fosse tão heroica e preponderante como é prolongada e incansável!

Bem adentro das florestas desertas dos limites das cidades, onde apenas uma vez o caçador entrou durante o dia, na noite mais escura, correm esses salões brilhantes, sem o conhecimento de seus habitantes; nesse momento parando em alguma estação reluzente em uma vila ou uma cidade, onde uma multidão social se reúne, em seguida em Charco Lúgubre, assustando a coruja e a raposa. As partidas e as chegadas dos vagões agora marcam os períodos do dia da vila. Eles vêm e vão com tanta regularidade e precisão, e seus assobios podem ser ouvidos tão longe, que os agricultores ajustam os relógios de acordo com eles, e assim uma instituição bem conduzida regula todo um país. Os homens não se aprimoraram um pouco na pontualidade desde que a ferrovia foi inventada? Eles não falam e pensam mais rápido nas estações de trem do que faziam nas estalagens de diligências? Há algo eletrizante na atmosfera das primeiras. Fiquei impressionado pelos milagres que fez; que alguns de meus vizinhos, que, eu teria previsto, de uma vez, jamais iriam a Boston em uma condução tão ligeira, estivessem prontos quando a campainha soou. Fazer as coisas "à moda da ferrovia" é o lema agora; e vale a pena ser avisado de modo tão frequente e sincero por qualquer autoridade para sair de seus trilhos. Não há parada para sermões nem tiros sobre a multidão, nesse caso. Construímos um destino, uma Átropos, que nunca se vira de lado (que este seja o nome de sua locomotiva). Os homens são avisados que a certa hora e determinado minuto essas flechas serão disparadas em determinadas direções da bússola; no entanto, isso não interfere nos afazeres de ninguém, e as crianças vão para a escola por outro caminho. Vivemos de modo mais regular por isso. Somos assim todos educados para sermos filhos de Tell. O ar está cheio de flechas invisíveis. Cada caminho a não ser o seu é o caminho do destino. Mantenha seu próprio caminho, então.

O que me agrada no comércio é seu empreendedorismo e sua bravura. Ele não junta as mãos e reza para Júpiter. Vejo esses homens todos os dias em seus negócios, com mais ou menos coragem e satisfação, fazendo mais até do que suspeitam e talvez de modo melhor do que teriam feito se planejassem conscientemente. Sou menos impressionado pelo heroísmo de quem ficou em pé por meia hora na linha de frente em Buena Vista do que pelo valor constante e alegre dos homens que fazem de seus limpa--neves seus quartos de invernos; que não têm apenas a coragem das três da manhã, que Bonaparte considerava a mais rara, mas cuja coragem não vai descansar tão cedo, os que vão dormir apenas quando a tempestade dorme ou as forças de seu corcel de ferro estão congeladas. Nesta manhã de Grande Neve, que ainda cai e congela o sangue dos homens, talvez ouça o tom abafado do sino da locomotiva saindo da massa de névoa de seu hálito frio, que anuncia que os vagões *estão chegando*, sem grande atraso, a despeito da interdição de uma nevasca no noroeste da Nova Inglaterra, e veja os lavradores cobertos de neve e gelo, as cabeças espiando sobre o arado que revira não margaridas e os ninhos de ratos-do-campo, mas algo como rochedos de Sierra Nevada, que ocupam um lugar remoto no universo.

O comércio é inesperadamente confiante e sereno, alerta, aventureiro e incansável. É bastante natural em seus métodos, porém, bem mais que muitos empreendimentos fantásticos e experimentos sentimentais, daí seu sucesso singular. Sinto-me revigorado e expandido quando o trem de carga passa chacoalhando por mim e sinto o cheiro dos estoques que seguem soltando seus odores todo o caminho, de Long Wharf ao lago Champlain, recordando-me de locais no estrangeiro, recifes de corais, oceano Índico e climas tropicais, e a extensão do planeta. Eu me sinto mais um cidadão do mundo ao avistar as folhas de palmeiras que cobrirão tantas cabeças louras da Nova Inglaterra no próximo verão, cânhamo-de-manila e cascas de coco, o velho junco, sacos de juta, ferro-velho e pregos enferrujados. Essa carga de velas rasgadas é mais legível e interessante agora que se envolta em jornais e livros impressos. Quem além desses rasgos pode escrever tão graficamente a história das tempestades que aguentaram? São folhas de prova que não precisam de correção. Ali vai madeira das florestas do Maine, que não foi para o mar na última cheia, mais cara quatro dólares a centena porque o que foi transportado rachou; pinheiro, abeto, cedro – primeira, segunda, terceira e quarta categoria, ultimamente todos de uma só categoria, ondulando sobre o urso, o alce, a rena. A seguir vem cal de Thomaston, uma carga de primeira, que seguirá mais além entre as montanhas antes de ser transformada em cal virgem. Esses trapos em fardos, de todos os tipos e todos os tons, à qualidade final a que descem o algodão e o linho, o resultado final de uma roupa – de modelos que agora não têm mais procura, a não ser em Milwaukee, como aqueles artigos esplêndidos, estampas inglesas, francesas ou americanas, guingão, musselina etc., reunidos de todos os cantos tanto da moda quanto da pobreza, indo transformar-se em papel de uma cor ou apenas alguns tons, no qual, certamente, serão escritas lendas da vida real, classe alta e baixa, e fundadas em fatos! Aquele vagão fechado cheira a peixe salgado, o forte aroma comercial da Nova Inglaterra, recordando-me dos Grandes Bancos e dos pesqueiros. Quem não viu um peixe salgado, bem curado para este mundo, de modo que nada pode estragá-lo, envergonhando a perseverança dos santos? Com o qual se podem varrer ou pavimentar as ruas, e rachar lenha, e o carroceiro, proteger sua carga e a si mesmo do sol, vento e chuva – e o comerciante, como um dia fez um comerciante de Concord, pendurar na porta como sinal de que está aberto, até que seu freguês mais antigo não saiba dizer com certeza se é animal, vegetal ou mineral, e ainda assim será puro como um floco de neve, e, se colocado em uma panela e cozido, sairá um excelente bacalhau para o jantar de sábado. A seguir, couro espanhol, com as caudas ainda preservando a torção e o ângulo de elevação que tinham quando os bois que as levavam corriam pelos pampas da América espanhola – um tipo de total obstinação, provando como são quase irremediáveis e incuráveis todos os vícios constitucionais. Confesso que, na prática, quando descubro a disposição real de um homem, não tenho esperanças de mudá-la para o bem ou para o mal neste estado de existência. Como dizem os orientais: "O rabo de um vira-lata pode ser aquecido, apertado e enrolado com ataduras, e depois de doze anos de trabalho ele ainda manterá a forma natural". A única cura eficaz desses longos hábitos como o exibido por essas caudas é fazer cola com elas, o que acredito que seja o que em geral se faz delas, e então ficarão quietas e grudadas. Aqui há um barril de melaço ou de conhaque endereçado a John Smith, Cuttingsville, Vermont, algum mercador entre as Montanhas Verdes, que importa para agricultores perto de sua área e agora talvez esteja sobre o anteparo pensando nos últimos desembarques da costa, como devem afetar o preço para ele, dizendo aos fregueses neste momento, como disse vinte vezes antes naquela manhã, que espera um produto de primeira qualidade no próximo trem. Foi anunciado no *Cuttingsville Times*.

Enquanto essas coisas sobem, outras descem. Avisado pelo zumbido, levanto do livro meu olhar e vejo um pinheiro alto, cortado em colinas mais ao norte, que encontrou seu caminho pelas Montanhas Verdes e o rio Connecticut, vindo como uma flecha pela municipalidade em dez minutos, e mal outro olho vê, indo:

"Ser o mastro
De algum grande almirante."

E escutai! Aí vem o vagão de gado, trazendo o gado de mil colinas, redis, estábulos e currais no ar, vaqueiros com seus galhos e pastores no meio de seus rebanhos, tudo menos os pastos da montanha, volteados juntos como folhas sopradas das montanhas pelos ventos de setembro. O ar está tomado pelo balido de bezerros e ovelhas, e o barulho dos bois, como se passasse um vale pastoral. Quando o velho carneiro-guia no início toca seu sino, as montanhas de fato pulam como carneiros, e as pequenas colinas, como ovelhas. Uma carga de boiadeiros, também, no meio, no mesmo nível de seu rebanho agora, a vocação desaparecida, mas ainda segurando seus galhos inúteis, como insígnias da profissão. Mas seus cães, onde estão? Para eles é o estouro da boiada; foram jogados de lado; perderam o faro. Creio que os ouço latir atrás de Peterboro' Hills ou arfando na face oeste das Montanhas Verdes. Não estarão na morte. Sua vocação, também, se foi. Sua fidelidade e sua sagacidade estão abaixo da média agora. Vão se esgueirar de volta para seus canis em desgraça ou talvez correr livres e fundar uma liga com o lobo e a raposa. Assim sua vida pastoral passou girando e se foi. Mas o sino toca, e preciso sair do trilho e deixar os vagões passarem:

O que é a ferrovia para mim?
Nunca irei ao fim,
Onde termina.
Preenche alguns vazios,
Faz beiras para as andorinhas,
Faz voejar o pó
E madurar as amoras,

mas a cruzo como um caminho de carroça na mata. Não terei meus olhos arrancados e meus ouvidos estragados por sua fumaça, seu vapor e sibilar.

Agora que os vagões se foram e todo o mundo inquieto com eles, e os peixes no lago não temem mais seu estrondo, estou mais sozinho que nunca. Pelo resto da longa tarde, talvez minhas meditações sejam interrompidas apenas pelo chacoalhar fraco de uma carroça ou uma parelha na estrada distante.

Às vezes, nos domingos, ouvia os sinos, o de Lincoln, de Acton, de Bedford ou de Concord, quando o vento estava favorável, uma melodia fraca, doce, como se fosse natural, digna de ser importada para a região selvagem. A uma distância suficiente sobre a mata, esse som adquire certo zumbido vibratório, como se as folhas de pinheiro no horizonte fossem as cordas de uma harpa tocada por ele. Todo som ouvido da maior distância possível produz esse mesmo efeito, uma vibração da lira universal, assim como a atmosfera que interfere torna uma cordilheira distante interessante a nossos olhos pelo tom azul que dá a ela. Chegava a mim, nesse caso, uma melodia estirada pelo ar, que conversou com cada folha e cada agulha na mata, aquela porção do som que os elementos tomaram e modularam e ecoaram de vale a vale. O eco é, em alguma medida, um som original, e nisso estão sua mágica e seu charme. Não é a mera repetição do que é válido repetir no sino, mas em parte a voz da floresta; as mesmas palavras e notas triviais cantadas por uma ninfa das árvores.

À noite, o mugido distante de alguma vaca no horizonte além das árvores parecia doce e melodioso, e no começo eu o confundia com a voz de certos menestréis que às vezes me faziam serenata, que poderiam se perder pela colina e pelo vale; mas logo me desenganei, não para meu desprazer, quando ele se prolongou na música barata e natural da vaca. Não tenho a intenção de ser satírico, mas de expressar minha apreciação pela cantoria daqueles jovens, quando digo que percebi claramente que era parecida com a música da vaca e que são, por fim, uma só articulação da Natureza.

Regularmente às sete e meia, em parte do verão, depois que o trem da noite tinha passado, os noitibós cantavam suas vésperas por meia hora, sentados em um toco perto de minha porta ou sobre uma viga da casa. Começavam a cantar com quase tanta precisão quanto a de um relógio, em cinco minutos depois de uma hora particular, indicada pelo pôr do sol, todas as noites. Tive uma rara oportunidade de observar seus hábitos. Às vezes ouvia quatro ou cinco de uma vez em diferentes partes da floresta, por acidente um deles um compasso atrás do outro, e tão perto de mim que eu não distinguia apenas o gorgolejo atrás de cada nota, mas com frequência aquele som singular de zumbido, como uma mosca na teia de aranha, apenas proporcionalmente mais alto. Às vezes um deles me circundava na mata, a alguns metros de distância, como se amarrado por um fio, quando eu provavelmente estava perto de seus ovos. Cantavam em intervalos ao longo da noite e, outra vez, ficavam tão musicais como sempre no amanhecer.

Quando outros pássaros estão quietos, as corujas-rasga-mortalha assumem o esforço, como carpideiras com seu ancestral u-lu-lu. Seu grito lúgubre é bastante benjonsoniano. Sábias bruxas da meia-noite! Não é o tu-u tu-it tu-u honesto e direto dos poetas, mas, sem brincadeiras, o canto de cemitério mais solene, os consolos mútuos de amantes suicidas recordando as pontadas e os deleites do amor supremo nos bosques infernais. Ainda assim, amo ouvir seus lamentos, suas respostas tristes, seus trinados pela beirada da mata, lembrando-me às vezes de música e pássaros canoros; como se fossem o lado sombrio e choroso da música, os arrependimentos e os suspiros dispostos a ser cantados. São os espíritos, os espíritos baixos e os agouros melancólicos, ou as almas caídas que um dia caminharam pela noite em forma humana na Terra e cometeram atos de escuridão, agora expiando seus pecados com hinos chorosos ou lamentos na paisagem de suas transgressões. Eles me dão um novo sentido de variedade e capacidade daquela natureza que é nossa morada comum. *Uh-u-u-u, que eu jamais tivesse nasci-i-i-do,* suspira uma do lado de cá do lago, e circula com a inquietude do desespero para algum novo poleiro nos carvalhos cinzentos. Então *que eu jamais tivesse nasci-i-i-do!*, ecoa outra do lado mais distante, com sinceridade trêmula, e *nasci-i-i-do!* vem fraco lá de longe nas florestas de Lincoln.

Também recebi a serenata do jacurutu. De perto, você imagina que é o som mais melancólico da Natureza, como se ela com isso quisesse estereotipar e tornar permanente em seu coral os gemidos moribundos de um ser humano – alguma pobre relíquia fraca de mortalidade que deixou a esperança para trás e uiva como um animal, e, no entanto, com soluços humanos, ao entrar no vale escuro, tornada mais horrenda por certa melodia gorgolejante – eu me vejo procurando as letras *gl* quando tento imitá-la –, expressiva de uma mente que já atingiu o estágio gelatinoso, embolorado da mortificação de todo pensamento saudável e corajoso. Recordou-me de fantasmas e idiotas e uivos insanos. Mas agora há uma resposta de longe na mata, em uma música tornada realmente melodiosa pela distância – *hu hu hu, huri hu*; e de fato, em sua maior parte, sugeria apenas associações agradáveis, ouvida de dia ou de noite, no verão ou no inverno.

    Fico feliz que existam corujas. Que elas soltem seu piado idiota e maníaco em vez dos homens. É um som admiravelmente adequado para brejos e florestas de penumbra que nenhum dia ilumina, sugerindo uma natureza vasta e subdesenvolvida que o homem não reconheceu. Elas representam a penumbra desolada e os pensamentos insatisfeitos que todos temos. Por todo o dia, o sol brilhou na superfície de algum pântano selvagem, onde há um abeto coberto de barba-de-velho, e pequenos gaviões circulam acima, e o chapim ceceia entre as coníferas, e a perdiz e o coelho se esquivam embaixo; mas agora um dia mais lúgubre e adequado nasce, e uma raça diferente de criaturas acorda para expressar ali o significado da Natureza.

    Tarde da noite, ouço o rumor distante de carroças sobre pontes – um som que se escuta mais longe que qualquer outro à noite –, o uivo dos cães e, às vezes, de novo o mugido de alguma vaca desconsolada em um curral distante. Enquanto isso, toda a margem ressoa com o trompete das rãs-touro, os espíritos robustos de antigos bêbados e festeiros, ainda impenitentes, tentando cantar uma canção em seu lago estígio – se as ninfas de Walden me perdoarem a comparação, pois, embora ali não existam algas, há rãs –, que com alegria mantêm as regras hilariantes de suas velhas mesas festivas, embora suas vozes tenham ficado roucas e solenemente graves, zombando da alegria, e o vinho tenha perdido seu sabor e se transformado apenas em bebida para distender suas panças, e a doce intoxicação jamais afogue as memórias do passado, mas cause mera saturação, encharcamento e distensão. A mais graduada, com o queixo sobre uma folha em forma de coração, que serve como guardanapo para sua baba, sob esta margem norte traga um grande gole da água um dia desdenhada e passa a taça com a exclamação *tr-r-r-onc, tr-r-r-oonc, tr-r-r-onc!* e imediatamente vem a água de algum canto distante, a mesma senha repetida, onde a próxima em importância e circunferência engoliu sua porção; e, quando essa observância fez o circuito das margens, então solta a mestre de cerimônias, com satisfação, *tr-r-r-oonc!*, e cada uma, por sua vez, repete a mesma coisa, até a menos inchada, vazante e de pança mais flácida, que não haja engano; então, o uivo segue de novo ao redor, até que o sol disperse a bruma da manhã e apenas a matriarca não esteja sob o lago, mas vaidosamente soltando um *troonc* de tempos em tempos e pausando para resposta.

 Não estou certo de ter algum dia ouvido de minha clareira o som do canto de um galo e achei que pudesse valer a pena manter um deles apenas por sua música, como um pássaro canoro. A nota desse antigo faisão selvagem da Índia é certamente mais marcante que a de qualquer pássaro, e, se eles pudessem ser naturalizados sem ser domesticados, logo ela se tornaria o som mais famoso de nossas matas, passando o clangor do ganso e o piar da coruja; e então imagine o cacarejar das galinhas para encher as pausas quando as trombetas de seus mestres descansam! Não é de se admirar que o homem tenha adicionado esse pássaro a seus animais de criação – para não falar dos ovos e das coxas. Andar durante uma manhã de inverno em uma mata onde abundam esses animais, sua mata nativa, e ouvir o galo selvagem cantar nas árvores, limpo e agudo por quilômetros sobre a terra ecoante, afogando as notas mais débeis de outros pássaros – pense nisso! Colocaria nações em alerta. Quem não acordaria cedo, e cada vez mais cedo, sucessivamente, a cada dia da vida, até que se tornasse indizivelmente saudável, rico e sábio? A nota do pássaro estrangeiro é celebrada pelos poetas de todos os países juntamente com a música de seus cantores nativos. Todos os climas agradam o bravo galo. Ele é mais indígena até mesmo que os nativos. Sua saúde é sempre boa, seus pulmões são fortes, seu ânimo jamais enfraquece. Até mesmo o marinheiro no Atlântico ou no Pacífico é despertado por sua voz; mas seu som agudo jamais me tirou de meus cochilos. Não crio cão, gato, vaca, porco nem galinhas, de modo que dirá que havia uma deficiência de sons domésticos; nem o da batedeira de manteiga, nem o da roca de fiar, nem mesmo o canto de uma chaleira, nem o silvo da chaleira, nem crianças chorando, para confortar alguém. Um homem à moda antiga teria perdido os sentidos ou morrido de *ennui* diante disso. Nem mesmo ratazanas na parede, pois morreram de fome, ou melhor, jamais foram atraídas para dentro – apenas esquilos no telhado e debaixo do chão, um noitibó na viga, um gaio-azul gritando sob a janela, uma lebre ou uma marmota debaixo da casa, uma rasga-mortalhas ou uma coruja-gato atrás dela, um bando de gansos selvagens ou mobelha risonha no lago, e uma raposa para latir à noite. Nem mesmo uma cotovia ou um papa-figos, aqueles pássaros amenos de plantações, visitaram minha clareira. Nenhum galo para cantar, tampouco galinhas para cacarejar no quintal. Sem quintal! Mas, sim, a natureza sem cercas chegando à própria soleira. Uma jovem floresta crescendo sob suas pradarias, e sumagre silvestre e galhos de amoreira-brava entrando em seu porão; pinheiros robustos esfregando e rangendo contra as telhas por falta de espaço, suas raízes alcançando bem debaixo da casa. Em vez de um balde de carvão ou veneziana levada pelo vento: um pinheiro quebrado ou retorcido na raiz atrás de sua casa como combustível. Em vez de ficar sem caminho para o portão do jardim da frente na Grande Neve: não há portão, não há jardim da frente e não há caminho para o mundo civilizado!

5
Solidão

Esta é uma noite deliciosa, em que todo o corpo é um só sentido, e absorve deleite por cada poro. Caminho com uma liberdade estranha na Natureza, como parte dela. Conforme ando pela margem rochosa do lago em mangas de camisa, embora esteja fresco, nublado e ventoso, não vejo nada especial que me atraia, todos os elementos me são estranhamente harmoniosos. As rãs-touro trombeteiam para liderar a noite, e a nota do noitibó é levada pelo vento ondulante sobre a água. A empatia com folhas voejantes de amieiro e álamo quase me deixa sem fôlego; no entanto, como o lago, minha serenidade ondula, mas não se eriça. Essas pequenas ondas levantadas pelo vento da noite são tão remotas da tempestade quanto da superfície lisa, refletora. Embora no momento esteja escuro, o vento ainda sopra e ruge na floresta, as ondas ainda correm, e algumas criaturas acalentam o restante com suas notas. O repouso nunca é completo. Os animais mais selvagens não descansam, e sim caçam sua presa; a raposa, o gambá e o coelho agora percorrem os campos e florestas sem medo. São os vigias da Natureza – ligações que conectam os dias da vida animada.

Quando volto para casa, percebo que visitantes estiveram ali e deixaram seus cartões, às vezes um buquê de flores, ou uma guirlanda de coníferas, ou um nome a lápis numa lasca ou numa folha amarela de nogueira. Os que vêm pouco à floresta levam algum pedacinho da mata nas mãos para brincar no caminho, que deixam, intencionalmente ou por acidente. Um descascou uma varinha de salgueiro, torceu-a em um anel e a deixou em minha mesa. Sempre soube se visitantes haviam estado ali na minha ausência, fosse pelo mato e pelos gravetos dobrados, fosse pelas pegadas de seus sapatos – e geralmente sabia o sexo, a idade ou a condição por algum leve vestígio, como uma flor caída, ou um tufo de grama arrancado e jogado fora, chegando à ferrovia, a oitocentos metros, ou o odor persistente de charuto ou cachimbo. Na verdade, eu com frequência era avisado da passagem de um viajante pela estrada, a trezentos metros, pelo cheiro de seu cachimbo.

Em geral há espaço suficiente em torno de nós. Nosso horizonte nunca está muito perto. A mata densa não está bem à porta, nem o lago, mas de algum jeito é sempre uma clareira, familiar e usada por nós, apropriada e de certo modo cercada e retomada da Natureza. Por que razão tenho essa vasta extensão e circuito, alguns quilômetros quadrados de floresta sem frequentadores, abandonados para mim pelos homens? Meu vizinho mais próximo fica a um quilômetro e meio de distância, e nenhuma casa é visível de lugar algum além dos cumes das colinas a oitocentos metros de minha moradia. Tenho um horizonte restrito por florestas todo para mim: uma vista distante da ferrovia, onde ela encontra o lago, de um lado, e da cerca que contorna a estrada da mata do outro. Mas, na maior parte, é tão solitário aqui onde vivo quanto nas pradarias. É tanto Ásia ou África quanto Nova Inglaterra. Eu tenho, por dizer, Sol, Lua e estrelas, além de um pequeno mundo, só para mim. À noite nunca passou nenhum viajante por minha casa, tampouco bateu em minha porta, como se eu fosse o primeiro ou último homem; a não ser na primavera, quando algumas pessoas, em longos intervalos, vinham da vila pescar fanecas – era evidente que pescavam mais suas próprias naturezas no lago Walden, e com escuridão como isca nos anzóis –, mas logo iam embora, normalmente com cestos leves, e deixavam "o mundo para a escuridão e para mim", e a essência negra da noite jamais foi profanada por nenhuma vizinhança humana. Creio que aqueles homens ainda sentem, em geral, um pouco de medo da escuridão, embora as bruxas tenham sido todas enforcadas, e o cristianismo e as velas tenham sido introduzidos.

Ainda assim, por vezes percebi que a companhia mais doce e terna, a mais inocente e encorajadora, pode ser encontrada em qualquer objeto natural, mesmo para o homem mais misantropo e melancólico. Não pode existir melancolia tão profunda para quem vive no meio da Natureza e ainda dispõe de seus sentidos. Nunca houve uma tempestade, mas era música eólica para um ouvido saudável e inocente. Nada pode impelir um homem simples e corajoso à tristeza vulgar. Enquanto desfrutar da amizade das estações, creio que nada fará da vida um fardo para mim. A chuva gentil que rega meus feijões e me mantém em casa hoje não é triste e melancólica, mas boa para mim também. Embora impeça que capine meus feijões, é bem mais importante que meu trabalho. Se ela continuasse a ponto de apodrecer as sementes no solo e destruir as batatas nas baixadas, ainda seria boa para a grama nas partes mais altas – e, sendo boa para a grama, é boa para mim. Às vezes, quando me comparo com outros homens, tenho a impressão de que fui mais favorecido pelos deuses que eles, além de quaisquer méritos dos quais tenha conhecimento; é como se eu tivesse um mandado e uma garantia que eles não têm e fosse especialmente guiado e protegido. Não me gabo disso, mas é possível que eles me gabem. Jamais me senti solitário nem minimamente oprimido por um sentimento de solidão, a não ser uma vez, e isso foi poucas semanas depois de ter vindo para a floresta, quando, por uma hora, duvidei de que uma vizinhança próxima de homens não fosse essencial para uma vida serena e saudável. Ficar sozinho era desagradável. Mas eu estava ao mesmo tempo consciente de uma leve insanidade em meu humor e parecia prever minha recuperação. No meio de uma chuva gentil, embora esses sentimentos prevalecessem, tornei-me subitamente sensível à companhia doce e benéfica da Natureza, no próprio tamborilar das gotas, e em cada som e visão em torno de minha casa, uma afetuosidade infinita e inexplicável toda de uma só vez, como se uma atmosfera me sustentasse, enquanto tornava insignificantes as fantasias das vantagens de uma vizinhança humana, e nunca mais pensei nelas desde então. Cada pequena agulha de pinheiro se expandia e se inchava de empatia e se tornava amiga. Tomei consciência de um modo tão distinto de algo relacionado a mim, mesmo nas cenas que estamos acostumados a chamar de selvagens e tristes, e também de que o mais próximo de sangue a mim, e o mais humano, não era pessoa nem habitante da vila, que achei que nenhum lugar jamais me seria desconhecido de novo.

"O luto precoce consome o triste;
Poucos são seus dias nas terras dos vivos,
Bela filha de Toscar."

Algumas de minhas horas mais agradáveis eram durante tempestades longas na primavera ou no outono, que me confinavam na casa durante a tarde e também pela manhã, acalentado pelo rugido e pelo bombardeio incessantes, quando um crepúsculo adiantado anunciava uma noite longa na qual muitos pensamentos tinham tempo para se enraizar e se desenvolver. Naquelas chuvas fortes do noroeste, que tanto desafiavam as casas da vila, quando as criadas ficavam com esfregão e balde prontos nas entradas para manter o dilúvio lá fora, eu me sentava atrás da porta em minha casinha, que era toda entrada, e desfrutava totalmente de sua proteção. Em uma forte tempestade de trovões, um relâmpago atingiu um grande pinheiro do outro lado do lago, formando um sulco espiral muito notório e perfeitamente regular de cima a baixo, com quase três centímetros de profundidade, dez a doze centímetros de largura, como entalhamos uma bengala. Passei por ele de novo no outro dia e fiquei deslumbrado ao olhar para cima e ver a marca, mais aparente que nunca, de onde um raio terrível e sem resistência desceu do céu inofensivo oito anos antes. Os homens com frequência me dizem: "Imagino que devia se sentir solitário lá longe e querer estar mais perto das pessoas, especialmente em dias e noites de chuva e neve". Fico tentado a responder: toda terra que habitamos é apenas um ponto no espaço. A que distância, acha, vivem os dois habitantes mais distantes daquela estrela ali, cujo diâmetro não pode ser calculado por nossos instrumentos? Por que deveria me sentir sozinho? Nosso planeta não está na Via Láctea? A questão que você me coloca não parece ser a mais importante. Que tipo de espaço é esse que separa um homem de seus companheiros e o torna solitário? Percebi que nenhum esforço das pernas pode trazer duas mentes mais perto uma da outra. Do que queremos mais viver perto? Certamente muitos não desejariam viver ao lado de tantos homens, da estação de trem, do correio, do bar, da igreja, da escola, da mercearia, de Beacon Hill ou de Five Points, onde a maioria se reúne, e sim de nossa fonte perene de vida, de onde vem toda a experiência que temos na questão, como o salgueiro fica perto da água e envia suas raízes para aquela direção. Isso varia em diferentes naturezas, mas é o local em que um homem sábio vai cavar seu porão... Certa noite passei por um de meus concidadãos, que acumulou o que é chamado de "uma bela propriedade" – embora eu jamais tenha dado uma *boa* olhada nela –, na estrada Walden; ele levava um par de vacas para o mercado e me perguntou como eu conseguia deixar de lado tantos dos confortos da vida. Respondi que certamente gostava de como passava; não estava brincando. E assim fui para casa, para minha cama, e o deixei seguir seu caminho pela escuridão e pela lama até Brighton – ou Bright-town, "cidade brilhante" –, que alcançaria pela manhã.

Para um morto, qualquer perspectiva de despertar ou voltar à vida torna indiferente hora ou lugar. O local em que pode ocorrer é sempre o mesmo – e indescritivelmente agradável a todos os sentidos. Em geral, permitimos que apenas circunstâncias remotas e passageiras definam nossas ocasiões. Na verdade, elas são a causa de nossa distração. Próximo a tudo está aquele poder que molda as coisas. *Perto* de nós, as maiores leis são continuamente executadas. *Perto* de nós não está o trabalhador que contratamos, com quem gostamos tanto de conversar, mas o trabalhador de quem somos o trabalho.

"Como é vasta e profunda a influência dos poderes sutis do céu e da terra!"

"Tentamos percebê-las e não os vemos; tentamos ouvi-las, mas não as ouvimos; identificadas com as substâncias das coisas, não podem ser separadas delas."

"Elas são a causa pela qual em todo o universo os homens purificam e santificam seus corações e vestem suas roupas de festa para oferecer sacrifícios e oblações a seus ancestrais. É um oceano de inteligências sutis. Estão em toda parte, acima de nós, à esquerda, à direita; ela nos cerca por todos os lados."

Somos as cobaias de um experimento que não me é nada interessante. Podemos viver um pouco sem a companhia de nossos mexericos sob essas circunstâncias – ter nossos próprios pensamentos para nos alegrar? Confúcio diz, com verdade: "A virtude não permanece uma órfã abandonada; precisa, por necessidade, de vizinhos".

Com pensamento, podemos ir além de nós mesmos de um modo saudável. Com um esforço consciente da mente, podemos nos distanciar de ações e suas consequências; e todas as coisas, boas e más, passam por nós como uma torrente. Não estamos totalmente envolvidos na Natureza. Posso ser o galho na corrente ou Indra no céu olhando para ele. *Posso* ser afetado por uma exibição teatral; ao mesmo tempo, posso *não* ser afetado por um acontecimento real que parece me preocupar muito mais. Apenas me conheço como entidade humana; a cena, por assim dizer, de pensamentos e afeições; e sou sensível a certa duplicidade pela qual posso ficar tão longe de mim mesmo quanto de outra pessoa. Por mais intensa que seja minha experiência, tenho consciência da presença e da crítica de parte de mim, que é como se não fosse parte de mim, mas um espectador, que não compartilha experiências, e sim toma nota delas, e não é mais eu que é você. Quando a peça da vida terminar – pode ser uma tragédia –, o espectador segue seu caminho. Era um tipo de ficção, apenas obra da imaginação, até onde lhe dizia respeito. Essa duplicidade pode nos tornar péssimos vizinhos e amigos às vezes.

Acho saudável ficar sozinho na maior parte do tempo. Ter companhia, mesmo a melhor, logo se torna cansativo e dispersivo. Amo ficar só. Nunca encontrei companhia tão sociável quanto a solidão. Em geral ficamos mais sozinhos quando estamos entre os homens que quando ficamos em nossos aposentos. Um homem pensando ou trabalhando está sempre sozinho, esteja onde estiver. A solidão não é medida pelos quilômetros de espaço entre um homem e seus iguais. O estudante realmente diligente em uma das colmeias apinhadas da faculdade em Cambridge é tão solitário quanto um dervixe no deserto. O agricultor pode trabalhar sozinho no campo ou na mata o dia todo, capinando ou cortando, e não se sentir solitário, porque está ocupado; mas, quando volta para casa à noite, não consegue sentar-se sozinho em um cômodo, à mercê de seus pensamentos – ele precisa estar onde possa "ver o povo", divertir-se e, como ele pensa, recompensar-se pelo dia de solidão; e logo se pergunta como o estudante pode ficar em casa sozinho a noite toda e a maior parte do dia sem *ennui* e "abatimento"; mas ele não percebe que o estudante, embora fique dentro da casa, ainda está trabalhando em *seu* campo, cortando *suas* árvores, como o agricultor no dele, e por sua vez busca a mesma diversão e companhia que ele, embora possa ser uma forma mais condensada dela.

A companhia é com frequência bem medíocre. Nós nos encontramos em intervalos curtos, sem ter tido o tempo de dar nenhum novo valor uns aos outros. Nós nos encontramos nas refeições três vezes ao dia e damos uns aos outros um novo gosto daquele velho queijo bolorento que somos. Precisamos concordar com certo grupo de regras, chamado de etiqueta e polidez, para tornar esses encontros frequentes toleráveis, a fim de que não precisemos partir para a guerra declarada. Nós nos encontramos no correio, e nas reuniões, e ao lado da lareira todas as noites; vivemos apinhados, no caminho uns dos outros, e tropeçamos uns nos outros, e creio que, assim, perdemos um pouco de respeito uns pelos outros. Com certeza uma frequência menor seria suficiente para todas as comunicações importantes e cordiais. Considere as moças em uma fábrica – nunca sozinhas, nem em sonhos. Seria melhor se houvesse apenas um habitante por dois quilômetros quadrados e meio, como onde eu vivo. O valor de um homem não é sua pele para precisarmos tocá-lo.

Soube de um homem perdido na floresta e morrendo de fome e exaustão ao pé de uma árvore e cuja solidão foi aliviada pelas visões grotescas com que, por causa da fraqueza de seu corpo, sua imaginação doente o cercou; ele acreditava que elas fossem reais. Assim, graças à saúde corpórea e mental e à força, podemos ser continuamente alegrados por uma companhia mais normal e natural e descobrir que jamais estamos sós.

Tenho bastante companhia em casa; em especial pela manhã, quando ninguém aparece. Deixe-me sugerir algumas comparações para poder expressar uma ideia da situação. Não sou mais solitário que a mobelha no lago, a qual ri tão alto, nem que o próprio lago Walden. Que companhia tem aquele lago solitário, pergunto? E, no entanto, não tem demônios azuis, e sim anjos azuis em si, na tinta azul de suas águas. O sol está sozinho, a não ser em tempo nublado, quando às vezes parece ser dois, mas um é de mentira. Deus está sozinho – mas o diabo está longe de estar só; ele vê muita companhia; ele é legião. Não sou mais solitário que um verbasco ou um dente-de-leão no pasto, ou uma folha de feijão, ou uma azedinha, um moscardo, ou uma abelha. Não sou mais solitário que o riacho do moinho, ou um cata-ventos, a estrela do Norte, o vento do sul ou uma chuva de abril, ou o degelo de janeiro, ou a primeira aranha em uma casa nova.

Recebo visitas ocasionais nas longas noites de inverno, quando a neve cai forte e o vento uiva na mata, de um velho colono e proprietário original que dizem ter cavado e calçado de pedras o lago Walden e o cercado de florestas de pinheiros; que me conta histórias dos velhos tempos e da nova eternidade; e entre nós conseguimos passar uma noite alegre, com companhia feliz e visões agradáveis das coisas, mesmo sem maçãs nem sidra – um amigo muito sábio e cheio de humor, a quem muito amo e que se mantém mais em segredo que Goffe ou Whalley; e, embora seja considerado morto, ninguém sabe me dizer onde ele está enterrado. Uma senhora de idade, também, vive na vizinhança, invisível para a maioria das pessoas, e em seu jardim de ervas perfumado amo passear às vezes, colhendo espécies medicinais e ouvindo suas fábulas; pois ela é um gênio de fertilidade jamais igualada, e sua memória remonta para além da mitologia, e ela pode me contar o original de cada fábula e sobre qual fato cada uma delas foi erguida, pois os acontecimentos ocorreram quando ela era jovem. Uma velha dama corada e forte, que se deleita em todos os tempos e as estações e que deverá sobreviver a todos os filhos.

A indescritível inocência e a beneficência da Natureza – do sol, do vento e da chuva, do verão e do inverno – que saúde, que alegria, permitem para sempre! E que empatia têm mesmo com os de nossa raça, que toda a Natureza seria afetada, e a luz do sol se apagaria, e os ventos suspirariam de modo humano, e as nuvens choveriam lágrimas, e as árvores perderiam as folhas e colocariam luto no verão se algum homem sofresse por uma justa causa. Eu não devo me entender com a terra? Não sou eu mesmo parte folhas, vegetais e mofo?

Qual é a pílula que nos manterá bem, serenos, contentes? Não a do meu nem a do teu bisavô, mas os remédios universais, vegetais, botânicos, de nossa bisavó Natureza, com os quais se mantém sempre jovem, sobrevivendo a tantos velhos Parrs em seu tempo, alimentando sua saúde com a gordura decadente deles. Como minha panaceia, em vez de um daqueles frascos dos curandeiros de mistura tirada do Aqueronte e do mar Morto, que saem daqueles vagões longos e rasos parecidos com escunas negras, que às vezes vemos carregar garrafas, quero um trago de ar da manhã não diluído. Ar da manhã! Se os homens não o bebem na nascente do dia, ora, então teremos até de engarrafar um pouco e vendê-lo nas lojas, para o benefício dos que perderam seu bilhete de entrada para a manhã neste mundo. Mas, lembre, não se pode guardá-lo até meio-dia nem na adega mais fresca; perderá a rolha bem antes disso e seguirá os passos de Aurora para oeste. Não sou devoto de Higeia, filha daquele velho curandeiro Esculápio e que é representada em monumentos segurando uma serpente em uma das mãos e na outra uma taça da qual a serpente às vezes bebe; mas, sim, de Hebe, que levou a taça a Júpiter, que era filha de Juno e de uma alface silvestre e tinha o poder de restaurar o vigor da juventude de deuses e homens. Ela provavelmente foi a única jovem em condições totalmente sãs, saudável e robusta que andou pelo planeta e, por onde ela passava, era primavera.

6
Visitantes

Creio que gosto de companhia, como a maioria das pessoas, e em geral estou disposto a me prender como um sanguessuga a qualquer homem de sangue bom que cruze meu caminho. Não sou eremita por natureza, mas poderia suportar o maior freguês do bar se meus assuntos me levassem a isso.

Eu tinha três cadeiras em minha casa: uma para a solidão, duas para amizade, três para sociedade. Quando chegavam visitas em número maior e inesperado, havia apenas a terceira cadeira para todas elas, mas geralmente economizavam espaço ficando de pé. É surpreendente quantos grandes homens e mulheres uma casa pequena pode conter. Tive vinte e cinco ou trinta almas, com os corpos, de uma só vez sob meu teto, e no entanto nos despedimos sem a percepção de que estivemos bem perto uns dos outros. Muitas de nossas casas, públicas ou particulares, com seus cômodos quase incontáveis, grandes salões e porões para guardar vinhos e outras munições de paz, parecem extravagantemente grandes para seus habitantes. São tão vastas e magníficas que eles parecem apenas pragas que as infestam. Fico surpreso quando o arauto faz seus anúncios diante de algum Tremont, Astor ou Middlesex House para ver sair pela *piazza*, por todos os habitantes, um camundongo ridículo, que logo se enfia de novo em algum buraco do calçamento.

Uma inconveniência de morar em casa pequena às vezes é a dificuldade de tomar a distância suficiente de meu convidado quando começamos a falar grandes pensamentos em grandes palavras. É desejável ter espaço para que seus pensamentos saiam navegando e percorram uma rota ou duas antes de chegarem ao porto. A bala do pensamento precisa superar o movimento lateral e de ricochete e entrar em seu curso firme e definitivo antes de atingir o ouvido de quem escuta, ou pode sair pelo outro lado da cabeça. Além disso, nossas frases queriam espaço para se desdobrar e formar colunas nos intervalos. Os indivíduos, como as nações, precisam ter limites largos, adequados e naturais, até mesmo um território neutro considerável, entre eles. Considerei um luxo peculiar falar através do lago com um companheiro do lado oposto. Em minha casa, estávamos tão próximos que não podíamos começar a escutar – não conseguíamos falar baixo o suficiente para ser ouvidos; como quando duas pedras são jogadas em águas calmas tão próximas que uma quebra as ondulações da outra. Se somos apenas falantes loquazes, que falam alto, então conseguimos ficar bem próximos, rosto no rosto, e sentir o hálito um do outro; mas, se falamos de modo reservado e considerado, queremos estar mais longe, para que a umidade e o calor animal tenham a oportunidade de evaporar. Se quisermos aproveitar a companhia mais íntima com o que, dentro de cada um de nós, não precisa de palavras, ou está acima delas, não devemos apenas ficar em silêncio, mas também longe, corporalmente, a ponto de não podermos ouvir a voz um do outro em nenhuma hipótese. Comparado a esse padrão, a palavra é para a conveniência de quem tem dificuldades para ouvir; contudo, há muitas coisas belas que não podemos dizer se precisamos gritar. Conforme a conversa começava a tomar um tom mais elevado e grandioso, gradualmente íamos afastando cada vez mais as cadeiras, até que elas tocavam as paredes em cantos opostos, e então normalmente não havia espaço o bastante.

Meu "melhor" cômodo, no entanto, meu quarto de retiro, sempre pronto para companhia, em cujo tapete o sol raramente brilhava, era a mata de pinheiros atrás de minha casa. Nos dias de verão, quando chegavam convidados distintos, para lá os levava, e uma auxiliar doméstica inestimável varria o chão, espanava a mobília e mantinha as coisas em ordem.

Por vezes um convidado dividia comigo minha refeição frugal, e a conversa não era interrompida enquanto eu mexia um mingau ou observava um pão subir e ficar pronto nas cinzas. Mas, se vinte pessoas viessem e se sentassem em minha casa, não se dizia nada sobre jantar, embora pudesse haver pão suficiente para dois ou mais, como se comer fosse um hábito abandonado; naturalmente praticávamos a abstinência; e isso nunca foi tomado como falta de hospitalidade, mas como o comportamento mais apropriado e considerado. O desperdício e a decadência da vida física, que precisam tanto de reparo, pareciam milagrosamente retardados em casos assim, e o vigor vital permanecia forte. Desse modo, poderia receber tanto mil quanto vinte; e se alguém algum dia foi embora desapontado ou faminto de minha casa, quando eu estava lá, podem ter certeza de que ao menos conta com minha solidariedade. É tão fácil, embora muitas donas de casa duvidem, estabelecer novos costumes, melhores, em vez dos velhos. Não é preciso colocar sua reputação nos jantares que serve. De minha parte, o que mais me impediu de frequentar a casa de um homem não foi nenhum tipo de Cérbero, mas, sim, o alarde que ele fez ao me servir o jantar, o que compreendi como uma sugestão muito educada e indireta de não o perturbar de novo daquele jeito. Jamais reviverei aquelas cenas. Deveria me orgulhar de ter como *lema* de minha cabana aquelas linhas de Spenser que um de meus visitantes escreveu em uma folha amarela de nogueira, como um cartão:

"Chegam, enchem a casinha toda,
Não buscam ali entretenimento;
Festa é repouso, e tudo está a gosto:
À alma nobre o melhor contentamento."

Quando Winslow, depois governador da Colônia de Plymouth, foi, acompanhado, a uma visita de cerimônia a Massasoit, a pé pela floresta, e chegou cansado e faminto aos alojamentos, foram todos bem recebidos pelo rei, mas nada se disse sobre comida naquele dia. Quando a noite caiu, para citar as palavras deles: "Ele nos colocou na cama com ele mesmo e a mulher, eles em um lado e nós no outro, sendo apenas tábuas colocadas trinta centímetros acima do chão e um tapete fino sobre elas. Mais dois de seus chefes, por necessidade de espaço, encostaram-se acima e ao lado de nós; de modo que ficamos mais cansados de nosso alojamento que da viagem". À uma hora do dia seguinte, Massasoit "trouxe dois peixes que tinha acertado", cerca de três vezes maior que um sargo. "Esses sendo cozidos, havia ao menos quarenta em busca de um pedaço; a maioria comeu deles. Foi a única refeição que fizemos em duas noites e um dia; e nenhum de nós levou uma perdiz, fizemos nossa viagem em jejum." Temendo que ficassem fracos pela falta de comida e também de sono, graças à "cantoria bárbara dos selvagens" (pois eles costumavam cantar até adormecer), e, para que pudessem chegar em casa enquanto ainda tinham forças para viajar, partiram. Quanto às acomodações, é verdade que foram mal recebidos, embora o que considerariam inconveniência certamente tenha sido feito como uma honra; no que diz respeito a comer, não vejo como os indígenas poderiam ter se saído melhor. Eles mesmos não comeram nada e sabiam que desculpas não poderiam tomar o lugar da comida no prato de seus convidados; então, apertaram os cintos e não falaram nada sobre isso. Em outra visita que Winslow fez a eles, sendo em uma estação de fartura, não houve deficiência nesse aspecto.

Quanto aos homens, eles não deixam de nos encontrar em lugar algum. Tive mais visitantes enquanto vivia na mata que em qualquer outro período da vida; o que significa que tive alguns. Encontrei várias pessoas ali sob circunstâncias mais favoráveis do que poderia em qualquer outro lugar. Mas menos vieram me ver por motivos triviais. No que diz respeito a isso, minha companhia foi selecionada pela mera distância da cidade. Retirei-me para tão longe dentro do grande oceano de solidão, onde desembocam os rios da companhia, que na maior parte do tempo, no que diz respeito a minhas necessidades, apenas o melhor sedimento foi depositado em torno de mim. Além disso, ali flutuavam para mim evidências de continentes inexplorados e sem cultivo do outro lado.

Quem haveria de aparecer em minha casa nesta manhã a não ser um homem verdadeiramente homérico ou paflagônio – tinha um nome tão adequado e poético que sinto não poder imprimi-lo aqui –, um canadense, lenhador e preparador de postes, que pode instalar cinquenta postes em um dia, cujo último jantar foi uma marmota caçada pelo cachorro? Ele, também, ouviu sobre Homero e, "se não fosse pelos livros", "não saberia o que fazer nos dias chuvosos", embora talvez não tenha lido um inteiro por muitas estações chuvosas. Algum padre que sabia pronunciar grego o ensinou a ler os versos do Testamento em sua longínqua paróquia nativa; e agora preciso traduzir para ele, enquanto ele segura o livro, a reprimenda de Aquiles a Pátroclo por suas feições tristes.

"Por que choras, Pátroclo, como uma menininha?"
"Ou só tu recebeste notícias de Ftia?
Dizem que Menécio, filho de Actor, ainda vive,
E vive Peleus, filho de Éaco, entre os mirmidões,
Se tivessem morrido, muito lamentaríamos."

Ele diz: "Isso é bom". Leva sob o braço um grande embrulho de casca de carvalho branco, que recolheu na manhã daquele domingo, para um doente. "Imagino que não haja problema em ir atrás de uma coisa assim hoje", diz. Para ele, Homero foi um grande escritor, embora não soubesse sobre o que era sua escrita. Seria difícil encontrar homem mais simples e natural. O vício e a doença, que jogam um tom moral tão sombrio sobre o mundo, pareciam mal existir para ele. Tinha uns vinte e oito anos e deixara o Canadá e a casa do pai doze anos antes para trabalhar nos Estados Unidos e ganhar dinheiro para, por fim, comprar uma fazenda, talvez em seu país de origem. Fora forjado no molde mais grosseiro: um corpo robusto, mas lento, embora de movimentos graciosos, com um pescoço grosso e queimado de sol, cabelo escuro e farto e olhos azuis baços e sonolentos, que ocasionalmente se iluminavam com expressão. Usava uma boina de pano cinza, um sobretudo encardido de lã e botas de couro de vaca. Era um grande consumidor de carne, normalmente levando a refeição para o trabalho alguns quilômetros além de minha casa – pois ele cortava lenha o verão todo – em um balde de latão; carne fria, muitas vezes marmota fria, e café em uma garrafa de pedra que pendia de um barbante preso em seu cinto; e às vezes ele me oferecia um gole. Ele vinha cedo, cruzando meu campo de feijões, embora sem ansiedade nem pressa de começar seu trabalho, como exibem os ianques. Ele não iria se machucar. Não se importava se ganhasse apenas seu sustento. Com frequência deixava a refeição no mato, quando seu cão pegava uma marmota no caminho, e voltava uns dois quilômetros para temperá-la e deixá-la no porão da casa onde se hospedava, depois de deliberar por meia hora se poderia afundá-la no lago em segurança até o anoitecer – adorava considerar tais temas. Ele dizia, ao passar pela manhã: "Como são burros esses pombos! Se não precisasse trabalhar todos os dias, poderia caçar toda a carne que quisesse – pombos, marmotas, coelhos, perdizes... Vixe! Poderia pegar tudo o que quisesse para uma semana em um só dia".

Ele era um lenhador habilidoso e se permitia alguns floreios e ornamentos em sua arte. Cortava as árvores perto do chão, niveladas, para que os brotos que saíssem depois fossem mais viçosos e para que um trenó pudesse passar sobre os tocos; e em vez de deixar uma árvore inteira como apoio para a madeira empilhada, ele a reduzia até uma estaca fina, ou lasca, que podia ser quebrada com a mão.

Ele me interessava por ser tão quieto, solitário e, no entanto, feliz; um poço de bom humor e contentamento que transbordava pelos olhos. Sua alegria era pura. Às vezes o via em seu trabalho na floresta, derrubando árvores, e ele me cumprimentava com um riso de satisfação inexprimível e uma saudação em francês canadense, embora também falasse inglês. Quando eu me aproximava, ele parava o trabalho e, com alegria mal contida, deitava-se no tronco de pinheiro que derrubara, raspava o lado interno da casca, enrolava uma bolinha e a mastigava enquanto ria e falava. Tinha tamanha exuberância de espíritos animais que às vezes caía e rolava de rir no chão com qualquer coisa que o fizesse pensar ou o cutucasse. Olhando em torno, para as árvores, dizia: "Por São Jorge! Consigo me divertir um tanto aqui cortando lenha; não poderia querer esporte melhor". Às vezes, de folga, divertia-se o dia todo na mata com uma pistola de bolso, disparando saudações a si mesmo em intervalos regulares enquanto caminhava. No inverno, tinha uma fogueira na qual aquecia o café em uma chaleira; e enquanto se sentava em um tronco para jantar, canários-da-terra às vezes pousavam em seu braço e bicavam as batatas que tinha entre os dedos; e ele disse que "gostava de ver os *camaradinhas* em torno dele".

Nele desenvolvera-se, sobretudo, o homem animal. Em resistência física e contentamento, era aparentado do pinheiro e da rocha. Uma vez lhe perguntei se não se sentia cansado à noite às vezes, depois de trabalhar o dia todo; ele respondeu, com um olhar sincero e sério: "Tarrenego! Nunca fiquei cansado na vida". Mas o homem intelectual e o dito homem espiritual nele cochilavam como em um bebê. Ele fora instruído apenas naquele jeito inocente e ineficaz com que os padres católicos ensinam os aborígenes, pelo qual o aluno jamais é educado até o grau da consciência, mas apenas nos graus de confiança e reverência, e uma criança não se transforma em um homem, e sim é mantida criança. Quando a natureza o fez, lhe deu um corpo forte e contentamento por seu quinhão e o apoiou por todos os lados com reverência e confiança para que pudesse viver seus setenta anos como uma criança. Ele era tão genuíno e singelo que nenhuma apresentação serviria para apresentá-lo, não mais que se apresentasse uma marmota ao vizinho. Ele precisava descobri-lo, como você descobrira. Ele não desempenhava nenhum papel. Os homens o pagavam por trabalho e, assim, ajudavam a vesti-lo e alimentá-lo; mas ele nunca trocava opiniões com eles. Era tão simplesmente e naturalmente humilde – se é que pode ser chamado de humilde aquele que nunca aspira a nada – que humildade não era uma qualidade distinta nele, tampouco ele conseguia concebê-la. Homens mais instruídos eram semideuses para ele. Se lhe dissessem que alguém assim estava a caminho, ele comportava-se como se achasse que algo tão grande não esperaria nada dele, e sim tomaria toda a responsabilidade para si e o deixaria esquecido, quieto. Jamais ouviu o som do elogio. Reverenciava particularmente o escritor e o pregador. As atuações deles eram milagres. Quando lhe contei que escrevia consideravelmente, pensou por um longo tempo que eu me referia apenas à escrita de mão, pois ele mesmo sabia escrever bem à mão. Às vezes eu encontrava o nome de sua paróquia natal registrado lindamente na neve ao longo da estrada, com o acento apropriado em francês, e sabia que ele tinha passado. Perguntei-lhe se algum dia quis escrever seus pensamentos. Ele disse que tinha lido e escrito cartas para quem não podia, mas jamais tentara escrever seus pensamentos – não, ele não poderia, não saberia o que colocar primeiro, aquilo o mataria, e depois era preciso conferir a ortografia ao mesmo tempo!

Ouvi que um sábio distinto e reformista lhe perguntou se ele não queria que o mundo mudasse; mas ele respondeu com um riso de surpresa, em seu sotaque canadense, sem saber que a questão já fora ponderada: "Não, gosto bastante de como é". Muitas coisas seriam sugeridas a um filósofo que lidasse com ele. Para um estranho, ele parecia não saber nada das coisas em geral; no entanto, às vezes via nele um homem que não vira antes e não sabia se ele era sábio como Shakespeare ou simplesmente ignorante como uma criança, se devia suspeitar que tivesse uma fina consciência poética ou de estupidez. Um homem da cidade me disse que vê-lo passeando pela vila, com seu chapéu pequeno e justo, assobiando para si mesmo, o fez pensar em um príncipe disfarçado.

Seus únicos livros eram um almanaque e uma aritmética, nos quais, por fim, ele era um especialista considerável. O primeiro era um tipo de enciclopédia para ele, que imaginava que ela continha um resumo do conhecimento humano, como de fato contém de modo significativo. Eu amava perguntar-lhe sobre as várias reformas do dia, e ele jamais deixou de olhar para elas pelo aspecto mais simples e prático. Jamais ouvira sobre tais coisas. Poderia viver sem fábricas?, perguntei. Tinha usado tecido feito em casa, respondeu, e estava bem. Podia ficar sem chá e café? Seu país teria alguma bebida além de água? Tinha colocado folhas de espruce na água e bebido, e achado melhor que água no calor. Quando lhe perguntei se poderia passar sem dinheiro, ele me mostrou a conveniência da moeda de modo a sugerir e coincidir com as descrições mais filosóficas da origem dessa instituição e a própria derivação da palavra *pecunia*. Se um boi fosse sua propriedade, e ele quisesse comprar agulhas e linha na loja, achava que seria inconveniente e impossível logo hipotecar alguma porção da criatura equivalente àquele valor toda vez. Podia defender muitas instituições melhor que qualquer filósofo, porque, ao descrevê-las da maneira como elas lhe diziam respeito, dava o verdadeiro motivo para a prevalência delas, e a especulação não lhe sugerira nenhuma outra. Em momento distinto, ao ouvir a definição de Platão para um homem – bípede sem penas – e que alguém exibira um galo depenado e chamara de homem de

Platão, ele pensou que era uma diferença importante o fato de os joelhos se dobrarem do outro lado. Às vezes ele exclamava: "Como adoro falar! Por São Jorge, poderia falar o dia todo!". Um dia perguntei-lhe, depois de passar muitos meses sem vê-lo, se ele tinha uma ideia nova naquele verão. "Bom Deus", ele disse, "um homem que precisa trabalhar como eu, se não esquece as ideias que já teve, vai se sair bem. Talvez o homem com quem você carpina esteja inclinado a correr; então, vixe, sua mente precisa estar ali; você pensa no mato". Ele às vezes me perguntava antes, em tais ocasiões, se tinha feito alguma melhoria. Em um dia de inverno, perguntei-lhe se ele sempre estava satisfeito consigo mesmo, querendo sugerir um substituto dentro dele para o padre de fora e algum motivo mais elevado para viver. "Satisfeito!", ele disse. "Alguns homens ficam satisfeitos com uma coisa, e alguns, com outras. Um homem, talvez, se tiver o suficiente, ficará satisfeito ao sentar-se o dia todo com as costas para a lareira e a barriga encostada na mesa, por São Jorge!" No entanto, nunca consegui, com nenhuma manobra, fazer com que ele tomasse a visão espiritual das coisas; o mais elevado que ele parecia conceber era um expediente simples, como se esperaria que um animal apreciasse; e isso, praticamente, é verdade sobre a maioria dos homens. Se eu sugeria qualquer melhoria em seu modo de vida, ele apenas respondia, sem expressar qualquer arrependimento, que era tarde demais. Ainda assim, acreditava totalmente na honestidade e em virtudes do tipo.

    Havia certa originalidade positiva a ser detectada nele, por mais leve que fosse, e ocasionalmente observei que ele pensava sozinho e expressava sua própria opinião, fenômeno tão raro que eu caminharia mais de quinze quilômetros qualquer dia para observar, e resultava na recriação de muitas das instituições da sociedade. Embora ele hesitasse e às vezes não conseguisse se expressar distintamente, sempre tinha um pensamento apresentável por trás. No entanto, seu pensamento era tão primitivo e imerso em sua vida animal que, embora mais promissor que um homem meramente educado, era raro amadurecer até algo a ser reportado. Ele sugeria que pode haver homens de gênio nos graus mais baixos da vida, não importa quão permanentemente humildes e iletrados, que sempre têm uma visão própria ou apenas não fingem ver; que são tão insondáveis quanto se pensava ser o lago Walden, embora possam se mostrar sombrios e lamacentos.

Muitos viajantes desviavam do caminho para me visitar, ver o interior de minha casa e, como desculpa para a visita, pediam um copo de água. Eu dizia a eles que bebia do lago e apontava para lá, oferecendo uma concha emprestada. Longe como vivia, não estava isento da visitação anual que ocorre, acho, em 1º de abril, quando todos estão em movimento; e tive meu quinhão de boa sorte, embora houvesse alguns espécimes curiosos entre os visitantes. Homens sem juízo do asilo e de todos os lugares vinham me ver, mas eu me empenhava em exercitar toda a inteligência que eles tinham e ouvir suas confissões; em tais casos, fazia da inteligência o tema de nossa conversa; e assim era compensado. De fato, considerei que alguns deles eram mais sábios que os chamados *supervisores* dos pobres e conselheiros municipais da cidade e achei que era hora de virar o jogo. A respeito da inteligência, aprendi que não havia muita diferença entre o atraso e a norma. Um dia, em particular, um mendigo inofensivo, simplório, a quem muitas vezes eu vira, acompanhado de outros, sendo usado como cerca, de pé ou sentado em um tonel no campo, para evitar que o gado e ele próprio se percam, me visitou e expressou o desejo de viver como eu vivia. Ele me disse, com a maior simplicidade e sinceridade, muito superior, ou melhor, *inferior* a qualquer coisa chamada de humildade, que era "deficiente no intelecto". Essas foram as palavras dele. O Senhor o fez assim, então ele imagina que o Senhor se importa com ele tanto quanto com os outros. "Sempre fui assim", disse, "desde a infância. Nunca tive muita cabeça; não era como as outras crianças; sou fraco da cabeça. Foi a vontade do Senhor, imagino". E ali estava ele para provar a verdade de suas palavras. Ele era um enigma metafísico para mim. Raramente encontrei camarada em terreno tão promissor – tudo o que ele dizia era tão simples, sincero e verdadeiro. E, realmente, parecia ser exaltado à medida em que parecia se humilhar. Não sabia no começo, mas era resultado de uma política inteligente. Parecia que, daquela base de verdade e sinceridade colocada pelo mendigo de cabeça fraca, nosso intercâmbio poderia seguir para algo melhor que o intercâmbio de sábios.

Tive alguns convidados entre os que não são normalmente considerados pobres na cidade, mas que deveriam ser; que estão entre os pobres do mundo, em qualquer caso; que apelam não para nossa hospitalidade, mas para nossa *hospitalariedade*; que desejam sinceramente ser ajudados e prefaciam seu apelo com a informação de que estão decididos, para começar, a não ajudarem a si mesmos. Exijo de um visitante que ele não esteja de fato faminto, embora ele possa ter o melhor apetite do mundo, não importa como conseguiu. Objetos de caridade não são convidados. Homens que não sabem quando suas visitas terminaram, embora eu recomeçasse a me ocupar de minhas coisas, respondendo de lugares cada vez mais longe. Homens de quase todos os graus de inteligência me visitaram na estação migratória. Alguns tinham mais inteligência do que sabiam usar; escravos fugidos com modos de plantação, que escutavam de tempos em tempos, como a raposa na fábula, como se ouvissem os cães latindo em seus rastros e que me olhavam de modo suplicante, como a dizer:

"Ó, cristão, vai me mandar de volta?"

Um escravo fugido de verdade, entre o restante, a quem ajudei a seguir a estrela do Norte. Homens de uma só ideia, como uma galinha com um pintinho só, e este, na verdade, um patinho; homens de mil ideias, e cabeça descuidada, como as galinhas que são obrigadas a cuidar de mil pintinhos, todos correndo atrás de um besouro, vários deles perdidos a cada orvalho da manhã – e se tornam eriçadas e sujas como consequência; homens com ideias em vez de pernas, um tipo de centopeia intelectual que fazia com que você se arrastasse por todo canto. Um homem propôs um livro no qual visitantes escrevessem seus nomes, como nas Montanhas Brancas; mas ai de mim! Tenho memória muito boa para que isso seja necessário.

Não pude deixar de notar algumas das peculiaridades de meus visitantes. Meninas, meninos e mulheres jovens geralmente pareciam felizes de estar na mata. Olhavam para o lago e as flores e aproveitavam seu tempo. Homens de negócio, mesmo agricultores, pensavam apenas em solidão e emprego e na grande distância em que eu morava de uma coisa ou outra – e, embora dissessem que adoravam um passeio pela floresta, era óbvio que não gostavam. Homens inquietos e comprometidos, cujo tempo era tomado em ganhar a vida ou mantê-la; pastores que falavam de Deus como se tivessem o monopólio do assunto, que não suportavam nenhuma opinião; doutores, advogados, donas de casa desconfortáveis que espiavam em meu armário e na cama quando eu estava fora – como foi que a senhora soube que meus lençóis não eram tão limpos quanto os dela? –, homens jovens que tinham cessado de ser jovens e concluído que era mais seguro seguir o caminho já trilhado das profissões – todos esses geralmente disseram que, em minha posição, não era possível fazer muito. Ah, ali estava a questão. Os velhos, os enfermos e os tímidos, de qualquer idade ou sexo, pensavam mais em doença, acidentes súbitos e morte; a eles a vida parecia cheia de perigo – e que perigo há se você não pensa em nenhum? –, e eles pensavam que um homem prudente poderia selecionar cuidadosamente a posição mais segura, onde o doutor B. estivesse por perto em pouco tempo. Para eles a vila era literalmente uma comunidade, uma liga para defesa mútua, e supõe-se que não sairiam para colher amoras sem remédio para os pulmões. O ponto é que, se um homem está vivo, há sempre o risco de ele morrer, embora o perigo deva ser proporcionalmente menor se ele for um morto-vivo, para começo de conversa. Um homem tolera tantos riscos quanto os que corre. Por fim, há os pretensos reformadores, os mais chatos de todos, que pensavam que eu estava para sempre a cantar:

Esta é a casa que construí;
Este é o homem que vive na casa que construí;

mas eles não sabem que o terceiro verso era:

Essas são as pessoas que preocupam o homem
Que vive na casa que construí.

Não temia ladrões de galinha, pois não criava frangos; tinha medo dos predadores de homens, porém.
Contei com visitantes mais alegres que esses últimos. As crianças vêm colher frutos silvestres, os homens da ferrovia dão um passeio nas manhãs de domingo com camisas limpas, pescadores, caçadores, poetas e filósofos; em resumo, todos peregrinos honestos, que vão para a floresta em prol da liberdade e realmente deixaram a vila para trás, eu estava pronto para cumprimentar com: "Bem-vindos, ingleses! Bem-vindos, ingleses!", pois tinha me comunicado com aquele povo.

7
A plantação de feijão

Enquanto isso, meus feijões, cujas fileiras somavam mais de onze quilômetros já plantados, estavam impacientes para ser capinados, pois os primeiros já haviam crescido consideravelmente antes que os últimos fossem colocados no chão; de fato, não era fácil deixá-los de lado. Qual era o significado daquela labuta tão constante e com amor-próprio, um trabalhinho de Hércules, eu não sabia. Comecei a amar minhas fileiras, meus feijões, embora fossem muito mais do que desejara. Eles me prendiam à terra, e então eu tomava força, como Anteu. Mas por que deveria cultivá-los? Só os céus sabem. Este foi meu curioso trabalho durante todo o verão – tornar essa porção da superfície da terra, que produzira antes apenas potentilha, amora-brava, erva-de-são-joão e afins, doces frutos silvestres e flores agradáveis, a produzir agora esses grãos. O que aprenderei sobre os feijões ou os feijões aprenderão sobre mim? Eu cuido deles, capino a roça, cedo e tarde dou uma olhada neles; e esse é meu dia de trabalho. É uma folhagem larga bonita de ver. Meus auxiliares são o orvalho e as chuvas que regam esse solo seco, e a fertilidade que há no solo em si, que, na maior parte, é fraco e estéril. Meus inimigos são minhocas, dias frios e, sobretudo, as marmotas. Estas últimas roeram um quarto de acre até limparem tudo. Mas que direito eu tinha de tirar a erva-de-são-joão, e o resto, e desmanchar a horta de ervas ancestral delas? Logo, no entanto, os feijões que restam ficarão duros demais para elas e seguirão para encontrar novos inimigos.

Quando eu tinha quatro anos de idade, como bem me lembro, fui trazido de Boston para esta minha cidade natal, por essa mesma floresta e esse mesmo campo, até o lago. É uma das cenas mais antigas estampadas em minha memória. E nesta noite minha flauta ecoou sobre aquela mesma água. Os pinheiros ainda estão ali de pé, mais velhos que eu; ou, se algum caiu, com seus tocos cozinhei meu jantar, e novas mudas se levantam por todo lado, preparando outro cenário para novos olhos infantis. Quase as mesmas ervas-de-são-joão brotam das mesmas raízes perenes nesse pasto, e até eu, por fim, ajudei a revestir a fabulosa paisagem de meus sonhos infantis, e um dos resultados de minha presença e minha influência é visto nessas folhas de feijão, lâminas de milho e ramas de batata.

Plantei cerca de dois acres e meio de terra alta; e fazia apenas cerca de quinze anos desde que o solo fora limpo, e eu mesmo arranquei de oito a dez metros cúbicos de cepos, não coloquei nenhum estrume; mas, durante o verão, pelas pontas de flecha que apareceram quando eu capinava, parecia que uma antiga nação extinta vivera ali e plantara milho e feijão até que o homem branco apareceu para limpar a terra e, em alguma medida, exauriu o solo para essas mesmas plantações.

Antes que qualquer marmota ou esquilo tivesse atravessado a estrada, ou o sol subisse além dos arbustos de carvalho, enquanto o orvalho não havia evaporado, embora os agricultores me aconselhassem a não fazer isso – eu o aconselharia a fazer todo o trabalho possível enquanto o orvalho ainda não evaporou –, comecei a nivelar o mato alto em minha plantação de feijões e a jogar terra sobre eles. No comecinho da manhã, eu trabalhava descalço, chapinhando, como um artista plástico, na areia que cedia, cheia de sereno, mas mais tarde o sol fazia bolhas em meus pés. Ali o sol me iluminava para carpir meus feijões, indo lentamente para frente e para trás naquela terra amarelada e cheia de cascalho, entre as longas fieiras verdes, setenta e cinco metros, uma ponta terminando em um bosque de arbustos de carvalho, onde eu podia descansar na sombra, a outra em um campo de amoras-bravas onde as bagas verdes tinham carregado nas tintas durante o tempo em que eu percorria outra fieira. Remover o mato, colocar terra fresca em torno dos caules de feijão, encorajando aquela erva que tinha semeado, fazendo o solo amarelo expressar seus pensamentos de verão em folhas e botões em vez de losna, grama-de-ponta ou milheto, fazer a terra dizer feijões em vez de grama – essa era minha labuta diária. Como tinha pouca ajuda de cavalos ou gado, ou homens e meninos contratados, ou implementos de melhorias agrícolas, era muito mais lento e me tornei muito mais íntimo de meus feijões que o de costume. Mas o trabalho das mãos, mesmo quando chega a ponto de ser pesado e cansativo, é talvez a pior forma de ócio. Tem uma moral constante e imperecível e, para o erudito, produz um resultado clássico. Eu era um grande *agricola laboriosus* para os viajantes que seguiam a oeste por Lincoln e Wayland para sabe-se lá onde; eles sentados à vontade em carroças, com os cotovelos sobre os joelhos, e as rédeas pendendo soltas em grinaldas; eu, o laborioso nativo do solo que ficava em casa. Mas logo minha propriedade saía do alcance dos olhos e dos pensamentos deles. Era o único campo cultivado dos dois lados da estrada por uma longa distância, de modo que aproveitavam o máximo; e às vezes o homem do campo ouvia mais das conversas e dos comentários do viajante que o que era destinado a seus ouvidos: "Feijões tão tarde! Ervilhas tão tarde!" – pois eu tinha continuado a plantar quando os outros haviam começado a capinar – o agricultor ministerial não desconfiara disso. "Milho, menino, para ração; milho para ração." "Ele *mora* ali?", pergunta o chapéu preto do casaco cinza; e o agricultor de rosto duro puxa as rédeas de seu cavalo agradecido para perguntar o que você está fazendo, pois não vê adubo nos sulcos, e recomenda um pouco de serragem, ou qualquer resto, pode ser cinzas ou gesso. Mas ali estavam dois acres e meio de sulcos, e apenas uma enxada como carrinho e dois braços para puxá-la – isso sendo uma aversão a outros carrinhos e cavalos –, e a serragem estava longe. Os companheiros viajantes, enquanto passavam chacoalhando, o comparavam em voz alta com os campos pelos quais já tinham passado, assim soube minha posição no mundo da agricultura. Era um campo que não constava no relatório do senhor Coleman. E, a propósito, quem estima o valor da plantação que a natureza produz em seus campos ainda selvagens, sem melhorias dos homens? A plantação de feno *inglês* é cuidadosamente pesada, a umidade, calculada, silicatos e potassa; mas em todos os pequenos vales e lagoas nas matas, pastos e pântanos, cresce uma plantação rica e variada que só não é colhida pelo homem. A minha foi, a bem dizer, o elo conectando os campos selvagens e os cultivados; como alguns estados são civilizados, e outros, selvagens e bárbaros – assim era meu campo, meio cultivado, embora não em mau sentido. Havia feijões voltando alegremente ao estado primitivo que eu cultivava, e minha enxada tocava *Ranz des Vaches* para eles.

Nas proximidades, no galho mais alto de um abeto, o debulhador – ou sabiá-castanho, como alguns amam chamá-lo – canta por toda a manhã, feliz com sua companhia, que buscaria o campo de outro agricultor se o seu não estivesse ali. Enquanto está semeando, ele grita: "Jogue, jogue; cubra, cubra; puxe, puxe". Mas não era milho, então estava a salvo de inimigos como ele. Você pode se perguntar o que a ladainha dele, suas performances de Paganini amador de uma ou vinte cordas, tem a ver com a plantação e, mesmo assim, preferi-lo à lixívia de cinzas ou ao gesso. Era um tipo barato de fertilizante em que depositava toda a minha confiança.

Enquanto colocava terra ainda mais fresca nas fileiras com minha enxada, perturbei as cinzas de nações sem registro que, em anos primevos, viveram sob esses céus, e seus pequenos instrumentos de guerra e caça eram trazidos à luz desses dias modernos. Misturam-se a outras pedras naturais, algumas com marcas de terem sido queimadas por fogueiras indígenas, e algumas pelo sol, e também cacos de cerâmica e vidro levados até ali pelos cultivadores recentes do solo. Quando minha enxada soava contra as pedras, aquela música ecoava pela mata e pelo céu, e era um acompanhamento para meu trabalho que produzia uma colheita instantânea e incomensurável. Já não eram mais feijões que eu carpia nem eu quem carpia feijões; e com pena e orgulho me recordava, se é que me recordava, de meus conhecidos que foram à cidade para frequentar os oratórios. O bacurau fazia círculos no céu nas tardes de sol – pois às vezes passava o dia ali –, como um cisco no olho, ou no olho do céu, caindo de vez em quando com uma investida sonora, como se os céus se rasgassem, esfarrapados, por fim, em trapos e farrapos; no entanto, permanecia uma abóbada sem emendas; pequenos diabretes que enchem o ar e colocam seus ovos no chão, na areia descoberta ou em rochas no topo das colinas, onde poucos os encontraram; graciosos e esbeltos como ondas no lago, folhas suspensas pelo vento para flutuar nos céus; há tais parentescos na natureza. O gavião é o irmão aéreo da onda, sobre a qual voa, observando, aquelas asas perfeitas infladas pelo vento respondendo aos cotos de asa implumes elementares do mar. Ou às vezes observava um par de gaviões circulando alto no céu, subindo e descendo alternadamente, aproximando-se, afastando-se um do outro, como se fossem a encarnação de meus próprios pensamentos. Ou era atraído pela passagem de pombos selvagens dessa mata para aquela, com um som levemente vibrante, voejante, e a pressa de um mensageiro; ou, debaixo de um toco apodrecido, minha enxada trazia à tona uma letárgica e agourenta salamandra, estranhamente pintada, um traço do Egito e do Nilo, e ainda assim nossa contemporânea. Quando pausava para me apoiar na enxada, eram esses sons e essas visões que eu ouvia e via em qualquer lugar na fieira, como parte do entretenimento inesgotável que o campo oferece.

Em dias de gala, a cidade dispara suas grandes armas, que ecoam como espingardas de rolha nessas matas, e alguns restos de música marcial penetram até aqui. Para mim, sempre aqui em minha roça de feijão do outro lado da cidade, as grandes armas soavam como se uma bufa-de-lobo tivesse explodido; e quando havia algum evento militar do qual eu não estava ciente, às vezes passava o dia com uma vaga sensação de comichão e doença no horizonte, escarlatina ou amigdalite, até que algum sopro favorável de vento, apressando-se sobre os campos e pela estrada Wayland, me trazia informações sobre os "treinados". Pelo zumbido distante, parecia que as abelhas de alguém tinham enxameado e que os vizinhos, de acordo com o conselho de Virgílio, com um leve *tintinnabulum* em seus utensílios domésticos mais sonoros, tentavam chamá-las de volta para a colmeia. Quando o som morria, e o zumbido cessava, e as brisas mais favoráveis não contavam histórias, eu sabia que tinham levado até o último zangão em segurança para a colmeia de Middlesex e que agora suas mentes estavam no mel com que ela fora lambuzada.

Sentia orgulho de saber que as liberdades de Massachusetts e de nossa terra natal estavam tão bem guardadas; e, conforme me voltava de novo para carpir, estava cheio de uma confiança indizível e fazia meu trabalho mais alegremente, com calma confiança no futuro.

Quando havia várias bandas de músicos, soava como se toda a vila fosse um grande fole e todos os prédios se expandissem e caíssem com um estrépito alternadamente. Mas às vezes era uma melodia realmente nobre e inspiradora que alcançava essas matas, e o trompete que canta a fama, e eu me sentia como se pudesse colocar um mexicano no espeto com um bom tempero – pois por que deveríamos sempre de querer ninharias? – e procurava por uma boa marmota ou cangambá para exercitar neles meus dons de cavalaria. Essas melodias marciais pareciam tão longe quanto a Palestina e me lembravam de uma marcha de cruzados no horizonte, com um galope ligeiro e um movimento trêmulo do topo das árvores que pendiam na vila. Esse era um dos *grandes* dias; embora o céu tivesse, de minha clareira, a mesma bela aparência eterna que tem diariamente, e eu não visse diferença nele.

Foi uma experiência singular que, no longo conhecimento com que cultivei os feijões, a plantar, capinar, colher, debulhar e vender – o último foi o mais difícil –, eu pudesse acrescentar comer, pois o fiz. Estava determinado a conhecer feijões. Quando estavam crescendo, costumava capinar das cinco da manhã ao meio-dia e passar o resto do dia cuidando de outras coisas. Considere a familiaridade íntima e curiosa que se tem com diferentes tipos de ervas – haverá certa iteração no relato, pois houve pouca no trabalho –, perturbando tão grosseiramente suas organizações delicadas com a enxada, nivelando fileiras inteiras de uma espécie e cultivando diligentemente outras. Aquilo é losna romana; aquilo é amaranto; aquilo é azedinha; é grama-francesa – vá para cima, corte, vire as raízes para o sol, não deixe uma fibra na sombra, ou ela vai virar do outro lado e, em dois dias, estará verde como alho-poró. Uma longa guerra, não com os grous, mas com ervas, aqueles troianos que tinham o sol, a chuva e o sereno do lado deles. Os feijões me viam chegar em resgate diariamente, armado com uma enxada, e diminuir as linhas inimigas, enchendo as trincheiras com as ervas mortas. Mais de um Héctor forte balançando o penacho, que se erguia uns trinta centímetros acima dos camaradas que o cercavam, caiu diante de minha arma e rolou na terra.

Aqueles dias de verão que alguns de meus contemporâneos dedicaram às belas-artes em Boston ou Roma, e outros, à contemplação na Índia, e outros, ao comércio em Londres ou Nova York, eu devotei, como fazendeiros da Nova Inglaterra, à agricultura. Não que quisesse feijões para comer, pois sou por natureza um pitagórico no que diz respeito a feijões, signifiquem eles papa ou votos, e os trocava por arroz; mas, talvez, como alguns devem trabalhar nos campos ao menos por alegorias e expressões, para servir um dia a um fazedor de parábolas. Era, no total, um entretenimento raro, que, se continuasse por tempo demais, poderia se transformar em desperdício. Embora não tenha usado adubo e não carpisse tudo de uma só vez, eu o carpia muito bem conforme seguia e era pago por isso no fim, "não existindo, na verdade", como diz Evelyn, "nenhum composto ou fertilizador comparável a mover, remexer e revirar o solo com a pá". "A terra", ele continua em outro ponto, "especialmente se estiver fresca, tem certo magnetismo em si, pelo qual atrai o sal, poder ou virtude (chame como quiser) que lhe dá vida, e é a lógica de todo o trabalho e agitação em torno dela, para nos sustentar; todos os adubamentos e outras misturas sórdidas sendo apenas sucedâneos vicários a esse avanço". Além disso, sendo um daqueles "campos em descanso, esgotados e exaustos, que aproveitam seu sabático", talvez tivesse, como *sir* Kenelm Digby acha provável, atraído "espíritos vitais" do ar. Colhi doze alqueires de feijões.

Para ser mais específico, pois reclamam de que o senhor Coleman relatou principalmente os experimentos caros dos cavalheiros fazendeiros, meus gastos foram:

Por uma enxada.........$ 0,54
Arar, rastelar e sulcar.........7,50 Muita coisa
Feijões para plantar.........3,12+
Batatas para plantar.........1,33
Ervilhas para plantar.........0,40
Sementes de nabo.........0,06
Linha branca para cerca.........0,02
Menino e trabalhador com cavalo por três horas.........1
Cavalo e carroça para transportar colheita.........0,75
Total.........$14,72+
Minha renda foi (patrem familias vendacem, non emacem esse oportet):

Nove alqueires e doze quartos de feijões vendidos.........$ 16,94
Cinco alqueires de batatas grandes.........2,50
Nove alqueires de batatas pequenas.........2,25
Grama.........1
Hastes.........0,75
Total.........$ 23,44
Deixando um lucro pecuniário, como mencionei antes, de $ 8,71+

Esse é o resultado de minha experiência plantando feijões. Plante o feijão-branco pequeno comum por volta de 1º de junho, em fileiras de noventa centímetros, separadas por quarenta centímetros, tendo cuidado para selecionar sementes frescas, redondas e sem mistura. Primeiro, procure carunchos e preencha as falhas plantando de novo. Então, procure marmotas, se estiver em locais expostos, pois elas vão roer as folhas tenras quase enquanto nascem; e, de novo, quando as gavinhas aparecem, elas vão notar e arrancá-las com botões e jovens vagens, sentando-se eretas como esquilos. Acima de tudo, colha o mais cedo possível, se quer escapar das geadas e obter uma colheita boa e vendável; dessa maneira, pode evitar muitas perdas.

Essa experiência extra também ganhei: disse a mim mesmo que não plantarei feijões e milho com tanto trabalho no próximo verão, mas tais sementes, se a semente não se perdeu, como sinceridade, verdade, simplicidade, fé, inocência e coisas do tipo, e verei se não crescem nesse solo, mesmo com menos labuta e adubo, e me sustentam, pois com certeza não foi exaurida por essas plantações. Ai de mim!, disse isso a mim mesmo; mas outro verão se passou, e sou obrigado a lhe dizer, Leitor, que as sementes que plantei, se de fato *eram* sementes daquelas virtudes, assim não brotaram. É comum os homens só serem corajosos como os pais o foram, ou tímidos. Essa geração planta com muita segurança milho e feijões a cada novo ano, exatamente como os indígenas faziam séculos atrás e ensinaram os primeiros colonos a fazer, como se houvesse um destino nisso. Noutro dia vi um velho homem, para meu assombro, cavando buracos com uma enxada ao menos pela septuagésima vez – e não para se deitar nele! Mas por que o morador da Nova Inglaterra não deveria tentar novas aventuras e não colocar tanta ênfase em seu grão, sua batata e suas pastagens e seus pomares – e plantar outras coisas além dessas? Por que nos preocupamos tanto com as sementes de nossos feijões e não nos preocupamos nem um pouco com uma nova geração de homens? Deveríamos ser alimentados e celebrados se, ao encontrarmos um homem, pudéssemos ver que nele se enraizaram e cresceram algumas daquelas qualidades que mencionei, que todos nós valorizamos mais que aquelas outras produções, mas que, na maior parte, se propagam e flutuam no ar. Ali vem uma qualidade assim sutil e inefável, por exemplo, como verdade ou justiça, pela estrada. Nossos embaixadores deveriam ser instruídos a mandar para casa sementes assim, e o Congresso, a ajudar a distribuí-las por toda a terra. Jamais deveríamos nos preocupar com cerimônia se tivermos sinceridade. Jamais iríamos trapacear, insultar ou expulsar uns aos outros com nossa mesquinharia, houvesse um âmago de valor e amizade. Não teríamos pressa em nossos encontros. A maior parte dos homens não encontro, pois parecem não ter tempo; estão ocupados com seus feijões. Assim não lidaríamos com um homem sempre arando, curvado sobre enxada ou pá como um cajado no intervalo de seu trabalho, não como um cogumelo, mas se levantando parcialmente da terra, algo mais que ereto, como andorinhas pousadas e caminhando sobre o chão:

"E conforme ele falava, às vezes se abriam suas asas,
Como se ele fosse voar, e, então, de novo se fechavam..."

Desse modo, devemos suspeitar que poderíamos conversar com um anjo. O pão pode nem sempre nos nutrir, mas o que sempre nos faz bem, até mesmo tira a rigidez de nossas juntas e nos deixa flexíveis e animados, quando não sabemos o que nos aflige, é reconhecer qualquer generosidade no homem ou na Natureza, dividir qualquer alegria pura e heroica.

Poesia e mitologia ancestrais sugerem, ao menos, que a agricultura foi um dia uma arte sagrada; mas é feita com pressa irreverente e omissão por nós, sendo nosso objetivo apenas ter grandes fazendas e grandes colheitas. Não temos festivais, nem procissões, nem cerimônias, a não ser nossas feiras de gado e a chamada Ação de Graças, pelas quais o agricultor expressa um sentido sagrado de seu chamado ou é relembrado de sua origem sagrada. É o prêmio e o banquete que o atraem. Ele não faz sacrifícios a Ceres ou ao Jove Terrestre, mas, em vez disso, ao infernal Plutão. Por avareza e egoísmo, e um hábito servil, do qual nenhum de nós está livre, de considerar o solo como propriedade, ou principalmente como meio de adquirir propriedade, a paisagem é deformada, a agricultura é degradada conosco, e o agricultor leva a mais mesquinha das vidas. Ele conhece a Natureza apenas como um ladrão. Catão diz que os lucros da agricultura são particularmente pios ou justos (*maximeque pius quaestus*), e, de acordo com Varrão, os antigos romanos "chamavam a mesma terra de Mãe e Ceres e achavam que os que a cultivavam levavam uma vida piedosa e útil e eram os únicos remanescentes da raça do rei Saturno".

Temos o costume de esquecer que o sol contempla nossos campos cultivados e as pradarias e as florestas sem distinção. Todos refletem e absorvem seus raios da mesma maneira, os campos cultivados são apenas uma pequena parte da imagem gloriosa que ele contempla em seu curso diário. Em sua visão, a terra é toda igualmente cultivada como um jardim. Desse modo, deveríamos receber o benefício de sua luz e seu calor com confiança e magnanimidade correspondentes. Mas e se eu valorizo as sementes desses feijões e as colho no outono do ano? Esse campo largo que contemplei tão longamente não me vê como o principal cultivador, mas olha além de mim, para influências mais amáveis com ele, que o regam e o tornam verde. Esses feijões dão frutos que não são colhidos por mim. Não crescem em parte para as marmotas? A espiga do trigo (em latim, *spica*, da forma obsoleta *speca*, de *spe*, esperança) não deveria ser a única esperança do agricultor; sua semente ou seu grão (*granum*, de *gerendo*, gerar) não é tudo o que gera. Como, então, nossas colheitas podem fracassar? Não devo me rejubilar também com a abundância de ervas cujas sementes são o armazém dos pássaros? Pouco importa comparativamente se os campos enchem os celeiros do fazendeiro. O verdadeiro agricultor deixará de lado a ansiedade, assim como os esquilos não manifestam preocupação se a floresta produzirá castanhas neste ano ou não e terminarão seu trabalho de todo dia, abandonando qualquer reivindicação do produto de seus campos e, em sua mente, sacrificando não apenas os primeiros frutos, mas também os últimos.

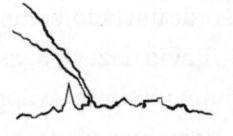

8
A vila

Depois de carpir, ou talvez de ler e escrever, pela manhã, eu normalmente me banhava outra vez no lago, limitando-me a cruzar uma de suas enseadas, e lavava a terra do trabalho de minha pessoa, ou suavizava a última ruga feita pelo estudo, e, pela tarde, estava livre. A cada um ou dois dias, ia até a vila ouvir um pouco de seu mexerico incessante, que, ao circular de boca a boca ou de jornal a jornal e tomado em doses homeopáticas, eram de fato, à própria maneira, tão revigorantes quanto o farfalhar das folhas e o trilado dos sapos. Assim como ia à floresta ver pássaros e esquilos, entrava na vila para ver homens e rapazes; em vez do vento entre os pinheiros, ouvia o sacolejar das carroças. Em um lado de minha casa havia uma colônia de ratos-almiscarados na várzea do rio; sob o bosque de olmos e plátanos no horizonte, havia uma vila de homens ocupados, tão curiosos, para mim, quanto se fossem cães-da-pradaria, cada um sentado na entrada de sua toca ou correndo até o vizinho para um mexerico. Eu ia para lá com frequência observar seus hábitos. A vila me parecia uma grande redação; de um lado, como apoio, como na Redding & Company's na State Street, havia nozes e passas ou sal, farinha e outros mantimentos. Alguns tinham um imenso apetite pelo primeiro artigo, ou seja, notícias, e órgãos digestivos tão fortes que poderiam sentar-se para sempre nas avenidas públicas sem comoção e deixar que fervilhasse e sussurrasse através deles como os ventos etésios, ou como se inalassem éter, produzindo apenas entorpecimento e insensibilidade à dor – de outro modo, frequentemente seria dolorido demais ouvir –, sem afetar a consciência. Quando caminhava pela vila, era difícil que deixasse de ver uma fila de tais beneméritos, ou sentados nos degraus tomando sol, com o corpo inclinado para a frente e os olhos mirando ao longo desse ou daquele lado, de tempos em tempos, com uma expressão voluptuosa, ou apoiados em um estábulo, com as mãos no bolso, como cariátides, para sustentá-los. Estando normalmente fora de casa, eles ouviam o que corria pelo vento. São os moinhos mais grosseiros, nos quais todo mexerico é primeiro digerido ou quebrado rudemente, antes de ser esvaziado em funis mais finos e delicados dentro de casa. Observei que os órgãos vitais da vila eram a mercearia, o bar, o correio e o banco; e, como parte necessária do maquinário, mantinham um sino, uma grande arma e uma bomba de incêndio em locais convenientes; e as casas eram colocadas de forma a tirar o máximo da humanidade, em ruas e umas em frente à outras, de modo que todo caminhante precisava atravessar aquele corredor polonês, e cada homem, mulher e criança pode lhe dar um golpe. É claro, os que estão postados mais à cabeça da fila, onde mais podem ver e ser vistos e podem dar o primeiro soco, pagaram os preços mais altos por seus lugares; e os poucos habitantes isolados nas periferias, onde grandes intervalos começavam a ocorrer na fila e o caminhante podia pular um muro ou virar para os pastos e escapar, pagavam um imposto bem baixo de solo ou janela. Anúncios eram colocados em todos os lados para atraí-lo; alguns para pegá-lo pelo apetite, como a taverna e o armazém de víveres; alguns, pela fantasia, como a loja de tecidos e a joalheria; e outros, pelo cabelo, pelos pés ou pelas saias, como o barbeiro, o sapateiro ou o alfaiate. Além disso, havia um convite ainda mais terrível para visitar cada uma dessas casas, e visitas aguardadas em tais ocasiões. Na maioria das vezes, escapei maravilhosamente desses perigos – ou seguindo de uma vez, com ousadia e sem deliberação, rumo ao objetivo, como é recomendado àqueles que passam pelo corredor polonês, ou por manter meus pensamentos em coisas elevadas, como Orfeu, que, "cantando em voz alta louvores aos deuses em sua lira, afogou as vozes das sereias e se manteve fora de perigo". Às vezes eu disparava subitamente, e ninguém sabia onde ia parar, pois não me importava muito em manter a graça, e jamais hesitei diante de um buraco em uma cerca. Até me acostumei a fazer uma irrupção em algumas casas, onde era bem recebido, e, depois de saber do núcleo de notícias, já bem peneirado – o que se resumia às perspectivas de guerra e paz e se o mundo continuaria por muito mais tempo –, eu saía pelas ruas traseiras e, assim, escapava de novo para a floresta.

Quando eu ficava até mais tarde na cidade, era muito agradável sair pela noite, ainda mais se estivesse escura e tempestuosa, e partir de algum salão iluminado ou certa sala de leitura da vila, com um saco de farinha de centeio ou milho sobre o ombro, para meu porto acolhedor na floresta, tendo fechado tudo bem fora, e me recolher sob o convés com uma tripulação alegre de pensamentos, deixando apenas meu homem externo ao leme ou até mesmo amarrando o leme quando a navegação fluía. Tive muitos pensamentos geniais ao lado da lareira da cabine "conforme eu navegava". Jamais precisei sair ou fiquei em dificuldades em qualquer tempo, embora tenha encontrado tempestades severas. É mais escuro na floresta, mesmo em noites comuns, do que a maioria supõe. Com frequência eu precisava procurar a abertura entre as árvores sobre o caminho para saber minha rota e, onde não havia estrada para carroças, sentir com os pés os sinais que fizera ao passar, ou me orientar pela relação com certas árvores, que tateava com as mãos, passando entre dois pinheiros, por exemplo, que não ficavam a mais de quarenta e cinco centímetros de distância, no meio da floresta, invariavelmente, na noite mais escura. Às vezes, depois de voltar para casa assim tarde em uma noite escura e úmida, quando meus pés sentiam o caminho que os olhos não podiam ver, sonhando e distraído o percurso inteiro, até que era despertado por precisar levantar a mão para subir o trinco, não fui capaz de me recordar de um só passo e creio que talvez meu corpo encontre seu caminho para casa se seu senhor se esquecer, como as mãos encontram o caminho para a boca sem ajuda. Várias vezes, quando um visitante calhava de ficar até a noite e estava escuro, eu era obrigado a conduzi-lo à estrada de carroças atrás da casa e, então, apontar a direção em que ele deveria seguir, na qual ele seria guiado mais pelos pés que pelos olhos. Em uma noite muito escura, assim orientei dois jovens que estavam pescando no lago. Eles moravam cerca de um quilômetro e meio mata adentro e estavam bastante acostumados com o caminho. Um dia ou dois depois, um deles me disse que andaram perdidos durante grande parte da noite, perto de suas terras, e não chegaram em casa até quase de manhã, quando, como tivesse chovido forte várias vezes naquele meio-tempo e as folhas estivessem muito molhadas, se viram encharcados. Soube de muitos que se perderam mesmo nas ruas da vila, quando a escuridão era tão espessa que se podia cortá-la com uma faca, como se diz. Alguns moradores dos arredores, tendo vindo à cidade para fazer compras em suas carroças, foram obrigados a pernoitar ali; e cavalheiros e damas fazendo visitas desviaram uns oitocentos metros do caminho, sentindo a calçada apenas com os pés, sem saber quando viravam. Perder-se na mata a qualquer hora é uma experiência surpreendente e memorável, tanto quanto valiosa. Com frequência, em uma nevasca, mesmo de dia, alguém chega a uma estrada bem conhecida e ainda assim acha impossível saber qual lado leva à vila. Embora ele saiba que passou por ela mil vezes, não consegue reconhecer nada nela, que lhe parece tão estranha quanto uma estrada na Sibéria. À noite, é claro, a perplexidade é infinitamente maior. Em nossas caminhadas mais triviais, somos constantemente guiados, embora de modo inconsciente, por certos faróis e promontórios bem conhecidos e, se vamos além do caminho costumeiro, ainda levamos na mente a direção de algum cabo vizinho; então, só quando estamos completamente perdidos, ou fomos girados – pois um homem precisa apenas ser girado uma vez com os olhos fechados neste mundo para se perder –, apreciamos a imensidão e a estranheza da natureza. Todo homem precisa aprender os pontos da bússola novamente a cada vez que desperta, seja do sono, seja de qualquer abstração. Só quando estamos perdidos, ou, em outras palavras, quando perdemos o mundo, começamos a nos encontrar e percebemos onde estamos e a extensão infinita de nossas relações.

Numa tarde perto do fim do primeiro verão, quando fui à vila pegar um sapato no sapateiro, fui detido e colocado na cadeia, porque, como relatei em outro lugar, não paguei um imposto nem reconheci a autoridade, do Estado que compra e vende homens, mulheres e crianças como gado, às portas de seu Senado. Tinha ido à floresta com outros propósitos. Mas, aonde quer que um homem vá, vão persegui-lo e prendê-lo com suas instituições sujas e, se puderem, constrangê-lo a fazer parte de sua sociedade desesperada de cavalheiros estranhos, Odd Fellows. É verdade que eu poderia ter resistido à força com maior ou menor efeito, poderia ter investido "insano" contra a sociedade; mas preferi que a sociedade investisse "insana" contra mim, sendo a parte desesperada. No entanto, fui solto no dia seguinte, peguei meu sapato remendado e voltei para a floresta a tempo de almoçar mirtilos-vermelhos em Fair Haven Hill. Jamais fui perturbado por ninguém além de representantes do Estado. Não tinha fechadura ou ferrolhos a não ser na mesa em que guardava meus documentos, tampouco mesmo um prego no trinco ou nas janelas. Jamais tranquei a porta, dia ou noite, embora passasse vários dias ausente – nem mesmo quando, no outono seguinte, passei quinze dias nas florestas do Maine. E, no entanto, minha casa era mais respeitada do que se estivesse cercada por uma fileira de soldados. O andarilho cansado poderia descansar e se aquecer em minha lareira, o literário, divertir-se com os poucos livros em minha mesa, ou o curioso, ao abrir a porta de meu armário, ver o que restava de meu almoço e quais eram as perspectivas de jantar. Entretanto, embora muitas pessoas de todas as classes passassem por aquele caminho em direção ao lago, não sofri nenhuma inconveniência séria por parte delas e nunca senti falta de nada a não ser um pequeno livro, um volume de Homero, que talvez fosse inapropriadamente dourado, que creio que tenha sido encontrado por um soldado de nosso acampamento a esta altura. Estou convencido de que, se todos os homens vivessem de modo simples como eu vivia, furtos e roubos seriam desconhecidos. Eles ocorrem apenas em comunidades em que alguns têm mais do que o bastante enquanto outros não têm o suficiente. Os Homeros de Pope logo serão distribuídos apropriadamente.

"*Nec bella fuerunt,*
Faginus astabat dum scyphus ante dapes."
[Nem guerras os homens perturbavam
Quando só cuias de madeira solicitavam.]

"Você, que governa questões públicas, que necessidade tem de empregar punições, ame a virtude, e as pessoas serão virtuosas. As virtudes de um homem superior são como o vento; as virtudes de um homem comum são como a grama – a grama, quando o vento sopra, se curva."

9
Os lagos

À s vezes, saciado de companhia e conversa humana e tendo cansado todos os amigos da vila, eu perambulava além do que faço normalmente, a oeste, para partes ainda menos frequentadas da cidade, "para florestas frescas e novos pastos" ou, enquanto o sol se punha, jantava mirtilos e mirtilos-vermelhos em Fair Haven Hill e fazia um estoque para vários dias. As frutas não apresentam seu verdadeiro sabor a quem as compra nem a quem as planta para o mercado. Só há uma maneira de obtê-las, e, no entanto, poucos a seguem. Se quer saber o sabor dos mirtilos, pergunte ao vaqueiro ou à perdiz. É um erro vulgar imaginar que já provou mirtilos se jamais os colheu. Um mirtilo jamais chega a Boston; não é conhecido por lá desde que crescia em suas três colinas. A parte essencial e ambrosial da fruta se perde com a flor, que é arrancada na carroça do mercado, e elas se transformam em mera forragem. Enquanto a Justiça

Eterna reinar, nenhum mirtilo pode ser transportado para lá saído das colinas do campo.

Ocasionalmente, depois de terminar de carpir pelo dia, eu me juntava a um companheiro impaciente que pescava no lago desde a manhã, silencioso e imóvel como um pato ou uma folha flutuante e, que, depois de praticar vários tipos de filosofia, chegou à conclusão, quando apareci, de que pertencia à seita ancestral dos Semfisgadas. Havia um homem mais velho, excelente pescador, hábil em todo tipo de trabalho com madeira, que ficava feliz em ver minha casa como uma construção erguida para a conveniência dos pescadores; e eu ficava igualmente feliz quando ele se sentava em minha soleira para arrumar suas linhas. De vez em quando, nós nos sentávamos juntos no lago, ele de um lado do barco, eu do outro, mas não trocávamos muitas palavras, pois ele ficara surdo nos últimos anos; ainda assim, ele ocasionalmente cantarolava um salmo, o que entrava em perfeita harmonia com minha filosofia. Nosso intercâmbio então era de harmonia constante, muito mais agradável de lembrar do que se tivesse sido feito pela palavra. Quando, como muitas vezes era o caso, não tinha ninguém com quem conversar, eu costumava causar ecos batendo com o remo na lateral do meu barco, enchendo as matas ao redor de um som que circulava e se dilatava, alvoroçando-as como o guardião de um zoológico alvoroça seus animais selvagens, até evocar um rugido de cada vale e encosta nas florestas.

Em noites quentes, frequentemente me sentava no barco para tocar flauta e via as percas, que eu parecia ter encantado, em torno de mim, e a lua atravessando o fundo estriado, que estava cheio de destroços da floresta. Antes, viera a esse lago de modo aventuroso, de tempos em tempos, em noites escuras de verão, com um companheiro, e, fazendo uma fogueira perto da margem, o que pensávamos que atraía os peixes, pegávamos fanecas com um punhado de minhocas presas em uma linha; quando tínhamos acabado, tarde da noite, jogávamos os tições pelo ar como fogos de artifício, os quais, descendo de volta para o lago, se apagavam com um silvo alto, ao que subitamente ficávamos tateando na completa escuridão. Depois disso, assobiando uma música, tomávamos o caminho de volta para as moradias dos homens. Agora eu fizera meu lar nas margens.

Às vezes, depois de ficar em uma sala de visitas na vila até que a família toda fosse dormir, tendo voltado à mata e, em parte, pensando no almoço do dia seguinte, passava metade da noite pescando em um barco sob o luar, com a serenata de corujas e raposas e ouvindo, de vez em quando, a nota guinchada de algum pássaro desconhecido bem perto. Essas experiências foram muito memoráveis e valiosas para mim – ancorado em doze metros de água, a cem ou cento e cinquenta metros da margem, às vezes cercado de milhares de pequenas percas e peixinhos prateados, furando a superfície com as caudas sob o luar, e me comunicando por uma longa linha clara com misteriosos peixes noturnos que faziam sua morada doze metros abaixo, ou às vezes arrastando vinte metros de linha pelo lago, à deriva na brisa gentil da noite, de vez em quando sentindo uma leve vibração nela, indicativo de vida à espreita em sua extremidade, com propósito maçante, incerto e desastrado, lento para tomar uma decisão. Por fim, içava lentamente, puxando uma das mãos atrás da outra, algum peixe-gato guinchando e retorcendo-se no ar. Era muito estranho, ainda mais em noites escuras, quando os pensamentos vagaram para temas vastos e cosmogônicos em outras esferas, sentir esse puxão leve, que vinha interromper pensamentos e conectá-lo novamente à Natureza. Era como se eu pudesse, a seguir, jogar a linha para cima no ar e para baixo nesse elemento que era um pouco mais denso. Assim, fisgava dois peixes como se fosse com um só anzol.

O cenário do Walden tem uma escala humilde e, embora muito bonito, não chega à grandiosidade nem impressiona muito quem não o frequenta há muito tempo ou viveu em sua margem; ainda assim, o lago é tão notável por sua profundidade e sua pureza que merece uma descrição particular. É um poço claro e verde profundo, com oitocentos metros de extensão e dois mil e oitocentos metros de circunferência, e ocupa sessenta e um acres e meio; uma fonte perene no meio das florestas de pinheiro e carvalho, sem entrada ou saída visível exceto pelas nuvens e pela evaporação. As colinas que o cercam sobem abruptamente da água para a altura de treze a vinte e seis metros, embora no sudeste e no leste alcancem cerca de trinta metros e quarenta e cinco metros de altura, respectivamente, dentro de uma extensão de quatrocentos metros e pouco mais de quinhentos metros. São exclusivamente floresta. Todas as nossas águas de Concord têm ao menos duas cores – uma quando vista de longe, outra, mais apropriada, de perto. Em tempo bom, no verão, parecem azuis a uma pequena distância, em especial se estão agitadas, e, de uma grande distância, todas se assemelham. Em tempo chuvoso, às vezes têm um tom escuro de ardósia. No entanto, diz-se que o mar é azul em um dia e verde no outro sem nenhuma mudança perceptível na atmosfera. Vi nosso rio, quando, estando a paisagem coberta de neve, tanto a água quanto o gelo eram quase tão verdes quanto grama. Alguns consideram o azul a cor da água pura, seja líquida, seja sólida. Mas, de um barco, olhando diretamente para nossas águas, elas apresentam cores bem diferentes. O Walden é azul em uma hora e verde em outra, até do mesmo ponto de vista. Estando entre a terra e os céus, compartilha a cor de ambos. Visto do topo de uma montanha, reflete o tom do céu; mas de perto é de um amarelado próximo da margem, onde é possível ver a areia, e então um verde-claro, que escurece gradualmente até atingir um verde-escuro uniforme no corpo do lago. Em algumas luzes, visto mesmo do topo de uma colina, é de um verde vivo perto da margem. Alguns relacionaram isso ao reflexo da vegetação; porém, é igualmente verde ali contra o banco de areia da ferrovia, e também na primavera, antes que as folhas se expandam, e pode ser simplesmente o resultado do azul predominante misturado ao amarelo da areia. Assim é a cor de sua íris. Também é nessa porção que, na primavera, com o gelo sendo aquecido pelo calor do sol refletido no fundo e também pelo transmitido pela terra, ele derrete primeiro e forma um canal estreito em torno do meio ainda congelado. Como o resto de nossas águas, quando está muito agitado, em tempo bom, de modo que a superfície das ondas possa refletir o céu no ângulo certo, ou porque há mais luz misturada a ele, de longe parece ser de um azul mais escuro que o céu em si; e, em momentos assim, estando em sua superfície, e olhando com visão dividida para ver o reflexo, notei um azul-claro indescritível e incomparável, como o sugerido por chamalotes furta-cor e lâminas de espadas, mais cerúleo que o próprio céu, alternado com o verde-escuro original no lado oposto das ondas, que, por fim, em comparação, pareciam lamacentas. É um azul-esverdeado vítreo, do modo como me recordo, como aqueles trechos do céu de inverno vistos entre panoramas de nuvens a oeste antes do pôr do sol. No entanto, um simples copo de sua água contra a luz é tão transparente quanto quantidade igual de ar. Sabe-se que uma placa grande de vidro terá um tom esverdeado, por causa, dizem os fabricantes, de seu "corpo", mas um pedaço pequeno do mesmo vidro será transparente. Nunca comprovei o volume de água necessário para que o Walden refletisse um tom verde. A água de nosso rio é preta ou marrom bem escura para quem a olha diretamente e, como a maioria dos lagos, dá ao corpo de quem se banha nele um tom amarelado; mas essa água é de tal pureza cristalina que o corpo do banhista parece ter a brancura do alabastro, ainda mais anormal, e, como os membros ali dentro parecem distorcidos e aumentados, produz um efeito monstruoso, que daria um bom estudo a um Michelangelo.

A água é tão transparente que o fundo pode ser visto facilmente a uma profundidade de oito a dez metros. Remando nele, podem-se ver, muitos metros abaixo da superfície, os cardumes de percas e peixinhos prateados, talvez com apenas dois centímetros e meio – desses, os primeiros são facilmente diferenciados por suas barras transversais, e você imagina que devam ser peixes ascetas para encontrar sustento ali. Uma vez, no inverno, há muitos anos, quando estava abrindo buracos no gelo para pescar lúcio, conforme pisei na margem, joguei o machado de volta no gelo, mas, como se fosse dirigido por um gênio malvado, ele deslizou de vinte a vinte e cinco metros até cair em um dos buracos, onde a água tinha mais de oito metros de profundidade. Por curiosidade, deitei-me no gelo e olhei pelo buraco, até que vi o machado um pouco de lado, fincado de cabeça, com o cabo ereto e oscilando gentilmente de um lado para o outro com o pulsar do lago; e ali deveria ter permanecido ereto e oscilando até que o cabo apodrecesse, se eu não o tivesse perturbado. Fazendo outro buraco diretamente sobre ele com formão de gelo que eu tinha e cortando a bétula mais longa que encontrei na vizinhança com minha faca, dei um nó corrediço, que prendi na ponta, e, descendo-a cuidadosamente, enlacei o nó do cabo, o puxei com uma linha pela bétula e o retirei de novo.

A margem é composta de um cinturão de pedras brancas suaves e arredondadas, como pedras de calçada, exceto por uma ou duas pequenas praias de areia, e tão íngreme que em alguns pontos um simples salto o deixará com a água cobrindo a cabeça; se não fosse por sua notável transparência, seria a última coisa a ser vista do fundo, até ele se levantar do lado oposto. Alguns pensam que não tem fundo. Não é barrento em nenhuma parte, e um observador casual diria que não há plantas ali; e, das plantas dignas de atenção, exceto nas pequenas várzeas recentemente inundadas, que não pertencem de fato a ele, um escrutínio mais próximo não detecta íris-amarelo ou junco, nem mesmo um lírio, amarelo ou branco, e sim apenas poucas folhagens em forma de coração e moliços, talvez uma ou duas ninfeias; todas, porém, o banhista poderia não ver; e essas plantas são limpas e brilhantes como o elemento no qual crescem. As rochas se estendem por cinco ou dez metros para dentro da água, e, então, o fundo é de areia pura, exceto nas partes mais profundas, onde em geral há um pouco de sedimento, provavelmente da deterioração das folhas sopradas para dentro em tantos outonos sucessivos, e as âncoras trazem um mato verde brilhante mesmo no meio do inverno.

Temos outro lago como esse, o White, em Nine Acre Corner, cerca de quatro quilômetros a oeste; mas, embora eu conheça a maioria dos lagos num raio de vinte quilômetros, não sei de um terceiro que tenha essa característica pura de nascente. Talvez sucessivas nações tenham bebido dele, o admirado e o sondado, e passado, e suas águas ainda são verdes e transparentes como sempre foram. Não uma fonte intermitente! Talvez naquela manhã de primavera em que Adão e Eva foram expulsos do paraíso, o lago Walden já existisse e já se desmanchasse em uma chuva gentil de primavera, acompanhada de névoa e um vento do sul, coberto por miríades de patos e gansos que não tinham ouvido falar da queda, quando lagos puros ainda eram suficientes. Mesmo então, começara a subir e descer, e tinha clareado suas águas e as colorido com o tom que apresentam agora, e conseguido uma patente do céu para ser o único lago Walden no mundo, destilador de orvalhos celestes. Quem sabe em quantas literaturas de nações esquecidas não terá sido a fonte de Castália? Ou que ninfas o presidiram na era de ouro? É uma gema preciosa da primeira água que Concord leva em sua coroa.

No entanto, talvez o primeiro a chegar a esse poço tenha deixado alguns traços de suas pegadas. Fiquei surpreso ao detectar, em torno do lago, mesmo onde mata cerrada fora cortada na margem, um caminho estreito com forma de prateleiras na encosta íngreme, subindo e descendo de forma alternada, aproximando-se e afastando-se da beira da água, provavelmente tão velho quanto a raça de homens aqui, traçado pelos pés de caçadores aborígenes e ainda percorrido involuntariamente de tempos em tempos pelos ocupantes presentes da terra. É particularmente distinto para alguém no meio do lago no inverno, bem depois de cair uma neve suave, aparecendo como uma clara linha branca e ondulante, sem a obstrução de mato e galhos, e muito óbvio a quatrocentos metros de distância de muitos locais, quando, no verão, mal é possível distingui-lo de perto. A neve o reimprime, como se fosse um tipo de alto-relevo branco e claro. Os terrenos ornamentados das *villas* que um dia serão construídas aqui podem ainda preservar algum traço disso.

O nível do lago sobe e desce, mas, se acontece com regularidade ou não, ou dentro de qual período, ninguém sabe, embora, como de costume, muitos finjam saber. É comum ficar mais alto no inverno e mais baixo no verão, embora não corresponda à umidade nem à secura geral. Posso me lembrar de quando esteve de trinta a sessenta centímetros mais baixo que quando vivi perto dele. Há um banco de areia estreito que penetra nele, com águas muito profundas de um lado, no qual ajudei a fazer uma sopa de peixe em 1824, o que não foi possível fazer por vinte e cinco anos; ao mesmo tempo, meus amigos costumavam ouvir incrédulos quando eu dizia a eles que, poucos anos antes, costumava pescar em um barco em uma enseada isolada na mata, a uns setenta e cinco metros da única margem que conheciam, lugar que havia muito se convertera em uma várzea. Mas o lago subiu constantemente por dois anos e, agora, no verão de 1852, está apenas um metro e meio mais alto que quando vivi ali, ou tão alto quanto era trinta anos atrás, e é possível pescar na várzea novamente. Isso significa uma diferença de nível, do lado externo, de um metro e vinte a um metro e oitenta; e, no entanto, a água que vem das colinas ao redor tem um volume insignificante, e esse transbordamento deve ser atribuído a causas que afetam as nascentes profundas. Neste mesmo verão, o lago começou a descer de novo. É notável que essa flutuação, periódica ou não, pareça exigir muitos anos para se completar. Observei uma subida e parte de duas baixas e espero que, em doze ou quinze anos, a água esteja de novo no nível mais baixo que já vi. O lago de Flint – a um quilômetro e meio dali, levando em conta o distúrbio causado por suas entradas e suas saídas, e os lagos menores intermediários – segue o Walden e recentemente atingiu sua maior altura ao mesmo tempo que ele. A mesma coisa é verdade, até onde pude observar, para o lago White.

A subida e a descida do nível do Walden em intervalos longos ao menos serve para isto: estando a água em sua maior altura por um ano ou mais, embora dificulte andar ao redor dele, mata os arbustos e as árvores que brotaram nas beiradas desde a última cheia – pinheiros, bétulas, amieiros, álamos e outros – e, quando desce outra vez, deixa uma margem desobstruída; pois, diferentemente de muitos lagos e de todas as águas submetidas a uma maré diária, sua margem fica mais limpa quando a água está no nível mais baixo. Do lado do lago perto de minha casa, uma fileira de pinheiros com cinco metros de altura foi morta e derrubada como se tivesse sido por uma alavanca, e assim colocou-se um ponto-final na invasão deles; e o tamanho dos pinheiros indica quantos anos se passaram desde que a cheia alcançou aquela altura. Com essa flutuação, o lago assegura seu direito a uma margem, e assim a *margem é raspada*, e as árvores não podem ficar com ela por direito de posse. Esses são os lábios do lago, nos quais não cresce nenhuma barba. Ele lambe os lábios rachados de tempos em tempos. Quando a água está no nível mais alto, amieiros, salgueiros e bordos enviam uma massa de raízes vermelhas e fibrosas de todos os lados de seus caules para a água e a uma altura de noventa a cento e vinte centímetros do solo, no esforço de se manter; também já vi arbustos altos de mirtilo na margem, que como hábito não produzem frutos, darem uma colheita abundante nessas circunstâncias.

 Alguns ficam intrigados em saber como a margem se tornou pavimentada de modo tão regular. Meus concidadãos todos ouviram a tradição – os mais antigos dizem que a ouviram na juventude – de que antigamente os indígenas faziam uma reunião sobre uma colina ali, que se levantava tão alto no céu quanto o lago agora afunda na terra; segundo diz a história, usaram tantas profanidades, embora esse seja um vício do qual nunca se pode acusar os indígenas, que, enquanto estavam ocupados com isso, a colina estremeceu e subitamente afundou, e só uma velha índia, chamada Walden, escapou, ao que o lago foi batizado com o nome dela. Conjeturou-se que, quando a colina estremeceu, essas pedras rolaram pela encosta e formaram a margem atual. É certo, de qualquer modo, que um dia não havia lago ali e que agora há; e essa fábula dos indígenas não entra em conflito com o relato daquele velho colono que mencionei, que se lembra muito bem de quando veio para cá com sua varinha divinatória, viu um vapor fraco subindo do relvado, e o galho de aveleira apontou com firmeza para baixo, e ele concluiu que deveria cavar um poço ali. Quanto às pedras, muitos ainda acham que é difícil explicá-las pela ação das ondas nessas colinas; mas eu percebo que as colinas que o cercam estão notavelmente cheias desse mesmo tipo de pedra, de modo que foram obrigados a empilhá-las em muros de ambos os lados do trecho da ferrovia mais perto do lago; além disso, há mais pedras nos locais em que a margem é mais abrupta; de modo que isso, infelizmente, não é mais um mistério para mim. Detecto o calceteiro. Se o nome não for derivado de alguma localidade inglesa – Saffron Walden, por exemplo –, pode-se imaginar que originalmente era chamado de lago *Walled-in,* "murado".

O lago era meu poço já cavado. Durante quatro meses no ano, a água é fresca e pura como sempre; e acho que é tão boa quanto qualquer uma da cidade, se não a melhor. No inverno, toda água exposta ao ar é mais fria que as fontes e os poços protegidos. A temperatura da água do lago que ficou no cômodo onde estava de cinco da tarde ao meio-dia do dia seguinte, 6 de março de 1846, com o termômetro atingindo de dezoito a vinte e um graus Celsius parte do tempo, graças em parte ao sol no telhado, era de cinco vírgula seis graus, ou um grau abaixo da água recém-retirada de um dos poços mais frescos da vila. A temperatura da Boiling Spring, a fonte fervente, no mesmo dia era de sete vírgula vinte e três, ou a mais quente de todas as águas testadas, embora seja a mais fria que conheço no verão, quando, além disso, não se mistura com a água rasa e estagnada da superfície. Além do mais, no verão o Walden nunca fica tão quente quanto a maior parte da água exposta ao sol, por causa de sua profundidade. No tempo mais quente, eu normalmente colocava um balde cheio em meu porão e ele esfriava durante a noite e permanecia assim durante o dia, embora eu também recorresse a uma fonte na vizinhança. Era tão boa quando bebida uma semana depois quanto no dia em que fora recolhida – não tinha nenhum gosto da bomba. Quem acampa por uma semana no verão às margens de um lago só precisa enterrar um balde de água poucos metros na sombra de seu acampamento para ficar independente no luxo do gelo.

No Walden já se pescaram lúcios, um pesando três quilos e meio – sem falar de outro que levou o molinete com grande velocidade, o qual o pescador garantiu ter quatro quilos, pois não o viu –, percas e fanecas, algumas com mais de um quilo, peixes prateados, pardelhas ou ruivacas (*Leuciscus pulchellus*), pouquíssimas bremas e um par de enguias, uma delas com dois quilos – detalho assim porque o peso de um peixe normalmente é seu título à fama, e essas são as únicas enguias das quais ouvi falar aqui; também me recordo de um peixinho de uns doze centímetros, com lateral prateada e costas esverdeadas, um pouco parecido com o escalo, que menciono principalmente para ligar fatos à fábula. Todavia, esse lago não é muito fértil de peixes. Seus lúcios, embora não abundantes, são sua principal vantagem. Já vi uma vez, deitado no gelo, lúcios de ao menos três tipos diferentes: um longo, de água rasa, cor de aço, parecido com os que são pescados no rio; um tipo dourado brilhante, com reflexos esverdeados, de águas notavelmente profundas, que é o mais comum aqui; e outro dourado, com o mesmo formato que o anterior, mas com os lados sarapintados de manchas marrom-escuras ou negras, mesclada com poucas pintas leves vermelho-sangue, muito parecido com truta. O nome específico *reticulatus* não se aplica a esse – deveria ser *guttatus*, em vez disso. São todos peixes muito firmes, que pesam mais que o tamanho promete. Os peixes prateados, as fanecas e as percas também, e de fato todos os que habitam esse lago, são muito mais limpos, belos e têm a carne mais firme que aqueles dos rios e da maioria dos lagos – e destes se distinguem facilmente, uma vez que a água é mais pura. É provável que muitos ictiologistas descubram novas variedades de alguns desses peixes. Há também uma raça de rãs e tartarugas e alguns mexilhões no lago; ratos-almiscarados e martas deixam seus traços ao redor dele, e ocasionalmente há a visita de uma tartaruga-da--lama viajante. Às vezes, quando empurrava meu barco pela manhã, eu perturbava uma grande tartaruga-da-lama que se escondera debaixo dele durante a noite. Patos e gansos eram frequentes na primavera e no outono, as andorinhas-das-árvores (*Hirundo bicolor*) planam sobre ele, e as batuíras (*Totanus macularius*) "cambaleiam" ao longo das margens de pedra o verão todo. Por vezes perturbei um gavião-pescador pousado em um pinheiro-branco sobre a água; e duvido que o lago seja profanado pelo voejar de uma gaivota, como Fair Haven. No máximo, tolera uma mobelha anual. Esses são os animais mais importantes que o frequentam agora.

Em tempo bom, é possível ver do barco, perto da margem de areia ao leste, onde a água tem de dois metros e meio a três metros de profundidade, e também em outras partes do lago, umas pilhas circulares de uns dois metros de diâmetro e trinta centímetros de altura, consistindo de pedras pequenas, menores que um ovo de galinha, quando em torno só há areia. No começo você se pergunta se os indígenas poderiam ter feito esses montes no gelo por algum propósito, e, então, quando o gelo derreteu, eles foram para o fundo; mas são muito regulares, e alguns são claramente recentes demais para isso. São parecidos aos que se encontram em rios; mas, como não há papa-terras nem lampreias aqui, não sei que peixes os teriam feito. Talvez sejam ninhos das pardelhas. Eles dão um mistério agradável ao fundo.

A costa é irregular o suficiente para não ser monótona. Tenho na imaginação a costa oeste, dentada com baías profundas, a norte, mais arrojada, e a belamente recortada margem sul, onde saliências sucessivas se sobrepõem e sugerem cantos inexplorados entre elas. A floresta nunca é um cenário tão bom, nem tão distintivamente belo, quanto quando vista do meio de um pequeno lago entre colinas que se levantam da beirada da água; pois a água em que ela se reflete não apenas forma o melhor primeiro plano neste caso, como, com sua margem sinuosa, se mostra a fronteira mais natural e aprazível para ela. Não há crueza nem imperfeição em suas margens, como acontece em trechos desbastados pelo machado, tampouco algum campo cultivado faz fronteira. As árvores têm amplo espaço para se expandirem ao lado da água, e cada uma envia seus galhos mais vigorosos naquela direção. Ali a Natureza teceu uma ourela natural, e o olho se levanta apenas com as gradações dos arbustos baixos da margem até as árvores mais altas. Há poucos traços da mão humana a ser vistos. A água banha a margem como fazia mil anos antes.

Um lago é o traço mais belo e expressivo de uma paisagem. É o olho da terra, dentro do qual, quando observa, a pessoa mede a profundidade da própria natureza. As árvores fluviais perto da margem são os cílios delgados que o franjam, e colinas verdes e penhascos em torno dele são suas sobrancelhas.

Na praia de areia macia na ponta leste do lago, em uma tarde calma de setembro, quando uma leve névoa deixa a margem do outro lado indistinta, vi de onde veio a expressão "superfície vítrea de um lago". Quando você inverte a cabeça, parece um fio da gaze mais fina esticado pelo vale, brilhando contra os pinheiros distantes, separando um estrato da atmosfera do outro. É possível imaginar que se pode andar sob ele, sem se molhar, até as colinas opostas, e as andorinhas que planavam sobre ele poderiam se empoleirar ali. De fato, elas às vezes mergulham abaixo dessa linha, como se fosse por engano, e, então, se dão conta. Conforme você olha para o lado oeste do lago, é obrigado a usar as mãos para defender os olhos dos raios solares refletidos e verdadeiros, pois ambos são igualmente brilhantes; e se, entre os dois, observar criticamente sua superfície, é de fato tão lisa quanto vidro, exceto onde os gerrídeos, espalhados em intervalos iguais por toda sua extensão, produziam, com seu movimento sob o sol, as mais belas centelhas, ou, talvez, onde um pato alisa as penas, ou, como disse, uma andorinha voa tão baixo que toca a água. Pode acontecer de um peixe, a distância, traçar um arco de um metro ou mais no ar, e há um grande clarão quando ele emerge e outro quando ele atinge a água; às vezes todo o arco prateado se revela; ou, talvez, lanugem flutuando na superfície, atraindo peixes que disparam e a perfuram novamente. É como vidro derretido frio, mas não congelado, e os poucos ciscos nela são belos e puros como imperfeições no vidro. É possível detectar com frequência uma água ainda mais suave e escura, separada do resto como se por uma teia invisível, barragem em que descansam ninfas. De cima de uma colina, é possível ver um peixe saltar quase em qualquer canto, pois não há um lúcio ou peixe-prata que capture um inseto em sua superfície lisa sem perturbar manifestamente o equilíbrio de todo o lago. É maravilhoso como esse simples fato é anunciado de maneira tão elaborada – o crime písceo será exposto –, e, de meu poleiro distante, consigo distinguir as ondulações circulares quando têm trinta metros de diâmetro. É possível até detectar um besouro-de-água (*Gyrinus*) progredindo incessantemente sobre a superfície lisa a quatrocentos metros; pois eles sulcam a água de forma leve, fazendo uma onda conspícua limitada por duas linhas divergentes, enquanto os gerrídeos deslizam sobre ela sem perturbá-la de modo perceptível. Quando a superfície está consideravelmente agitada, não há gerrídeos nem besouros-de-água por ali, mas, aparentemente, em dias calmos eles deixam seus refúgios e, com ousadia, deslizam da margem em impulsos curtos até cobri-la por completo. É algo tranquilizante, em um daqueles belos dias de outono quando todo o calor do sol é apreciado, sentar-se em um toco em uma altura dessas, com vista para o lago, e estudar os círculos ondulantes incessantemente inscritos na superfície de outro modo invisível, entre os reflexos dos céus e das árvores. Sobre essa grande expansão, não há perturbação que não seja logo gentilmente acalmada e suavizada, como, quando um vaso de água é sacudido, os círculos tremulantes buscam a margem e tudo fica plácido outra vez. No lago, um peixe não pode saltar nem um inseto cair sem serem assim delatados em ondas circulares, em linhas de beleza, como se houvesse a nascente constante de uma fonte, o pulso gentil de sua vida, o subir e o descer de seu peito. As excitações da alegria e as excitações da dor são indistinguíveis. Como são sossegados os fenômenos do lago! Novamente as obras do homem brilham como na primavera. Sim, cada folha, galho, pedra e teia de aranha brilha agora no meio da tarde como quando cobertos de orvalho numa manhã de primavera. Cada movimento de um remo ou de um inseto produz um brilho; e, se o remo cai, que doce é o eco!

Num dia assim, em setembro ou outubro, o Walden é um espelho perfeito da floresta, cercado de pedras tão preciosas a meus olhos como se fossem menos numerosas ou mais raras. Talvez não exista nada tão belo, tão puro e ao mesmo tempo tão grande quanto um lago na superfície da Terra. Água do céu. Não precisa de cercas. As nações vêm e vão sem contaminá-lo. É um espelho que nenhuma pedra pode rachar, cujo mercúrio nunca se gasta, cujo dourado a Natureza repara continuamente; nenhuma tempestade, nenhuma poeira, pode embotar sua superfície sempre fresca; um espelho no qual afunda toda a impureza apresentada, varrida e espanada pela escova enevoada do sol – esse pano de tirar pó de luz –, que não retém o sopro nele soprado, mas manda o seu próprio para flutuar como nuvem bem acima de sua superfície e, ainda, ser refletido em seu seio quieto.

Um campo de água revela o espírito que há no ar. Recebe continuamente vida nova e movimento de cima. Em sua natureza, é intermediário entre solo e céu. No solo, apenas a grama e as árvores oscilam, mas a água em si é encrespada pelo vento. Vejo quando a brisa corre por ela pelos rastros ou pelas lascas de luz. É notável que possamos olhar sua superfície. Quem sabe poderemos olhar assim um dia para a superfície do ar e ver onde passa um espírito ainda mais sutil.

Os gerrídeos e besouros-de-água desaparecem na última parte de outubro, quando as geadas severas chegam; e, em novembro, em geral em um dia calmo, não há absolutamente nada para ondular a superfície. Em uma tarde de novembro, na calma que veio ao fim de uma tempestade que durou vários dias, quando o céu ainda estava todo nublado, e o ar, cheio de névoa, observei que o lago estava admiravelmente liso, de modo que era difícil distinguir sua superfície; embora já não refletisse mais os tons brilhantes de outubro, e sim as cores sombrias de novembro nas colinas ao redor. Ainda que tenha passado do modo mais suave possível, as leves ondulações produzidas pelo meu barco se estendiam até onde minha vista alcançava e davam uma aparência estriada aos reflexos. Mas, quando olhava para a superfície, eu via uma centelha fraca aqui e ali a certa distância, como se alguns gerrídeos que tivessem escapado do gelo estivessem reunidos ali, ou, talvez, a superfície, sendo tão lisa, mostrasse o local onde uma nascente brotava no fundo. Remando com gentileza até um desses locais, fiquei surpreso ao me ver cercado por uma miríade de pequenas percas, com uns doze centímetros de comprimento, de uma rica cor bronze na água verde, brincando ali e constantemente subindo à superfície e ondulando-a, às vezes deixando bolhas. Em uma água tão transparente e aparentemente sem fundo, refletindo as nuvens, eu parecia flutuar pelo ar como se estivesse em um balão, e o nado das percas deu a impressão de um voo ou uma flutuação, como se fossem uma revoada compacta de pássaros passando bem abaixo de mim à esquerda ou à direita, as barbatanas, como velas, enfunadas ao redor. Havia muitos cardumes como esse no lago, aparentemente excedendo a curta estação antes que o inverno colocasse uma persiana de gelo sobre seu céu aberto, às vezes dando à superfície a aparência de ter sido tocada por uma brisa leve ou por algumas gotas de chuva. Quando me aproximei de forma descuidada e os alarmei, eles de súbito bateram a cauda e espirraram água, como se alguém tivesse batido na água com um galho espesso, e instantaneamente buscaram refúgio nas profundezas. Por fim, o vento se levantou, a névoa aumentou, e as ondas começaram a se agitar, ao que as percas pulavam muito mais alto que antes, com metade do corpo fora da água, cem pontos negros, de sete centímetros de comprimento, de uma vez acima da superfície. Mesmo tarde no ano como 5 de dezembro, em um ano vi algumas ondas na superfície e, pensando que ia chover de imediato, pois o ar estava muito enevoado, corri para tomar meu lugar nos remos e seguir rumo à casa; a chuva já parecia aumentar depressa, embora eu não sentisse nada em meu rosto, e antecipei que ficaria encharcado. Mas subitamente as ondas cessaram, pois eram produzidas pelas percas, que tinham sido espantadas para as profundezas pelos remos, e vi seus cardumes desaparecendo de modo turvo; assim, passei, por fim, a tarde toda seco.

    Um velho que costumava frequentar o lago havia quase sessenta anos, quando era escurecido pelas florestas que o ladeavam, disse-me que naqueles dias ele às vezes o via todo animado com patos e outras aves aquáticas e que havia muitas águias no entorno. Ele vinha pescar e usava uma velha canoa longa que encontrara na margem. Era feita de dois troncos de pinheiro escavados e presos juntos, cortados de modo quadrado nas pontas. Era bem malfeita, mas durou muitos anos antes de inundar e talvez ir ao fundo. Ele não sabia de quem era; pertencia ao lago. Costumava fazer um cabo para sua âncora com feixes de casca de nogueira atados juntos. Um velho, um oleiro, que vivia perto do lago antes da revolução, disse-lhe uma vez que havia uma arca de ferro no fundo e que a vira. Às vezes, vinha flutuando até a margem; mas, quando você se dirigia a ela, voltava para o fundo e desaparecia. Fiquei feliz em saber da velha canoa de tronco, que tomou o lugar de uma construção indígena do mesmo material, mas mais graciosa, que talvez antes fora uma árvore na margem e, então, por assim dizer, caiu na água para flutuar ali por uma geração, a embarcação mais apropriada ao lago. Eu me recordo de que, quando mirei essas profundezas pela primeira vez, vi indistintamente muitos troncos deitados no fundo, os quais tinham sido derrubados antes ou deixados no gelo na última derrubada, quando a madeira era mais barata; agora a maioria desapareceu.

    Quando remei pela primeira vez no Walden, estava completamente cercado por florestas densas e altas de pinheiro e carvalho, e em algumas enseadas vinhas cobriam as árvores próximas da água e formavam pérgulas sob as quais um barco poderia passar. As colinas que formam suas margens são tão íngremes e as florestas sobre elas eram tão altas que, conforme se olhava a oeste, notava-se a aparência de um anfiteatro para algum tipo de espetáculo selvático. Quando era mais jovem, passei muitas horas flutuando sobre sua superfície de acordo com os desejos de Zéfiro, tendo remado o barco até o meio e me deitado de costas sobre os assentos, em uma tarde de verão, sonhando acordado, até ser alertado pelo barco tocando a areia e me levantar para ver a qual margem meu destino me impelira; dias em que o ócio era a atividade mais atrativa e produtiva. Roubei muitas manhãs, preferindo passar assim a parte mais valiosa do dia; pois era rico, se não em dinheiro, em horas ensolaradas e dias de verão, e os passava generosamente; não me arrependo de não ter passado mais delas na oficina ou na mesa do professor. Contudo, desde que deixei aquelas margens, os lenhadores avançaram ainda mais com sua devastação, e agora por muitos anos não será possível errar por corredores de mata, com ocasionais vistas da água. Minha Musa deve ser perdoada se daqui em diante estiver em silêncio. Como pode esperar que os pássaros cantem quando seus bosques foram derrubados?

Agora os troncos de árvores estão no fundo, a velha canoa longa e as matas escuras do entorno se foram, e os moradores da vila, que mal sabem onde fica, em vez de irem ao lago se banhar ou beber, pensam em levar a água – que deveria ser tão sagrada quanto a do Ganges, ao menos – para a vila em um encanamento, a fim de lavar os pratos com ela! Para ganharem seu Walden girando uma torneira ou puxando uma rolha! Aquele demoníaco Cavalo de Ferro, cujo relincho de partir os ouvidos se escuta pela cidade, enlameou Boiling Spring com suas patas, e foi ele quem pastou toda a mata às margens do Walden, aquele cavalo de troia, com mil homens na barriga, introduzido por mercenários gregos! Onde está o campeão deste país, o Moore de Moore Hill, para encontrá-lo em Deep Cut e enfiar uma lança vingadora entre as costelas da peste inchada?

De qualquer modo, de todos os personagens que conheci, o Walden talvez seja o que melhor usa e preserva sua pureza. Muitos homens foram comparados a ele, mas poucos merecem essa honra. Embora os lenhadores tenham primeiro desnudado a margem, e depois os irlandeses tenham construído seus chiqueiros perto dele, e a ferrovia tenha violado suas bordas, e os cortadores de gelo tenham um dia arrancado sua superfície, em si é imutável, é a mesma água em que pousaram meus olhos jovens; toda a mudança está em mim. Não adquiriu uma ruga permanente depois de todas as ondas. É perenemente jovem, e posso me levantar e ver uma gaivota mergulhar aparentemente para pegar um inseto em sua superfície como outrora. Hoje me surpreendeu outra vez, como se não o visse quase todo dia por mais de vinte anos... Ora, ali está o Walden, o mesmo lago na mata que descobri há tantos anos; onde uma floresta foi derrubada no inverno passado, outra brota ao lado de suas margens, viçosa como sempre; o mesmo pensamento de então surge a sua superfície; é a mesma alegria líquida e felicidade para si mesmo e seu Criador, sim, e *talvez* para mim. É o trabalho de um homem corajoso, certamente, em quem não há malícia! Ele arredondou essa água com a mão, aprofundou-a, clarificou-a em seu pensamento e, em sua herança, a legou a Concord. Vejo por sua face que é visitado pela mesma reflexão e quase posso dizer: Walden, é você?

> Não é devaneio meu
> Para ornamentar um poema;
> Não chegaria mais perto do céu e de Deus
> Que vivendo no Walden eternamente.
> Sou sua margem de pedras
> E a brisa que passa por elas;
> Fechadas na minha palma
> Estão sua areia, sua água,
> E seus mais profundos recantos
> Na mente têm um lugar importante.

Os vagões jamais param para olhá-lo; no entanto, imagino que condutores, foguistas e guarda-freios, e os passageiros que têm um bilhete para a estação que o avistam sempre, são homens melhores por causa da vista. O condutor não se esquece à noite, ou sua natureza não se esquece, de que teve essa visão de serenidade e pureza ao menos uma vez durante o dia. Embora visto apenas uma vez, ajuda a lavar a State Street e a fuligem da locomotiva. Alguém propõe que seja chamado de Gota de Deus.

Eu disse que o Walden não tem entrada nem saída visível, mas por um lado ele é ligado de modo indireto e distante ao lago de Flint, que é mais elevado, por uma cadeia de pequenos lagos saindo daquela região; por outro, de modo direto e manifesto, ligado ao rio Concord, que é mais baixo, por uma cadeia similar de lagos que em outro período geológico, deve ter corrido e, com um pouco de escavação, que Deus não permita, pode correr novamente para lá. Se ao viver assim de modo reservado e austero, como um eremita na floresta, por tanto tempo, adquiriu pureza tão maravilhosa, quem não se arrependeria se as águas comparativamente impuras do lago de Flint se misturassem a ele ou se ele desperdiçasse sua doçura nas ondas do oceano?

O lago de Flint, ou Sandy, em Lincoln, nosso maior lago e mar interior, fica a cerca de um quilômetro e meio do Walden. É muito maior, ditos cento e noventa e sete acres, e é mais fértil em peixes, mas é comparativamente raso e não notavelmente puro. Uma caminhada pela mata até lá muitas vezes era minha recreação. Valia a pena, mesmo se apenas para sentir o vento bater livre no rosto, e ver as ondas correndo, e lembrar da vida dos marinheiros. Eu ia colher castanhas no outono, nos dias de vento, quando as nozes caíam na água e eram levadas pelas ondas até meus pés; um dia, conforme eu seguia lentamente por sua margem cheia de juncos, água fresca respingando no rosto, cheguei aos restos apodrecidos de um barco naufragado, sem os lados, pouco mais que a impressão de seu fundo chato entre os juncos; mesmo assim, seu modelo estava bem definido, como se fosse um grande nenúfar apodrecido, com os veios. Era um naufrágio tão impressionante quanto se podia imaginar na costa do mar – e tinha moral também elevada. No momento, tornou-se apenas restos vegetais e indistinguível da margem do lago, onde nasceram juncos e íris-amarelos. Costumava admirar as marcas onduladas no fundo arenoso na ponta norte desse lago, tornadas duras e firmes para os pés dos que passam a vau pela pressão da água, e os juncos que cresciam em fila indiana, em linhas ondulantes, que correspondiam a essas marcas, fileira após fileira, como plantados pelas ondas. Ali também encontrei, em quantidades consideráveis, bolas curiosas, aparentemente compostas de finas folhas ou raízes, talvez de eriocáulons, de um centímetro e meio a dez centímetros de diâmetro, e perfeitamente esféricas. São arrastadas para lá e para cá em água rasa em um fundo arenoso e, às vezes, lançadas à margem. São feitas de capim sólido ou têm um pouco de areia no meio. No começo, seria possível pensar que são formadas pela ação das ondas, como pedregulhos; no entanto, as menores são de material igualmente grosseiro, de um centímetro e meio, e produzidas apenas em uma estação do ano. Além do mais, as ondas, suspeito, não constroem, e sim desgastam um material que já adquiriu consistência. Quando secas, preservam a forma por um período indeterminado.

Lago de Flint! Tal é a pobreza de nossa nomenclatura. Que direito tinha o agricultor sujo e estúpido, cuja fazenda se limitava nessa água do céu, cujas margens ele desnudou cruelmente, de dar seu nome a ele? Algum sovina que gostava mais da superfície refletora de um dólar, ou centavo brilhante, no qual podia ver seu próprio rosto insolente; que considerava invasores até os patos-selvagens que ali pousavam; os dedos transformados em garras ossudas e retorcidas pelo velho hábito de agarrar como harpia – então não é nomeado para mim. Vou lá não para vê-lo nem para ouvir falar dele; quem nunca o *viu*, quem nunca se banhou nele, nunca o amou, nunca o protegeu, nunca falou uma boa palavra a respeito dele, não agradeceu Deus por tê-lo feito. Melhor ser nomeado de acordo com os peixes que nadam nele, as aves ou os quadrúpedes selvagens que o frequentam, as flores silvestres que crescem em suas margens, ou algum homem ou criança selvagem cuja história se entrelaça com a dele; não por quem não podia demonstrar ter direito a ele além da escritura que alguma legislatura ou vizinho de pensamento semelhante – quem pensou apenas em seu valor financeiro; cuja presença talvez tenha amaldiçoado todas as margens; que exauriu a terra em torno dele e alegremente teria exaurido as águas que contém; que se arrependia apenas que não fosse feno inglês ou um campo de oxicocos – não havia nada para redimi-lo, de fato, a seus olhos; e que o teria drenado e vendido pelo barro no fundo. Não girava seu moinho, e contemplá-lo não era nenhum *privilégio* para ele. Não respeito seus trabalhos, sua fazenda onde tudo tem seu preço, que levaria a paisagem, levaria seu Deus, ao mercado, se pudesse conseguir qualquer coisa para ele; que vai ao mercado *por* seu deus, sendo as coisas como são; em cuja fazenda nada cresce livremente, cujos campos não dão nenhuma colheita, cujas campinas não florescem, cujas árvores não dão frutos, mas dólares; que não ama a beleza de seus frutos, cujos frutos não estão maduros para ele até que tenham se transformado em dólares. Dê-me a pobreza que desfruta da verdadeira riqueza. Os agricultores são respeitáveis e interessantes para mim na proporção em que são pobres, agricultores pobres. Uma fazenda modelo! Em que a casa fica como um fungo em uma pilha de esterco, aposentos para homens, cavalos, bois e suínos, limpos e sujos, todos lado a lado! Um criadouro de homens! Uma grande mancha gordurosa, cheirando a esterco e leitelho! Sob um estado avançado de cultivo, sendo adubado com o coração e o cérebro dos homens! Como se alguém plantasse batatas no cemitério! Assim é uma fazenda modelo.

Não, não. Se os traços mais belos da paisagem devem receber nomes de homens, que sejam apenas dos homens mais nobres e dignos. Que nossos lagos recebam nomes verdadeiros, como o mar de Ícaro, onde "na margem ainda um esforço valente ressoa".

O lago Goose, de pequena extensão, fica em meu caminho para o Flint; Fair Haven, uma expansão do rio Concord, com ditos setenta acres, fica um quilômetro e meio a sudoeste; e o lago White, de cerca de quarenta acres, fica uns dois quilômetros e meio além de Fair Haven. Essa é minha região dos lagos. Com o rio Concord, são meus privilégios de água; e dia e noite, ano após anos, moem os grãos que levo até eles.

Desde que os lenhadores, a estrada de ferro e eu mesmo profanamos o Walden, talvez o mais atraente, se não o mais belo, de todos os nossos lagos, a joia da floresta, seja o lago White, "branco"; um nome pobre em sua generalidade, seja derivado da pureza notável de suas águas, seja da cor de sua areia. Nesses e em outros aspectos, no entanto, é um gêmeo menor do Walden. São tão parecidos que se diria que devem ter uma conexão subterrânea. Têm as mesmas margens de pedra, e suas águas têm o mesmo tom. Como no Walden, em tempo quente e abafado, olhando através da mata para algumas de suas baías que não são tão profundas, mas têm a cor afetada pelos reflexos do fundo, suas águas são de um verde-azulado enevoado ou um tom glauco. Há muitos anos eu costumava ir até lá recolher a areia em carretas, para fazer lixas, e continuei a visitá-lo desde então. Um dos frequentadores propôs chamá-lo de lago Viridente. Talvez pudesse ser chamado lago Pinheiro-amarelo, pelas seguintes circunstâncias. Cerca de quinze anos atrás, era possível ver o topo de um pinheiro, do tipo chamado por aqui de pinheiro-amarelo, embora não seja uma espécie distinta, projetando-se sobre a superfície em águas profundas, a muitos metros da costa. Alguns até supunham que o lago havia afundado e que aquele pinheiro era parte da floresta primitiva que ficava no local antes. Descobri que mesmo tão longe quanto 1792, em uma "Descrição topográfica da cidade de Concord", feita por um de seus cidadãos, nas Coleções da Sociedade Histórica de Massachusetts, o autor, depois de falar dos lagos Walden e White, acrescenta: "No meio do último pode ser vista, quando a água está muito baixa, uma árvore que parece ter crescido no local onde está agora, embora as raízes estejam mais de quinze metros abaixo da superfície da água; o topo da árvore está quebrado, e naquele ponto mede trinta e cinco centímetros de diâmetro". Na primavera de 1849, conversei com o homem que vive mais perto do lago em Sudbury; ele me disse ter retirado essa árvore dez ou quinze anos antes. Segundo o que podia lembrar, ficava a sessenta ou setenta metros da margem, onde a água tinha entre dez e treze metros de profundidade. Era inverno, e ele tinha retirado gelo pela manhã e decidira que, naquela tarde, com a ajuda de vizinhos, retiraria o velho pinheiro-amarelo. Ele serrou um canal no gelo em direção à margem e o arrastou sobre a superfície congelada com bois; mas, antes que fosse longe no trabalho, ficou surpreso ao ver que estava invertido, com os tocos dos galhos apontando para baixo, e a ponta menor firmemente presa ao fundo arenoso. Tinha cerca de trinta centímetros de diâmetro na ponta larga, e ele esperava conseguir um bom tronco para serrar, mas estava tão podre que serviu apenas de combustível, se tanto. Na época, ele tinha um pedaço em seu galpão. Havia marcas de um machado e de pica-paus na base. Ele achava que deveria ter sido uma árvore morta na margem, finalmente soprada para dentro do lago e que, depois que a ponta ficara encharcada e a base ainda estava seca e leve, flutuara e afundara invertida. O pai dele, de oitenta anos, não se lembrava de quando ainda não estava lá. Vários troncos bem grandes ainda podem ser vistos no fundo, onde, por causa da ondulação na superfície, parecem enormes cobras aquáticas em movimento.

Esse lago raramente foi profanado por um barco, pois há pouco para tentar um pescador. Em vez do lírio-branco, que necessita de barro, ou do lírio-amarelo comum, a íris-roxa (*Iris versicolor*) cresce de modo esparso na água pura, levantando-se do fundo rochoso em torno de toda a margem, onde é visitada por beija-flores em junho; e as cores tanto das lâminas azuladas quanto das flores, em particular de seu reflexo, entram em harmonia singular com a água verde-azulada.

    Os lagos White e Walden são grandes cristais na superfície da Terra, Lagos de Luz. Se ficassem congelados permanentemente e fossem pequenos o suficiente para serem levados, seriam, talvez, carregados por escravos, como pedras preciosas, a fim de adornar a cabeça de imperadores; mas, sendo líquidos, amplos e garantidos para nós e nossos sucessores para sempre, nós os desconsideramos e corremos atrás do diamante de Koh-i-Noor. São puros demais para ter valor de mercado; não contêm lama. Como são muito mais belos que nossa vida, muito mais transparentes que nosso caráter! Deles jamais vimos mesquinharia. Tão mais belos que o tanque diante da casa do fazendeiro, no qual nadam seus patos! Aqui vêm os limpos patos-selvagens. Os pássaros com suas plumas e notas estão em harmonia com as flores, mas que jovem ou donzela combina com a beleza verdejante da Natureza? Ela floresce sozinha na maior parte, longe das cidades em que residem. Falais do Céu! Desgraçais a Terra.

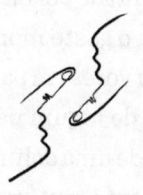

10
Baker Farm

Às vezes eu vagueava por bosques de pinheiros que se erguiam como templos, ou frotas no mar, armadas em galera, com galhos sinuosos, e rasgados pela luz, tão suaves, verdes e sombreados que os druidas teriam se esquecido dos carvalhos para adorá-los; ou pela floresta de cedros depois do lago de Flint, onde as árvores, cobertas de bagas azuis esbranquiçadas, subindo mais e mais, são dignas de estar diante do Valhalla, e o junípero rasteiro cobre o chão com guirlandas cheias de frutos; ou pelos brejos onde a barba-de-velho pende em grinaldas dos abetos-brancos, e chapéus-de-cobra, as mesas redondas dos deuses do pântano, cobrem o chão, e fungos belos adornam os tocos, como borboletas ou conchas, caramujos vegetais; onde crescem a helônia e o corniso, o sabugueiro-vermelho brilha como os olhos de diabretes, a algoz-das-árvores sulca e aperta as madeiras mais duras em suas dobras, e os frutos do azevinho fazem o observador se esquecer do próprio nome com sua beleza, assim como ele é encantado e tentado por outras frutas silvestres anônimas e proibidas, belas demais para o gosto mortal. Em vez de chamar algum estudioso, fiz várias visitas a árvores em particular, de tipos raros, nessas vizinhanças – longe, no meio de algum pasto, nas profundezas de uma floresta ou pântano ou no topo de uma colina; como a bétula negra, da qual temos belos espécimes de sessenta centímetros de diâmetro; sua prima, a bétula amarela, com vestido solto dourado, perfumada como a primeira; a faia, com um tronco tão claro e belamente pintado de líquens, perfeito em todos os detalhes, da qual, a não ser por alguns espécimes perdidos, só conheço um pequeno bosque de árvores de tamanho considerável na municipalidade, que alguns supõem terem sido plantadas pelos pombos um dia atraídos por suas castanhas ali perto; vale a pena ver o padrão prateado brilhar quando essa madeira é rachada; a tília; o álamo; o *Celtis occidentalis*, ou falso olmo, do qual temos apenas uma árvore bem desenvolvida; alguns mastros mais altos de pinheiros, o cedro-rosa ou um abeto mais perfeito que de costume, erguendo-se como um pagode no meio da floresta; e muitas outras que eu poderia mencionar. Esses são os templos que visitei tanto no verão como no inverno.

Uma vez me ocorreu de estar bem na extremidade do arco de um arco-íris, que enchia o estrato mais baixo da atmosfera, tingindo a grama e as folhas no entorno e ofuscando-me como se eu olhasse através de cristal colorido. Era um lago de luz de arco-íris, no qual, por curto tempo, vivi como um golfinho. Se tivesse maior duração, poderia ter tingido meus trabalhos e a vida. Conforme eu caminhava na passagem elevada da ferrovia, costumava me perguntar sobre o halo de luz em torno de minha sombra e alegremente imaginava ser um dos eleitos. Um visitante me declarou que alguns irlandeses que o acompanhavam não tinham halo em torno da sombra deles, que apenas os nativos tinham essa distinção. Benvenuto Cellini nos fala, em suas memórias, que, depois de certo sonho ou visão terrível que tivera durante seu confinamento no castelo de Sant'Angelo, surgiu uma luz resplandecente sobre a sombra de sua cabeça pela manhã e pela tarde, estivesse ele na Itália ou na França, e era ainda mais aparente quando a grama se encontrava molhada de sereno. Era provavelmente o mesmo fenômeno ao qual me refiro, que é mais observado pela manhã, mas também em outras horas, e até sob o luar. Embora constante, não é comum, e, no caso de uma imaginação fértil como a de Cellini, seria base suficiente para uma superstição. Além disso, ele nos conta que o mostrou para poucas pessoas. Mas não são de fato distintos os que têm consciência de que são observados?

Uma tarde fui pescar em Fair Haven, atravessando a mata, para melhorar minha ração exígua de vegetais. Meu caminho me levou por Pleasant Meadow, ao lado de Baker Farm, o recanto cantado por um poeta, que começa assim:

> "Tua entrada é um campo prazeroso,
> Em que árvores frutíferas musgosas
> Dão passagem a um riacho rosado,
> Onde desliza o rato-almiscarado
> E trutas céleres
> Disparam, breves."

Pensei em morar lá antes de ir para o Walden. "Fisguei" as maçãs, pulei o riacho, assustei o rato-almiscarado e as trutas. Era uma daquelas tardes que parecem indefinitivamente longas antes da uma em que pode haver muitos acontecimentos, uma grande porção de nossa vida natural, embora já tivesse sido meio gasta quando comecei. No caminho caiu uma chuva forte, que me obrigou a ficar uma hora e meia debaixo de um pinheiro, empilhando galhos sobre a cabeça, usando o lenço como proteção; então, quando por fim joguei a linha por cima dos aguapés, eu me vi subitamente na sombra de uma nuvem, e o trovão começou a rugir com uma ênfase que eu não podia fazer mais que escutar. *Os deuses devem estar orgulhosos*, pensei, *com raios tão ramificados para derrotar um pobre pescador desarmado*. Então corri em busca de abrigo na cabana mais próxima, que ficava a oitocentos metros de qualquer estrada, mas bem mais próxima do lago, havia muito desabitada:

> "E ali um poeta ergueu,
> Nos anos de então,
> Uma cabine simples, veja,
> Que segue para a destruição."

Assim fabula a Musa. Mas ali, como descobri, vivia então John Field, irlandês, sua mulher e várias crianças, do menino de rosto largo que ajudava o pai no trabalho e agora vinha correndo do pântano ao lado dele para escapar da chuva ao bebê enrugado, parecido com uma sibila, de cabeça em forma de cone, sentado no joelho do pai como se fosse o palácio de nobres, e que de seu lar, em meio à umidade e à fome, olhava curiosamente para o estranho, com o privilégio da infância, sem saber se era o último de uma linhagem nobre, e a esperança e o centro de atenção do mundo, em vez do pirralho pobre e macilento de John Fields. Nós nos sentamos juntos sob a parte do telhado com menos goteiras enquanto chovia e trovejava lá fora. Tinha me sentado ali muitas vezes antes que fosse construído o navio que trouxe a família dele para a América. John Field era claramente um homem honesto, trabalhador, mas era indolente; e sua mulher, ela também era corajosa para cozinhar tantos jantares sucessivos nos recessos daquele forno alto; com o rosto redondo e gordurento, peito nu, ainda pensando em melhorar sua condição um dia; com o nunca ausente esfregão em uma das mãos, e no entanto nenhum efeito é visível em lugar algum. As galinhas, que também se abrigaram da chuva ali, andavam pelo cômodo como membros da família, humanizadas demais, acho, para darem um bom assado. Elas paravam e me olhavam nos olhos ou bicavam meus sapatos com convicção. Enquanto isso, meu anfitrião me contou sua história, como ele trabalhava duro "atolando-se" para um agricultor vizinho, revirando a várzea com uma pá ou uma enxada por dez dólares o acre e uso da terra com esterco por um ano, e seu pequeno filho de rosto largo trabalhava alegremente ao lado, sem saber que negócio ruim o pai tinha feito. Tentei ajudá-lo com minha experiência, dizendo que ele era um de meus vizinhos mais próximos e que eu, que ia pescar ali e parecia um vagabundo, ganhava a vida como ele; e que eu vivia em uma casa pequena, leve e limpa, que mal me custara o aluguel anual que uma ruína como a dele normalmente custa; e como, se ele quisesse, poderia construir em um mês ou dois um palácio para si; que eu não usava chá, café, manteiga ou leite nem carne fresca, então não precisava trabalhar para consegui-los; novamente, como não trabalhava duro, não precisava comer muito, e minha comida me custava uma ninharia; como ele começava com chá, café, manteiga, leite e bife, teria de trabalhar duro para pagar por eles e, quando tivesse trabalhado duro, teria de comer muito de novo para reparar o gasto em seu sistema – e assim dava na mesma, na verdade era pior para ele, pois estava descontente e desperdiçara a vida naquele acordo; e, no entanto, ele considerava um ganho ter vindo para a América, onde é possível conseguir chá, café e carne todos os dias. Mas a única América verdadeira é o país em que você tem liberdade de seguir um modo de vida, assim como lhe permite viver sem tais coisas, e em que o Estado não se esforça para obrigá-lo a sustentar a escravidão e a guerra e outras despesas supérfluas que são, direta ou indiretamente, resultado do uso de tais coisas. Pois eu lhe falei propositalmente como se ele fosse um filósofo ou desejasse ser um. Eu ficaria feliz se todas as várzeas da terra fossem deixadas em estado selvagem, se isso fosse consequência de o homem começar a se redimir. Um homem não precisa estudar história para descobrir o que é melhor para sua própria cultura. Mas, ai de mim!, a cultura de um irlandês é um empreendimento a ser enfrentado com um tipo de enxada moral. Falei a ele que, como ele trabalhava tão duro no atoleiro, precisava de botas grossas e roupas fortes, que logo estariam sujas e gastas, e que eu usava sapatos leves e roupas finas, que custam a metade do preço, embora ele pudesse pensar que eu estava vestido como um cavalheiro (o que, no entanto, não era o caso), e que, em uma hora ou duas, sem esforço, como recreação, eu poderia, se desejasse, pegar tantos peixes quanto quisesse para dois dias ou ganhar dinheiro suficiente para me sustentar por uma semana. Se ele e a família vivessem de modo simples, poderiam todos colher mirtilos no verão, por diversão. John deu um suspiro com isso, e a mulher olhou, com as mãos apoiadas nos quadris, e ambos pareciam imaginar se tinham capital suficiente para tomar tal curso ou aritmética suficiente para levá-lo a cabo. Para eles, era como navegar por cálculo, e eles não viam claramente como aportar assim; desse modo, imagino que ainda enfrentam a vida com coragem, do jeito deles, cara a cara, com dentes e unhas, sem habilidade para partir suas grandes colunas com nenhuma cunha fina e fuçá-las detalhadamente – pensando em lidar com elas com brutalidade, como se deve lidar com um cardo. Mas eles lutam com uma tremenda desvantagem – vivendo, John Field, ai!, sem aritmética e fracassando.

"Você pesca?", perguntei. "Ah, sim, pego muita coisa quando estou à toa; pego boas percas." "Cadê sua isca?" "Pego peixinhos prateados com minhocas e os uso como isca para as percas." "Melhor ir agora, John", disse a mulher, com o rosto brilhante e esperançoso; mas ele se mostrou relutante.

 A chuva tinha acabado, e um arco-íris sobre as matas do leste prometiam uma noite bonita; então, eu me preparei para partir. Quando saí, pedi água, esperando ver o fundo do poço, para completar minha inspeção das premissas; mas ali, ai de mim!, havia um baixio, areias movediças e uma corda partida, além do balde irrecuperável. Enquanto o vaso culinário correto era selecionado, a água era aparentemente destilada e, depois de consulta e muito atraso, passada ao sedento – sem que tivesse tempo de se resfriar e assentar. *Essa papa sustenta a vida aqui*, pensei; assim, fechando os olhos e tirando os ciscos com uma subcorrente dirigida com habilidade, bebi em honra à genuína hospitalidade a golada mais farta que consegui. Não sou melindroso nos casos que envolvem bons modos.

 Conforme ia deixando o teto do irlandês após a chuva, dirigindo-me outra vez ao lago, minha pressa de pescar lúcios, vadear em várzeas afastadas, brejos e lamaçais, em lugares abandonados e selvagens, por um instante pareceu trivial para mim, que tinha sido enviado à escola e à faculdade; mas, conforme desci a colina na direção oeste, que se avermelhava, com o arco-íris atrás de mim, e um tilintar fraco chegava a meus ouvidos através do ar limpo, não sei de que lugar, meu Bom Gênio parecia dizer: vai pescar e caçar mais longe a cada dia, cada vez mais longe, e descansa ao lado de muitos riachos e lareiras sem receio. Lembra-te de teu Criador nos dias de tua juventude. Que a tarde te encontre perto de outros lagos e que a noite te alcance em casa em todo lugar. Não há campos maiores que esse, não há jogos mais valorosos a ser jogados aqui. Cresce selvagem de acordo com tua natureza, como tais juncas e matagais, que jamais se transformarão em feno inglês. Que o trovão ribombe – e se ameaçar estragar as plantações dos agricultores? Isso não é tua incumbência. Abriga-te sob a nuvem, enquanto eles correm para carroças e galpões. Não ganhes a vida com tua profissão, mas por esporte. Desfruta da terra, mas não a possua. Por falta de iniciativa e fé estão os homens onde estão, comprando e vendendo e gastando a vida como servos.

Baker Farm

Ó, Baker Farm!

"Paisagem em que o mais rico elemento
É um pequeno raio de sol inocente" [...]

"Ninguém corre em deleite
Por teu gramado cercado" [...]

"Não argumentas com ninguém
Nenhuma questão te admira
Manso agora como na primeira vez
Vestido em tua simples gabardina" [...]

"Vindes os que amam,
E os que odeiam ao lado,
Filhos do Espírito Santo,
E Guy Faux do Estado,
E enforcam conchavos
Nas vigas duras das árvores!"

    Os homens voltam mansamente para casa mesmo que apenas do campo ou da rua ao lado, onde são assombrados pelos ecos de sua morada, e sua vida se abate porque respira o próprio hálito repetidamente; suas sombras, de manhã e à tarde, alcançam mais longe que seus passos diários. Deveríamos voltar para casa de longe, de aventuras, perigos e descobertas todos os dias, com novas experiências e novo caráter.
    Antes que eu alcançasse o lago, algum impulso novo trouxe John Field, que mudara de ideia, deixando de "atolar-se" ali naquele fim de tarde. Mas ele, pobre homem, perturbou apenas um par de barbatanas, enquanto eu fisgava uma bela fieira, e ele disse que era sua sorte; mas quando trocamos de lugar no barco, a sorte também mudou. Pobre John Field! Creio que ele não lerá isso, a não ser que possa tirar algum proveito, pensando em viver de algum modo derivativo do velho país neste país novo e primitivo, pegar percas com peixes prateados. Às vezes são boas iscas, admito. Com esse horizonte todo seu, no entanto, ele é um homem pobre, nascido

para ser pobre, com sua pobreza irlandesa herdada, ou sua vida pobre, com seus costumes pantanosos, mais velhos que a avó de Adão, para não subir nesse mundo, nem ele nem sua posteridade, até que seus pés palmados para andar na lama e passar a vau recebam *talaria*.

11

Leis superiores

Ao voltar para casa pela mata, com minha fieira de peixes, arrastando minha varinha, estando já bem escuro, vislumbrei uma marmota atravessando meu caminho, e senti uma emoção estranha de deleite selvagem e fiquei muito tentado a pegá-la e devorá-la crua – não que estivesse faminto, mas por aquela vida selvagem que ela representava. Uma ou duas vezes, no entanto, enquanto vivia no lago, eu me vi vagando pelas matas, como um cão de caça faminto, num estranho abandono, buscando algum tipo de carne de caça que eu pudesse devorar, e nenhum bocado seria selvagem demais para mim. As cenas mais selvagens tinham se tornado inexplicavelmente familiares. Vi em mim, e ainda vejo, um instinto em direção a uma vida superior, ou, como dizem, espiritual, como a maioria dos homens, e outro em direção a uma selvagem e primitiva, e reverencio ambas. Não amo menos o selvagem que o bom. A selvageria e a aventura da pesca ainda a recomendavam para mim. Às vezes, gosto de suspender totalmente minha vida e passar o dia mais como os animais. Talvez deva a essa ocupação e à caça, quando bem jovem, minha maior proximidade com a Natureza. Elas nos apresentam e nos detêm em uma paisagem que, de outra maneira, naquela idade, conheceríamos pouco. Pescadores, caçadores, lenhadores e outros, passando a vida nos campos e nas florestas, em um sentido peculiar eles mesmos parte da Natureza, estão normalmente em melhor disposição para observá-la, nos intervalos de suas ocupações, que filósofos e até mesmo poetas, que se aproximam dela com suas expectativas. Ela não tem medo de se exibir para eles. O viajante na pradaria é naturalmente um caçador, nas cabeceiras do Missouri e do Columbia, usa armadilhas e, nas cataratas de St. Mary, é um pescador. Quem é apenas viajante aprende de segunda mão e pelas metades e, assim, não tem autoridade. Ficamos mais interessados quando a ciência mostra o que os homens já sabem pela prática ou por instinto, pois apenas isso é uma verdadeira *humanidade*, ou relato da experiência humana.

Engana-se quem afirma que os ianques têm pouca diversão, por não contarem com tantos feriados, e homens e rapazes não jogarem tantos jogos como na Inglaterra, pois aqui as diversões mais primitivas, mas solitárias, de caça, pesca e atividades semelhantes, ainda não cederam espaço. Quase todo menino da Nova Inglaterra entre meus contemporâneos colocou uma espingarda no ombro quando tinha entre dez e catorze anos; e seus territórios de caça e pesca não eram limitados, como as reservas dos nobres ingleses: eram ainda mais sem fronteiras que os de um selvagem. Não é de espantar, então, que ele não fique para jogar nas áreas comuns. Mas já ocorre uma mudança, graças não a um aumento de humanidade, mas a uma maior escassez de caça, pois talvez o caçador seja o melhor amigo dos animais caçados, sem exceção da Sociedade Protetora dos Animais.

Além do mais, quando estava no lago, às vezes eu queria adicionar peixe à alimentação, para variar. Pesquei de fato movido pela mesma necessidade que os primeiros pescadores. Qualquer humanidade que eu pudesse conjurar contra isso era fictícia, e preocupava mais minha filosofia que meus sentimentos. Falo de pesca apenas agora, pois há muito tinha sentimentos diferentes em relação à caça de aves e vendi minha arma antes de ir para a floresta. Não que seja menos humano que os outros, mas não percebi que meus sentimentos fossem tão afetados, não sentia pena dos peixes nem das minhocas. Era um hábito. Quanto a caçar aves, durante os últimos anos em que carreguei uma arma, minha desculpa era a de que estudava ornitologia e buscava apenas pássaros novos ou raros. Mas confesso que agora estou inclinado a pensar que haja um modo melhor de estudar ornitologia que esse. Exige muito mais atenção aos hábitos dos pássaros, e tenho deixado de lado a arma, ainda que só por essa razão. Porém, não obstante as objeções em nome da humanidade, sou levado a duvidar de que isso seria substituído por esportes igualmente valiosos; e, quando alguns de meus amigos me perguntaram ansiosamente sobre seus meninos, se deveriam deixá-los caçar, respondi que sim – lembrando que fora uma das melhores partes de minha educação –, *torne-os* caçadores, embora apenas por esporte no começo, se possível, e por fim caçadores poderosos, para que não encontrem caça grande o bastante para eles nessa ou em qualquer floresta selvagem – caçadores e também pescadores de homens. Assim, tenho a mesma opinião da freira de Chaucer:

"Não dá a mínima ao texto a pregar
Que homem santo não pode caçar."

Há um período na história do indivíduo, assim como na da raça, em que os caçadores eram os "melhores homens", como chamavam os algonquinos. Apenas podemos sentir pena do menino que nunca disparou uma arma; ele não é mais humano, e sua educação foi tristemente negligenciada. Essa era minha resposta a respeito dos jovens que tinham interesse nisso, confiando que logo passariam da idade. Nenhum ser humano além da idade irrefletida da meninice deseja assassinar arbitrariamente qualquer criatura que tem o mesmo direito à vida que ele. A lebre, em seu momento extremo, chora como uma criança. Aviso as mães que nem sempre minhas simpatias fazem as distinções *filantrópicas* de costume.

Essa é a apresentação mais frequente de um jovem à floresta e a parte mais original dele mesmo. De início, ele vai para lá como caçador e pescador, até que, por fim, se tem nele as sementes de uma vida melhor, distingue seus objetivos apropriados, como poeta ou naturalista, e deixa para trás a arma e a vara de pescar. A maioria dos homens ainda é – e sempre será – jovem nesse aspecto. Em alguns países, um pároco caçando não é visão incomum. Alguém assim pode dar um bom cão pastor, mas está longe de ser o Bom Pastor. Fiquei surpreso ao perceber que o único emprego óbvio, exceto por cortar lenha e gelo e coisas assim, que, até onde sei, mantinha no lago Walden por metade de um dia qualquer um de meus concidadãos, fossem pais ou crianças da cidade, com apenas uma exceção, era a pesca. Em geral, não se achava que tinham tido sorte ou que valera a pena a não ser que pescassem uma longa fieira de peixes, embora tivessem a oportunidade de olhar o lago o tempo todo. Podem ir ali mil vezes até que o sedimento da pesca assente e esclareça seus propósitos; mas, sem dúvidas, um processo de clarificação do gênero acontece durante todo o tempo. O governador e seus secretários lembravam-se vagamente do lago, pois foram pescar ali quando meninos; agora são muito velhos e dignos para pescar, então não o conhecem mais. No entanto, até mesmo eles esperam ir para o céu no fim. Se a legislatura se ocupa do lago, é para regular o número de anzóis usados ali; mas não sabem nada sobre o anzol dos anzóis para fisgar o lago, usando a legislatura como isca. Assim, até nas comunidades civilizadas o embrião do homem passa pelo estágio de caçador do desenvolvimento.

 Nos últimos anos, venho percebendo repetidamente que não posso pescar sem cair um pouco no respeito por mim mesmo. Tentei várias vezes. Sou habilidoso na pesca e, como muitos de meus colegas, tenho instinto para isso, que se reaviva de tempos em tempos; em paralelo, sempre que termino, acho que teria sido melhor se não tivesse pescado. Não creio que esteja enganado. É uma insinuação leve, mas assim também são os primeiros raios da manhã. Inquestionavelmente há em mim esse instinto que pertence às ordens mais baixas da criação; ainda assim, a cada ano sou menos pescador, embora sem maior humanidade nem mesmo sabedoria; no momento, não sou nenhum pescador. Mas percebo que, se fosse viver numa floresta, ficaria tentado novamente a me tornar um pescador e um caçador de verdade. Além disso, há algo essencialmente impuro a respeito dessa dieta e toda a carne, e passei a ver onde começa o trabalho doméstico – e assim o esforço, que custa muito – de manter uma aparência asseada e respeitosa a cada dia, manter a casa limpa e livre de todos os maus odores e visões. Tendo sido meu próprio açougueiro, ajudante de cozinha e cozinheiro, assim como o cavalheiro a quem os pratos são servidos, posso falar de uma experiência excepcionalmente completa. A objeção prática à comida animal, em meu caso, era a falta de limpeza; além disso, quando tinha fisgado, limpado, cozido e comido meu peixe, ele parecia não ter me alimentado de modo essencial. Era insignificante e desnecessário e custava mais que rendia. Um pouco de pão ou umas poucas batatas teriam o mesmo efeito, com menos trabalho e sujeira. Como muitos de meus contemporâneos, em anos, raramente ingeri comida animal ou chá, café etc., não tanto por causa de qualquer efeito ruim que ligara a eles, mas porque não eram agradáveis a minha imaginação. A repugnância à comida animal é efeito não da experiência, e sim de instinto. Parecia mais belo viver com pouco e comer de modo mais frugal em vários aspectos; e, embora jamais tenha feito isso, fui longe o bastante para agradar minha imaginação. Creio que cada homem que foi honesto em preservar suas faculdades superiores ou poéticas nas melhores condições sentiu-se particularmente inclinado a se abster de comida animal e de muita comida de qualquer tipo. É fato significante, afirmado por entomologistas – eu os encontrei em Kirby e Spence –, que "alguns insetos, em seu perfeito estado, embora providos de órgãos de alimentação, não os usavam"; e eles colocam que, "como regra geral, quase todos os insetos nesse estado comem muito menos que no de larva. A lagarta voraz, quando transformada em borboleta [...] e o verme glutão quando se torna mosca" se contentam com uma ou duas gotas de mel ou outro líquido doce. O abdômen sob as asas da borboleta ainda representa a larva. É esse petisco que tenta seu destino insetívoro. O glutão é o homem em estado de larva; e há nações inteiras nessa condição, nações sem imaginação ou fantasia, denunciadas pelos vastos abdomens.

    É difícil manter uma dieta e cozinhar de modo simples e limpo sem ofender a imaginação; mas ela, creio, precisa ser alimentada quando alimentamos o corpo; ambos deveriam sentar-se à mesma mesa. No entanto, talvez isso possa ser feito. As frutas comidas com moderação não precisam nos envergonhar de nosso apetite nem interrompem as ocupações mais dignas. Mas coloque um condimento a mais em seu prato, e ele irá envenená-lo. Não vale a pena viver de uma cozinha pesada. A maioria dos homens sentiria vergonha se fosse flagrada preparando com as próprias mãos um jantar, fosse de comida animal, fosse vegetal, como é preparado para ele por outros todos os dias. No entanto, até que isso mude, não seremos civilizados, e os cavaleiros e as damas não serão verdadeiramente homens e mulheres. Isso certamente sugere que mudanças devem ser feitas. Talvez seja inútil perguntar por que a imaginação não se reconcilia com carne e gordura. Fico satisfeito que seja assim. Não é vergonhoso que o homem seja um animal carnívoro? É verdade, ele pode viver e vive, em grande medida, predando outros animais, mas esse é um costume miserável – como qualquer um que pegue lebres e mate ovelhas pode descobrir –, e será visto como um benfeitor da raça aquele que ensinar o homem a se ater a uma dieta mais inocente e saudável. Sejam quais forem minhas próprias práticas, não tenho dúvidas de que é parte do destino da raça humana, em seu aperfeiçoamento gradual, deixar de comer animais, assim como as tribos selvagens deixaram de comer umas às outras quando entraram em contato com outras mais civilizadas.

Se alguém ouve sugestões mais fracas, mas constantes, de seu gênio, que certamente são verdadeiras, não sabe a que extremos, ou mesmo a que insanidade, isso pode levá-lo; no entanto, é daquele lado, conforme se fica mais resoluto e fiel, que está seu caminho. A objeção convicta mais suave de um homem saudável, por fim, prevalecerá sobre os argumentos e os costumes da humanidade. Nenhum homem foi desencaminhado por seu gênio. Embora o resultado fosse fraqueza no corpo, talvez ninguém possa dizer que as consequências deveriam ser lamentadas, pois era uma vida em conformidade com princípios superiores. Se os dias e as noites são acolhidos com alegria, e a vida emite uma fragrância como flores e ervas aromáticas, é mais elástica, mais estrelada, mais imortal – esse é seu sucesso. Toda a natureza é sua felicitação, e você tem motivos para abençoar-se momentaneamente. Os maiores ganhos e valores estão longe de ser apreciados. Com facilidade duvidamos de sua existência. Logo nos esquecemos deles. São a realidade superior. Talvez os fatos mais assombrosos e reais jamais sejam comunicados de homem para homem. A verdadeira colheita de minha vida diária é de algum modo intangível e indescritível como as cores da manhã ou da tarde. É um pouco de poeira de estrelas que pego, um segmento de arco-íris que recolhi.

No entanto, de minha parte, nunca fui particularmente melindroso; podia às vezes comer uma ratazana frita com um bom tempero, fosse necessário. Fico feliz por ter bebido água por tanto tempo, pela mesma razão que prefiro o céu natural ao céu de um comedor de ópio. Fico feliz em me manter sempre sóbrio; e há infinitos graus de embriaguez. Creio que água é a única bebida para um homem sábio; vinho não é um licor tão nobre; e pense arruinar as esperanças matinais com uma xícara de café quente ou uma noite com uma taça de chá! Ah, como caio baixo quando sou tentado por eles! Até a música pode ser intoxicante. Causas assim aparentemente pequenas destruíram Grécia e Roma e destruirão a Inglaterra e a América. De todas as ebriedades, quem não prefere ser intoxicado pelo ar que respira? Descobri que a objeção mais séria contra trabalhos grosseiros e continuados por muito tempo é que me fazia comer e beber também grosseiramente. Para dizer a verdade, no momento me encontro menos detalhista a respeito dessas coisas. Levo menos religião à mesa, não peço bênção – e não porque sou mais sábio que antes, mas, sou obrigado a confessar, por mais que deva se lamentar, que, com os anos, fiquei mais grosseiro e indiferente. Talvez essas questões sejam consideradas apenas na juventude, como a maioria acredita que ocorra com a poesia. Minha prática está em "lugar algum", minha opinião está aqui. De todo modo, estou longe de me considerar um dos privilegiados a quem se referem os Vedas ao dizer que "aquele que tem fé verdadeira no Ser Supremo Onipresente pode comer tudo o que existe", ou seja, não é obrigado a perguntar o que é sua comida ou quem a prepara; e, mesmo no caso dessas pessoas, é preciso observar, como afirmou um comentarista indiano, que o vedanta limita esse privilégio ao "tempo de necessidades".

Quem não obteve às vezes uma satisfação inexprimível da comida em que o apetite não teve parte? Fiquei entusiasmado ao pensar que devia uma percepção mental ao sentido comumente grosseiro do paladar, que fora inspirado pelo palato, que algumas frutas silvestres que comera na encosta da colina alimentaram meu gênio. "Quando a alma não é mestra de si mesma", diz Tseng-tseu, "a pessoa olha e não vê; ouve e não escuta; come e não sabe o sabor da comida". Quem distingue o verdadeiro sabor de sua comida jamais pode ser glutão; quem não sente não pode ser diferente. Um puritano pode se lançar sobre sua côdea de pão preto com um apetite tão grosseiro quanto o de um vereador por sua tartaruga especial. Não é a comida que entra pela boca que contamina o homem, mas o apetite com que ela é consumida. Não se trata da qualidade nem da quantidade, mas da devoção aos sabores sensuais; quando o que é comido não é uma provisão para sustentar nosso animal ou inspira nossa vida espiritual, mas é alimento para os vermes que nos possuem. Se o caçador gosta de tartarugas-da-lama, ratos-almiscarados e outros petiscos selvagens, a dama fina se entrega ao gosto por gelatina feito de pata de vaca, ou por sardinhas do mar, e eles estão quites. Ele vai ao açude do moinho, ela, ao pote de conservas. A pergunta é como eles – como você e eu – podem levar essa vida pegajosa e bestial, comendo e bebendo.

Nossa vida é toda surpreendentemente moral. Não há nunca um instante de trégua entre virtude e vício. A bondade é o único investimento que jamais fracassa. Na música da harpa que tremula ao redor do mundo está a insistência no que nos faz vibrar. A harpa é o vendedor da Companhia de Seguros do Universo, recomendando suas leis, e nossa pequena bondade é a única taxa que pagamos. Embora a juventude por fim se torne indiferente, as leis do universo não são indiferentes, mas estão para sempre do lado dos mais sensíveis. Ouça cada zéfiro para alguma reprimenda, pois certamente estão ali, e quem não escuta é desafortunado. Não podemos tocar uma corda ou alavancas sem sermos atravessados pelo encanto da moral. Muitos barulhos incômodos, que vão longe, são tidos como música, uma sátira soberba e doce sobre a mesquinharia de nossa vida.

Temos consciência do animal em nós, que desperta na proporção em que nossa natureza superior adormece. É réptil e sensual, e talvez não possa ser expelido por completo, como os vermes que, mesmo na vida e na saúde, ocupam nosso corpo. Possivelmente podemos nos afastar dele, mas jamais mudar sua natureza. Temo que ele tenha certa saúde própria; que podemos estar bem, mas não puros. No outro dia, peguei a mandíbula inferior de um porco, com dentes brancos e fortes e presas que sugeriam saúde e vigor animais diferente dos espirituais. Aquela criatura obteve sucesso por outros meios que não a temperança e a pureza. "O que diferencia os homens dos animais brutos", diz Mêncio, "é algo muito irrelevante; o rebanho comum logo o perde; os homens superiores o preservam cuidadosamente". Quem sabe que tipo de vida resultaria se tivéssemos atingido a pureza? Se conhecesse um homem sábio o bastante para me ensinar a pureza, eu o procuraria imediatamente. "Um comando sobre nossas paixões, e sobre os sentidos externos do corpo, e bons atos, são declarados pelos Vedas como indispensáveis na aproximação da mente a Deus." No entanto, o espírito pode, por enquanto, penetrar e controlar cada membro e função do corpo e transmutar o que é, em forma, a sensualidade mais grosseira, em pureza e devoção. A energia gerativa, que, quando estamos soltos, se dissipa e nos deixa sujos, nos revigora e nos inspira quando estamos continentes. A castidade é o florescimento do homem; e o que é chamado de gênio, heroísmo, santidade e coisas assim são apenas os vários frutos que a sucedem. O homem flui de uma vez para Deus quando o canal da pureza está aberto. Em turnos, nossa pureza inspira e nossa impureza nos derruba. Abençoado quem assegura que o animal morre nele dia após dia e que o ser divino se estabelece. Talvez não exista ninguém com motivo para se envergonhar por causa da natureza bruta e inferior a que se alia. Temo que sejamos deuses ou semideuses apenas como faunos e sátiros, o divino aliado aos animais, às criaturas de apetite, e que, em alguma extensão, nossa própria vida é nossa desgraça.

"Feliz de quem destinou o lugar pertencente
A seus animais e desflorestou sua mente!
[...]
Pode usar este cavalo, cabrito, lobo e cada besta
E não ser um asno a todo o resto!
O homem não é só o guardador de porcos,
Mas também o demônio que os exorta
A uma raiva precipitada e os torna piores."

Toda sensualidade é uma só, embora tome muitas formas; toda pureza é uma só. É a mesma coisa quando um homem come, bebe, coabita ou dorme sensualmente. É um só apetite, e apenas precisamos ver uma pessoa fazer qualquer uma dessas coisas para saber o tamanho de sua sensualidade.

O impuro não pode aguentar nem sentar-se com pureza. Quando o réptil é atacado em uma abertura de sua toca, ele se mostra em outra. Se você quer ser casto, deve ser moderado. O que é castidade? Como um homem pode saber se é casto? Ele não saberá. Ouvimos sobre essa virtude, mas não sabemos o que é. Falamos de acordo com o rumor que ouvimos. Do esforço vêm a sabedoria e a pureza; da preguiça, a ignorância e a sensualidade. Uma pessoa suja é universalmente uma preguiçosa, alguém que se senta ao lado do fogão, que se prostra sob o sol, que repousa sem estar fatigado. Se você quer evitar a impureza, e todos os pecados, trabalhe honestamente, ainda que seja limpando um estábulo. É difícil subjugar a natureza, mas ela precisa ser subjugada. Que adianta ser cristão se não é mais puro que pagãos, que não se nega mais, se não é mais religioso? Conheço sistemas religiosos considerados pagãos cujos preceitos enchem o leitor de vergonha e o provocam a fazer um novo esforço, ainda que seja meramente realizando rituais.

Hesito em dizer essas coisas, mas não por causa do assunto – não me importo com quanto minhas *palavras* são obscenas –, mas porque não posso falar delas sem demonstrar minha impureza. Falamos livremente e sem vergonha de uma forma de sensualidade e ficamos em silêncio a respeito de outra. Somos tão degradados que não podemos falar simplesmente das funções necessárias da natureza humana. Em tempos passados, em alguns países, falava-se de cada função com reverência, e todas eram reguladas por lei. Nada era trivial demais para o legislador indiano, por mais ofensivo que possa parecer ao gosto moderno. Ele ensina a comer, beber, coabitar, evacuar urina e fezes e coisas semelhantes, elevando o que é mesquinho e não se desculpando com falsidade, chamando essas coisas de irrelevantes.

Todo homem é o construtor de um templo, seu corpo, para o deus que ele venera, em um estilo puramente seu, e não pode se safar apenas martelando mármore em vez disso. Somos todos escultores e pintores, e nosso material é nossa própria carne, nosso sangue e nossos ossos. Qualquer nobreza logo começa a refinar os traços de um homem, qualquer mesquinharia ou sensualidade, a embrutecê-los.

John Farmer sentava-se à soleira de sua casa em uma noite de setembro, depois de um dia duro de labuta, a mente ainda mais ou menos percorrendo seu trabalho. Tendo tomado banho, sentou-se para recriar seu homem intelectual. Era uma noite um tanto fria, e alguns vizinhos previam geada. Não passou muito tempo absorto em seus pensamentos quando ouviu alguém tocando flauta, e aquele som entrou em harmonia com seu estado de ânimo. Ainda pensava no trabalho, mas o fardo era que, embora os pensamentos seguissem correndo em sua cabeça e ele planejasse e o idealizasse, ainda assim se importava muito pouco. Não era mais importante que a descamação de sua pele, soltando-se constantemente. Mas as notas da flauta chegaram a seus ouvidos de uma esfera diferente daquela em que ele trabalhava, movimentando certas faculdades que dormiam dentro dele. Elas gentilmente levaram embora a rua, a vila e o Estado em que ele vivia. Uma voz lhe disse: por que fica aqui e leva essa vida de labuta, quando uma existência gloriosa lhe é possível? Aquelas mesmas estrelas cintilam sobre outros campos. Mas como sair dessa condição e de fato migrar para lá? Tudo o que ele conseguiu pensar foi em praticar alguma nova austeridade, deixar a mente descer sobre seu corpo e redimi--lo e tratar a si mesmo com respeito sempre crescente.

12
Vizinhos brutos

À s vezes tinha um companheiro de pescaria que saía do outro lado da vila e a atravessava até minha casa, e capturar o jantar era um exercício tão social quanto comê-lo.

Eremita. Eu me pergunto o que o mundo faz agora. Não ouvi mais que um gafanhoto nas samambaias nessas três horas. Os pombos todos dormem em seus poleiros – não há som de asas vindo de lá. Foi a corneta do meio-dia de algum fazendeiro que soou de trás da mata bem agora? Os ajudantes vêm para o charque cozido, a sidra e o pão de milho. Por que os homens se preocupam assim? Quem não come não precisa trabalhar. Eu me pergunto quanto ceifaram. Quem quer viver onde não se pode nem pensar com o latido do Totó? E, ah, os trabalhos domésticos! Manter lustrosas as maçanetas do diabo, esfregar suas banheiras nesse belo dia! Melhor não ter casa. Digamos, uma árvore oca; e, então, para a chamada matinal e jantares! Só o bater de um pica-pau.

Ah, enxameiam; o sol é quente demais ali; nascem muito avançados na vida para mim. Tenho água da fonte e um pão doce na prateleira. Escute! Ouço um farfalhar nas folhas. É algum cão faminto da vila cedendo ao instinto da caça ou o porco perdido que disseram estar nessas matas, cujas pegadas vi depois da chuva? Vem aceleradamente; meus sumagres e minhas roseiras-bravas estremecem. Ei, senhor Poeta, é você? O que acha do mundo hoje?

Poeta. Veja aquelas nuvens, como pendem! Foi a melhor coisa que avistei hoje. Não há nada assim nas velhas pinturas, nada assim nas terras estrangeiras – a não ser quando saímos da costa da Espanha. Este é um verdadeiro céu mediterrâneo. Pensei que, como tenho de ganhar a vida e não comi hoje, poderia pescar. Essa é a verdadeira ocupação de poetas. É a única profissão que aprendi. Vamos, venha junto.

Eremita. Não consigo resistir. Meu pão doce logo acabará. Irei com você logo, mas estou apenas concluindo uma meditação séria. Acho que estou perto de terminar. Deixe-me sozinho, então, por um tempo. Mas, para que não sigamos atrasados, enquanto isso deve cavar para achar iscas. É difícil encontrar minhocas nessas partes, onde o solo nunca foi adubado com esterco; a raça está quase extinta. O esporte de cavar as iscas é quase igual ao de fisgar os peixes, quando o apetite não está muito aguçado; e isso pode fazer sozinho hoje. Eu o aconselho a enfiar a pá ali entre os amendoins, onde pode ver uma erva-de-são-joão balançar. Creio que posso lhe garantir uma minhoca a cada três torrões que revirar, se olhar bem entre as raízes da grama, como se estivesse carpindo mato. Se decidir ir além, não seria tolice, pois descobri que o aumento em boas iscas é quase igual ao quadrado das distâncias.

Eremita sozinho. Deixe-me ver; onde eu estava? Creio que estava quase nesse estado mental; o mundo estava inclinado nesse ângulo. Devo ir ao céu ou pescar? Se terminar logo a meditação, é provável que apareça outra ocasião tão boa? Estava tão próximo de me desintegrar na essência das coisas quanto sempre estive em minha vida. Temo que meus pensamentos não voltem a mim. Se fizessem algum bem, assobiaria para eles. Quando nos fazem uma oferta, é sábio dizer: pensaremos nisso? Meus pensamentos não deixaram rastro, e não consigo achar o caminho de novo. No que estava pensando? Foi um dia muito vago. Tentarei apenas essas três frases de Confúcio; elas podem buscar aquele estado novamente. Não sei se era melancolia ou êxtase florescendo. Nota: jamais há outra oportunidade do tipo.

Poeta. E agora, Eremita, é muito cedo? Tenho treze inteiras, além de várias que são imperfeitas ou de tamanho menor, mas vão servir para os peixinhos menores; não cobrem tanto o anzol. Aquelas minhocas da vila são grandes demais; um peixinho-dourado pode fazer uma refeição com elas sem encontrar o espeto.

Eremita. Bem, então, vamos sair. Devemos ir a Concord? Há boa diversão lá, se a água não estiver muito alta.

Por que precisamente esses objetos que olhamos fazem um mundo? Por que o homem tem apenas essas espécies de animal como vizinhas; como se nada além de um camundongo pudesse preencher essas frestas? Suspeito de que a Pilpay & Cia. deram aos animais o melhor uso, pois são todos bestas de carga, de certo modo, feitos para carregar alguma porção de nossos pensamentos.

Os camundongos que frequentavam minha casa não eram os comuns, que dizem terem sido introduzidos no país, mas um tipo nativo selvagem que não se encontra na vila. Enviei um deles a um distinto naturalista, que se interessou muito. Quando estava construindo, um deles fez seu ninho debaixo da casa; então, antes que eu colocasse o segundo piso e varresse a serragem, saía regularmente na hora do almoço para pegar migalhas a meus pés. Provavelmente jamais vira um homem antes – e logo se tornou um tanto familiar, correndo sobre meus sapatos e roupas. Conseguia prontamente ascender pelos lados do quarto em pequenos impulsos, como um esquilo, com o qual parecia nos movimentos. Por fim, conforme me recostava com o cotovelo no banco um dia, subiu por minhas roupas, correu ao longo da manga e em torno do papel que continha meu jantar, enquanto mantinha este último perto e me esquivava e brincava de esconde-esconde com ele; quando, por fim, segurei o pedaço de queijo entre os dedos, ele veio e o mordiscou, sentado em minha mão, depois limpou o rosto e as patas, como uma mosca, e foi embora.

Um papa-moscas logo construiu um ninho em meu galpão, e um tordo se protegeu em um pinheiro que crescia pegado à casa. Em junho, a perdiz (*Tetrao umbellus*), que é um pássaro tão tímido, passou liderando a prole em frente às janelas, vindo da mata ao fundo até a frente de minha casa, cacarejando e chamando-os como uma galinha, em todo seu comportamento provando ser a galinha das matas. Os jovens subitamente se dispersam quando você se aproxima, a um sinal da mãe, como se um redemoinho os tivesse varrido, e se parecem tanto com folhas secas e gravetos que muitos viajantes já colocaram o pé no meio de uma ninhada, ao que ouviram o zunido da velha ave conforme ela voava, e seus chamados ansiosos e piados, ou a viram arrastar as asas para chamar atenção, sem suspeitar da vizinhança. A mãe às vezes rola e gira diante de você com tal desembaraço que não é possível, por alguns instantes, detectar de que tipo de criatura se trata. Os jovens se agacham imóveis, frequentemente escondendo a cabeça sob uma folha, e só prestam atenção nas ordens que a mãe dá a certa distância – e sua aproximação não fará com que corram de novo e se revelem. Pode até pisar neles, ou colocar os olhos neles por um minuto, sem percebê-los. Eu os peguei com a mão aberta em uma ocasião dessas, e ainda assim a única preocupação deles, obedientes à mãe e aos instintos, era abaixar sem medo nem tremor. Esse instinto é tão perfeito que, certa vez, quando os coloquei nas folhas de novo, um caiu acidentalmente para o lado e foi encontrado com o resto na mesma exata posição dez minutos depois. Não são imaturos como os filhotes da maior parte dos pássaros, mas mais perfeitamente desenvolvidos e precoces até mesmo que galinhas. A expressão notavelmente adulta, e no entanto inocente, de seus olhos abertos e serenos é memorável. Toda a inteligência parece refletida neles. Sugerem não apenas a pureza da infância, mas uma sabedoria esclarecida pela experiência. Aquele olho não nasceu com o pássaro, e sim é contemporâneo do céu que reflete. As florestas não produzem outra joia assim. O viajante não olha com frequência para um poço tão límpido. O esportista ignorante ou imprudente em geral atira na mãe em uma época dessas, e deixa esses inocentes para que sejam presas de animal ou ave rondando, ou pouco a pouco se mesclem às folhas apodrecidas com quem se parecem tanto. Dizem que, quando são chocados por uma galinha, dispersam com algum alarme e se perdem, pois nunca ouvem o chamado da mãe que os reunirá de novo. Eram minhas galinhas e meus pintinhos.

É notável quantas criaturas vivem livres e selvagens, embora em segredo, nas matas e ainda se sustentam na vizinhança das cidades, pressentidas apenas por caçadores. Como a lontra consegue viver afastada aqui?! Ela cresce até um metro e vinte de comprimento, do tamanho de um menino pequeno, talvez sem que nenhum humano a vislumbre. Antes via o guaxinim na mata atrás de onde minha casa foi erguida e provavelmente ainda ouvia seu gemido à noite. Em geral eu descansava uma hora ou duas na sombra ao meio-dia, depois de plantar, e almoçava, e lia um pouco ao lado de uma fonte que dava origem a um brejo e um riacho, fluindo debaixo de Brister's Hill, a oitocentos metros de meu campo. A chegada a esse local se dava por uma sucessão de cavidades cobertas de grama, cheias de jovens pinheiros, até a mata maior perto do brejo. Ali, em um local muito retirado e sombreado, sob um pinheiro branco frondoso, havia um relvado limpo e firme onde sentar-se. Eu tinha cavado a fonte e feito um poço de água limpa e acinzentada, onde podia mergulhar um balde sem turvá-la, e para lá ia com esse propósito quase todos os dias no meio do verão, quando o lago estava mais quente. Para lá, também, a galinhola levava a prole, a fim de cutucar a lama atrás de minhocas, voando uns trinta centímetros sobre eles banco abaixo, enquanto a tropa seguia; por fim, espionando-me, ela deixava os filhos e girava em torno de mim, cada vez mais perto, até chegar a um metro e vinte, um metro e meio, fingindo ter asas e patas quebradas, para atrair minha atenção e tirá-la da prole, que já teria começado a marchar, com piados leves e vibrantes, pelo brejo, como ela mandara. Ou eu ouvia o piado dos jovens quando não podia ver a mãe. Ali também as rolas pousavam na fonte ou voejavam de galho em galho nos pinheiros suaves sobre minha cabeça; ou o esquilo-vermelho, descendo o ramo mais próximo, era particularmente familiar e inquisidor. Só era preciso sentar-se imóvel por tempo suficiente em algum lugar atraente nas matas, até que todos os seus habitantes se exibissem em turnos.

Testemunhei acontecimentos de natureza menos pacífica. Um dia, quando fui a minha pilha de madeira, ou melhor, minha pilha de tocos, observei duas grandes formigas, uma vermelha, outra muito maior, com quase um centímetro e meio de comprimento, e preta, as duas batalhando ferozmente entre si. Depois de se atracarem, jamais se soltaram, e lutaram e duelaram e rolaram nas lascas de madeira incessantemente. Olhando além, fiquei surpreso ao notar que as lascas estavam cobertas de combatentes assim, que não era um *duellum*, mas um *bellum*, uma guerra entre duas raças de formigas, as vermelhas sempre confrontando as pretas, e com frequência duas vermelhas contra uma preta. As legiões desses mirmidões cobriam todos os vales e as colinas de meu lenheiro, e o chão já estava polvilhado de mortos e moribundos, tanto vermelhos quanto pretos. Foi a única batalha que testemunhei, o único campo de batalha em que caminhei enquanto a luta acontecia; guerra intestina; as republicanas vermelhas de um lado e as pretas imperialistas de outro. De todo lado estavam envolvidas em combate mortal – no entanto, sem nenhum barulho que eu pudesse ouvir. Soldados humanos jamais lutaram com tal determinação. Observei uma dupla presa com firmeza num abraço, em um pequeno vale ensolarado entre as lascas, no momento, ao meio-dia, para lutar até que o sol se ponha ou que a vida vá embora. A campeã vermelha menor se prendeu como um torno na parte frontal de sua adversária e, mesmo com todos os tropeços naquele campo, jamais deixou por um instante de morder a antena da oponente, perto da base, já tendo arrancado a primeira; enquanto a preta, mais forte, a arrastava de um lado para o outro, e, como vi, ao olhar mais de perto, já a despira de vários membros. Lutavam com mais persistência que buldogues. Nenhuma manifestava a menor disposição de se retirar. Era evidente que seu grito de batalha era "conquistar ou morrer". Enquanto isso, veio uma formiga vermelha sozinha nas encostas desse vale, evidentemente eufórica, após ter despachado sua inimiga ou ainda sem ter tomado parte na batalha; provavelmente a última hipótese, pois não tinha perdido nenhum membro; cuja mãe a encarregara de voltar com seu escudo ou sobre ele. Ou talvez fosse algum Aquiles, que nutrira sua ira longe, e agora voltara para vingar ou resgatar seu Pátroclo. Viu de longe aquele combate desigual – pois as pretas eram quase do dobro do tamanho das vermelhas –, aproximou--se rapidamente até ficar de guarda a pouco mais de um centímetro das combatentes; então, percebendo a oportunidade, saltou sobre a guerreira preta e começou suas operações perto da raiz da perna dianteira direita, deixando a inimiga selecionar entre seus próprios membros; e assim eram três unidas pela vida, como se tivesse sido inventada uma nova atração para superar todos os outros fechos e cimentos. Não teria me espantado se descobrisse que tinham suas respectivas bandas musicais posicionadas em alguma lasca eminente, tocando seus hinos nacionais para animar combatentes lentas e alegrar as que definhavam. Eu mesmo estava animado, como se fossem homens. Quanto mais você pensa nisso, menor a diferença. E certamente não há luta registrada na história de Concord – se é que tem na história da América – que resista à comparação com essa, seja pelos números envolvidos, seja pelo patriotismo e pelo heroísmo demonstrados. Pelos números e pela carnificina, foi uma Austerlitz ou uma Dresden. A luta de Concord! Dois mortos do lado dos patriotas, e Luther Blanchard ferido! Ora, ali cada formiga era um Buttrick – "Atirem! Por Deus, atirem!" –, e centenas tiveram o mesmo destino que Davis e Hosmer. Não havia um só mercenário ali. Não tenho dúvidas de que lutavam por um princípio, tanto quanto nossos ancestrais, não para evitar um imposto de três centavos no chá; e os resultados dessa batalha serão tão importantes e memoráveis a quem eles dizem respeito quanto os da batalha de Bunker Hill, ao menos.

 Peguei a lasca em que lutavam as três que descrevi, levei-a para casa e a coloquei debaixo de um copo no parapeito da janela para ver a questão. Com um microscópio sobre a primeira formiga vermelha que mencionei, notei que, embora mordesse assiduamente a perna dianteira mais próxima da inimiga, tendo partido a antena que restava, seu próprio peito estava todo destroçado, expondo os órgãos vitais às mandíbulas da guerreira negra, cujo peitoral aparentemente era grosso demais para que ela furasse; e os carbúnculos escuros dos olhos da sofredora brilhavam com uma ferocidade que só pode ser obtida pela guerra. Lutaram por mais meia hora dentro do copo, e, quando olhei novamente, a soldado negra havia separado a cabeça de suas inimigas do corpo, e as cabeças ainda vivas pendiam de cada lado dela, como troféus medonhos no arção de sua sela, ainda aparentemente preso com a firmeza de sempre, e ela se debatia em um esforço débil, sem antenas e apenas com os restos de uma perna, e não sei quantos outros ferimentos, para se livrar das outras; o que, por fim, depois de mais meia hora, conseguiu. Levantei o copo, e ela saiu pelo parapeito da janela naquele estado de mutilação. Se sobreviveu ao combate e passou o resto de seus dias em algum Hôtel des Invalides, não sei; mas achei que sua diligência não valeria tanto depois. Nunca soube qual parte saiu vitoriosa nem a causa da guerra; mas, pelo resto daquele dia, eu me senti como se tivesse sentimentos afoitos e angustiados por ter testemunhado a luta, a ferocidade e a carnificina de uma batalha humana diante de minha porta.

Kirby e Spence nos dizem que batalhas de formigas são celebradas há muito tempo e que as datas delas foram registradas, embora diga que Huber é o único autor moderno que parece tê-las testemunhado. "Aeneas Sylvius", dizem, "depois de dar um relato muito detalhado de uma disputada com grande tenacidade por espécies grandes e pequenas no tronco de uma pereira, acrescenta que 'esta ação foi lutada no pontificado de Eugênio IV, na presença de Nicholas Pistoriensis, eminente advogado que relatou a história total da batalha com a maior fidelidade'. Um combate similar entre formigas grandes e pequenas é registrado por Olaus Magnus, no qual o autor diz que as pequenas, tendo conquistado a vitória, enterraram seus soldados, mas deixaram os inimigos gigantes como presas para os pássaros. Isso ocorreu antes da expulsão do tirano Cristiano II da Suécia". A batalha que testemunhei ocorreu na presidência de Polk, cinco anos antes da aprovação da Lei do Escravo Fugitivo, de Webster.

Muitos Totós da vila, aptos apenas a perseguir uma tartaruga-da-lama num depósito de víveres, exercitavam seus quartos pesados na mata, sem o conhecimento do dono, e farejavam ineficientemente velhas tocas de raposa e buracos de marmota; levados, talvez, por algum vira-lata magro que andava lepidamente pela mata e ainda poderia inspirar um leve terror natural em seus habitantes; agora, muito atrás de seu guia, latindo como um touro canino para algum pequeno esquilo que se encurralara sobre uma árvore para escrutínio, então saindo a galope, dobrando os arbustos com o peso, imaginando estar na pista de algum membro desgarrado da família dos gerbos. Uma vez me surpreendi ao ver um gato andando pela costa pedregosa do lago, pois eles raramente vão tão longe de casa. A surpresa foi mútua. De qualquer modo, o gato mais doméstico, que passou todos os dias da vida deitado em um tapete, parece um tanto à vontade na floresta e, pelo comportamento astucioso e furtivo, demonstra ser mais nativo daqui que os habitantes costumeiros. Certa vez, colhendo amoras, encontrei uma gata com seus gatinhos na mata, um tanto selvagens, e todos, como a mãe, tinham as costas arqueadas e chiavam ferozmente para mim. Alguns anos antes de morar na mata, havia o que se chamava "gato alado" em uma das casas de fazenda em Lincoln, a mais perto do lago, do senhor Gilian Baker. Quando fui vê-lo em junho de 1842, tinha ido caçar no mato, como era seu costume, mas sua dona me disse que chegara na vizinhança havia pouco mais de um ano, em abril, e foi por fim levada para a casa deles; que tinha uma cor cinza-amarronzada escura, com uma mancha branca no pescoço, e pés brancos, e tinha cauda grande e peluda como a de uma raposa; que no inverno o pelo ficava mais grosso e caía pela lateral, formando listras de vinte e cinco a trinta centímetros de comprimento e seis centímetros de largura, e debaixo do queixo, como um regalo, solto em cima e emaranhado embaixo, como feltro, e que na primavera o apêndice caía. Eles me deram um par de "asas" dele, que ainda guardo. Não há sinal de haver membrana nelas. Alguns pensaram que o animal era parte esquilo-voador ou algum outro animal selvagem – não é impossível, pois, de acordo com naturalistas, híbridos férteis surgiram da união da marta com o gato doméstico. Aquele seria o tipo certo de gato para mim, se eu tivesse algum, pois por que o gato de um poeta não poder ser alado, assim como seu cavalo?

No outono, a mobelha (*Colymbus glacialis*) vinha, como de costume, para a muda e para se banhar no lago, fazendo as matas ecoarem com seu riso selvagem antes que eu me levantasse. Com o rumor de sua chegada, todos os esportistas do centro comercial de Concord entram em alerta, em troles ou a pé, de dois em dois ou três em três, com espingardas patenteadas, balas cônicas e binóculos. Vêm farfalhando pelas matas como folhas de outono, ao menos dez homens para cada mobelha. Alguns tomam lugar desse lado do lago, outros, do outro, pois os pobres pássaros não podem ser onipresentes; se mergulha aqui, deve sair lá. Mas agora o bondoso vento de outubro se levanta, rumorejando nas folhas e ondulando a superfície da água, de modo que nenhuma mobelha pode ser ouvida nem vista, embora seus inimigos varram o lago com binóculos e façam a mata ressoar com disparos. As ondas se levantam com generosidade e correm raivosas, tomando o lado de todas as aves aquáticas, e nossos esportistas precisam voltar para a cidade, as lojas e seus trabalhos inacabados. Mas obtinham sucesso com muita frequência. Quando ia buscar um balde de água de manhã cedo, era comum ver esse pássaro majestoso navegando em minha enseada, a algumas dezenas de metros. Se tentasse ultrapassá-lo de barco, para ver como ele manobraria, ele mergulhava e ficava completamente perdido, de modo que eu o perdia de vista, às vezes até mais tarde naquele dia. Mas era mais que páreo para ele na superfície. Ele em geral fugia numa chuva.

Quando remava ao longo da margem norte em uma tarde muito calma de outubro, pois é especialmente em dias assim que elas pousam nos lagos, como a erva-de-paina caindo, tendo olhado em vão o lago à procura de uma mobelha, de repente uma delas, navegando da margem em direção ao meio a poucas dezenas de metros de mim, soltou seu riso selvagem e traiu sua localização. Eu a persegui com um remo e ela mergulhou, mas, quando voltou à tona, eu estava mais perto que antes. Ela mergulhou de novo, mas eu calculei mal a direção que tomaria, e estávamos a duzentos e cinquenta metros quando ela voltou à superfície dessa vez, pois eu tinha ajudado a aumentar a distância; e de novo ela soltou um riso alto e forte, com mais razão que antes. Ela manobrava de modo tão astuto que eu não conseguia chegar a menos de trinta metros. A cada vez, quando emergia, virando a cabeça para um lado e para o outro, com calma inspecionava a água e a terra e aparentemente escolhia o percurso para que pudesse sair onde havia maior extensão de água e a mais distância do barco. Surpreendia como era rápida para se decidir e executar tal decisão. Ela me levou de uma vez para a parte mais selvagem do lago e não podia ser tirada dali. Enquanto ela pensava uma coisa, eu tentava adivinhar seu pensamento. Era um belo jogo, jogado na superfície lisa de um lago, um homem contra uma mobelha. Subitamente, a dama do adversário desaparecia debaixo do tabuleiro, e o problema era colocar a sua no local mais próximo de onde ela apareceria de novo. Às vezes ela surgia inesperadamente do lado oposto ao meu, tendo passado direto debaixo do barco. Tinha asas tão longas e era tão incansável que, quando nadava para mais longe, ainda assim mergulhava imediatamente de novo; e então nenhuma inteligência podia adivinhar onde, no lago profundo, debaixo da superfície lisa, ela estaria deslizando como um peixe, pois tinha tempo e habilidade para visitar o fundo do lago na parte mais profunda. Dizem que capturaram mobelhas nos lagos de Nova York quase trinta metros abaixo da superfície, com ganchos colocados para fisgar trutas – embora o Walden seja mais fundo que isso. Como os peixes devem ficar surpresos ao ver essa visitante desengonçada de outra esfera seguindo rapidamente entre seus cardumes! No entanto, ela parecia conhecer seu percurso submerso com tanta certeza quanto na superfície e nadava muito mais rápido ali. Uma vez ou duas vi uma onda no lugar em que ela se aproximava da superfície, colocava a cabeça para fora apenas para reconhecimento e mergulhava de novo, instantaneamente. Descobri que, para mim, era tão bom descansar os remos e esperar seu reaparecimento quanto tentar calcular onde subiria; pois, várias vezes, enquanto forçava os olhos sobre a superfície de um lado, eu era subitamente assustado por seu riso sobrenatural atrás de mim. Mas por que, depois de demonstrar tanta astúcia, ela invariavelmente se traía no momento que subia com aquele riso alto? Seu peito branco já não a denunciava o suficiente? *Era de fato uma mobelha tola*, pensei. Podia ouvir o barulho da água quando ela emergia e, assim, também a detectava. Mas, depois de uma hora, ela parecia vigorosa como sempre, mergulhava como se desejasse e nadava para ainda mais longe que no começo. Fiquei surpreso ao ver a serenidade com que ela navegava sem eriçar as penas ao sair na superfície, fazendo todo o trabalho com os pés de palmípede debaixo da água. Sua nota costumeira era esse riso demoníaco, mas parecido com o de uma ave aquática; ocasionalmente, quando tinha tido mais sucesso em se esquivar de mim e subia depois de um longo caminho, emitia um longo uivo sobrenatural, provavelmente mais parecido com o de um lobo que com o de um pássaro – como quando um animal coloca o focinho no chão e uiva deliberadamente. Era esse seu pio – talvez o som mais selvagem que já ouvi aqui, ressoando longe nas matas. Concluí que ela ria de chacota de meus esforços, confiante em seus próprios recursos. Embora o céu estivesse nublado naquele dia, o lago se mostrava tão liso que eu via onde ela furava a superfície, quando não a ouvia. Seu peito branco, a quietude do ar e a lisura da água estavam todos contra ela. Por fim, tendo chegado a uns duzentos e cinquenta metros de distância, soltou um daqueles uivos prolongados, como se chamasse o deus das mobelhas para ajudá-la, e imediatamente surgiu um vento do leste, ondulando a superfície e enchendo o ar com chuva enevoada, e fiquei impressionado como se a reza da mobelha tivesse sido atendida, e seu deus estivesse bravo comigo; então a deixei, desaparecendo ao longe na superfície tumultuada.

Por horas, nos dias de outono, observei os patos desviarem astuciosamente, darem guinadas e tomarem o centro do lago, longe dos esportistas; truques que terão menos necessidade de praticar nos pântanos de Louisiana. Quando impelidos a subir, às vezes faziam círculos sobre o lago a uma altura considerável, da qual podiam ver com facilidade os outros lagos e o rio, como ciscos pretos no céu; e, quando pensei que tinham ido embora havia muito tempo, seguiam num voo inclinado por uns quatrocentos metros para uma parte distante que estava livre; mas o que, além de segurança, eles conseguiam ao nadar na metade do Walden, eu não sei, a não ser que amassem essas águas pelo mesmo motivo que eu.

13
Inauguração

Em outubro fui colher uvas nas várzeas do rio e me enchi de cachos mais preciosos pela beleza e fragrância que como comida. Ali, também, admirei, embora não colhesse, oxicocos, pequenas pedras preciosas enceradas, pendentes na vegetação da várzea, vermelhas e cor de pérola, que os agricultores arrancam com um ancinho feio, deixando a campina macia emaranhada, desatentamente medindo-as apenas pelo barril e pelo dólar, e vendem o butim do campo para Boston e Nova York, destinados a ser transformados em *geleia* para satisfazer os gostos dos amantes da Natureza lá. Como açougueiros que arrancam as línguas dos bisões da pradaria, sem se importar com as plantas arrancadas e pendentes. Do mesmo modo, os frutos brilhantes da bérberis eram meramente para admirar; mas, para ferver, colhi um pequeno estoque de maçãs silvestres que foram desprezadas pelos proprietários e passantes. Quando as castanhas estavam maduras, colhi meio alqueire para o inverno. Naquela estação era muito empolgante andar pela floresta de castanheiras, então sem limites, de Lincoln – agora dormem para sempre debaixo da ferrovia –, com um saco sobre o ombro, e na mão um graveto para abrir os ouriços, pois não esperava sempre pelo gelo, entre o farfalhar das folhas e as altas repreensões dos esquilos-vermelhos e dos gaios, cujas castanhas semiconsumidas eu às vezes roubava, pois os ouriços que selecionavam com certeza tinham um bom interior. Ocasionalmente subia nas árvores e as chacoalhava. Elas também cresciam atrás da casa, e uma grande castanheira, que quase a obscurecia, era, quando em flor, um buquê que perfumava toda a vizinhança, mas os esquilos e os gaios ficavam com a maior parte dos frutos; os últimos vinham em bando de manhãzinha e arrancavam as castanhas dos ouriços antes que eles caíssem, eu renunciei essa árvore a eles e visitei as matas mais distantes compostas apenas de castanheiras. Essas castanhas eram um bom substituto para o pão. Muitos outros substitutos poderiam, talvez, ser encontrados. Um dia, cavando para desenterrar minhocas, descobri a falsa-glicínia (*Apios tuberosa*) em sua corda, a batata dos aborígenes, um tipo fabuloso de fruto, o qual comecei a duvidar se tinha desenterrado e comido na infância, como me disseram, ou tinha sonhado isso. Vira com frequência suas flores vermelhas, aveludadas e amassadas, apoiada pelos galhos de outras plantas, sem saber que eram a mesma coisa. A agricultura quase a exterminou. Tem um sabor adocicado, muito parecido com o de uma batata queimada pelo frio, e achei melhor cozido que assado. Esse tubérculo parece uma vaga promessa da Natureza de criar seus próprios filhos e alimentá-los simplesmente aqui em algum período futuro. Nesses dias de gado gordo e campos ondulantes de grãos, essa raiz humilde, que um dia foi um *totem* de uma tribo indígena, está um tanto esquecida ou é conhecida apenas pelas ramas floridas; mas deixe a Natureza selvagem reinar aqui de novo, e os tenros e luxuosos grãos ingleses provavelmente desaparecerão diante de uma miríade de inimigos, e, sem o cuidado do homem, os corvos podem carregar de volta até o último grão de milho para o grande milharal do Deus dos Indígenas a sudoeste, de onde dizem ter sido trazido por ele; mas a agora quase exterminada falsa-glicínia irá talvez reviver e florescer, apesar das geadas e das condições sertanejas, provar-se nativa e retomar sua importância e sua dignidade ancestrais como dieta da tribo caçadora. Alguma Ceres ou Minerva indígena deve ser a inventora e outorgadora dela; e, quando o reino da poesia tiver início aqui, suas folhas e fieiras de tubérculos poderão ser representados em nossas obras de arte.

Lá pelo primeiro dia de setembro, eu já tinha visto dois ou três pequenos bordos tornados vermelhos do outro lado do lago, debaixo de onde os troncos brancos de três álamos se separavam, no topo de um promontório, perto da água. Ah, suas cores contavam muitas histórias! E gradualmente, de semana a semana, o personagem de cada árvore se apresentava e se admirava refletido no espelho liso do lago. A cada manhã, o gerente dessa galeria colocava nas paredes algum quadro novo, distinto por cores mais brilhantes ou harmoniosas, em substituição a um velho.

Milhares de vespas chegaram a meu alojamento em outubro, como se fossem suas acomodações de inverno, e se assentaram no lado interno das janelas e nas paredes acima, às vezes impedindo visitantes de entrar. A cada manhã, quando estavam paralisadas pelo frio, eu varria algumas para fora, mas não me preocupava muito em me livrar delas; até me sentia elogiado por elas considerarem minha casa um abrigo desejável. Nunca me perturbaram a sério, embora dormissem comigo; e desapareceram gradualmente, não sei dentro de qual fresta, evitando o inverno e o frio indizível.

Como as vespas, antes que por fim fosse para meus aposentos de inverno em novembro, eu costumava recorrer ao lado noroeste do Walden, que o sol, refletido nas florestas de pinheiros e na costa pedregosa, transformava na lareira do lago; é tão mais agradável e saudável ser aquecido pelo sol enquanto possível, não por um fogo artificial. Assim eu me esquentava com as brasas ainda brilhantes que o verão, como um caçador que partira, havia deixado.

Quando decidi construir minha chaminé, estudei alvenaria. Meus tijolos, sendo de segunda mão, precisaram ser limpos com uma espátula, de modo que aprendi mais que a média sobre qualidades dos tijolos e das espátulas. A argamassa neles tinha cinquenta anos e, pelo que disseram, continuava a endurecer; mas isso é um daqueles ditados que os homens adoram repetir a si mesmos, verdadeiros ou não. Esses ditados em si endurecem e grudam com mais firmeza com a idade, e seriam necessários muitos golpes com uma espátula para limpá-los de um velho sabichão. Muitas das vilas na Mesopotâmia são construídas com tijolos de segunda mão de muito boa qualidade, obtidos das ruínas de Babilônia, e o cimento neles é mais velho e provavelmente ainda mais duro. Seja como for, fiquei surpreso com a dureza de aço peculiar que aguentava tantos golpes violentos sem ceder. Como meus tijolos tinham estado em uma chaminé antes, embora não lesse neles o nome de Nabucodonosor, peguei tantos tijolos de lareira quantos pude encontrar, para economizar em trabalho e desperdício, e enchi os espaços entre eles em torno da lareira com pedras da margem do lago; além disso, fiz argamassa com areia do mesmo local. Eu gastei mais tempo em torno da lareira, como a parte vital da casa. De fato, trabalhei de modo tão deliberado que, embora tenha começado no chão pela manhã, uma fileira de tijolos poucos centímetros acima do solo me serviu como travesseiro à noite; no entanto, não fiquei com o pescoço duro, que me lembre; meu pescoço duro data de antes. Naquela época, abriguei um poeta por quinze dias, o que me fez usá-la como cômodo. Ele trouxe a própria faca, embora eu tivesse duas, e costumávamos limpá-las enfiando-as na terra. Ele dividia comigo os trabalhos da cozinha. Fiquei feliz em ver meu trabalho se levantando, sólido e alinhado, em graus e refleti que, se procedesse de modo lento, deveria demorar muito tempo. Em certa medida, a chaminé é uma estrutura independente, ficando no chão e levantando-se através da casa para os céus; mesmo depois que uma casa pega fogo, às vezes ela permanece, e sua importância e sua independência ficam aparentes. Isso foi no fim do verão. Agora era novembro.

 O vento norte já tinha começado a esfriar o lago, embora fossem necessárias muitas semanas de sopro frequente para conseguir, ele é tão profundo. Quando comecei a acender o fogo à noite, antes de rebocar a casa, a chaminé levava a fumaça particularmente bem, por causa das numerosas fissuras entre as tábuas. No entanto, passei algumas noites alegres naquele aposento fresco e arejado, cercado pelas tábuas marrons ásperas e cheias de nós e caibros ainda com a casca sobre a cabeça. Minha casa nunca mais foi tão agradável a meus olhos depois de ser rebocada, embora eu seja obrigado a confessar que ficou muito mais confortável. Não deveriam todos os aposentos em que vivem os homens ser altos o bastante para criar uma obscuridade lá em cima, onde sombras bruxuleantes podem brincar entre as vigas à noite? Essas formas são mais agradáveis à fantasia e à imaginação que afrescos e que os móveis mais caros. Comecei a habitar minha casa, devo dizer, quando passei a usá-la para conseguir calor, além de abrigo. Tinha um par de velhos cães de lareira para manter a madeira, e me fez bem ver a fuligem se formar atrás da chaminé que eu construíra, e eu atiçava o fogo com mais direito e satisfação que de costume. Minha morada era pequena, e mal se fazia eco nela; mas parecia maior por ser um só cômodo e ficar longe de vizinhos. Todas as atrações de uma casa estavam concentradas em um só cômodo: cozinha, aposentos, sala de estar e sala de visitas; e qualquer satisfação que pai ou filho, patrão ou criado, têm de viver em uma casa, eu desfrutava de todas. Catão diz: o mestre de uma família (*patremfamilias*) deve ter em sua vila rústica *"cellam oleariam, vinariam, dolia multa, uti lubeat caritatem expectare, et rei, et virtuti, et gloriae erit"*, ou seja, "uma adega de vinho e azeite, muitos tonéis, para que possa ser prazeroso esperar tempos difíceis; será para sua vantagem, sua virtude e sua glória". Eu tinha no porão um barril de batata, cerca de dois quilos de ervilha com gorgulho; na estante, um pouco de arroz, um jarro de melado, sete quilos de farinha de centeio e outros sete de farinha de milho.

Às vezes sonho com uma casa maior e mais populosa, em uma era de ouro, com materiais duradouros e sem ornamentos, que deve ainda consistir de apenas um cômodo, um salão vasto, grosseiro, substancial e primitivo, sem teto nem reboco, com vigas e terças nuas apoiando um tipo de céu mais baixo sobre as cabeças – útil para impedir a entrada de chuva e neve, onde os pendurais do rei e da rainha se sobressaem para receber sua homenagem, quando terminar de reverenciar o prostrado Saturno de uma dinastia mais antiga ao pisar na soleira; uma casa cavernosa, dentro da qual será necessária uma tocha em uma vara para ver o telhado; onde alguns podem morar na lareira, outros, no recesso de uma janela, e outros, em assentos, outros, de um lado do salão, outros, do outro, e alguns, em cima das vigas com as aranhas, se quiserem; uma casa na qual se entra ao abrir a porta do lado de fora, e a cerimônia acabou; onde o viajante cansado pode se lavar, comer, conversar e dormir, sem caminhar mais; um abrigo que eu ficaria feliz em alcançar em uma noite de tempestade, contendo todas as coisas essenciais de uma casa, e nada para o trabalho doméstico; onde se podem ver todos os tesouros da casa em uma só vista, e tudo o que um homem pode usar pende de seu gancho; de uma só vez, cozinha, copa, sala, quarto, despensa e sótão; onde se veem coisas tão necessárias quanto um barril ou uma escada, coisas convenientes como um armário, e se ouve a panela ferver, e se prestam respeitos ao fogo que cozinha o jantar, e o forno que assa o pão, e os móveis e os utensílios necessários são os principais ornamentos; onde não se estendem as roupas nem se apaga o fogo, tampouco se exaspera a dona da casa, e talvez lhe peçam para sair da frente do alçapão, quando a cozinheira vai descer para o porão, e assim saberá se o chão é sólido ou oco debaixo de seus pés, sem batê-los. Uma casa cujo interior é aberto e revelado como um ninho de pássaro e na qual não se pode entrar pela porta da frente e sair pela porta de trás sem ver alguns de seus habitantes; onde ser hóspede é ser apresentado à liberdade da casa, não cuidadosamente excluído de sete oitavos dela, preso em uma cela particular e aconselhado a ficar à vontade ali – em confinamento solitário. Hoje o anfitrião não o admite na lareira *dele*, mas pede ao pedreiro para construir uma para você em algum lugar em sua viela, e a hospitalidade é a arte de nos *manter* à maior distância. Há tanto segredo sobre cozinhar que é como se tivesse o projeto de lhe envenenar. Sei que estive nas propriedades de muitos homens, e poderia ter sido retirado legalmente, mas não sei se estive nos lares de tantos homens. Posso visitar em minhas roupas velhas um rei e uma rainha que viviam com simplicidade em uma casa como a que descrevi, se vamos para esse lado; mas me retirar de um palácio moderno será tudo o que desejarei aprender se certo dia me vir em um.

    Seria como se a própria linguagem das salas de visitas perdesse toda a coragem e se degenerasse em um total *palavrório*, de tão longe que nossa vida passa de seus símbolos, e suas metáforas e tropos são tão necessariamente distantes, como se trazidos por carrinhos e elevadores de comidas; em outras palavras, a sala de visitas é muito longe da cozinha e da oficina. O jantar é apenas a parábola de um jantar, normalmente. Como se apenas os selvagens vivessem perto o suficiente da Natureza e da Verdade para emprestar uma figura de linguagem delas. Como pode o erudito, que vive no Território de Noroeste ou na ilha de Man, dizer o que é cortês na cozinha?

No entanto, apenas um ou dois de meus hóspedes ousaram ficar e comer mingau comigo; quando viam a crise se aproximando, porém, batiam em retirada, como se fosse chacoalhar a casa até os alicerces. De qualquer modo, ela passou muitos grandes mingaus.

Não reboquei a casa até que o clima estivesse congelando. Trouxe um pouco de areia mais branca e mais limpa para esse propósito da outra margem do lago em um barco, o tipo de transporte que teria me tentado a ir muito além se fosse necessário. Enquanto isso, minha casa tinha sido totalmente revestida de pedaços de madeira de todos os lados. Ao colocar as ripas, fiquei feliz de ser capaz de enfiar cada prego com uma só martelada, e era minha ambição transferir rapidamente e com destreza o reboco da desempenadeira para a parede. Recordei a história de um camarada conceituado que, usando roupas finas, tinha o costume de folgar pela cidade, dando conselhos aos trabalhadores. Arriscando um dia a substituir palavras por atos, ele arregaçou as mangas, pegou uma desempenadeira e, tendo enchido a espátula sem contratempo, fez um gesto ousado para lá; imediatamente, para seu total embaraço, recebeu todo o conteúdo em seu peito arrufado. Admirei outra vez a economia e a conveniência do reboco, que evita o frio de modo tão efetivo e dá um belo acabamento, e aprendi os vários acidentes a que um rebocador está sujeito. Fiquei surpreso ao ver como eram sedentos os tijolos, que sugaram toda a umidade de meu reboco antes que eu pudesse alisá-lo, e quantos baldes de água são necessários para batizar uma nova lareira. No inverno anterior, fiz uma pequena quantidade de cal queimando as conchas do *Unio fluviatilis*, de que nosso rio dispõe, a título de experiência; para que eu soubesse de onde vinham meus materiais. Poderia ter conseguido um bom calcário em torno de dois a três quilômetros e queimado pessoalmente, se quisesse.

Enquanto isso, o lago recobrira os cantos mais rasos e sombreados, alguns dias ou mesmo semanas antes do congelamento geral. O primeiro gelo é especialmente interessante e perfeito, sendo duro, escuro e transparente, e permite a melhor oportunidade para examinar o fundo dos locais rasos; pois é possível deitar-se no gelo com apenas dois centímetros e meio de espessura, como um inseto desliza na superfície da água, e estudar o fundo à vontade, a apenas cinco ou sete centímetros de distância, como um quadro atrás de um vidro, e a água é sempre necessariamente lisa. Há muitos sulcos na areia, onde alguma criatura viajou e voltou por cima das pegadas; e, como destroços, está cheio de casulos de larvas feitos de grãos minúsculos de quartzo branco. Talvez tenham vincado o fundo, pois se veem alguns dos casulos nos sulcos, embora sejam profundos e largos para terem sido feitos por elas. Mas o gelo em si é o objeto mais interessante, embora seja preciso aproveitar as primeiras oportunidades de estudá-lo. Se examiná-lo de perto na manhã depois de congelar, descobrirá que grande parte das bolhas, que primeiro parecem estar dentro dele, se encontram contra sua superfície e que outras continuam a subir do fundo; enquanto o gelo já está comparativamente sólido e escuro, você vê a água através dele. Essas bolhas têm diâmetro de um milímetro e meio a três milímetros, são muito claras e belas, e você vê o próprio rosto refletido nelas através do gelo. Pode haver trinta ou quarenta delas em seis centímetros quadrados. Também há dentro do gelo bolhas estreitas oblongas perpendiculares, com cerca de um centímetro e meio de comprimento, cones agudos com o topo para cima; ou, mais frequentemente, quando o gelo está bem fresco, pequenas bolhas esféricas uma logo sobre a outra, como um fio de contas. Mas essas dentro do gelo não são tão numerosas nem óbvias quanto as debaixo dele. Às vezes eu costumava jogar pedras para testar a força do gelo, e aquelas que o quebravam levavam com elas ar, que formava bolhas brancas muito grandes e conspícuas sob ele. Um dia, tendo voltado ao mesmo local quarenta e oito horas depois, descobri que aquelas bolhas grandes ainda estavam perfeitas, embora o gelo tivesse engrossado mais dois centímetros e meio, como podia ver distintivamente pela marca em um monte. Mas, como os dois últimos dias tinham sido muito quentes, como um veranico, o gelo agora estava transparente, mostrando a cor verde-escura da água, e o fundo, mais opaco e esbranquiçado ou cinza, e, embora duas vezes mais grosso, mal era mais forte que antes, pois as bolhas de ar haviam se expandido bastante naquele calor, se juntado e perdido sua regularidade; não estavam mais umas sobre as outras, mas frequentemente como moedas prateadas derrubadas de um saco, uma sobrepondo a outra, ou em finas lascas, como se ocupassem leves clivagens. A beleza do gelo havia desaparecido, e era tarde demais para observar o fundo. Curioso sobre que posição minhas grandes bolhas ocupavam com o novo gelo, quebrei uma porção contendo uma de tamanho médio e a virei de cabeça para baixo. Um novo gelo se formara em torno e debaixo da bolha, assim ela estava entre os dois gelos. Estava totalmente inclusa no gelo de baixo, mas perto do de cima, e achatada, ou talvez levemente lentiforme, com uma ponta arredondada, com uns seis milímetros de altura por dez centímetros de diâmetro; e me surpreendi ao ver que, diretamente embaixo da bolha, o gelo derretera com grande regularidade na forma de um pires invertido, a uma altura de um centímetro e meio no centro, deixando uma fina partição ali entre a água e a bolha, que mal chegava a três milímetros de espessura; e em vários locais as pequenas bolhas nessa partição tinham explodido para baixo, e provavelmente não havia nenhum gelo debaixo das bolhas maiores, com diâmetro de trinta centímetros. Inferi que as infinitas bolhas minúsculas que vira primeiro contra a superfície do gelo agora estariam congeladas do mesmo modo e que cada uma delas, em seu grau, tinha funcionado como uma lente de aumento no sol sobre o gelo, para derretê-lo e deteriorá-lo. São as pequenas armas de ar comprimido que contribuem para fazer o gelo quebrar e ranger.

Por fim, o inverno chegou para valer, bem quando eu tinha terminado de colocar o reboco, e o vento começou a uivar em torno da casa como se não tivesse tido permissão para isso até então. Noite após noite, os gansos vinham desairosos no escuro, com um clangor e um sibilar de asas, mesmo depois que o chão estava coberto de neve, alguns para pousar no Walden, outros voando baixo sobre a floresta em direção a Fair Haven, rumo ao México. Diversas vezes, ao voltar da vila às dez ou onze da noite, ouvi os passos de um bando de gansos, ou patos, nas folhas secas da mata ao lado de um olho-d'água atrás de minha casa, onde vinham para se alimentar, e o fraco chamado ou grasnado do líder enquanto corriam para longe. Em 1845, o Walden congelou totalmente pela primeira vez na noite de 22 de dezembro, tendo o lago de Flint, os lagos mais rasos e o rio congelado dez dias ou mais antes; em 1846, no dia 16; em 1849, por volta do dia 31; e em 1850, em 27 de dezembro; em 1952, no dia 5 de janeiro; em 1853, em 31 de dezembro. A neve já cobria o chão desde 25 de novembro e me cercou subitamente com um cenário de inverno. Eu me retirei ainda mais para dentro de minha concha e me empenhei em manter um fogo aceso tanto dentro de casa quanto dentro do peito. Meu trabalho fora de casa agora era recolher as árvores mortas na floresta, trazendo-as nas mãos ou nos ombros ou, às vezes, arrastando um pinheiro morto debaixo de cada braço até meu galpão. Uma velha cerca da floresta que já vira dias melhores foi um grande achado para mim. Eu a sacrifiquei para Vulcano, pois havia passado do tempo de servir o deus Terminus. Como é mais interessante o jantar de um homem que acabou de sair na neve para caçar, não, para roubar, poderiam dizer, o combustível para cozinhá-lo! Seu pão e sua carne são doces. Há feixes e restos de madeira de todo tipo o bastante nas florestas da maioria de nossas cidades para alimentar muitas fogueiras, mas que no momento não aquecem ninguém, e, alguns podem pensar, atrapalham o crescimento de novas árvores. Há também madeira que flutua no lago. Durante o verão, descobri uma balsa de troncos de pinheiro ainda com a casca, feita pelos irlandeses quando a ferrovia foi construída. Arrastei parte até a margem. Depois de ficar na água dois anos e passar seis meses no alto, estava perfeitamente boa, embora úmida demais para secar. Eu me diverti em um dia de inverno deslizando com esses pedaços pelo lago, por quase oitocentos metros, patinando com a ponta de um tronco de quatro metros e meio de comprimento no ombro e a outra ponta no gelo; ou amarrava vários troncos juntos com uma vareta de bétula, e com uma bétula ou um amieiro maior, com um gancho na ponta, os arrastava. Embora totalmente encharcados e quase tão pesados quanto chumbo, não apenas queimaram por muito tempo como fizeram um fogo bem quente; não, achei que queimaram melhor por estarem encharcados, como se a resina, tendo sido confinada pela água, queimasse por mais tempo, tal qual uma lamparina.

 Gilpin, em seu relato sobre os moradores de áreas fronteiriças com florestas na Inglaterra, diz que "a intrusão de invasores e as casas e cercas assim levantadas nos limites da floresta" eram "consideradas um grande estorvo pelas velhas leis da floresta e punidas como *invasão*, por tenderem a *errorem ferarum – ad nocumentum forestae etc*.", ou seja, assustar a caça e prejudicar a floresta. Mas eu estava mais interessado na preservação da carne de veado e do verde que os caçadores ou os lenhadores, como se fosse o governador da província em pessoa; e, se alguma parte foi queimada, embora eu mesmo tenha queimado por acidente, me lamentava com uma dor que durava mais e era mais inconsolável que a dos proprietários; ora, eu lamentava quando era cortada pelos próprios proprietários. Gostaria que nossos agricultores, ao derrubarem uma floresta, sentissem um pouco daquele espanto que sentiam os velhos romanos quando desbastavam ou deixavam entrar luz em um bosque consagrado (*lucum conlucare*), isto é, que acreditavam ser sagrado para algum deus. Os romanos faziam oferendas expiatórias e rezavam: seja qual for o deus ou a deusa a quem este bosque é sagrado, sê propício a mim, minha família, meus filhos etc.

 É notável o valor que ainda é dado à madeira mesmo nesta época e neste novo país, um valor mais permanente e universal que o do ouro. Depois de todas as nossas descobertas e as nossas invenções, nenhum homem deixa de lado uma pilha de madeira. É mais preciosa para nós do que foi para os ancestrais saxões e normandos. Se eles faziam arcos com elas, fazemos nossos estoques de armas. Michaux, há mais de trinta anos, diz que o preço da madeira para combustível em Nova York ou na Filadélfia "quase se iguala, e às vezes ultrapassa, o da melhor madeira em Paris, embora essa imensa capital exija anualmente mais de um milhão de metros cúbicos e esteja cercada de planícies cultivadas por uma distância de mais de quinhentos quilômetros". Nessa cidade, o preço da madeira sobe quase constantemente, e a única questão é quão mais alto que no ano passado será este ano. Artesãos e negociantes que vêm em pessoa à floresta só para isso não perdem o leilão de madeira e até pagam um preço mais alto pelo privilégio de colhê-las depois da passagem do lenhador. Há muitos anos o homem recorre à floresta para combustível e material para as artes; os moradores de Nova Inglaterra e Nova Holanda, o parisiense e o celta, o agricultor e Robin Hood, Goody Blake e Harry Gill; na maior parte do mundo, o príncipe e o plebeu, o erudito e o selvagem, todos igualmente necessitam de alguns gravetos da floresta para aquecê-los e cozinhar sua comida. Nem eu poderia viver sem eles.

 Cada homem olha para sua pilha de madeira com um tipo de afeição. Eu gosto de manter a minha diante da janela, e quanto mais as lascas, melhor para me recordar de meu trabalho agradável. Eu tinha um velho machado que ninguém reclamou, com o qual, em turnos, nos dias de inverno, no lado ensolarado da casa, brinquei com os tocos que arrancara da plantação de feijões. Como profetizou meu condutor quando eu estava arando, eles me aqueceram duas vezes – uma vez quando os rachava e de novo quando estavam acesos, de modo que nenhum combustível pudesse dar mais calor. Quanto ao machado, fui aconselhado a ir ao ferreiro da vila para "açacalá-lo", mas eu o açacalei, e, colocando-lhe um cabo de nogueira, fiz com que servisse. Se estava sem fio, ao menos estava firme.

Alguns pedaços de pinheiro cheios de resina eram um grande tesouro. É interessante recordar quanto dessa comida para o fogo ainda está escondida nos intestinos da terra. Nos anos anteriores, com frequência fui explorar alguma encosta nua, onde antes tinha estado uma floresta de pinheiros, e arrancava as raízes resinosas. São quase indestrutíveis. Tocos de trinta ou quarenta anos, no mínimo, ainda estão bons no interior, embora o alburno tenha se transformado todo em solo vegetal, como aparente pelas escamas de casca grossa formando um anel rente à terra dez a doze centímetros do âmago. Com machado e pá, você explora essa mina e segue o estoque de tutano, amarelado como sebo de boi, ou como se tivesse atingido um veio de ouro, fundo na terra. Mas eu normalmente acendia meu fogo com as folhas secas da floresta, que havia estocado no galpão antes que a neve chegasse. Nogueira verde cortada em pedacinhos finos é usada pelos lenhadores para acender o fogo quando eles acampam no mato. De vez em quando, conseguia um pouco disso. Quando os moradores da vila acendiam fogos além do horizonte, eu também avisava os vários habitantes selvagens do vale do Walden, com uma fita de fumaça de minha chaminé, que estava acordado.

> Fumaça de asas leves, pássaro de Ícaro,
> Derretendo teus cotos no voo para cima,
> Cotovia sem canto, e mensageiro da aurora,
> Circulas sobre as aldeias como teu ninho;
> Ou mais, sonho partindo, e forma de sombra
> Da visão da meia-noite, reunindo teus céus;
> À noite, velando as estrelas, e de dia
> Escurecendo a luz e borrando o sol;
> Vai tu, meu incenso, para cima desta lareira
> E peça aos deuses perdão por esta chama clara.

Embora eu usasse pouco, madeira verde que acabara de ser cortada atendia melhor a meus propósitos que qualquer outra coisa. Às vezes eu deixava um bom fogo quando saía para dar uma caminhada em uma tarde de inverno; quando voltava, três ou quatro horas depois, ainda estava vivo e brilhando. Minha casa não ficava vazia, embora eu não estivesse. Era como se eu houvesse deixado para trás uma dona de casa alegre. Eu e a Chama vivíamos ali; e normalmente essa dona de casa demonstrava ser confiável. Um dia, no entanto, enquanto cortava madeira, pensei em apenas olhar pela janela e ver se a casa não estava em chamas; foi a única vez que me recordo de ter estado particularmente ansioso a esse respeito; então olhei e vi que uma fagulha havia caído em minha cama e fui extingui-la quando tinha queimado um espaço do tamanho de minha mão. Mas a casa ocupava uma posição tão ensolarada e protegida, e o telhado era tão baixo, que eu podia me dar ao luxo de deixar o fogo apagar no meio de qualquer dia de inverno.

As toupeiras fizeram ninho em meu porão, roendo um terço das batatas e fazendo uma cama confortável ali com restos de pelos usados no reboco e de papel marrom; pois até os animais mais selvagens amam conforto e calor, assim como o homem, e sobrevivem ao inverno apenas porque têm muito cuidado para consegui-los. Alguns de meus amigos falaram como se eu viesse para a mata com o propósito de me congelar. O animal meramente faz uma cama, que ele aquece com o corpo, em um lugar abrigado; mas o homem, tendo descoberto o fogo, prende um pouco de ar em um cômodo espaçoso e o aquece, em vez de roubar o calor de si, faz daquilo sua cama, na qual pode ser mover sem roupas mais pesadas, mantém um tipo de verão no meio do inverno e, por meio das janelas, até admite a luz e, com uma lamparina, alonga o dia. Assim ele vai um passo ou dois além do instinto e poupa um pouco de tempo para as belas-artes. No entanto, quando fui exposto aos piores ventos por um longo tempo, meu corpo começou a ficar entorpecido; quando alcancei a atmosfera cordial de minha casa, logo recuperei minhas faculdades e prolonguei minha vida. Mas os que se abrigam de modo mais luxuoso têm pouco para se gabar a esse respeito, e nem precisamos nos perturbar em especular como a raça humana poderá ser extinta. Seria fácil cortar seus fios a qualquer instante com um sopro mais intenso do norte. Seguimos contando as sextas-feiras geladas e grandes nevascas; mas uma sexta-feira um pouco mais gelada, ou uma nevasca maior, colocaria fim à existência do homem no planeta.

No inverno seguinte, usei um pequeno fogão por economia, já que não era dono da floresta; mas não mantinha o fogo tão bem quanto a lareira aberta. Cozinhar era, então, em sua maior parte, não mais algo poético, mas meramente um processo químico. Logo esqueceremos, nesses dias de fogões, que costumávamos assar batatas nas brasas, à moda dos indígenas. O fogão não apenas ocupou espaço e espalhou cheiro pela casa como escondeu o fogo, e senti como se tivesse perdido uma companhia. Você sempre pode ver um rosto no fogo. O trabalhador, olhando para ele à noite, purifica seus pensamentos do entulho e do que é terreno que foi acumulado ao longo do dia. Mas eu não podia mais me sentar e olhar para o fogo, e as palavras pertinentes de um poeta me voltaram à memória com força renovada:

"Nunca, chama acesa, seja negada a mim
Tua querida simpatia, imagem da vida.
O que além de esperança subiu sempre tão brilhante?
O que além da minha sorte à noite desceu tanto?
Por que estás proibido de vir a nossa sala, nosso fogo,
Tu, que és amado e bem-recebido por todos?
Tua existência era então assim tão fantástica
Para a luz comum de nossa vida, tão opaca?
Teu brilho mantém conversas insondáveis
Com nossas almas? Segredos muito ousados?
Bem, estamos seguros e fortes, ao redor agora
De uma lareira onde sombras turvas não correm,
Onde nada alegra nem entristece, mas um fogo
Aquece pés e mãos – nem fazer mais interciona;
Ao lado de sua pilha utilitária a arder,
Os presentes podem adormecer,
Sem temer os fantasmas que vinham do passado
E, à luz desigual da velha madeira, conosco falavam."

SENHORA HOOPER

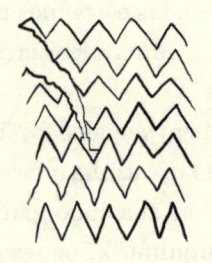

14
Habitantes anteriores e visitantes de inverno

Eu me abriguei de nevascas alegres e passei noites de inverno animadas ao lado da lareira, enquanto a neve rodopiava com força lá fora e até o pio da coruja se aquietava. Por muitas semanas, não encontrei ninguém em minhas caminhadas além dos que vinham ocasionalmente cortar madeira e levar de trenó para a vila. Os elementos, no entanto, me auxiliaram a abrir caminho em neve profunda na floresta, pois uma vez, quando tinha atravessado, o vento soprou folhas de carvalho em meus rastros, onde se alojaram e, absorvendo os raios do sol, derreteram a neve, não apenas fazendo uma abertura para meus pés: à noite, a linha escura foi minha guia. Para companhia humana, eu era obrigado a conjurar os antigos habitantes dessas matas. Na memória de muitos dos moradores da vila, a estrada perto da qual se situa minha casa ressoava com o riso e a conversa dos habitantes, e as matas fronteiriças eram dentadas e pontilhadas por seus pequenos jardins e moradas, embora na época a floresta fosse muito mais fechada que agora. Em alguns lugares, segundo minhas próprias recordações, os pinheiros tocavam os dois lados de uma carruagem de uma vez, e as mulheres e as crianças que precisavam seguir por esse caminho até Lincoln sozinhas e a pé o faziam com medo e muitas vezes corriam durante boa parte do caminho. Embora na maior parte apenas uma humilde rota para as vilas vizinhas, ou para a parelha do lenhador, outrora entreteve o viajante por sua variedade mais que hoje, e permanecia mais tempo em sua memória. Onde hoje campos firmes se estendem da vila à floresta, na época havia uma várzea de bordos em uma fundação de troncos, cujos restos, sem dúvida, ainda estão debaixo da presente estrada poeirenta, da fazenda Stratton, hoje Alms-House, até Brister's Hill.

 A leste de minha plantação de feijões, do outro lado da estrada, vivia Cato Ingraham, escravo do excelentíssimo Duncan Ingraham, cavalheiro da vila de Concord, que construiu para ele uma casa e lhe deu permissão para morar na floresta de Walden; Cato, não Uticensis, mas Concordiensis. Alguns dizem que era um negro da Guiné. Há quem se lembre de seu pequeno caminho entre as nogueiras, que ele deixava crescer até que ficasse velho e precisasse das árvores; contudo, um especulador mais branco e mais jovem ficou com elas no fim. No entanto, ele também ocupa uma casa igualmente estreita no presente. O buraco meio obliterado do porão de Cato ainda permanece, embora conhecido por poucos, sendo escondido do viajante por uma franja de pinheiros. Agora está cheio de sumagre (*Rhus glabra*), e uma das primeiras espécies de vara-de-ouro (*Solidago stricta*) cresce ali luxuriosamente.

 Ali, bem no canto de meu feijoal, ainda mais perto da cidade, ficava a casinha de Zilpha, uma mulher negra, onde ela fiava linho para os moradores da vila, fazendo seu canto agudo ecoar pela floresta de Walden, pois tinha uma voz alta e notável. Por fim, na guerra de 1812, sua moradia foi incendiada por soldados ingleses, prisioneiros em condicional, quando ela estava fora, e seu gato, seu cachorro e suas galinhas foram todos queimados juntos. Ela levava uma vida dura e um tanto desumana. Um frequentador antigo dessas matas se recorda de que, ao passar pela casa dela uma tarde, a ouviu murmurar para si mesma sobre a panela que gorgolejava: "Vocês são só ossos, ossos!". Vi tijolos ali, entre os arbustos de carvalho.

Estrada abaixo, no lado da mão direita, em Brister's Hill, vivia Brister Freeman, um "negro habilidoso", um dia escravo do senhor Cummings – ali ainda crescem as macieiras que Brister plantou e regou; agora árvores grandes e velhas, mas com os frutos ainda silvestres e com sabor de sidra em meu paladar. Não faz muito tempo, li seu epitáfio no velho cemitério de Lincoln, um pouco de lado, perto dos túmulos sem nome de alguns granadeiros britânicos que caíram na retirada de Concord – onde ele é chamado de "Sippio Brister". Ele tinha direito de ser chamado de Scipio Africanus – "um homem de cor", como se tivesse descolorido. Também me disse, com ênfase, onde ele morreu – o que era apenas um modo indireto de me informar que ele viveu. Com ele, morava Fenda, sua mulher acolhedora, que lia a sorte, mas de modo agradável – grande, redonda e negra, mais negra que qualquer filho da noite, um globo obscuro como nenhum outro se levantou em Concord antes ou depois.

Mais para baixo da colina, à esquerda na velha estrada que entra na floresta, há marcas de alguma propriedade da família Stratton, cujo pomar um dia cobriu toda a encosta de Brister's Hill, mas há muito tempo foi morto pelos pinheiros, exceto por alguns poucos tocos, cujas raízes velhas ainda dão mudas para tantas árvores vicejantes da vila.

Ainda mais perto da cidade, chega-se ao lugar do Breed, do outro lado do caminho, bem na beirada da floresta; local famoso pelas peças de um demônio sem nome distinto na velha mitologia, que teve parte proeminente e impressionante em nossa vida na Nova Inglaterra e merece, tanto quanto qualquer personagem mitológico, ter sua biografia escrita um dia; que primeiro vem disfarçado como um amigo ou um empregado e, então, rouba e assassina a família toda – o Rum da Nova Inglaterra. Mas a história não deve ainda contar as tragédias ocorridas aqui; deixe que o tempo interfira em alguma medida para mitigá-las e lhes dar um tom azulado. Aqui a tradição mais indistinta e duvidosa diz que um dia houve uma taverna; também um poço, que temperava a bebida do viajante e refrescava seu cavalo. Aqui então, os homens se saudavam, e ouviam e contavam as notícias, e seguiam de novo seus caminhos.

A cabana de Breed estava de pé havia apenas doze anos, embora tivesse passado muito tempo desocupada. Tinha mais ou menos o tamanho da minha. Foi incendiada por meninos levados, em uma noite de eleição, se não me engano. Na época eu vivia na beirada da vila e acabara de me perder no *Gondibert* de Davenant, naquele inverno em que trabalhei com uma letargia – a qual, a propósito, nunca soube se deveria tratar como mal de família, tendo um tio que dorme ao se barbear e é obrigado a tirar os brotos das batatas no porão aos domingos, para ficar acordado e observar o sabá, ou como consequência de minha tentativa de ler a coleção de poesia inglesa de Chalmers sem pular as páginas. Ela superou meus Nervos. Eu tinha acabado de afundar a cabeça nela quando os sinos avisaram do fogo e seguiram no calor da pressa as bombas contra incêndio, levadas por uma tropa de homens e rapazes dispersos, e eu entre os primeiros, pois tinha pulado o riacho. Nós pensamos que era bem ao sul, além da floresta – nós que acudimos incêndios antes –, celeiro, oficina ou moradia, ou todos juntos. "É o celeiro do Baker", gritou um. "É em Codman Place", afirmou outro. E, então, fagulhas frescas subiram acima da floresta, como se o telhado caísse, e todos gritamos: "Concord ao resgate!". Carroças passavam ao lado a uma velocidade furiosa e cargas amassadas, levando, talvez, entre o resto, o agente da companhia de seguros, que precisava percorrer a distância que fosse; de vez em quando, o sino da bomba de incêndio tocava atrás, mais lento e firme; e, no fim de tudo, como se cochichou depois, vieram os que haviam acendido o fogo e dado o alarme. Assim seguimos como verdadeiros idealistas, rejeitando a evidência de nossos sentidos, até que em uma curva da estrada ouvimos o crepitar e de fato sentimos o calor do fogo sobre o muro e percebemos, que pena!, que havíamos chegado. A própria proximidade do fogo esfriou nosso ardor. No começo, pensamos em jogar a água de uma poça, mas decidimos deixar arder, havia ido tão longe e tinha tão pouco valor. Então ficamos em torno de nossa bomba de incêndio, empurrando uns aos outros, expressando nossos sentimentos nos alto-falantes, ou, em um tom mais baixo, nos referindo às grandes conflagrações que o mundo testemunhara, incluindo a loja de Bascom, e, entre nós, achamos que, se chegássemos ali a tempo com nossa "banheira" e uma poça de água por perto, poderíamos transformar aquele ameaçado último incêndio universal em outro dilúvio. Finalmente nos retiramos sem fazer nenhuma traquinagem – voltando para dormir e para *Gondibert*. Quanto ao *Gondibert*, porém, eu faria uma exceção para aquela passagem no prefácio sobre a sagacidade ser a pólvora da alma – "mas a maioria da humanidade desconhece a sagacidade, como os indígenas desconhecem a pólvora".

Por acaso andei para aquele lado pelos campos na noite seguinte, pela mesma hora, e, ouvindo um gemido baixo no local, me aproximei no escuro e descobri o único sobrevivente da família que conheço, o herdeiro tanto de suas virtudes como de seus vícios, o único que tinha interesse naquele incêndio, deitado de barriga para baixo olhando sobre a parede do celeiro para as cinzas ainda fumegantes embaixo, murmurando para si mesmo, como era seu costume. Ele estava trabalhando longe, na várzea do rio, o dia todo, e aproveitara os primeiros momentos que podia chamar de seus para visitar o lar de seus pais e sua juventude. Olhou para o celeiro de todos os lados e pontos de vista, em turnos, sempre se deitando para fazer isso, como se houvesse algum tesouro, do qual ele se lembrava, escondido entre as pedras, onde não havia absolutamente nada além de uma pilha de tijolos e cinzas. Com a casa destruída, mirava o que havia restado. Foi confortado pela empatia implícita em minha mera presença e me mostrou, ao máximo que a escuridão permitia, onde o poço fora coberto; o que, graças aos céus, jamais poderia ter queimado; e apalpou a parede por muito tempo para encontrar a vara de tirar água do poço, que seu pai cortara e montara, buscando o gancho (ou a presilha) de ferro pelo qual um peso fora preso à ponta mais pesada – tudo o que ele podia segurar agora – para me convencer de que não era uma "vara" comum. Eu o senti e o vejo quase todos os dias em minhas caminhadas, pois nele se pendura a história de uma família.

Uma vez mais, à esquerda, onde se veem o poço e os arbustos de lilases ao lado da parede, no campo agora aberto, viveram Nutting e Le Grosse. Mas voltemos para a direção de Lincoln.

Mais para dentro da mata que qualquer um desses, onde a estrada fica mais próxima do lago, Wyman, o oleiro, ocupava uma área, fornecia objetos de cerâmica a seus concidadãos e deixou descendentes. Não eram ricos em bens terrenos, segurando a terra com persistência enquanto viviam; e ali muitas vezes foi o xerife em vão cobrar impostos, ao que "confiscava uma lasca de madeira", por causa de formalidades, como li em seus relatos, não havendo lá nada mais em que pudesse colocar as mãos. Um dia, no meio do verão, quando eu carpia, um homem que levava uma carga de cerâmica para o mercado parou o cavalo ao lado de minha plantação e perguntou sobre o jovem Wyman. Havia muito tempo comprara dele uma roda de oleiro e queria saber o que acontecera com ele. Eu tinha lido sobre o barro e a roda do oleiro nas Escrituras, mas jamais me ocorrera que os potes que usamos não tinham vindo daqueles dias, sem se quebrar, nem crescido em árvores como cabaças em algum lugar, e fiquei feliz em saber que uma arte tão maleável já fora praticada na vizinhança.

O último habitante dessas matas antes de mim foi um irlandês, Hugh Quoil (se escrevi seu nome com todas as curvas), que ocupava o prédio de Wyman – coronel Quoil, era como se fazia conhecido. Segundo rumores, servira como soldado em Waterloo. Se ele tivesse vivido, eu deveria tê-lo feito lutar suas batalhas novamente. Aqui, seu ofício era abrir valas. Napoleão foi para Santa Helena; Quoil veio para a floresta de Walden. Tudo o que sei sobre ele é trágico. Era um homem de boas maneiras, como alguém que conhecesse o mundo, e era capaz de um discurso mais civil do que se esperava. Usava um sobretudo no meio do verão, sendo afetado pelo *delirium tremens,* e seu rosto era cor de carmim. Morreu na estrada, ao pé de Brister's Hill, pouco depois de eu chegar à floresta, então não me lembro dele como um vizinho. Antes que sua casa fosse derrubada, quando seus camaradas a evitavam como "um castelo azarado", eu a visitei. Ali estavam suas roupas enroladas pelo uso, como se fossem ele mesmo, sobre sua cama alta de tábuas. Seu cachimbo repousava quebrado na lareira, em vez de uma cuia quebrada na fonte. Esta última jamais poderia ser o símbolo de sua morte, pois ele me confessou que, embora tivesse ouvido falar da Brister's Spring, jamais a vira; e cartas sujas, rei de ouros, espadas e copas, estavam espalhadas sobre o chão. Uma galinha que o administrador não conseguiu pegar, preta e silenciosa como a noite, sem nem cacarejar, esperando a raposa, ainda voltava ao poleiro no cômodo ao lado. No fundo, havia o esboço vago de um canteiro que fora plantado, mas jamais recebera a primeira capinada, graças àqueles terríveis ataques de tremedeira, embora agora fosse época de colheita. Estava tomado por losna e picão, que ficou preso em minhas roupas como se fossem frutos. A pele de uma marmota fora recentemente estirada contra o fundo da casa, um troféu de sua última Waterloo; mas ele não precisava mais de um boné nem de um regalo quente.

Agora apenas uma depressão na terra marca o local dessa construção, com as pedras do porão enterradas e morangos, framboesas, amoras-vermelhas, arbustos de aveleiras e sumagre crescendo ali no relvado ensolarado; alguns pinheiros ou castanheiros retorcidos ocupam o que era a chaminé, e uma bétula negra de perfume doce, talvez, se agita onde ficava a soleira da porta. Às vezes a depressão do poço fica visível – lá um dia jorrava uma nascente; agora mato seco e sem lágrimas; ou coberta – para ser descoberta só em algum dia futuro – com uma pedra chata debaixo da grama, quando o último da raça partiu. Que ato triste deve ser – cobrir o poço coincidindo com a abertura do poço de lágrimas! Essas depressões do porão, como tocas de raposa abandonadas, velhos buracos, são tudo o que resta onde um dia o movimento e o agito da vida humana, e "o destino, o livre-arbítrio e a total presciência", eram discutidos, em turnos, em um dialeto ou noutro. Mas tudo o que posso saber de suas conclusões se resume a isto: que "Cato e Brister cardavam lã"; e isso é tão edificante quanto a história de escolas de filosofia mais famosas.

O vigoroso lilás ainda cresce uma geração depois que a porta, o batente e a soleira se foram, desdobrando suas flores de aroma doce a cada primavera, para ser colhido pelo viajante em contemplação; plantado e cuidado um dia por mãos infantis, em canteiros no jardim da frente – agora ao lado de paredes em pastos distantes, dando lugar às florestas novas que crescem –, último da estirpe, único sobrevivente daquela família. Mal sabiam as crianças pardas que aquele rebento fraco, com apenas dois olhos, se enraizaria tanto e sobreviveria a elas, e à própria casa que lhe sombreava, e o jardim e o pomar do adulto, e contaria a história deles debilmente a um andarilho solitário meio século depois que elas cresceram e morreram – florescendo de modo tão belo e com aroma tão doce quanto naquela primeira primavera. Reparo em suas cores lilás ainda tenras, galantes, alegres.

Mas essa pequena vila, germe de algo mais, por que fracassou, enquanto Concord manteve seu espaço? Não havia ali vantagens naturais, privilégios de água, certamente? Sim, o profundo lago Walden e a fresca Brister's

Spring – privilégio de beber goles longos e saudáveis neles, todos sem melhorias desses homens, a não ser para diluir suas bebidas. Eram uma raça universalmente sedenta. Os negócios de trançar cestos, vassouras de estábulo, tapetes, tostar o milho, fiar o linho e fazer cerâmica não poderiam ter se desenvolvido ali, fazendo a região agreste florescer como a rosa, e uma posteridade numerosa herdar a terra de seus pais? Teria o solo estéril ao menos sido protegido de uma degeneração de baixios? Ai, quão pouco a memória desses habitantes humanos realça a beleza da paisagem! Talvez a Natureza tente novamente, comigo como primeiro colono, e minha casa, erguida na última primavera, como a mais antiga do povoado.

Não tenho conhecimento de que qualquer homem tenha construído no local que ocupo agora. Livrem-me de uma cidade construída no local de uma cidade ainda mais antiga, cujos materiais são ruínas, cujos jardins são cemitérios. O solo ali é calcinado e amaldiçoado, e, antes que seja necessário, a terra em si será destruída. Com tais reminiscências, repovoo a floresta e embalo meu sono.

Nessa época, raramente apareciam visitas. Quando a neve estava mais profunda, nenhum andarilho se aventurava perto de minha casa por uma semana ou duas de cada vez, mas ali eu vivia aconchegado como um camundongo-do-mato, ou como o gado e as aves que dizem sobreviver por muito tempo enterrados na neve, mesmo sem comida; ou como a família daquele colono pioneiro na cidade de Sutton, neste estado, cujo bangalô foi totalmente coberto pela grande nevasca de 1717, quando ele estava ausente, e um indígena a encontrou apenas pelo buraco que a boca da chaminé abriu na neve e, assim, libertou a família. Mas nenhum indígena amigável se preocupava comigo; e não havia necessidade disso, pois o dono da casa estava nela. A Grande Nevasca! Que alegria ouvir sobre ela! Quando os agricultores não conseguiam ir para as florestas e os brejos com suas juntas de gado e foram obrigados a cortar as árvores que davam sombra nas frentes de casa e, quando a superfície estava mais dura, a cortar as árvores nos brejos três metros acima do solo, como se viu na primavera seguinte.

Nas neves mais intensas, o caminho que eu usava da estada até minha casa, com cerca de oitocentos metros, poderia ser representado por uma sinuosa linha pontilhada, com longos intervalos entre os pontos. Por uma semana de tempo calmo, dei exatamente o mesmo número de passos, e da mesma largura, indo e vindo, pisando deliberadamente e com a precisão de um compasso em minhas próprias pegadas profundas – o inverno nos reduz a tal rotina; no entanto, com frequência elas estavam cheias com o azul do próprio céu. Mas nenhum tempo interferia fatalmente em minhas caminhadas, ou melhor, minha ida ao exterior, pois com frequência andava de treze a quinze quilômetros na neve alta a fim de manter um compromisso com uma faia, ou uma bétula amarela, ou um velho conhecido entre os pinheiros; quando o gelo e a neve derrubavam seus membros, deixando os topos tão pontiagudos que transformava pinheiros em abetos; subindo ao cume das colinas mais altas quando a neve estava com quase sessenta centímetros de profundidade em um nível, e chacoalhando da cabeça outra nevasca a cada passo; ou às vezes me arrastando e tropeçando de quatro até lá, quando os caçadores se retiraram a seus alojamentos de inverno. Numa tarde, eu me diverti observando uma coruja-cinzenta (*Strix nebulosa*) pousada em um dos membros mortos mais baixos de um pinheiro branco, perto do tronco, em plena luz do dia, a cinco metros de mim. Ela podia me ouvir quando eu me movia, e amassei a neve com o pé, mas não me via claramente. Quando eu fazia mais barulho, ela esticava o pescoço e eriçava as penas e arregalava os olhos, mas as pálpebras logo caíam novamente, e ela começava a dormir. Eu também senti uma influência sonolenta depois de observá-la por meia hora, enquanto ela ficava com os olhos semicerrados, como um gato, uma irmã alada do gato. Havia apenas uma pequena fresta entre suas pálpebras, pela qual ela mantinha uma relação peninsular comigo; assim, com olhos semicerrados, olhando da terra dos sonhos, esforçando-se para me perceber, enquanto objeto vago ou cisco que interrompera suas visões. Por fim, com algum barulho alto ou minha aproximação, ela ficava inquieta e lentamente girava o corpo no poleiro, como impaciente por ter os sonhos perturbados; quando saiu e voou sobre os pinheiros, abrindo as asas em uma largura inesperada, não ouvi o menor som vindo delas. Assim, guiada entre os galhos de pinheiro mais por uma noção delicada de sua vizinhança que pela visão, sentindo seu caminho crepuscular, como se tivesse rêmiges sensíveis, ela encontrou um novo poleiro, onde podia esperar em paz o amanhecer.

Conforme eu andava pelo longo caminho elevado construído para a ferrovia ao longo da várzea, encarei muitos ventos cortantes e ferozes, pois não há outro lugar em que possam brincar com mais liberdade; e quando o gelo havia afetado um lado de meu rosto, pagão como era, oferecia também o outro. Não era muito melhor na estrada de carruagens de Brister's Hill. Pois eu ainda ia até a cidade, como um indígena amigável, quando os conteúdos dos campos abertos estavam todos empilhados entre os muros da estrada Walden, e meia hora era o suficiente para obliterar os rastros do último viajante. E, quando eu voltava, havia formado uma nova camada, pela qual eu tropeçava, onde o industrioso vento norte havia depositado a neve polvorosa em um ângulo agudo com a estrada, e nem o rastro de um coelho, nem mesmo a pegada do menor camundongo do campo podia ser vista. No entanto, raramente deixava de encontrar, mesmo no meio do inverno, algum brejo quente e úmido, onde o mato e a alface-d'água ainda exibiam seu verde perene e algum pássaro mais resistente aguardava o retorno da primavera.

Às vezes, a despeito da neve, quando eu voltava da caminhada à noite, cruzava com os rastros profundos de um lenhador que levavam até minha porta e encontrava sua pilha de lenha em minha lareira, e minha casa cheia do odor de seu cachimbo. Ou, em uma tarde de domingo, se ocorresse de estar em casa, ouvia o barulho na neve feito pelas passadas de um agricultor perspicaz, que buscava minha casa vindo de longe na mata para um "papo" social; um dos poucos de sua vocação que são realmente "homens da fazenda"; que vestiu uma camisa de trabalho em vez do guarda-pó de professor e está tão pronto para extrair a moral da igreja ou do Estado quanto para arrastar uma carga de esterco de seu celeiro. Conversávamos sobre tempos mais simples e rudes, quando os homens se sentavam em torno de grandes fogueiras no inverno, suportando o frio, com a cabeça clara; quando outras sobremesas fracassavam, testávamos os dentes em nozes que os esquilos sábios havia muito abandonaram, pois as que têm a casca mais grossa em geral estão vazias.

Quem saía de mais longe rumo a minha cabana, atravessando neves profundas e tempestades lúgubres, era um poeta. Um agricultor, um caçador, um soldado, um repórter, mesmo um filósofo, pode ser desencorajado; mas nada pode deter um poeta, pois ele é acionado por puro amor. Quem pode predizer o que vai fazer? Seus afazeres o chamam a todas as horas, mesmo quando os médicos dormem. Fazíamos aquela pequena casa ressoar com hilaridade escandalosa e ecoar o murmúrio de conservas muito sóbrias, então nos redimindo ao vale do Walden pelos longos silêncios. A Broadway era deserta em comparação. Em intervalos adequados, havia saudações regulares de riso, que poderiam se referir indiferentemente ao último gracejo ou ao que se seguia. Criamos muitas teorias "novinhas" sobre a vida comendo um prato raso de mingau, o que combinava as vantagens da convivência com a clareza mental necessária à filosofia.

Não devo esquecer que, durante meu último inverno no lago, houve outro visitante bem-vindo, que veio pela vila, através da neve, da chuva e da escuridão, até ver minha lamparina entre as árvores; ele dividiu comigo algumas longas noites invernais. Um dos últimos filósofos – Connecticut o deu ao mundo –, declarava que primeiro mascateou primeiro seus produtos; depois, o cérebro. Isso ele ainda mascateia, provocando Deus e desgraçando o homem, tendo como fruto apenas seu cérebro, como a noz tem seu âmago. Creio que seja o homem vivo de maior fé. Suas palavras e suas atitudes sempre supõem um estado melhor das coisas que aquele a que os outros homens estão acostumados, e ele será o último homem a ser desapontado enquanto as eras giram. No momento, ele não tem nenhum empreendimento. Mas, embora comparativamente desconsiderado agora, quando chegar seu dia, leis que poucos suspeitam passarão a vigorar, e governantes e mestres de família pedirão seu conselho.

"Como é cego quem não vê a serenidade!"

Um verdadeiro amigo do homem; quase o único amigo do progresso humano. Uma Velha Mortalidade – ou, na verdade, Imortalidade –, com paciência e fé incansáveis, deixando clara a imagem entalhada no corpo dos homens, o Deus de quem são apenas monumentos desfigurados e pensos. Com seu intelecto hospitaleiro, acolhe crianças, mendigos, insanos e eruditos e considera o pensamento de todos, acrescentando a ele normalmente profundidade e elegância. Creio que deveria manter uma estalagem na estrada do mundo, onde filósofos de todas as nações pudessem se hospedar, e em sua placa estaria escrito: "Entretenimento para o homem, mas não para seu animal. Entra, tu que tens tempo e uma mente quieta e que buscas com sinceridade a estrada certa". Talvez seja o homem mais saudável, o que tem menos caprichos, que conheço; o mesmo ontem e amanhã. No passado, tínhamos passeado e conversado e efetivamente deixado o mundo para trás, pois ele não era vinculado a nenhuma instituição nele, havia nascido livre, *ingenuus*. Para qualquer lado que nos virássemos, parecia que os céus e a terra haviam se encontrado, já que ele acentuava a beleza da paisagem. Um homem de manto azul, cujo teto mais adequado era o céu abrangente que reflete sua serenidade. Não vejo como ele poderia morrer; a Natureza não pode ficar sem ele.

Tendo ambos algumas lascas de pensamento bem secas, nós nos sentávamos e as talhávamos, testando as facas e admirando a madeira clara amarelada do pinheiro jovem. Vadeávamos de modo tão gentil e reverente ou remávamos com tanta suavidade que os peixes de pensamento não se assustavam com a correnteza nem temiam nenhum pescador no banco do rio, mas iam e vinham de forma imponente, como as nuvens que flutuam pelo céu ocidental e os tufos de madrepérola que às vezes se formam e se dissolvem ali. Trabalhávamos revendo mitologia, arredondando uma fábula aqui e ali e construindo castelos no ar, pois a terra não oferecia alicerces dignos. Grande Observador! Grande Expectador! com quem conversar era uma noite de Entretenimento da Nova Inglaterra. Ah!, que conversas tivemos, eremita, filósofo e o velho colono de quem falei – nós três –, elas expandiam e estiravam minha casinha; não ouso dizer quantas libras de peso acima da pressão atmosférica sobre cada centímetro quadrado; abriu suas emendas, de modo que precisaram ser calafetadas com muito vagar daí em diante para conter o consequente vazamento; mas eu já tinha o suficiente daquele tipo de estopa.

Houve outro com quem tive "sólidas temporadas" a ser lembradas por muito tempo, em sua casa na vila, e que me procurava de tempos em tempos; mas não tive mais companhia.

Ali, como em todos os lugares, às vezes esperava o Visitante que nunca chega. O *Vishnu Purana* diz: "O dono da casa precisa ficar à noite em seu pátio o tempo que leva para ordenhar uma vaca, ou mais, se desejar, para esperar a chegada de um convidado". Sempre cumpri esse dever de hospitalidade, esperei tempo suficiente para ordenhar todo um rebanho de vacas, mas não vi o homem vindo da cidade.

15
Animais de inverno

Quando os lagos estavam solidamente congelados, providenciavam não apenas rotas diferentes e mais curtas para muitos pontos, mas, de suas superfícies, novas vistas de paisagens familiares ao redor. Quando atravessei o lago de Flint coberto de neve, embora tivesse com frequência remado por ali e patinado sobre ele, era tão inesperadamente grande e tão estranho que não conseguia pensar em nada além de Baffin's Bay. As colinas de Lincoln se erguiam em torno de mim na extremidade de uma planície nevada na qual não me recordava de ter pisado antes; e os pescadores, a uma distância indeterminada sobre o gelo, movendo-se lentamente com seus cães lupinos, passavam por caçadores de focas, ou esquimós, ou, em tempo enevoado, erguiam-se como criaturas fabulosas, e eu não sabia se eram gigantes ou pigmeus. Tomava esse caminho quando ia dar aulas em Lincoln à noite, caminhando sem estrada e passando longe de qualquer casa entre minha cabana e a sala de aula. No lago Goose, que ficava no caminho, vivia uma colônia de ratos-almiscarados, e eles erguiam suas cabanas altas sobre o gelo, embora nenhum pudesse ser visto fora quando passava por ali. Walden, como o resto, normalmente não tinha neve, ou tinha apenas montes rasos e interruptos, era meu quintal, onde eu podia andar livremente quando a neve chegava a sessenta centímetros de altura em outros lugares e os moradores da vila ficavam confinados a suas ruas. Ali, longe da rua da vila e exceto em intervalos muito longos, dos sinos dos trenós, eu deslizava e patinava, como num vasto campo de chão batido pelos alces, cercado de matas de carvalhos e solenes pinheiros curvados com a neve ou cheios de cerdas de gelo.

Nas noites de inverno e com frequência nos dias invernais, como som ouvia a nota infeliz, mas melodiosa, de uma coruja piando a uma distância indefinida; um som como o que o mundo congelado produziria se fosse tocado com uma palheta adequada, a própria *lingua vernacula* da floresta de Walden, e para mim muito familiar, por fim, embora jamais tenha visto o pássaro enquanto piava. Raramente abria a porta em uma noite de inverno sem ouvir *Huu huu huu, huurer, huu* sonoramente, e as três primeiras sílabas acentuadas mais ou menos como *how der do*. Ou às vezes apenas *huu, huu*. Uma noite, no começo do inverno, antes de o lago congelar, por volta de nove horas, eu me vi assustado pelo grasnado alto de gansos, e, indo à porta, ouvi o som de suas asas como uma tempestade na mata conforme eles voavam baixo sobre minha casa. Passaram sobre o lago na direção de Fair Haven, aparentemente impedidos de baixar por minha luz, o comodoro deles grasnando durante todo o tempo, com uma batida regular. Subitamente um inconfundível corujão-orelhudo, bem perto de mim, com a voz mais rouca e tremenda que já ouvi de qualquer habitante das matas, respondeu em intervalos regulares ao ganso, como se determinado a expor e desgraçar esse intruso de Hudson's Bay exibindo um maior compasso e volume na voz de um nativo e espantá-lo, aos *buu huus*, do horizonte de Concord. O que você almeja ao alarmar a cidadela assim a essa hora da noite consagrada a mim? Acha que sou flagrada cochilando a essa hora e que não tenho pulmões e uma laringe como você? *Buu huu, buu huu, buu huu!* Foi uma das discórdias mais animadas que já ouvi.

No entanto, se tivesse um ouvido discriminatório, havia nele os elementos de uma concórdia jamais vista ou ouvida nessas planícies.

Também ouvia o ranger do gelo no lago, meu grande companheiro de cama naquela parte de Concord, como se estivesse inquieto no leito e se revirasse resignado, fosse perturbado por flatulência e tivesse sonhado; ou eu era acordado pelo estalido do chão rachando com o frio, como se alguém tivesse passado com uma junta de bois à porta, e pela manhã encontrava uma rachadura no chão com quatrocentos metros de comprimento e um centímetro de largura.

Às vezes eu ouvia as raposas correrem sobre a camada de neve em noites enluaradas, procurando uma perdiz ou alguma outra caça, latindo de modo irregular e demoníaco, como cães da floresta, como se labutassem com alguma ansiedade ou buscassem expressão, lutando pela luz e para serem totalmente cães e correrem livres pelas ruas; pois, se levarmos as eras em conta, não poderia haver uma civilização entre os brutos, assim como entre os homens? Elas me pareciam homens rudimentares, entocados, ainda na defensiva, esperando sua transformação. Às vezes se aproximavam de minha janela, atraídas pela luz, latiam uma maldição vulpina para mim e, então, recuavam.

Normalmente o esquilo-vermelho (*Sciurus hudsonius*) me despertava ao amanhecer, subindo pelo teto e para cima e para baixo nos lados da casa, como se tivesse sido enviado das matas com esse propósito. Durante o inverno, joguei meio alqueire de espigas de milho, que não maduraram, na camada de neve junto à porta e me diverti observando os movimentos dos vários animais atraídos por elas. No anoitecer e à noite, os coelhos regularmente apareciam e faziam uma refeição lauta. Por todo o dia, os esquilos-vermelhos iam e vinham e me proporcionavam muito entretenimento com suas manobras. Um se aproximava com cautela através dos arbustos de carvalho, trotando sobre a crosta de gelo em corridas e paradas como uma folha soprada pelo vento, agora alguns passos para esse lado, com grande velocidade e energia maravilhosa, em uma pressa inconcebível com suas patas "trotadoras" de trás, como se fosse uma aposta, e agora tantos passos para aquele lado, mas nunca avançando mais de dois metros e meio de cada vez; então, subitamente pausando com uma expressão cômica e uma cambalhota gratuita, como se todos os olhos do universo estivessem sobre ele – pois todos os movimentos de um esquilo, mesmo nos recessos mais solitários da floresta, implicam espectadores tanto quanto os das dançarinas –, perdendo mais tempo em demora e cautela que o suficiente para andar toda a distância – jamais vi um esquilo andar –, até que, antes que se pudesse dizer Jack Robinson, ele estaria no topo de um jovem pinheiro, dando corda no relógio e censurando todos os espectadores imaginários, em solilóquio e falando a todo o universo ao mesmo tempo – isso por nenhuma razão que eu pudesse detectar ou de que ele mesmo estivesse consciente, suspeito. Por fim ele alcançava o milho e, selecionando uma espiga adequada, corria do mesmo modo de trigonometria incerta para o tronco de cima de minha pilha de lenha, diante de minha janela, de onde me olhava no rosto, e ali sentava-se por horas, conseguindo uma nova espiga de tempos em tempos, mordiscando, no começo vorazmente, e jogando as espigas seminuas ao redor, até que, por fim, ficava ainda mais caprichoso e brincava com a comida, comendo apenas o interior do grão, e a espiga, que ele segurava equilibrando sobre o graveto com uma pata, escorregava de seu aperto descuidado e caía no chão, quando ele a olhava com uma expressão cômica de incerteza, como se suspeitasse de que estava viva, ainda sem decidir se iria pegá-la novamente, ou escolheria uma nova espiga, ou iria embora; agora pensando em milho, depois ouvindo o que estava no vento. Assim o camaradinha imprudente desperdiçava muitas espigas em uma tarde; por fim, pegando uma maior e mais robusta, consideravelmente maior que ele, e equilibrando-a com habilidade, seguia para a mata, como um tigre com um búfalo, com o mesmo caminho em zigue-zague e pausas frequentes, arrastando-a como se fosse grande demais para ele e caindo todo o tempo, tornando a queda uma diagonal entre uma perpendicular e uma horizontal, estando determinado a levá-la a qualquer custo – um camarada singularmente frívolo e extravagante –, e assim ia com a espiga para seu lar, talvez carregá-la para o topo de um pinheiro a duzentos ou duzentos e cinquenta metros de distância, e eu depois encontrava as espigas jogadas pela mata em várias direções.

Enquanto isso chegavam os gaios, cujos gritos discordantes eram ouvidos muito antes, como se eles se aproximassem cautelosamente a duzentos metros de distância, voejando de árvore em árvore de um jeito furtivo e dissimulado, cada vez mais perto, e pegando o interior dos grãos que os esquilos derrubaram. Então, pousados em um galho de pinheiro, tentam engolir com pressa uma semente grande demais para sua garganta e engasgam; depois de muito trabalho, a vomitam e passam uma hora esforçando-se para quebrá-la com repetidas bicadas. São ladrões evidentes, e eu não tinha muito respeito por eles; mas os esquilos, embora tímidos no começo, iam trabalhar como se pegassem o que era deles.

Enquanto isso também vinham os chapins, em bandos, e, pegando as migalhas derrubadas pelos esquilos, voavam para o graveto mais próximo; então, colocando-as em suas garras, as martelavam com seus pequenos bicos, como se fosse um inseto na casca da árvore, até que estivessem suficientemente reduzidas para sua garganta esguia. Um pequeno bando desses chapins vinha diariamente pegar o almoço em minha pilha de lenha, ou as migalhas perto da porta, com um canto fraco e ciciante, como o tilintar de pingentes de gelo na grama, ou, às vezes, com um vivaz *dia dia dia*, ou, mais raramente, em dias como os de primavera, um ensolarado e vibrante *fi-bi* lá da floresta. Eram tão familiares que, por fim, um pousou em uma pilha de lenha que eu carregava e, sem medo, bicou os gravetos. Uma vez um pardal pousou em meu ombro por um momento, enquanto eu carpia em um jardim da vila, e me senti mais distinto naquela circunstância que com qualquer dragona que pudesse receber. Os esquilos também ficaram íntimos e ocasionalmente subiam em meu sapato, quando aquele era o caminho mais curto.

Quando o chão ainda não estava totalmente coberto, e depois outra vez no fim do inverno, quando a neve tinha derretido na encosta sul e em torno de minha pilha de lenha, as perdizes vinham da mata, pela manhã e à noite, comer. Seja qual for o lado que você tome na mata, a perdiz foge com asas sibilantes, sacudindo a neve das folhas secas e dos gravetos no alto, que descem como se peneiradas pelos raios de sol, como poeira dourada, pois esse valente pássaro não se assusta com o inverno. Fica frequentemente recoberto de neve, e dizem que "às vezes mergulha de asas na neve macia, onde se esconde por um dia ou dois". Eu costumava assustar perdizes também em terra aberta, para onde vinham da mata ao pôr do sol a fim de se alimentarem dos brotos das macieiras silvestres. Vão todas as noites a determinadas árvores, onde o esportista astuto as espera, e assim os pomares distantes das matas não sofrem nem um pouco. Fico feliz que as perdizes sejam alimentadas, de qualquer modo. É um pássaro da natureza que vive de brotos e bebidas dietéticas.

Nas manhãs escuras ou nas tardes curtas de inverno, eu às vezes ouvia uma matilha de cães andando por toda a floresta com gritos de caça e ganidos, incapazes de resistir ao instinto da caça, e um som de corneta, em intervalos, provando que o homem estava atrás. A floresta ecoou de novo; no entanto, nenhuma raposa apareceu no nível aberto do lago nem se seguiu matilha perseguindo seu Acteon. E talvez à noite eu veja os caçadores voltando com uma cauda peluda pendendo do trenó como troféu, buscando seu pouso. Eles me dizem que, se a raposa permanecer no seio da terra congelada, estará segura, e, se correr em linha reta, nenhum cão de caça a alcançará; mas, tendo deixado os perseguidores para trás, faz uma pausa para descansar e escuta até que eles cheguem; quando corre, circula os locais que costuma frequentar, onde os caçadores a aguardam. Às vezes, no entanto, ela sobe muros de muitos metros, salta do outro lado e parece saber que a água não reterá seu cheiro. Um caçador me disse que uma vez viu uma raposa perseguida por cães seguir para o Walden, quando o gelo estava coberto de poças rasas, correr parte do caminho e, então, voltar para a mesma margem. Logo depois vieram os cães, mas eles perderam o cheiro. Às vezes uma matilha caçando sozinha passava por minha porta e circulava minha casa, os cães ganindo e caçando sem se importarem comigo, como afligidos por uma espécie de loucura, de modo que nada poderia desviá-los da caçada. Circulam assim até chegarem ao rastro recente de uma raposa, pois um cão de caça esperto deixará qualquer coisa de lado por isso. Um dia, um homem veio de Lexington até minha cabana para perguntar de seu cão – fizeram um longo rastreamento, e ele estava caçando sozinho há uma semana. Mas temo não o ter esclarecido muito, pois, toda vez que tentava responder às perguntas, ele me interrompia questionando: "O que você faz aqui?". Ele tinha perdido um cachorro, mas encontrado um homem.

Um velho caçador que falava pouco, que costumava vir se banhar no Walden todos os anos, quando a água estava em sua temperatura mais quente, e nessas ocasiões vinha me procurar, contou-me que, muitos anos atrás, pegou a arma em uma tarde e saiu para um passeio pela floresta de

Walden; conforme andava pela estrada Wayland, ouviu gritos de cães que se aproximavam, e logo uma raposa pulou o muro, caiu na estrada e, com a mesma rapidez, saltou sobre o muro do outro lado, ao que sua bala ligeira não a alcançou. Pouco depois, apareceu uma velha cadela com seus três filhotes em perseguição total, caçando por conta própria, e eles desapareceram novamente na floresta. Mais tarde, quando ele descansava nas matas densas ao sul do Walden, ouviu os cães vindo de longe, da direção de Fair Haven, ainda perseguindo a raposa; eles continuaram a se aproximar, o ganido de caça que ecoava em toda a floresta soando cada vez mais perto, uma hora de Well Meadow, depois de Barker Farm. Por um longo tempo, ele ficou imóvel ouvindo a música deles, tão doce a ouvidos de um caçador, quando subitamente aparece a raposa, caminhando pelas aleias solenes da mata com um passo fácil, cujo som se disfarçava num farfalhar empático das folhas, ligeira e silenciosa, mantendo a ronda, deixando os perseguidores bem para trás; e, saltando sobre uma rocha entre as árvores, sentou-se ereta, ouvindo, com as costas para o caçador. Por um momento, a compaixão restringiu seu braço; mas aquela foi uma disposição passageira e, rapidamente, como pensamento segue pensamento, a arma foi levantada e *bang*! A raposa, rolando da rocha, jazia morta no chão. O caçador ainda manteve sua posição e escutou os cães. Eles ainda vinham e, agora, perto da floresta, ressoavam por todas as aleias com seu grito demoníaco. Por fim, a velha cadela se mostrou, com o focinho no chão e mordendo o ar, como se estivesse possuída: correu diretamente para a rocha, até que, ao olhar a raposa morta, subitamente parou de caçar, como se pasma de assombro, e a rodeou algumas vezes em silêncio; um a um, chegaram seus filhotes, e, como a mãe, se calavam pelo mistério. Então o caçador se aproximou e foi para o meio deles, e o mistério se resolveu. Esperaram em silêncio enquanto ele tirou a pele da raposa, então seguiram a cauda por um tempo e, por fim, voltaram para a mata. Naquela noite, um proprietário de terras de Weston foi à cabana do caçador perguntar sobre seus cães e contou como eles estava caçando havia uma semana por conta própria nas matas de Weston. O caçador de Concord disse a ele que sabia e lhe ofereceu a pele; o outro recusou e partiu. Ele não encontrou seus cães naquela noite, mas no dia seguinte soube que tinham cruzado o rio e pousado em uma fazenda durante a noite, de onde, tendo sido bem alimentados, partiram de manhã cedo.

O caçador me disse que se recordava de certo Sam Nutting, que costumava caçar ursos em Fair Haven Ledges e trocar as peles por rum na vila de Concord, que disse a ele que vira até um alce aqui. Nutting tinha um cão de caça famoso, chamado Burgoyne – ele pronunciava Bugine –, o qual meu informante costumava tomar emprestado. No "livro de registros" de um velho mercador da cidade, que também era capitão, secretário da câmara e vereador, encontrei a seguinte anotação: 18 de janeiro, 1742-1743, "John Melven Cr." por uma raposa cinza, 0-2-3"; agora elas não são encontradas aqui; e em seu livro-razão, em 7 de fevereiro de 1743, Hezekiah Stratton tem crédito "por ½ pele de gato 0-1-4 ½"; claro que um gato selvagem, pois Stratton foi sargento na velha guerra da França e não teria crédito por caçar uma presa menos nobre. Há crédito também por peles de veado, que eram vendidas diariamente. Um homem ainda preserva os chifres do último veado que fora morto em sua vizinhança, e outro me contou os detalhes da caçada de que seu tio tomou parte. Anteriormente, os caçadores formavam uma equipe numerosa e alegre aqui. Eu me lembro bem de um macilento Nimrod, que pegava uma folha na beira da estrada e tocava nela, se não me falha a memória, uma canção mais viva e melodiosa que qualquer trompa de caça.

À meia-noite, quando havia lua, às vezes encontrava cães de caça em meu caminho, rondando pela mata; estes se esquivavam, como se com medo, e ficavam em silêncio entre os arbustos até que eu passasse.

Esquilos e camundongos silvestres disputavam meu depósito de nozes. Havia montes de pinheiros em torno de minha casa, com troncos de dois a dez centímetros de diâmetro, que foram roídos por camundongos no inverno anterior – um inverno norueguês para eles, pois a neve caiu alta por muito tempo, e eles foram obrigados a misturar grandes proporções de casca de pinheiro com o resto de sua dieta. As árvores estavam vivas e aparentemente floresciam no verão, e muitas delas tinham crescido uns trinta centímetros, embora completamente cingidas; mas, depois de outro inverno, estavam todas mortas, sem exceção. É marcante que um simples camundongo tenha assim um pinheiro inteiro para o jantar, roendo em torno do caule, em vez de para cima e para baixo; ao mesmo tempo, talvez seja necessário para espaçar essas árvores, que costumam crescer densamente.

As lebres (*Lepus americanus*) eram bastante familiares. Uma fez sua toca debaixo de minha casa durante o inverno inteiro, separada de mim apenas pelo chão, e me assustava toda manhã com sua partida apressada, quando eu começava a me agitar – *tump, tump, tump*, batendo, na pressa, a cabeça contra a madeira do chão. Elas costumavam vir à porta ao anoitecer para roer os restos de batata que eu jogara fora, e sua cor era tão parecida com a do chão que mal as via quando estavam imóveis. Às vezes, no lusco-fusco, eu alternadamente perdia e recuperava a visão de uma delas sentada, imóvel, sob minha janela. Quando abria a porta à noite, elas fugiam com um guincho e um pulo. De perto, apenas despertavam pena. Uma noite, uma delas sentou-se em minha porta, a dois passos de mim, primeiro tremendo de medo e, no entanto, sem querer se mover; uma pobre coisinha, magra e ossuda, com orelhas desgrenhadas e focinho fino, cauda escassa e patas esguias. Parecia que a Natureza não comportava mais a estirpe de sangues mais nobres, e estava nas últimas. Seus olhos grandes pareciam jovens e pouco saudáveis, quase hidrópicos. Dei um passo, e, veja, foi embora com uma corrida elástica sobre a camada de gelo, endireitando o corpo e os membros a um tamanho gracioso, e logo colocou a floresta entre nós – a caça selvagem e livre, assegurando seu vigor e a dignidade da Natureza. Sua magreza não era sem sentido. Assim era a natureza. (*Lepus, levipes*, pés ligeiros, alguns pensam.)

O que é um país sem coelhos e perdizes? Eles estão entre os produtos animais mais simples e nativos; famílias antigas e veneráveis conhecidas na Antiguidade, assim como nos tempos modernos; do mesmo tom e da mesma substância da Natureza, aliados mais próximos das folhas e do chão – e um do outro; alados ou com patas. Não é bem como se você visse uma criatura selvagem quando um coelho ou uma perdiz fogem; trata-se apenas de um animal natural, a ser esperado tanto quanto o farfalhar das folhas. A perdiz e o coelho ainda certamente florescerão, como verdadeiros nativos do solo, não importa quais revoluções ocorram. Se a floresta for derrubada, os brotos e os arbustos que brotam lhes darão esconderijo, e eles se tornarão mais numerosos que nunca. Um país que não sustenta uma lebre é, de fato, pobre. Nossas matas estão cheias de ambos, e em torno de cada brejo pode-se ver um rastro de perdiz ou de coelho, rodeado de cercas de gravetos e armadilhas de crina feitas por algum vaqueiro.

16
O lago no inverno

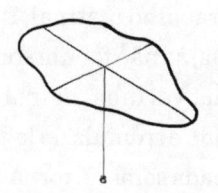

Depois de uma noite tranquila de inverno, despertei com a impressão de que alguma questão me fora colocada e me esforcei, em vão, para respondê-la durante o sono: o quê? Como? Quando? Onde? Mas havia o amanhecer da Natureza, onde vivem todas as criaturas, olhando através de minhas janelas largas com um rosto sereno e satisfeito, e não havia pergunta nos lábios *dela*. Despertei para uma questão respondida, para a Natureza e a luz do dia. A neve profunda sobre a terra salpicada de jovens pinheiros, e a própria escarpa do morro em que fica minha casa pareciam dizer: avante! A Natureza não faz perguntas e não responde àquelas feitas pelos mortais. Há muito tempo tomou sua resolução. "Ó, príncipe, nossos olhos contemplam com admiração e transmitem à alma o espetáculo maravilhoso e variado deste universo. Sem dúvida a noite vela grande parte dessa gloriosa criação; mas o dia vem nos relevar essa obra grandiosa, que se estende da terra até as planícies de éter."

Então sigo para meu trabalho matinal. Primeiro pego um machado e um balde e vou buscar água, se não for um sonho. Depois de uma noite fria e nevada, é preciso de uma varinha divinatória para encontrá-la. Todo inverno, a superfície líquida e trêmula do lago, que era tão sensível a cada sopro e refletia cada luz e cada sombra, torna-se sólida com uma espessura de trinta a quarenta e cinco centímetros, de modo que aguenta as parelhas de gado mais pesadas, e talvez a neve o cubra em uma profundidade semelhante, então o lago não se distingue dos outros campos. Como as marmotas nas colinas que o cercam, ele fecha as pálpebras e fica dormente por três meses ou mais. Na planície coberta de neve, como se estivesse em um pasto no meio das colinas, faço meu caminho primeiro por trinta centímetros de neve, depois trinta centímetros de gelo, e abro uma janela sob os pés, onde, ajoelhando-me para beber, observo a sala quieta dos peixes, perpassada por uma luz suavizada, como se atravessasse uma janela de vidro fosco, com seu chão de areia colorida, como no verão; ali, uma serenidade perene sem ondas reina como se num céu de crepúsculo cor de âmbar, correspondendo ao temperamento calmo e sereno dos habitantes. O céu está sob nossos pés assim como sobre nossa cabeça.

De manhã cedo, quando tudo está fresco com o gelo, os homens vêm com molinetes de pesca e um almoço magro e descem suas boas linhas pelo campo nevado para pegar lúcios e percas; homens selvagens, que instintivamente seguem outros costumes e confiam em outras autoridades que não os de seus concidadãos e que, com idas e vindas, juntam cidades em partes que de outro modo seriam partidas. Sentam-se e almoçam usando casacos grossos nas folhas secas de carvalho na margem, tão sábios em sua sabedoria natural quanto os moradores da cidade em sua sabedoria artificial. Jamais consultam livros e sabem e podem dizer muito menos do que fizeram. As coisas que praticam, dizem, ainda não podem ser conhecidas. Ali está um pescando lúcios com uma perca adulta como isca. Você olha dentro de seu balde com assombro como se fosse um lago de verão, como se ele mantivesse o verão trancado em casa, ou soubesse para onde ele foi. Como, diga, ele conseguiu isso no meio do inverno? Ah, retirou vermes de troncos podres desde que o chão congelou e, então, os fisgou. Sua própria vida se passa em uma natureza mais profunda do que penetram os estudos do naturalista; ele mesmo um objeto de estudo. Gentilmente, o naturalista levanta o musgo e a casca da árvore com sua faca, buscando insetos; aquele abre troncos até o âmago com o machado, e musgo e casca voam por todos os lados. Ele tira seu sustento descascando árvores. Um homem assim tem o direito de pescar, e amo ver a natureza seguir nele. A perca engole a minhoca, o lúcio engole a perca, o pescador engole o lúcio, e assim todas as fendas na escala do ser são preenchidas.

Quando passeava em torno do lago em tempo de neblina, às vezes me divertia com o modo primitivo que algum pescador mais rude adotava. Ele chegava a colocar galhos de amieiro em buracos estreitos no gelo, que estavam a vinte ou trinta metros um do outro e a uma distância igual da margem, e, tendo prendido a ponta da linha a um pau para impedir que fosse puxada, passava a parte solta por um graveto de amieiro, trinta centímetros ou mais acima do gelo, e amarrava nela uma folha de carvalho, a qual, sendo puxada, mostraria quando ele tinha uma fisgada. Esses galhos de amieiro se erguiam na neblina a intervalos regulares enquanto você caminhava em torno do lago.

Ah, os lúcios do Walden! Quando os vejo sobre o gelo, ou no poço que o pescador cortou no gelo, fazendo um pequeno buraco para permitir a água, sempre me surpreendo com sua beleza rara, como se fossem peixes fabulosos; são tão estranhos às ruas, mesmo às matas, estranhos como a Arábia para nossa vida de Concord. Possuem uma beleza um tanto deslumbrante e transcendente que os separa por uma grande distância dos cadavéricos bacalhau e hadoque, cuja fama é alardeada em nossas ruas. Não são verdes como os pinheiros nem cinza como as pedras, tampouco azul como o céu; eles têm, a meus olhos, cores ainda mais raras, se possível, como flores e pedras preciosas, como se eles fossem as pérolas, os *nuclei* animalizados ou cristais da água do Walden. Eles são, é claro, inteiramente Walden; eles próprios pequenos waldens no reino animal, waldenses. É surpreendente que sejam pescados aqui – que nessa fonte profunda e ampla, bem abaixo das juntas de bois e carroças chacoalhantes e dos trenós tilintantes que passam pela estrada Walden, nade esse grande peixe de ouro e esmeralda. Nunca me aconteceu de ver esse tipo em nenhum mercado; seria o centro da atenção de todos os olhares lá. Facilmente, com alguns poucos trancos convulsivos, desistem de seus espíritos aquáticos, como um mortal trasladado antes de seu tempo para o ar rarefeito do céu.

Como eu desejava recuperar o fundo há muito perdido do lago Walden, eu o inspecionei com cuidado antes que o gelo se partisse, no começo de 1846, com bússola, trena e sonda. Muitas histórias eram contadas sobre o fundo, ou melhor, a falta de fundo, desse lago, as quais certamente não tinham fundamento. É notável por quanto tempo um homem acredita na falta de fundo de um lago sem se preocupar em inspecioná-lo. Visitei dois desses Lagos Sem Fundo em uma caminhada por essa vizinhança. Muitos acreditaram que o Walden quase alcançava o outro lado do globo. Alguns se deitaram no gelo por um longo tempo, olhando para baixo através do meio ilusório, talvez com olhos lacrimosos, e levados a conclusões apressadas por medo de pegarem um resfriado no peito, viram vastos buracos "no qual uma carga de feno poderia ser levada", se houvesse alguém para levá-la, a fonte certa da ninfa Estige e entrada das Regiões Infernais por essas partes. Outros vieram da vila com um peso "cinquenta e seis" e uma carga de corda de polegada, mas não encontraram nenhum fundo; pois, enquanto o "cinquenta e seis" descansava, eles desenrolavam a corda na vã tentativa de medir sua realmente imensurável capacidade de assombro. Mas posso assegurar meus leitores de que o Walden tem um fundo razoavelmente compacto e sua profundidade não é irracional, embora seja incomum. Eu a medi com facilidade usando uma linha de pesca de bacalhau e uma pedra de cerca de setecentos gramas e podia perceber com precisão quando a pedra saía do fundo, por precisar puxar com muito mais força antes que a água entrasse embaixo para me ajudar. A maior profundidade foi de exatos 31,08 metros; ao qual pode ser adicionado o 1,52 metro que ele subiu desde então, totalizando 32,06 metros. É uma profundidade notável para uma área tão pequena; no entanto, nem um centímetro seria deixado para trás pela imaginação. E se todos os lagos fossem rasos? Isso não teria efeito na mente dos homens? Sou grato que esse lago tenha sido feito profundo e puro como símbolo. Enquanto os homens acreditarem no infinito, pensarão que alguns lagos não têm fundo.

O dono de uma fábrica, ouvindo a profundidade que eu descobrira, achou que não poderia ser verdade, pois, julgando por sua familiaridade com represas, a areia não ficaria em ângulo tão agudo. Mas os lagos mais fundos não são tão profundos em relação à área, como muitos acreditam, e, se drenados, não deixariam vales tão notáveis. Não são como taças entre as colinas; pois esse, que é tão notavelmente profundo para a área, numa seção vertical de seu centro, não parece mais fundo que um prato. A maioria dos lagos, se esvaziada, deixaria uma várzea não mais profunda que as que em geral vemos. William Gilpin, que é tão admirável em tudo o que diz respeito a paisagens e normalmente tão correto, na cabeça do Loch Fyne, na Escócia, que ele descreve como "uma baía de água salgada, com sessenta ou setenta braças de profundidade, seis quilômetros e meio de largura" e cerca de oitenta quilômetros de comprimento, cercado por montanhas, observa: "Se pudéssemos vê-lo logo após o impacto diluviano ou qual seja a convulsão da natureza que o causou, antes que a água jorrasse, que abismo horrendo deve ter parecido!".

"Tão alto quanto subiram os montes túmidos
Desceu o fundo da cavidade ampla e profunda,
Vasto leito de águas."

Mas se, usando o menor diâmetro do Loch Fyne, aplicarmos essas proporções ao Walden, o qual, como já vimos, em um corte vertical, já parece raso como um prato, ele pareceria quatro vezes mais raso. Isso quanto aos horrores *acrescidos* do abismo do Loch Fyne quando vazio. Sem dúvidas muitos vales sorridentes, com seus milharais extensos, ocupam exatamente um "abismo horrendo", de onde as águas recuaram, embora seja necessário ter discernimento e a visão longa do geólogo para convencer os habitantes insuspeitos desse fato. Com frequência, um olhar inquisitivo pode detectar as margens de um lago primitivo nas colinas baixas do horizonte, e nenhuma elevação subsequente da planície foi necessária para esconder sua história. Mas é mais fácil, como sabem os que trabalham nas ferrovias, detectar as depressões pelas poças depois da chuva. Isso quer dizer que a imaginação, tendo um mínimo de liberdade, mergulha mais fundo e voa mais alto que a Natureza. Então, provavelmente, a profundidade do oceano será considerada irrelevante comparada a sua extensão.

Conforme sondava através do gelo, eu podia determinar o formato do fundo com maior precisão do que é possível sondando portos que não congelam – e fiquei surpreso com sua regularidade geral. Na parte mais profunda, há vários acres mais planos que qualquer campo exposto ao sol, ao vento e ao arado. Em um caso, em uma linha escolhida arbitrariamente, a profundidade não variou mais que trinta centímetros em uma extensão de cento e cinquenta metros; e, no geral, perto do meio, podia calcular a variação num raio de trinta metros antecipadamente de sete e meio a dez centímetros. Alguns estão acostumados a falar de buracos profundos e perigosos mesmo em lagos tranquilos e arenosos como esse, mas o efeito da água nessas circunstâncias é nivelar todas as desigualdades. A regularidade do fundo e sua conformidade com as margens e as colinas ao redor eram tão perfeitas que um promontório distante se revelou nas sondagens bem do outro lado do lago, e sua direção podia ser determinada pela observação da margem oposta. Cabo se transforma em barra, planície, em baixio, e vale e garganta, em água profunda e canal.

Quando tinha mapeado o lago na escala de cinquenta metros por uma polegada e marcado as sondagens, mais de cem no total, observei essa notável coincidência. Tendo notado que o número indicava que a maior profundidade aparentemente ficava no centro do mapa, coloquei uma reta no sentido do comprimento e outra no sentido da largura e descobri, para minha surpresa, que ambas se cruzavam *exatamente* no ponto de maior profundidade, apesar de sua nivelação, do desenho do lago, longe de regular, e de os extremos de comprimento e largura terem sido registrados medindo enseadas; e disse a mim mesmo: quem sabe essa pista não levaria também à parte mais profunda do oceano, assim como a de um lago ou de uma poça? Não é essa a regra também para a altura das montanhas, consideradas o oposto dos vales? Sabemos que um monte não é mais alto em sua parte mais estreita.

De cinco enseadas, em três, ou todas as que foram sondadas, foram observados bancos de areia bem na boca, e água mais profunda no interior, de modo que a baía tendia a ser uma expansão de água na terra não apenas horizontalmente, mas verticalmente, e a formação de uma bacia ou um lago independente, a direção dos dois cabos mostrando o curso do banco. Todo porto na costa marítima tem, também, um banco na entrada. Em proporção, assim como a boca da enseada era mais larga que seu comprimento, a água além do banco era mais profunda comparada com a da bacia. Dados, então, o comprimento e a largura da enseada e o caráter da margem que a rodeia, quase se tem elementos suficientes para fazer uma fórmula para todos os casos.

Para ver com quanta exatidão eu poderia deduzir, com essa experiência, o ponto mais profundo de um lago, observando apenas o desenho da superfície e as características das margens, fiz um plano do lago White, que tem cerca de quarenta e um acres e, como esse, não tem ilhas nem entrada ou saída visível; e como a linha do maior ponto de largura estava bem próxima do ponto de menor largura, onde dois cabos opostos se aproximavam e duas baías opostas recuavam, aventurei-me a marcar como mais profundo um ponto a pouca distância desta última linha, mas ainda dentro da de maior comprimento. Verificou-se que a parte mais profunda estava a trinta metros, ainda mais adiante na direção em que me inclinei, e era apenas trinta centímetros mais profunda, a saber, dezoito metros e trinta centímetros. É claro que uma corrente de água ou uma ilha no lago tornam o problema bem mais complicado.

Se soubéssemos todas as leis da Natureza, precisaríamos apenas de um fato, ou da descrição de um fenômeno verdadeiro, para inferir todos os resultados detalhados daquele ponto. Agora sabemos apenas algumas leis, e nossos resultados são afetados não por alguma confusão ou irregularidade da Natureza, mas por nossa ignorância de elementos essenciais no cálculo. Nossas noções de lei e harmonia são normalmente restritas às instâncias que percebemos; mas a harmonia que resulta de um número muito maior de leis em aparência conflitantes, mas na verdade concordantes, que ainda não detectamos é ainda mais maravilhosa. As leis particulares são como nossos pontos de vista, que, como o desenho da montanha para o viajante, variam a cada passo e têm um número infinito de perfis, embora apenas uma forma. Mesmo quando partida ou perfurada, não é compreendida em sua totalidade.

O que observei no lago não é menos verdadeiro em ética. É a lei da média. Uma regra de dois diâmetros não apenas nos guia em direção ao sol no sistema e ao coração no homem, mas traça linhas pela largura e pelo comprimento do agregado de comportamentos diários de um homem em particular e das ondas de vida em suas enseadas e suas baías, e onde elas se encontram está o ponto mais alto ou mais profundo de seu caráter. Talvez seja necessário saber apenas a direção de suas margens e de seu terreno adjacente ou das circunstâncias para inferir sua profundidade e o fundo escondido. Se ele é cercado por circunstâncias montanhosas, uma margem de Aquiles, cujos picos obscurecem e são refletidos em seu peito, elas sugerem uma profundidade correspondente nele. Mas uma margem baixa e suave demonstra que ele é raso naquele lado. Em nosso corpo, sobrancelhas proeminentes e ousadas indicam uma profundidade de pensamento correspondente. Há também um banco na entrada de cada enseada nossa, ou inclinação particular; cada um é nosso porto por um tempo, e lá somos detidos e parcialmente rodeados de terra firme. Essas inclinações não costumam ser aleatórias, mas sua forma, seu tamanho e sua direção são determinados pelos promontórios da margem, os eixos ancestrais de elevação. Quando esse banco é gradualmente aumentado por tempestades, marés ou correntes, ou quando há uma redução na água, de modo que ele alcança a superfície, o que antes não passava de inclinação na margem na qual um pensamento estava atracado se transforma em um lago individual, cortado do oceano, onde o pensamento assegura suas condições próprias – mudanças, talvez, de água salgada para fresca, se transforma em um mar doce, mar morto ou brejo. E com o advento de cada indivíduo nesta vida, não deveríamos imaginar que um banco como esse veio à superfície em algum lugar? É verdade que somos pobres navegadores de nossos pensamentos, pois a maior parte deles está ao largo numa costa sem porto, proficientes apenas nas curvas das baías da poesia, ou se dirigem aos portos públicos de entrada e vão para as docas secas da ciência, onde são meramente reaparelhados para esse mundo, e nenhuma corrente natural contribui para individualizá-los.

Quanto à entrada ou saída do Walden, não descobri nenhuma além de neve, chuva e evaporação, embora talvez, com um termômetro e uma linha, tais locais possam ser descobertos, pois onde a água flui para o lago certamente será a área mais fria no verão e a mais quente no inverno. Quando os homens da extração de gelo trabalhavam aqui em 1846 e 1847, os pedaços enviados à margem um dia foram rejeitados por quem os empilhava ali, não sendo grossos o bastante para ficarem lado a lado com o resto; e os cortadores descobriram que o gelo, em um espaço pequeno, era de cinco a sete centímetros mais fino que no restante do lago, o que os fez pensar que ali havia uma entrada. Também me mostraram, em outro lugar, o que pensavam ser um "buraco de escoamento", através do qual o lago escoava debaixo de uma colina até uma várzea vizinha, empurrando-me em um pedaço de gelo para vê-lo. Era uma cavidade pequena debaixo de três metros de água, mas acho que posso garantir que o lago não precisará ser soldado até que encontrem um vazamento pior que aquele. Alguém sugeriu que se um "buraco de escoamento" desses fosse encontrado, sua conexão com a várzea, se existente, poderia ser provada ao se colocar algum pó colorido ou serragem na boca do buraco, e então um filtro na fonte da várzea, que deveria capturar algumas das partículas levadas pela corrente.

Enquanto eu fazia as sondagens, o gelo, que tinha quarenta centímetros de espessura, ondulou sob um vento leve, como água. É bem sabido que não se pode usar nível no gelo. A cinco metros da margem, sua maior flutuação, quando observada por um nível na terra direcionado a uma vara graduada no gelo, foi de um centímetro e oitenta milímetros, embora o gelo parecesse preso com firmeza à margem. Era provavelmente maior no meio. Quem sabe, se nossos instrumentos fossem delicados o suficiente, poderíamos detectar uma ondulação na crosta da Terra? Quando duas pernas de meu nível estavam na margem e a terceira estava no gelo, com o visor apontado para este último, uma subida ou descida do gelo quase infinitesimal fazia uma diferença de vários metros em uma árvore do outro lado do lago. Quando comecei a cortar buracos para a sondagem, havia de oito a dez centímetros de água sobre o gelo debaixo de uma neve profunda que o fizera ceder, mas a água começou a correr imediatamente para dentro desses buracos e continuou a correr por dois dias em correntes profundas, que desgastaram o gelo de todos os lados e contribuíram, essencialmente, se não principalmente, para secar a superfície do lago; pois, conforme a água corria para dentro, levantava e fazia o gelo flutuar. É um pouco como abrir um buraco no fundo de um barco para deixar a água sair. Quando buracos assim congelam, vem chuva e, por fim, um novo congelamento forma uma camada lisa de gelo sobre tudo, ficam lindamente mosqueado por dentro por figuras escuras, moldadas de um jeito parecido com uma teia de aranha – são rosetas de gelo, produzidas pelos canais usados pela água que flui de todos os lados para um centro.

Às vezes, também, quando o gelo estava coberto de poças rasas, eu via uma sombra dupla de mim mesmo, uma de pé na cabeça da outra, uma no gelo, a outra nas árvores ou na encosta.

Enquanto ainda estamos no frio janeiro, e neve e gelo são grossos e sólidos, o dono de terras prudente vem da vila pegar o gelo que vai refrescar sua bebida de verão; é impressionantemente sábio, ainda que de modo patético, prever o calor e a sede de julho agora em janeiro, usando casaco pesado e luvas grossas, enquanto tantas coisas são deixadas sem planejamento! Pode ser que ele não estoque nenhum tesouro que irá refrescar sua bebida de verão no próximo. Ele corta e serra o lago sólido, tira o telhado da casa dos peixes e leva embora o próprio elemento e ar deles, bem preso com correntes e estacas como madeira amarrada, pelo ar favorável do inverno, até porões gelados, para ali dar suporte ao verão. Parecem azul solidificado quando, de longe, são arrastados pelas ruas. Esses cortadores de gelo são uma raça alegre, cheia de gracejos e esporte, e, quando eu estava com eles, costumavam me convidar para serrar na vertical, comigo embaixo.

No inverno de 1846 e 1847, uma centena de homens de origem hiperbórea desceu em nosso lago numa manhã, com muitas cargas de ferramentas de fazenda que pareciam desajeitadas – trenós, arados, semeadeiras, facão de grama, pás, serras, ancinhos, e cada homem estava armado com uma haste de pique de ponta dupla que não é descrita no *New-England Farmer* nem no *Cultivator*. Não sabia se tinham vindo plantar uma roça de centeio de inverno ou algum outro cereal recentemente introduzido da Islândia. Como não vi adubo, achei que tinham a intenção de aproveitar a terra, como eu fizera, achando que o solo era profundo e tinha ficado tempo suficiente sem cultivo. Disseram que um cavalheiro fazendeiro, que estava nos bastidores, queria dobrar seu dinheiro, o qual, pelo que entendi, já estava no montante de meio milhão; mas, para cobrir cada um de seus dólares com outro, ele retirou o único casaco, e, ai, a própria pele, do lago Walden no meio de um inverno duro. Foram imediatamente trabalhar, arando, transportando, rolando, sulcando, em uma ordem admirável, como se quisessem fazer uma fazenda modelo; quando olhava de perto para ver que tipo de semente plantavam nos sulcos, um grupo de camaradas a meu lado de repente começou a arrancar o solo virgem, com um solavanco peculiar, até chegar à areia, ou melhor, à água – pois era um solo muito úmido ou, na verdade, toda a *terra firma* que havia –, e jogá-lo em trenós; então imaginei que deveriam cortar turfas em um pântano. Assim eles vinham e iam todos os dias, com um gemido peculiar da locomotiva, de e para algum local nas regiões polares, como me pareceu, como um bando de aves das neves árticas. Mas às vezes a Índia Walden revidava, e um trabalhador, andando atrás de seu grupo, escorregou por uma rachadura no solo em direção ao Tártaro, e aquele que parecia tão valente antes subitamente se tornou a nona parte de um homem, quase desistiu de seu calor animal e ficou feliz em se refugiar em minha casa, e reconheceu que havia alguma virtude em um fogão; às vezes, ainda, o solo congelado arrancava um pedaço de aço da lâmina de um arado ou uma charrua ficava presa no sulco e precisava ser cortada.

Para falar a verdade, uma centena de irlandeses, com supervisores ianques, vinham de Cambridge todos os dias retirar o gelo. Eles o dividiam em barras por métodos conhecidos demais para exigirem descrição, e essas, sendo levadas à margem, logo eram colocadas em uma plataforma de gelo e levantadas por ganchos, blocos e guinchos movidos por cavalos, em uma pilha, com a mesma firmeza usada com barris de farinha, e ali dispostas lado a lado, fila após fila, como se formassem a base sólida de um obelisco projetado para furar as nuvens. Eles me disseram que, em um bom dia, conseguiam retirar uma tonelada, o que era a produção de cerca de um acre. A passagem dos trenós sempre sobre a mesma trilha criava sulcos profundos e buracos no gelo, assim como na *terra firma*, e os cavalos invariavelmente comiam sua aveia em gelos cavados como se fossem baldes. Arrumavam as barras de gelo assim ao ar livre em pilhas com doze metros de altura de um lado e trinta a trinta e cinco metros quadrados, colocando feno entre as camadas exteriores para excluir o ar; pois, quando o vento, nunca tão frio, encontrava uma passagem, abria grandes cavidades, deixando leves apoios ou suportes aqui e ali, até que finalmente as derrubava. No começo parecia um vasto forte azul, ou o Valhalla; no entanto, quando começaram a enfiar a grama grosseira da várzea nas frestas, a pilha se cobria de gelo, parecia uma venerável ruína grisalha e cheia de musgo, feita de mármore azul, a moradia do Inverno, aquele velho que vemos no almanaque – sua cabana, como se ele tivesse o projeto de veranear conosco. Eles calculavam que nem 25% daquilo chegaria ao destino e que 2% ou 3% seriam desperdiçados nas carroças. Além disso, parte ainda maior daquela pilha tinha destino diferente do pretendido – o gelo não se mantinha tão bem quanto o esperado, contendo mais ar que de costume, ou, por alguma outra razão, jamais chegava ao mercado. Essa pilha, feita no inverno de 1846 e 1847 e estimada em dez mil toneladas, foi finalmente coberta de mato e tábuas; e, embora fosse descoberta em julho seguinte, e parte dela levada, o resto ficando exposto ao sol, ainda permaneceu durante aquele verão e o inverno seguinte e não derreteu totalmente até setembro de 1848. Assim, o lago recuperou a maior parte.

Como a água, o gelo do Walden, visto de perto, tem um tom verde; visto de longe, porém, é lindamente azul, e é fácil diferenciá-lo do gelo branco do rio ou do meramente esverdeado de alguns lagos, a uns quatrocentos metros. Às vezes uma daquelas grandes barras escorregava do trenó do cortador de gelo para a rua da vila e ali ficava por uma semana como uma grande esmeralda, objeto de interesse de todos os transeuntes. Notei que parte do Walden que, no estado aquático, era com frequência verde, quando ele se encontrava congelado, parecia azul do mesmo ponto de vista. Então as cavidades do lago ficam, às vezes, no inverno, cheias de uma água verde como a dele próprio, mas no dia seguinte estarão congeladas e azuis. Talvez a cor azul da água e do gelo se deva à luz e ao ar que eles contêm, e o mais transparente é o mais azul. O gelo é um objeto interessante para contemplação. Eles me disseram que tinham alguns de cinco anos em casas de gelo em Fresh Pond – e que ainda estavam bons. Por que a água em um balde logo se torna pútrida, mas, se congelada, permanece boa para sempre? Normalmente se diz que essa é a diferença entre as afeições e o intelecto.

Desse modo, por dezesseis dias vi de minha janela uma centena de homens trabalhando como agricultores ocupados, com parelhas de bois e cavalos e aparentemente todos os implementos de uma fazenda, como os desenhos que vemos na primeira página do almanaque; e, sempre que olhava para fora, me recordava da fábula da cotovia e dos ceifadores, ou da parábola do semeador e coisas assim; e agora todos se foram, e em uns trinta dias ou mais, provavelmente, devo olhar pela mesma janela para a água pura verde-mar do Walden, refletindo as nuvens e as árvores, enviando para cima suas evaporações em solidão, e não haverá traços de que um homem tenha um dia estado ali. Talvez ouça uma mobelha solitária rir enquanto mergulha e alisa as penas ou veja um pescador sozinho em seu barco, como uma folha que flutua, contemplando sua forma refletida nas ondas, onde há pouco trabalhava em segurança uma centena de homens.

E assim parece que os acalorados habitantes de Charleston e Nova Orleans, de Madras, Bombaim e Calcutá, bebem em meu poço. Banho meu intelecto na filosofia estupenda e cosmogônica do *Bhagavad Gita*, muitas eras dos deuses depois que foi composta, e em cuja comparação nosso mundo moderno e sua literatura parecem fracos e triviais; e duvido que essa filosofia não se refira a um estado prévio de existência, tão remota sua sensibilidade é de nossas concepções. Deixo o livro, vou para meu poço buscar água e – veja! – ali encontro o servo dos brâmanes, sacerdote de Brahma e Vishnu e Indra, que ainda se senta em seu templo no Ganges, lendo os Vedas, ou vive ao pé de uma árvore com seu pedaço de pão e jarro de água. Encontro seu criado, que veio buscar água para seu senhor, e é como se nossos baldes batessem um no outro no mesmo poço. A água pura do Walden se mescla com a água sagrada do Ganges. Com ventos favoráveis, ela é soprada para além das ilhas fabulosas de Atlântida e das Hespérides, faz o périplo de Hanno e, flutuando em torno de Ternate e Tidore e na boca do golfo Pérsico, derrete nos ventos tropicais dos mares indianos e chega a portos cujos nomes Alexandre apenas ouviu.

17

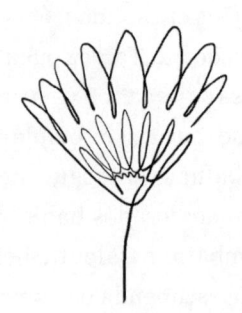

Primavera

A abertura de grandes trechos pelos cortadores de gelo geralmente faz com que a superfície do lago quebre antes; pois a água, agitada pelo vento, até no tempo frio, derrete o gelo no entorno. Mas não foi o que aconteceu com o Walden naquele ano, pois ele logo arrumou uma veste ainda mais grossa para tomar o lugar da antiga. Esse lago nunca degela tão rápido quanto os outros na vizinhança, tanto por causa da profundidade quanto por não ser atravessado por uma corrente que derreta ou desgaste o gelo. Nunca soube que o gelo tivesse aberto no decorrer do inverno, sem exceção do de 1852 e 1853, que foi uma provação muito dura para os lagos. O gelo normalmente se abre por volta de 1º de abril, uma semana ou dez dias depois do lago de Flint e de Fair Haven, começando a derreter no lado norte e nas partes mais rasas, onde iniciou a congelar. Indica melhor que qualquer outro lago ao redor o progresso absoluto da estação, sendo menos afetado por mudanças breves de temperatura. Um frio severo com duração de alguns dias pode retardar bastante a abertura dos lagos citados, enquanto a temperatura do Walden aumenta de forma quase ininterrupta. Um termômetro colocado no meio do Walden em 6 de março de 1847 marcou zero grau Celsius, por volta do ponto de congelamento; perto da margem, em meio grau; no meio do lago de Flint, no mesmo dia, em zero vírgula três; a sessenta metros da margem, em água rasa, debaixo de uma camada de gelo de trinta centímetros, dois vírgula dois. Essa diferença de um vírgula nove grau entre a temperatura da água mais funda e da mais rasa no último lago, e o fato de que uma grande proporção dele é comparativamente rasa, demonstra por que o gelo deveria quebrar muito mais rápido que o do Walden. O gelo na parte mais rasa estava dessa vez vários centímetros mais fino que no meio. Na metade do inverno, o centro do lago fora o local mais quente, e o gelo, o mais fino dali. Então, todos que vadearam em torno das margens no verão devem ter percebido quanto a água é mais quente mais perto delas, onde tem apenas oito ou dez centímetros de profundidade, que a uma pequena distância dali, e na superfície onde a água é profunda, que mais perto do fundo. Na primavera, o sol não apenas exerce uma influência na maior temperatura da terra e do ar, como seu calor passa por gelo com trinta centímetros ou mais de espessura e é refletido no fundo da parte rasa, então também aquece a água e derrete a parte de baixo do gelo, ao mesmo tempo que derrete mais diretamente em cima, tornando o gelo irregular e fazendo com que as bolhas de ar nele se expandam para cima e para baixo até que fique alveolado e, por fim, desapareça subitamente em uma única chuva de primavera. O gelo tem veios, assim como a madeira, e quando uma barra começa a apodrecer, ou "virar favo", ou seja, fica com a aparência de um favo de mel, seja qual for sua posição, as bolhas de ar ficam em ângulo reto com o que era a superfície da água. Onde há uma rocha ou um tronco que se levanta até perto da superfície, o gelo sobre ele é muito mais fino e, frequentemente, um tanto dissolvido pelo calor refletido; e me disseram que em um experimento em Cambridge de congelar água em um tanque raso de madeira, embora o ar frio circulasse debaixo e, então, tivesse acesso a ambos os lados, o reflexo do sol no fundo mais que contrabalanceava essa vantagem. Quando a chuva tépida no meio do inverno derrete o Walden e deixa um gelo duro escuro ou transparente no meio, surge uma listra de gelo branco podre, mas mais grosso, com cinco metros ou mais de largura, perto das margens, criada por esse calor refletido. Além disso, como já mencionei, as bolhas em si dentro do gelo operam como lentes de aumento do sol para derreter o gelo debaixo.

Os fenômenos do ano acontecem todos os dias em um lago em pequena escala. A cada manhã, falando em geral, a água rasa é aquecida com mais rapidez que a funda, embora não fique tão aquecida, por fim, e toda noite esfria mais rapidamente, até a manhã. O dia é um epítome do ano. A noite é o inverno, a manhã e a tarde são primavera e outono, e o meio-dia é o verão. O romper e o estalar do gelo indicam mudança de temperatura. Numa manhã agradável depois de uma noite fria, em 24 de fevereiro de 1850, tendo ido passar o dia no lago de Flint, notei com surpresa que, quando batia no gelo com a cabeça do machado, ele ressoava como um gongo por um raio de muitos metros, como se eu tivesse batido em um couro de tambor apertado. O lago começou a ranger uma hora depois do amanhecer, quando sentiu a influência dos raios de sol que passavam por cima das colinas e o atingiam, inclinados; ele se esticou e bocejou como um homem que despertava, com um tumulto que aumentava, e se manteve por três ou quatro horas. Tirou uma sesta curta ao meio-dia e ressoou outra vez perto da noite, conforme o sol retirava sua influência. No estágio certo, um lago dispara suas armas noturnas com regularidade. Mas, no meio do dia, estando cheio de rachaduras, e com o ar também menos elástico, tinha completamente perdido sua ressonância, e provavelmente peixes e ratos-almiscarados não se surpreenderiam com algum golpe em sua superfície. Os pescadores dizem que o "trovejar do lago" assusta os peixes e os impede de ser fisgados. O lago não troveja todas as noites, e não sei afirmar quando esperar seu trovejar; mas, embora eu possa não perceber diferença no tempo, ele percebe. Quem suspeitaria que algo tão grande, frio e de casca tão grossa seria tão sensível? No entanto, tem suas leis, de acordo com as quais troveja com obediência quando deveria, tão certo quanto que os brotos se expandem na primavera. A terra está toda viva e coberta de papilas. O maior lago é tão sensível a mudanças atmosféricas quanto o glóbulo de mercúrio em seu tubo.

Uma atração em morar na floresta era ter tempo e oportunidade para ver a primavera chegar. O gelo no lago por fim começa a ficar alveolado, e eu consigo calcar nele o salto ao andar. Neblinas, chuvas e sol mais quente aos poucos derretem a neve; os dias estão perceptivelmente mais longos; e vejo como chegar ao inverno sem aumentar minha pilha de lenha, pois os grandes fogos já não são necessários. Estou alerta para os primeiros sinais da primavera, ouvir a música casual de um pássaro que chega, ou o chilreio do esquilo-listrado, pois agora seus estoques devem estar quase vazios, ou ver a marmota se aventurar para fora de seu alojamento de inverno. No dia 13 de março, depois que tinha ouvido o azulão, o pardal--cantor e o melro-de-pescoço-vermelho, o gelo ainda se encontrava com quase trinta centímetros de espessura. Conforme o tempo foi ficando mais quente, não foi desgastado sensivelmente pela água tépida nem quebrado e levado, como nos rios, mas, embora estivesse todo derretido por cerca de dois metros e meio depois da margem, o meio estava totalmente alveolado e saturado de água, de modo que era possível quebrá-lo com o pé, mesmo que estivesse com quinze centímetros de espessura; na noite do dia seguinte, talvez, depois de uma chuva tépida seguida por névoa, teria desaparecido por completo, tudo derretido com a névoa, escapado. Em um ano, passei pelo meio apenas cinco dias antes que o gelo sumisse. Em 1845, o Walden ficou completamente aberto no dia 1º de abril; em 1846, em 25 de março; em 1847, em 8 de abril; em 1851, em 28 de março; em 1852, em 18 de abril; em 1853, em 23 de março; em 1854, em 7 de abril.

Cada episódio relacionado ao degelo dos rios e dos lagos e a melhora do tempo é particularmente interessante para nós, que vivemos em um clima de extremos tão intensos. Quando os dias mais quentes vêm, os que vivem perto do rio ouvem o gelo rachar à noite, num estrondo assustador, alto como artilharia, como se os grilhões gelados rompessem de ponta a ponta, e com poucos dias veem o gelo ir embora depressa. Então o aligátor sai da lama com os tremores da terra. Um velho, que é um observador detalhista da Natureza e parece do mesmo modo sábio a respeito de todas as suas operações, como se tivesse visto sua construção quando era garoto e ajudado a colocar sua quilha – que chegou a essa idade e mal poderia adquirir mais sabedoria natural que se vivesse até a idade de Matusalém –, contou-me (e eu fiquei surpreso ao ouvi-lo expressar maravilha a qualquer operação da Natureza, pois pensava que não havia segredos entre eles) que um dia pegou a arma e o barco e pensou em praticar um pouco de esporte com os patos.

Ainda havia gelo na várzea, mas não no rio, e ele desceu sem obstrução de Subdury, onde vivia, para o lago Fair Haven, que encontrou, inesperadamente, coberto em sua maior parte com um campo grosso de gelo. Era um dia quente, e ele ficou surpreso ao ver que aquele pedaço tão grande de gelo permanecia. Sem ver nenhum pato, escondeu o barco no norte, ou atrás de uma ilha no lago, e então se ocultou nos arbustos no lado sul para aguardá-los. O gelo havia derretido por quinze ou vinte metros da margem, e havia uma lâmina lisa e tépida de água, com um fundo barrento, como gostam os patos, e ele pensou que era provável que algum aparecesse logo. Depois de ficar ali imóvel por cerca de uma hora, ouviu um som baixo e que parecia muito distante, mas singularmente grandioso e impressionante, diferente de tudo o que já ouvira, aos poucos inchando e aumentando, como se fosse ter um fim universal e memorável, um rugido soturno e impetuoso, que lhe pareceu de repente um vasto grupo de aves indo pousar ali; pegando a arma, subiu apressado e eufórico; mas descobriu, para sua surpresa, que todo o corpo de gelo saíra enquanto ele estava ali, e fora para a borda, e que o som que ele ouvia era feito por sua beirada raspando na margem – no começo gentilmente se soltando em pedaços, mas por fim se erguendo e arremessando fragmentos por toda a ilha a uma altura considerável, até paralisar outra vez.

Até que os raios do sol alcançam o ângulo certo, e ventos tépidos sopram névoa e chuvas e derretem os bancos de neve, e o sol, dispersando a névoa, sorri em uma paisagem mesclada de castanho-avermelhado e branco fumegando com incenso, através do qual o viajante escolhe seu caminho de ilhota a ilhota, alegrado pela música de mil riachos e regatos tilintantes cujas veias estão cheias do sangue do inverno que eles levam.

Poucos fenômenos me davam mais prazer que observar as formas que no degelo tomam a areia e o barro, fluindo pelos lados de um grande declive em torno da ferrovia, pelo qual passo a caminho da vila, um fenômeno que não é tão comum em larga escala, embora o número de bancos recém-expostos do material certo deva ter se multiplicado muito desde que as ferrovias foram inventadas. O material era areia em diferentes graus de fineza e em várias cores ricas, em geral misturadas com um pouco de argila. Quando o gelo derrete na primavera, e, mesmo em um dia de degelo no inverno, a areia começa a fluir pelas escarpas como lava, às vezes saindo pela neve e transbordando onde antes não havia areia. Inumeráveis pequenos riachos se sobrepõem e se entrelaçam, exibindo um tipo de produto híbrido, que obedece metade à lei das correntes e metade à da vegetação. Conforme ela flui, toma formas de folhas suculentas ou trepadeiras, fazendo montes de ramalhetes carnudos com trinta centímetros ou mais de profundidade; e parecendo, quando os olha, os talos laciniados, lobulados e imbricados de alguns líquens; ou você se lembra de coral, patas de leopardo e pés de pássaros, de cérebro, pulmões ou intestinos e excrementos de todo tipo. É uma vegetação *grotesca*, cujas formas e cores vemos imitadas em bronze, um tipo de folhagem arquitetônica mais ancestral e típica que o acanto, a chicória, a hera, a vinha ou qualquer folha vegetal; destinadas talvez, em algumas circunstâncias, a se tornarem o enigma de futuros geólogos. Todo o declive me impressionava como se fosse uma caverna com estalactites aberta para a luz. Os vários tons de areia são singularmente ricos e agradáveis, abraçando as diferentes cores do ferro, marrom, cinza, amarelado e avermelhado. Quando a massa fluindo chega ao dreno ao pé do banco, ela se espalha e se achata em *praias*, os fluxos separados perdendo a forma semicilíndrica e ficando mais chatos e largos, correndo juntos como se fossem mais úmidos, até formarem uma *areia* quase plana, ainda com tons variados e belos, mas na qual é possível traçar as formas originais da vegetação, até que, por fim, na própria água, são convertidos em *bancos*, como aqueles formados na foz dos rios, e as formas de vegetação se perdem nas marcas onduladas no fundo.

    O banco todo, que tem de sete a catorze metros de altura, é às vezes revestido por uma massa desse tipo de folhagem, ou ruptura de areia, por quatrocentos metros de um ou de ambos os lados, o produto de um dia de primavera. O que torna essa folhagem de areia notável é que passa a existir assim subitamente. Quando vejo uma no lado do banco inerte – pois o sol age em um lado antes – e do outro essa folhagem luxuriante, a criação de uma hora, sou afetado como se, em um sentido peculiar, estivesse no laboratório do Artista que fez o mundo e eu tivesse vindo para onde ele ainda trabalhava, brincando desse lado do banco, e com excesso de energia espalhando seus desenhos frescos por ali. Sentia-me mais perto dos órgãos vitais do globo, pois esse transbordamento arenoso é uma espécie de massa foliácea como os órgãos vitais do corpo animal. Assim se vê na própria areia uma antecipação da folha vegetal. Não é surpresa que a terra se expresse externamente em folhas, pois assim trabalha com a ideia interiormente. Os átomos já aprenderam essa lei e estão grávidos dela. A folha que pende vê ali seu protótipo. *Internamente*, seja no globo, seja no corpo animal, há um *lobo* grosso e úmido, uma palavra especialmente aplicável ao fígado e aos pulmões, e às folhas de gordura (λείβω, *labor, lapsus,* fluir ou deslizar para baixo, um deslize; λοβος, *globus*, lobo, globo; também *lap, flap* [lamber, aba] e muitas outras palavras); *externamente*, uma *folha* seca e fina, mesmo quando o *f* e o *v* são um b seco e prensado. Os radicais de lobo são *lb*, a massa suave do *b* (com um só lobo, ou *B*, lobo duplo), com o líquido *l* atrás, pressionando-o para a frente. Em globo, *glb*, o *g* gutural acrescenta ao significado a capacidade da garganta. As penas e as asas de pássaros são folhas ainda mais secas e finas. Assim, também, você vai de lagarta desajeitada na terra a borboleta voejante. O próprio globo continuamente transcende, se traduz e se torna alado em sua órbita. Até o gelo começa com delicadas folhas de cristal, como se tivesse escorrido em moldes que as frondes das plantas aquáticas imprimiram no espelho de água. A árvore inteira é apenas uma folha, e os rios são folhas ainda mais vastas, cuja polpa é a terra interveniente, e as vilas e as cidades são ovos de insetos em suas axilas.

Quando o sol se põe, a areia para de fluir, mas na manhã os fluxos começam outra vez e se ramificam repetidamente em uma miríade de outros. Ali se vê talvez como se formam os vasos de sangue. Se olhar com atenção, observará que primeiro se solta da massa em degelo um fluxo de areia suave com uma ponta em formato de gota, como a polpa de um dedo, sentindo o caminho para baixo lenta e cegamente, até que, com mais calor e umidade, conforme o sol fica mais alto, a porção mais fluida, em seu esforço para obedecer a lei à qual se rende até o mais inerte, se separa da última e forma em si um canal sinuoso (ou artéria) dentro daquilo, no qual se vê uma pequena corrente prateada brilhando como um relâmpago de um estágio de folhas ou galhos polpudos para outro, logo engolida pela areia. É maravilhoso como a areia se organiza de modo rápido, porém perfeito, enquanto flui, usando o melhor material que sua massa permite para formar as beiradas afiadas de seu canal. Assim são as fontes dos rios. Na matéria siliciosa depositada pela água, talvez esteja o sistema ósseo, e no solo e na matéria orgânica ainda mais finos, a fibra da carne ou tecido celular. O que é o homem além de uma massa de barro em degelo? A polpa do dedo humano é apenas uma gota congelada. Os dedos dos pés e das mãos fluem para suas extremidades da massa que derrete do corpo. Quem sabe o que o corpo humano expandiria e soltaria sob um céu mais cordial? Não é a mão a folha de uma *palmeira* se estendendo, com seus lobos e suas veias? A orelha pode ser vista, fantasiosamente, como líquen, *umbilicaria*, do lado da cabeça, com seu lobo ou sua gota. O lábio – *labium*, de *labor* (?) – lambe ou recai dos lados da boca cavernosa. O nariz é claramente uma gota ou uma estalactite congelada. O queixo é uma gota ainda maior, para onde conflui o que pinga do rosto. As bochechas são um deslizamento da fronte para dentro do vale do rosto, oposto e difuso pelos ossos das mandíbulas. Cada lobo arredondado de folha vegetal é uma gota grossa e agora parada, maior ou menor; os lobos são os dedos da folha; e há tantos lobos quanto as direções para as quais tende a fluir, e mais calor e outras influências cordiais teriam feito com que fluísse ainda mais longe.

Desse modo, parecia que aquela escarpa da colina ilustrava os princípios de todas as operações da Natureza. O Criador desta terra patenteou apenas uma folha. Que Champollion decifrará esse hieróglifo para nós para que possamos ao menos virar uma nova folha? Para mim, esse fenômeno é mais estimulante que a exuberância e a fertilidade dos vinhedos. É fato que há algo um tanto excrementício em seu caráter, e não há fim para montes de fígados, pulmões e intestinos, como se o globo fosse virado do lado do avesso; mas isso sugere ao menos que a Natureza tem entranhas, e também ali é mãe da humanidade. É o gelo saindo do chão; essa é a primavera. Precede a primavera verde e florida, como a mitologia precede a poesia comum. Não sei de nada mais purgativo de fumaças invernais e indigestões. Ela me convence de que a Terra ainda está usando fraldas e estica dedos de bebê de cada lado. Cachos novos brotam da fronte mais calva. Não há nada inorgânico. Essas pilhas foliáceas jazem ao longo do banco como a escória de uma fornalha, mostrando que a Natureza está "a todo vapor" ali dentro. A terra não é mero fragmento de história morta, estrato sobre estrato, como as folhas de um livro, para ser estudado por geólogos e antiquários, principalmente, mas poesia viva como as folhas de uma árvore, que precede flores e frutos – não uma terra fóssil, mas uma terra viva; comparada com sua vida central, toda vida animal e vegetal é meramente parasitária. Suas dores vão levantar nossa exúvia da sepultura. Você pode derreter seus metais e jogá-los nos moldes mais belos; jamais me excitarão como as formas para as quais essa terra derretida flui. E não apenas ela: as instituições sobre elas são plásticas como argila na mão do oleiro.

Logo, não apenas nesses bancos, mas sobre cada colina e planície, e dentro de qualquer concavidade, o gelo sai do chão como um quadrúpede dormente de sua toca e busca o mar com sua música ou migra para outros climas em nuvens. O degelo, com sua gentil persuasão, é mais poderoso que Thor com seu martelo. Um derrete, o outro pode apenas quebrar em pedaços.

Quando o chão estava parcialmente sem neve e uns poucos dias quentes secaram um pouco a superfície, era agradável comparar os primeiros sinais tenros do ano criança apenas olhando a beleza imponente da vegetação murcha que resistiu ao inverno – sempre-viva, vara-dourada, sargaço e graciosos matos silvestres, frequentemente mais óbvias e interessantes até que no verão, como se sua beleza não estivesse madura até então; até gramas-de-algodão, tifas, verbascos, ervas-de-são-joão, colinsônias, rainhas-do-prado e outras plantas de caule forte, aqueles armazéns não esgotados que entretêm os pássaros que chegam mais cedo – plantas decentes, ao menos, que a Natureza viúva usa. Sinto-me especialmente atraído pelo arqueamento e ponta em feixe do *Scirpus cyperinus*; traz de volta o verão para nossas memórias de inverno e está entre as formas que a arte ama copiar, e a qual, no reino vegetal, tem a mesma relação com tipos já na mente do homem que a astronomia. Um estilo antigo, mais velho que o grego e o egípcio. Muitos dos fenômenos do Inverno são sugestivos de uma ternura inexpressível e de uma delicadeza frágil. Estamos acostumados a ouvir esse rei ser descrito como um tirano grosseiro e turbulento; porém, com a gentileza de um amante, ele adorna as tranças do verão.

Com a chegada da primavera, os esquilos-vermelhos iam para baixo de minha casa, dois de cada vez, diretamente sob meus pés enquanto eu me sentava lendo ou escrevendo, e mantinham o mais alegre cacarejo, gorjeio e piruetas vocais e sons de gorgolejo já ouvidos; quando eu batia os pés, eles apenas cacarejavam mais alto, como se estivessem, além de todo medo e respeito em suas brincadeiras malucas, desafiando a humanidade a detê-los. Não, você não, esquilinho, esquilinho. Eles eram totalmente surdos a meus argumentos – ou não percebiam sua força e caíam em uma melodia de invectivas irresistível.

    O primeiro pardal da primavera! O ano começando com uma esperança mais jovem que nunca! Os trinados fracos e prateados ouvidos sobre os campos parcialmente nus e úmidos, do azulão, do pardal-cantor e do melro-de-asas-vermelhas, como se os últimos flocos do inverno tintilassem ao cair! Que são numa hora dessas as histórias, cronologias, tradições e todas as revelações escritas? O riacho entoa canções de Natal e brilha para a primavera. O tartanhão-azulado, voando baixo sobre a várzea, já busca a primeira vida lamacenta que aguarda. O som de afundamento da neve que derrete é ouvido em todos os vales, e o gelo se dissolve depressa nos lagos. A grama sobe nas colinas como um fogo de primavera – *"et primitus oritur herba imbribus primoribus evocata"* –, como se a terra enviasse um calor interno para saudar o sol que retorna; não amarela, mas azul, é a cor de sua chama; o símbolo da juventude eterna, a folha de grama, como uma grande fita verde, corre do torrão para o verão, de fato marcada pelo gelo, mas logo empurrando novamente, levantando sua lâmina do feno do ano passado com vida fresca abaixo. Cresce tão constante quanto o riacho escorre no chão. É quase idêntico a isso, pois, nos dias crescentes de junho, quando os riachos estão secos, as folhas de grama são seus canais, e ano a ano os rebanhos bebem desse fluxo verde perene, e o ceifador tira logo deles seu suprimento de inverno. Assim, nossa vida humana quase perece até a raiz e ainda estende sua folha verde para a eternidade.

    O Walden derrete aceleradamente. Há um canal com dez metros de largura ao longo dos lados norte e oeste e ainda maior na ponta leste. Um grande campo de gelo se separou do corpo principal. Ouvi um pardal cantando nos arbustos da margem – *olit, olit, olit, chip, chip, chip, che char, che wiss wiss wiss*. Ele também ajuda a quebrar o gelo. Como são belas as grandes curvas abertas na beirada do gelo, respondendo de algum modo às da margem, mas mais regulares! Gelo excepcionalmente firme, graças ao frio severo, mas passageiro, e todo molhado ou ondulado como o chão de um palácio. Mas o vento desliza para o leste sobre sua superfície opaca em vão, até alcançar a superfície viva embaixo. É glorioso observar essa fita de água brilhar ao sol, o rosto limpo do lago cheio de alegria e juventude, como se falasse da felicidade dos peixes dentro dela e da areia em suas margens – um brilho prateado, como se das escamas de um *leuciscus*, como se fosse tudo um só peixe ativo. Assim é o contraste entre inverno e primavera. O Walden estava morto e está vivo novamente. Mas nesta primavera ele degelou com mais regularidade, conforme contei.

    A mudança de tempestade e inverno para tempo sereno e ameno, de horas escuras e preguiçosas para elásticas e claras, é uma crise memorável proclamada por todas as coisas. É aparentemente instantâneo, por fim. De repente um influxo de luz encheu minha casa, embora a noite estivesse perto, e as nuvens do inverno ainda a cobrissem, e as calhas pingassem com chuva cheia de gelo. Olhei para a janela e – veja! – onde ontem havia gelo frio e cinza há um lago transparente, já calmo e cheio de esperança, como se fosse uma noite de verão, refletindo um céu de noite de verão em seu seio, embora céu algum parecesse estar visível acima, como se estivesse combinado a um horizonte remoto. Ouvi um tordo a distância, o primeiro em muitos milênios, parecia, de cuja música não me esquecerei por outros milênios – a mesma música doce e poderosa de antigamente. Ó, o tordo do anoitecer no fim de um dia de verão na Nova Inglaterra! Se eu ao menos pudesse encontrar o galho em que ele está pousado! Eu digo *ele*; eu digo *galho*. Ao menos não é o *Turdus migratorius*. Os pinheiros e os arbustos de carvalho em torno de minha casa, há tanto tempo caídos, subitamente retomaram seus vários personagens, pareciam mais brilhantes, mais verdes e mais eretos e vivos, como se efetivamente limpos e restaurados pela chuva. Eu sabia que não choveria mais. É possível saber olhando qualquer graveto na floresta, sim, em sua própria pilha de lenha, se o inverno acabou ou não. Conforme escurecia, fui assustado pelo grasnar de gansos voando baixo sobre as matas, como viajantes cansados chegando tarde dos lagos do sul, permitindo-se, por fim, reclamações sem limites e consolo mútuo. À porta, podia ouvir o ímpeto de suas asas; ao irem em direção a minha casa, eles subitamente viram minha luz, então, com um protesto calado, giraram e pousaram no lago. Por minha vez, entrei, fechei a porta e passei minha primeira noite de primavera na mata.

    Pela manhã, da porta, observei os gansos, através da neblina, singrando o meio do lago, a duzentos e cinquenta metros de distância, tão grandes e tumultuosos que o Walden parecia um lago artificial para a diversão deles. Quando fiquei de pé na margem, eles subiram de uma vez com um grande bater de asas ao sinal de seu comandante e, depois de entrarem em fila, circularam sobre minha cabeça, vinte e nove deles, então seguiram diretamente para o Canadá, com um grasnado regular do líder em intervalos, confiando que tomariam o café da manhã em lagos mais lamacentos. Uma "revoada" de patos subiu ao mesmo tempo e pegou a rota para o norte atrás de seus primos mais barulhentos.

Por uma semana, ouvi o clangor circular, tateante, de algum ganso solitário nas manhãs enevoadas, procurando seu companheiro e ainda enchendo a floresta com o som de uma vida maior que a que podem prover. Em abril, os pombos são vistos novamente voando rápido em pequenos bandos, e no tempo certo ouvi as andorinhas chilrearem sobre minha clareira, embora ainda não parecesse que a municipalidade tivesse tantas a ponto de me ceder aquele tanto, e fantasiei que eram de uma raça ancestral que vivia em árvores ocas antes da chegada do homem branco. Em quase todos os climas, a tartaruga e a rã estão entre precursores e arautos dessa estação, e pássaros voam com música e plumagem brilhante, e plantas brotam e florescem, e ventos sopram, para corrigir essa leve oscilação dos polos e preservar o equilíbrio da Natureza.

Como cada estação nos parece a melhor em seu turno, a chegada da primavera é como a criação do Cosmo a partir do Caos e a concretização da Idade do Ouro...

> "*Eurus ad Auroram Nabathaeaque regna recessit,*
> *Persidaque, et radiis juga subdita matutinis.*"

> "O vento leste se retirou para Aurora e o reino nabateu,
> E o persa, e as cristas colocadas sob os raios da manhã.
> [...]
> O homem nasceu. Quer o Artífice das coisas,
> A origem de um mundo melhor, o fez da semente divina;
> Ou a terra, sendo recente e há pouco separada do alto
> Éter, reteve algumas sementes do céu cognato."

Uma única chuva gentil deixa a grama muitos tons mais verde. Desse modo, nossas perspectivas se abrilhantam com o influxo de pensamentos melhores. Devemos ser abençoados se vivemos sempre no presente e tiramos vantagem de cada acidente que nos ocorre, como a grama que confessa a influência do sereno mais leve que cai sobre ela; e não gastar nosso tempo expiando a negligência de oportunidades passadas, que chamamos de cumprir nosso dever. Tardamos no inverno quando já é primavera. Numa manhã agradável de primavera, todos os pecados do homem estão perdoados. Um dia assim é uma trégua ao vício. Quando tal sol sai para arder, o pecador mais vil pode retornar. Por meio de nossa própria inocência recuperada, discernimos a inocência de nossos vizinhos. Você pode ter conhecido seu vizinho ontem como um ladrão, um bêbado ou um devasso e ter meramente sentido pena ou desprezo dele e desespero com o mundo; mas o sol brilha quente nessa primeira manhã de primavera, recriando o mundo, e você o encontra em algum trabalho sereno e vê como suas veias exaustas e degeneradas se expandem com alegria calma e abençoam o novo dia, sente a influência da primavera com a inocência da infância, e todas as falhas dele estão perdoadas. Há não apenas uma atmosfera de boa vontade em torno dele, mas mesmo um sabor de santidade tentando se expressar, talvez de modo cego e ineficaz, como o instinto de um recém-nascido, e, por uma curta hora, a encosta sul não faz eco a gracejos vulgares. Você vê alguns belos brotos inocentes se preparando para sair da casca nodosa e experimentar outro ano de vida, tenro e fresco como a planta mais jovem. Até ele entrou na alegria de seu Senhor. Por que o carcereiro não deixa abertas as portas da prisão? Por que o juiz não anula o caso? Por que o pregador não dispensa sua congregação? É por que não seguem a sugestão que Deus lhes dá nem aceitam o perdão que ele oferece livremente a todos.

"Uma volta à bondade produzida cada dia no sopro tranquilo e beneficente da manhã faz com que, em respeito ao amor à virtude e ao ódio ao vício, alguém se aproxime um pouco da natureza primitiva do homem, como os brotos que foram cortados na floresta. Do mesmo modo, o mal que alguém faz no intervalo de um dia impede o germe das virtudes que voltaram a brotar de se desenvolver e os destrói.

"Depois que o germe da virtude foi assim impedido de se desenvolver, muitas vezes o sopro beneficente da noite então não basta para preservá--lo. Assim que o sopro da noite já não basta mais para preservá-lo, então a natureza do homem não é muito diferente da do bruto. Homens vendo a natureza desse indivíduo como a do bruto acham que ele jamais possuiu a faculdade inata da razão. São esses os sentimentos verdadeiros e naturais de um homem?"

"A Idade do Ouro primeiro foi criada sem nenhum vingador;
Espontaneamente sem lei, celebrava fidelidade e retidão.
Punição e medo não havia, nem palavras ameaçadoras eram lidas
Impressas em bronze, nem a multidão suplicante temia
As palavras de seu juiz; mas estavam a salvo sem um vingador.
O pinheiro que caiu nas montanhas ainda não descera
Para as ondas líquidas que poderiam ver um mundo estrangeiro,
E os mortais não conheciam outras coisas além das suas.
[...]
Havia primavera eterna, e plácidos zéfiros com tépidos
Sopros acalentavam as flores nascidas sem semente."

No dia 29 de abril, enquanto eu pescava no banco do rio, perto da ponte de Nine-Acre-Corner, sobre um capim oscilante e raízes de salgueiro, onde espreitam os ratos-almiscarados, ouvi um chocalho singular, um pouco parecido com aquele de gravetos com que os meninos brincam com os dedos, quando, olhando para cima, observei um gavião leve e gracioso, como um bacurau, alternativamente subindo como uma corrente e descendo cinco ou dez metros seguidamente, mostrando a parte de baixo das asas, que brilhavam como uma fita de cetim ao sol ou como a madrepérola dentro de uma concha. Essa visão me lembrou da falcoaria, da nobreza e da poesia associadas àquele esporte. Esmerilhão, poderia se chamar; mas não me importava com o nome. Foi o voo mais etéreo que já testemunhei. Não apenas esvoaçava como uma borboleta nem pairava como gaviões maiores, mas brincava com uma confiança orgulhosa nos campos do ar; subindo, repetidamente, com seu riso estranho, e repetia sua queda livre e bela, girando em torno de si como um milhafre; então, recuperando-se de sua queda alta, como se jamais colocasse os pés em *terra firma*. Parecia não ter um companheiro no universo – brincando ali sozinho – e não aparentava precisar de um, mas, sim, da manhã e do éter em que brincava. Não era solitário, porém tornava solitária toda a terra debaixo. Onde estava a mãe que o incubou e o pai, nos céus? O inquilino do ar parecia relacionado à terra, mas apenas por um ovo incubado em algum tempo na fenda de um despenhadeiro – ou seu ninho nativo fora feito no ângulo de uma nuvem, tecido com os adereços do arco-íris e do céu do anoitecer e forrado com uma bruma de alto verão recolhida da terra? Seu ninho agora uma nuvem escarpada?

Além disso, consegui uma mistura rara de peixes dourados, prateados e tom de cobre vivo, que pareciam joias. Ah! Penetrei naquelas várzeas nas manhãs de muitos primeiros dias de primavera, saltando de outeiro a outeiro, de raiz de salgueiro a raiz de salgueiro, quando o vale do rio e a floresta estavam banhados em uma luz tão pura e brilhante que teria acordado dos mortos, se eles estivessem cochilando nas covas, como alguns supõem. Não há necessidade de prova mais forte da imortalidade. Todas as coisas devem viver em uma luz assim. Ó, Morte, onde está tua picada? Ó, Túmulo, onde estava tua vitória, então?

A vida de nossa vila se estagnaria não fossem as florestas e as várzeas inexploradas que a cercam. Precisamos do tônico da vida selvagem para vadear em algum lugar nos brejos onde espreitam o socozinho e o galeirão e ouvir o barulho da galinhola; sentir o cheiro do junco murmurante onde apenas as aves mais selvagens e solitárias fazem seus ninhos e a marta rasteja com a barriga perto do chão. Ao mesmo tempo que queremos explorar e aprender todas as coisas, exigimos que todas as coisas sejam misteriosas e inexploráveis, que terra e mar sejam infinitamente selvagens, inexplorados e insondado por nós, por serem insondáveis. Jamais nos cansaremos da Natureza. Precisamos ser refrescados pela visão de seu vigor inexaurível, de seus traços vastos e titânicos, do litoral com seus destroços, da área agreste com suas árvores vivas e decadentes, da nuvem trovejante e da chuva que dura três semanas e produz inundações. Precisamos testemunhar nossos próprios limites serem transgredidos e alguma vida pastando livremente onde jamais estivemos. Ficamos felizes quando observamos o abutre comer a carniça que nos enoja e nos descon-

Primavera

sola e tirar saúde e força do repasto. Havia um cavalo morto na depressão ao lado do caminho para minha casa, que às vezes me impelia a sair da rota, ainda mais à noite, quando o ar estava pesado, mas a garantia que ele me deu do apetite forte e da saúde inviolável da Natureza foi minha compensação. Adoro ver que a Natureza está tão cheia de vida que miríades podem ser sacrificadas ou se tornar presas umas das outras; que organizações ternas podem ter sua existência tão serenamente esmagadas, como polpa – girinos que as cegonhas engolem e tartarugas e rãs atropeladas na estrada; e às vezes choveu carne e sangue! Sujeitos a acidentes, devemos ver como eles importam pouco. A impressão feita em um homem sábio é a de inocência universal. Veneno não é venenoso, por fim, nem qualquer ferimento é fatal. A compaixão é um terreno bem instável. Precisa ser eficiente. Suas súplicas não serão estereotipadas.

No começo de maio, carvalhos, nogueiras, bordos e outras árvores, estendendo-se entre os pinheiros em torno do lago, dão um brilho como luz do sol à paisagem, especialmente em dias nublados, como se os raios atravessassem as névoas e brilhassem com suavidade nas encostas aqui e ali. No dia 3 ou 4 de maio, vi uma mobelha no lago, durante a primeira semana do mês ouvi o noitibó, o debulhador, o sabiá-ferrugem, o piui, o pipilo-d'olho-vermelho e outros pássaros. Ouvira o tordo muito antes. O papa-moscas já viera mais uma vez e olhara por minha porta e minha janela a fim de ver se minha casa era parecida com uma caverna o suficiente para ele, sustentando-se em asas que zuniam e garras fechadas, como se estivesse preso no ar, enquanto inspecionava as premissas. O pólen sulfuroso do pinheiro logo cobriu o lago e as pedras e as raízes podres ao longo da margem, de modo que seria possível coletar um barril. Essas são as "chuvas sulfúricas" de que ouvimos falar. Até em *Sakuntala*, drama de Kalidasa, lemos sobre "regatos tingidos de amarelo com a poeira dourada do lótus". E assim as estações rolaram para o verão, como seguimos em matos cada vez mais altos.

Esse foi meu primeiro ano de vida completo na floresta; e o segundo foi similar a ele. Finalmente fui embora de Walden, em 6 de setembro de 1847.

18
Conclusão

Aos doentes, médicos recomendam sabiamente mudança de ares e de cenário. Graças aos céus, aqui não é todo o mundo. A castanha-da-índia não cresce na Nova Inglaterra, e raramente se ouve por aqui o sabiá-do-campo. O ganso selvagem é mais cosmopolita que nós: ele toma seu desjejum no Canadá, almoça em Ohio e alisa as penas para a noite em um pântano no sul. Até o bisão, em certa medida, mantém o passo com as estações, aparando os pastos do Colorado apenas, até que uma grama mais verde e saborosa o espere em Yellowstone. No entanto, achamos que, se as cercas de madeira forem derrubadas e muros de pedra forem erguidos em nossas fazendas, serão colocados limites em nossa vida e nossos destinos estarão decididos. Se você for escolhido secretário municipal, não pode ir à Tierra del Fuego nesse verão – mas pode ir à terra do fogo infernal, de qualquer modo. O universo é maior que nossas visões dele.

No entanto, deveríamos olhar com mais frequência sobre o balaústre de nossa embarcação, como passageiros curiosos, e não viajar como marinheiros estúpidos puxando fios de estopa. O outro lado do globo é apenas o lar de nosso correspondente. Nova viagem é apenas ortodrômica, e os médicos tratam meramente as doenças de pele. Há quem corra para o sul da África com objetivo de caçar girafa; mas certamente não é a caça que essa pessoa busca. Quanto tempo, diga, um homem caçaria girafas, se pudesse? Narcejas e galinholas também podem proporcionar um esporte raro, mas creio que seria mais nobre atirar em si mesmo.

"Olha para dentro e verás ali
Mil religiões que tua mente abriga
Ainda desconhecidas. Com elas siga
E perito serás na tua cosmografia."

O que a África – o que o Ocidente – representa? Nosso próprio interior não está em branco? Por mais que se mostre preto, como a costa, quando descoberta. A fonte do Nilo, do Níger ou do Mississippi, ou uma Passagem do Noroeste em torno deste continente, o que encontraríamos? São esses os problemas que mais preocupam a humanidade? Franklin é o único homem perdido, para que sua mulher se esforçasse tanto para encontrá-lo? O senhor Grinell sabe onde ele próprio está? Seja, então, o Mungo Park, o Lewis, e Clark, e Frobisher, de seus próprios riachos e oceanos; explore suas próprias latitudes altas – com cargas de carne em conserva para lhe dar apoio, se necessário; e empilhe as latas vazias até o céu como sinal. A carne em conserva foi inventada apenas para conservar carne? Não, seja o Colombo de novos continentes e mundos dentro de você, abrindo novos canais não de mercado, mas de pensamento. Todo homem é senhor de um reino ao lado do qual o império terreno do tsar é apenas um Estado insignificante, um outeiro deixado pelo gelo. No entanto, há aqueles que são patriotas sem respeito *próprio* e que sacrificam o maior pelo menor. Amam o solo que forma suas covas, mas não têm empatia com o espírito que ainda pode animar seu barro. O patriotismo é um verme em sua cabeça. Qual é o significado daquela Expedição de Exploração do Mar do Sul, com toda sua pompa e seus gastos, além de um reconhecimento indireto de que há continentes e mares no mundo moral de quem cada homem é um istmo ou uma enseada, ainda inexplorados por ele, mas que é mais fácil navegar por milhares de quilômetros atravessando frio, tempestades e canibais, em um navio do governo, com quinhentos homens e garotos para ajudar um só, que seria explorar o mar privado, o oceano Atlântico e o Pacífico de alguém estando sozinho.

"Erret, et extremos alter scrutetur Iberos.
Plus habet hic vitae, plus habet ille viae."

"Que eles andem e escrutinizem os estranhos australianos,
Tenho mais de Deus, eles, mais da estrada."

Não vale a pena dar a volta ao mundo para contar os gatos em Zanzibar. Porém, faça-o até conseguir se sair melhor, e talvez poderá encontrar algum "buraco de Symmes" pelo qual entrar. Inglaterra e França, Espanha e Portugal, a Costa do Ouro e a Costa dos Escravos, todos de frente para esse mar privado; mas nem uma casca de árvore deles se aventurou a deixar a vista da terra, embora sem dúvidas seja o caminho direto para a Índia. Se você aprender a falar todas as línguas e os costumes de todas as nações, se viajar além de todos os viajantes, adaptar-se a todos os climas e fizer a Esfinge bater a cabeça em uma pedra, ainda assim obedeça ao preceito do velho filósofo e explora-te a ti mesmo. São exigidos olhos e nervos. Apenas os derrotados e os desertores vão para guerras, covardes que fogem e se alistam. Comece agora no lado mais a oeste, que não pausa no Mississippi nem no Pacífico, tampouco leva a uma China esgotada ou ao Japão, mas segue diretamente numa tangente a esta esfera, verão e inverno, dia e noite, pôr do sol, descer da lua, até que, por fim, desce também a Terra.

Dizem que Mirabeau se tornou ladrão de estradas a fim de "determinar o grau de resolução necessário para colocar alguém em oposição formal às leis mais sagradas da sociedade". Ele declarou que "um soldado que luta nas fileiras não precisa da metade da coragem de um salteador", "que honra e religião nunca ficaram no caminho de uma resolução firme e bem considerada". Foi algo viril, conforme o mundo é; no entanto, foi em vão,

Conclusão

quando não desesperado. Um homem mais são teria se encontrado com frequência "em oposição formal" ao que são consideradas "as leis mais sagradas da sociedade", pela obediência a leis ainda mais sagradas, então testaria sua resolução sem sair de seu caminho. Não cabe ao homem colocar-se nessa atitude com a sociedade, mas, sim, se manter na atitude em que ele se encontra pela obediência às leis de seu ser, que jamais serão de oposição a um governo justo, se ele calhar de encontrar algum.

Deixei a floresta por uma razão tão boa quanto a que me levou para lá. Talvez me parecesse que tinha várias outras vidas a viver e não podia mais gastar tempo com aquela. É notável como caímos fácil e insensivelmente em uma rota particular e a tornamos um caminho batido para nós. Estava havia menos de uma semana ali quando meus pés traçaram um caminho de minha porta até o lago; e, embora faça cinco ou seis anos desde que passei por ele, ainda está bem visível. É verdade, temo, que outros o tenham tomado e, então, ajudado a mantê-lo aberto. A superfície da Terra é macia e recebe a impressão dos pés dos homens; assim é com os caminhos pelos quais a mente viaja. Como devem ser desgastadas e poeirentas, então, as estradas do mundo, como devem ser profundos os sulcos da tradição e da conformidade! Não quis uma passagem de cabine, e sim ir diante do mastro, sobre o deque do mundo, pois dali poderia ver melhor o luar entre as montanhas. Não quero descer agora.

Isso, ao menos, aprendi com meu experimento: se alguém avança com confiança na direção de seus sonhos e se esforça para ter a vida que imaginou, encontrará um sucesso inesperado em horas comuns. Deixará algumas coisas para trás, atravessará uma fronteira invisível; leis novas, universais e mais liberais começarão a se estabelecer em torno e dentro dele; as velhas leis serão expandidas e interpretadas em favor de um sentido mais liberal, e ele viverá com a licença de uma ordem superior de seres. Na proporção em que se descomplica a vida, as leis do universo parecerão menos complexas, e a solidão não será solidão, nem a pobreza será pobreza, nem a fraqueza será fraqueza. Se você construiu castelos no ar, seu trabalho não precisa ser perdido; é onde eles devem estar. Agora, erija as fundações deles.

É ridícula a demanda feita pela Inglaterra e pela América de que você deva falar de modo que o compreendam. Nem homens, nem cogumelos crescem assim. Como se isso fosse importante e não houvesse o suficiente para entender sem eles. Como se a Natureza pudesse sustentar apenas uma ordem de entendimentos, não pudesse sustentar pássaros assim como quadrúpedes, coisas voadoras assim como as rastejantes, e *quieto* e *oa*, que os bois conseguem entender, fossem o melhor inglês. Como se houvesse segurança apenas na estupidez. O que mais temo é que minha expressão não seja extravagante o suficiente, não siga o suficiente além dos limites de minha experiência diária, de modo a ser adequada à verdade da qual fui convencido. *Extravagância* depende do que o cerca! O bisão migrador, que busca novos pastos em outra latitude, não é extravagante como a vaca que chuta o balde, pula a cerca e corre atrás de seu bezerro na hora da ordenha. Quero falar em um lugar *sem* fronteiras; como um homem em um momento de vigília, para homens em seu momento de vigília; pois estou convencido de que não consigo exagerar o suficiente nem para construir a base de uma verdadeira expressão. Quem ouviu uma composição musical e temeu que não podia mais falar de modo extravagante? Em vista do futuro ou do possível, devemos viver com a frente vaga e indefinida, nossos contornos obscuros e enevoados naquele lado; como nossas sombras revelam uma perspiração insensível em direção ao sol. A verdade volátil de nossas palavras deveria trair continuamente a inadequação da declaração residual. A verdade delas é instantaneamente *traduzida*; somente seu monumento literal permanece. As palavras que expressam nossa fé e nossa piedade não são definidas; ainda assim, são significantes e fragrantes como olíbano para naturezas superiores.

Por que nivelar sempre por nossa percepção mais opaca e a louvar como senso comum? O senso mais comum é o dos homens adormecidos, o qual eles expressam roncando. Às vezes somos inclinados a classificar aqueles com esperteza e meia com os que têm meia esperteza, porque valorizamos apenas um terço da esperteza deles. Alguns achariam defeito no vermelho da manhã, se acordassem cedo o suficiente. "Eles fingem", segundo ouço, "que os versos de Kabir têm quatro sentidos diferentes: ilusão, espírito, intelecto e doutrina exotérica dos Vedas"; mas, nessa parte do mundo, é considerado motivo de reclamação se os escritos de um homem admitem mais de uma interpretação. Enquanto a Inglaterra se esforça para curar a podridão da batata, quem se esforçará para curar a podridão do cérebro, que predomina de modo tão mais amplo e fatal?

Não suponho que tenha chegado à obscuridade, mas deveria me orgulhar se nenhuma falha mais fatal for encontrada em minhas páginas sobre o assunto que no gelo do Walden. Fregueses sulistas reclamaram de sua cor azul, que é a evidência de sua pureza, como se fosse barrenta; prefeririam o gelo de Cambridge, que é branco, mas tem gosto de alga. A pureza que os homens amam é como as brumas que envolvem a terra, não como o éter azul além delas.

Alguns insistem em nossos ouvidos que nós, americanos, e o homem moderno de modo geral, somos anões intelectuais comparados aos antigos ou mesmo aos elisabetanos. Mas o que isso quer dizer? Um cão vivo é melhor que um leão morto. O homem deve se enforcar porque pertence a uma raça de pigmeus e não ser o maior pigmeu que puder? Que cada um cuide de seus negócios e se esforce para ser como foi feito.

Por que deveríamos ter tanta pressa em obter sucesso em empreitadas tão desesperadas? Se um homem não acompanha seus companheiros, talvez seja porque ouve uma batida diferente. Que ele caminhe de acordo com a música que ouve, não importa quão marcada ou distante seja. Não é importante que ele amadureça tão rápido quanto uma macieira ou um carvalho. Ele deveria transformar sua primavera em verão? Se a condição das coisas para as quais fomos feitos ainda não existe, qual realidade deveríamos substituir? Não naufragaremos em uma vã realidade. Devemos, com esforços, erguer um céu de vidro azul sobre nós, embora, quando estiver pronto, com certeza olharemos ainda para o verdadeiro céu etéreo bem acima, como se o anterior não existisse?

Havia um artista na cidade de Kourou que estava disposto a se esforçar pela perfeição. Um dia lhe veio à cabeça fazer um cajado. Tendo considerado que tempo é ingrediente de um trabalho imperfeito, mas não participa de um trabalho perfeito, ele disse a si mesmo: será perfeito em todos os aspectos, ainda que eu não faça mais nada na vida. Ele foi imediatamente para a floresta buscar madeira, decidido de que não deveria usar um material inadequado; conforme buscava e rejeitava madeira atrás de madeira, seus amigos gradualmente o abandonaram, pois ficaram velhos em suas ocupações e morreram. Ele não envelheceu um instante.

A singularidade de seu propósito e sua resolução, e sua elevada piedade, o dotaram, sem seu conhecimento, de juventude eterna. Como ele não se comprometeu com o Tempo, o Tempo ficou fora de seu caminho, só suspirava de longe, pois não podia vencê-lo. Antes que ele encontrasse um estoque adequado em todos os aspectos, a cidade de Kourou era uma velha ruína, e ele sentou-se em uma de suas pilhas para tirar a casca do galho. Antes que ele lhe desse a forma apropriada, a dinastia Candahar estava no fim, e, com a ponta do galho, ele escreveu o nome do último daquela raça na areia, então recomeçou seu trabalho. Quando terminou de alisar e polir o cajado, Kalpa não era mais a estrela polar; e, pouco antes que ele colocasse o anel de reforço e o castão adornado com pedras preciosas, Brahma acordou e cochilou muitas vezes. Mas por que menciono essas coisas? Quando o toque final foi dado a seu trabalho, ele subitamente se expandiu diante dos olhos pasmos do artista até se transformar na mais bela de todas as criações de Brahma. Ele fizera todo um novo sistema ao criar um cajado, um mundo de proporções cheias e belas, no qual, embora as velhas cidades e dinastias tivessem passado, outras mais belas e gloriosas haviam tomado lugar. E agora ele via, pela pilha de lascas ainda fresca a seus pés, que, para ele e seu trabalho, o lapso de tempo anterior fora uma ilusão e não se passara mais tempo que o necessário para uma só centelha do cérebro de Brahma caísse e acendesse o estopim de um cérebro mortal. O material era puro, e sua arte era pura; como o resultado não seria maravilhoso?

Nenhuma face que demos a uma questão nos servirá melhor, por fim, que a verdade. Apenas ela serve bem. Em geral não estamos onde estamos, e sim em uma falsa posição. Por uma doença de nossa natureza, imaginamos um caso e nos colocamos nele, e então são dois casos ao mesmo tempo, e sem dúvida é duplamente difícil sair. Nos momentos saudáveis, nos preocupamos apenas com os fatos, com o caso. Diga o que precisa dizer, não o que deveria. Qualquer verdade é melhor que faz de conta. Tom Hyde, o funileiro, estava na forca quando lhe perguntaram se tinha algo a dizer. "Diga aos alfaiates", pediu ele, "para se lembrarem de fazer um nó na linha antes de dar o primeiro ponto". A reza de seu companheiro foi esquecida.

Por mais mesquinha que seja sua vida, lide com ela e a leve adiante; não se esquive dela nem a adjetive com palavras duras. Não é tão ruim quanto você. Parece a mais pobre quando você é o mais rico. Quem busca defeitos os encontrará até no Paraíso. Ame sua vida, por mais pobre que seja. Você talvez tenha algumas horas agradáveis, excitantes, gloriosas, mesmo em um abrigo de pobres. O sol que se põe se reflete na janela da casa de amparo com o mesmo brilho que na residência do rico; a neve derrete diante de sua porta tão cedo quanto a primavera. Não vejo por que certa mente calma não viveria tão contente e com pensamentos tão alegres aqui quanto em um palácio. Os pobres de uma cidade me parecem sempre ter as vidas mais independentes. Talvez sejam simplesmente grandiosos o suficiente para receber sem receio. A maioria das pessoas pensa estar acima de ser sustentada pela cidade, mas ocorre com mais frequência de não estarem acima de se sustentarem por meios desonestos, que deveriam ter uma pior reputação. Cultive a pobreza como se fosse um jardim de ervas, de sálvia. Não se preocupe muito com coisas novas, sejam roupas, sejam amigos. Vire para as antigas; retorne a elas. As coisas não mudam; nós mudamos. Venda as roupas e mantenha os pensamentos. Deus verá que você não quer a sociedade. Se eu estivesse confinado em um canto de um sótão todos os dias, como uma aranha, o mundo seria para mim grande do mesmo modo enquanto eu mantivesse meus pensamentos. Disse o filósofo: "De um exército de três divisões pode-se tirar o general e deixá-lo em desordem; do homem mais abjeto e vulgar não se pode tirar o pensamento". Não busque com tanta ansiedade se desenvolver, sujeitar-se a tantas influências em jogo; é tudo dissipação. A humildade, como a escuridão, revela as luzes celestiais. As sombras da pobreza e da mesquinharia se reúnem em torno de nós, "e – veja! – a criação se desvela a nossa vista". Com frequência somos lembrados de que, nos fosse dada a riqueza de Creso, nossos objetivos ainda deveriam ser os mesmos, assim como, em essência, nossos meios. Além disso, se você é restrito em seu nível por causa da pobreza, se não pode comprar livros e jornais, por exemplo, está confinado apenas às experiências mais significantes e vitais; é compelido a lidar com o material que mais produz açúcar e amido. A vida mais perto do osso é a mais doce. Você está impedido de ser frívolo. Nenhum homem perde em um nível mais baixo com a magnanimidade em um mais alto. A riqueza supérflua só pode comprar coisas supérfluas. O dinheiro não é exigido para adquirir as necessidades da alma.

Eu vivo no canto de uma parede plúmbea, em cuja composição se colocou um pouco de liga de metal de sino. Com frequência, no repouso do meio-dia, chega a meus ouvidos um *tintinnabulum* confuso do lado de fora. É o barulho de meus contemporâneos. Os vizinhos me contam de suas aventuras com cavalheiros e damas famosos, que notáveis encontraram na mesa de jantar; mas não estou mais interessado nessas coisas que na cobertura do *Daily Times*. O interesse e a conversa são sobre costumes e maneiras, principalmente; mas um ganso ainda é um ganso, vista-o como quiser. Eles me falam da Califórnia e do Texas, da Inglaterra e das Índias, do excelentíssimo senhor fulano da Geórgia ou de Massachusetts, todos fenômenos transitórios e passageiros, até que estou pronto para saltar e fugir de seus pátios como o bei mameluco. Fico feliz em seguir minha conduta: não andar em procissão com pompa e desfile, em um lugar vistoso, mas andar junto com o Construtor do universo, se puder; não viver neste século XIX inquieto, nervoso, agitado, trivial, mas estar de pé ou sentado pensativamente enquanto ele passa. O que os homens celebram? Estão todos em um comitê de organização e, a cada hora, esperam um discurso de alguém. Deus é o único a presidir este dia, e Webster é seu orador. Gosto de pesar, ajeitar, gravitar na direção daquilo que me atrai de modo mais forte e correto – não me pendurar no braço da balança e tentar pesar menos; não supor um caso, mas o tomar como ele é; andar pelo único caminho que posso e no qual nenhum poder pode resistir a mim. Não me traz satisfação começar a erguer um arco antes de ter sua fundação sólida. Não vamos brincar no gelo fino. Há um fundo sólido em todo lugar. Lemos que o viajante perguntou ao rapaz se o brejo diante dele tinha fundo. O rapaz respondeu que sim. Mas o cavalo do viajante afundou até a sela, e ele disse ao rapaz: "Pensei que tivesse me dito que este charco tinha um fundo firme". "E tem", respondeu o rapaz, "mas você não está nem na metade do caminho até ele". O mesmo acontece com os charcos e as areias movediças da sociedade; quem é rapaz velho sabe disso. Apenas o que é pensado, dito ou feito em certa coincidência rara é bom. Não serei um daqueles que de modo tolo enfia um prego meramente nas ripas e no reboco; um ato desses me deixaria sem dormir à noite. Dê-me um martelo e deixe-me tatear a forração. Não dependa da massa de revestimento. Enfie o prego no lugar e dobre-o com tanta fé que poderá acordar à noite e pensar em seu trabalho com satisfação – um trabalho para o qual não se envergonharia de invocar a Musa. Assim o ajudará Deus, apenas assim. Cada prego enfiado deveria ser como outro cravo na máquina do universo, você fazendo o trabalho.

Em vez de amor, de dinheiro, de fama, dê-me a verdade. Sentei-me a uma mesa em que abundavam ricos alimentos e vinhos, além de atendimento obsequioso, mas a sinceridade e a verdade, não; e fiquei sempre com fome na mesa nada hospitaleira. A hospitalidade era fria como gelo. Achei que não precisavam de gelo para congelá-los. Falavam-me da idade do vinho e da fama da safra, mas pensei em um vinho mais velho, um mais novo, e um mais puro, de uma safra mais gloriosa, que eles não tinham e não poderiam comprar. O estilo, a casa, os jardins e "entretenimento" para mim passam por nada. Fui ver o rei, mas ele me fez esperar em seu salão e se conduziu como um homem incapaz de hospitalidade. Suas maneiras eram realmente régias. Em minha vizinhança havia um homem que morava em uma árvore oca. Seus modos eram verdadeiramente régios. Teria feito melhor em visitá-lo.

Por quanto tempo nos sentaremos em nossos pórticos praticando virtudes vãs e bolorentas, que qualquer trabalho tornaria impertinente? Como se alguém começasse o dia com resignação e contratasse um homem para carpir suas batatas e à tarde saísse para praticar a humildade cristã e a caridade com bondade premeditada! Considere o orgulho da China e a autocondescendência da humanidade. Essa geração se inclina um pouco a se parabenizar por ser a última de uma ilustre linhagem; em Boston, Londres, Paris e Roma, pensando em sua longa linhagem, falam, com satisfação, de progresso na arte, na ciência e na literatura. Há os anais das sociedades filosóficas e os panegíricos públicos aos *Grandes Homens*! É o bom Adão contemplando sua própria virtude. "Sim, fizemos grandes atos, cantamos músicas divinas e jamais morreremos" – isto é, até quando *nós* pudermos nos recordar deles. As sociedades eruditas e os grandes homens da Assíria, onde estão eles? Que filósofos jovens e experimentalistas somos nós! Nenhum de meus leitores viveu uma vida humana inteira. Esses podem ser os meses de primavera na vida da raça. Se tivemos a comichão dos sete anos, ainda não vimos a cigarra dos dezessete anos em Concord. Conhecemos apenas uma película do globo em que vivemos. A maior parte não cavou um metro e oitenta abaixo da superfície nem saltou a mesma medida para cima. Não sabemos quem somos. Além disso, dormimos profundamente quase metade de nosso tempo. E ainda assim nos consideramos sábios e temos uma ordem estabelecida na superfície. Na verdade, somos pensadores profundos, somos espíritos ambiciosos! Conforme piso sobre um inseto que rasteja entre as agulhas de pinheiro no chão da floresta e se esforça para se esconder de mim, me pergunto por que ele tem esses pensamentos humildes e esconde a cabeça de mim, que poderia ser, talvez, seu benfeitor, transmitindo à raça dele alguma informação encorajadora, que sou lembrado do grande Benfeitor e Inteligência que se ergue sobre mim, o inseto humano.

Há um fluxo incessante de novidades no mundo; no entanto, toleramos um enfado incrível. Preciso apenas sugerir que tipo de sermão ainda é ouvido nos países mais esclarecidos. Há palavras como "júbilo" e "tristeza", mas elas são o único fardo de um salmo, cantado com um som nasal, enquanto acreditamos no ordinário e no mesquinho. Achamos que podemos trocar apenas as roupas. Foi dito que o Império Britânico é muito grande e respeitável e que os Estados Unidos são um poder de primeira linha. Não acreditamos que atrás de cada homem sobe e desce uma maré capaz de fazer flutuar o Império Britânico como um pedaço de madeira, se algum dia alimentasse isso na cabeça. Quem sabe que tipo de cigarra de dezessete anos sairá do chão? O governo do mundo em que vivo não foi moldado, como o da Grã-Bretanha, em conversas sobre o vinho tidas após o jantar.

A vida em nós é como a vida no rio. Pode subir neste ano mais do que o homem já viu e inundar as terras altas ressequidas; este pode até ser o ano agitado que afogará todos os nossos ratos-almiscarados. Não foi sempre terra firme o local onde vivemos. Vejo em lugares bem interiores os bancos que um dia foram banhados pelo rio antes que a ciência começasse a registrar suas enchentes. Todos já ouviram a história, que circulou pela Nova Inglaterra, de um besouro belo e forte que saiu de uma folha seca em uma velha mesa de madeira de macieira, que ficara na cozinha de um fazendeiro por sessenta anos, primeiro em Connecticut, depois em Massachusetts – de um ovo depositado na árvore viva ainda muitos anos antes, como pareceu contando as camadas anuais além dele; que foi ouvido roendo por várias semanas, chocado talvez pelo calor de um samovar. Quem não sente sua fé em uma ressurreição e na imortalidade fortalecida ao ouvir isso? Quem sabe que vida bela e alada, cujo ovo foi enterrado por eras sob muitas camadas concêntricas de madeira na vida seca e morta da sociedade, depositado primeiro no alburno da árvore viva e verde, que foi gradualmente convertida na semelhança de sua tumba seca – ouvido talvez roendo por anos até sair pela família assombrada de homens, sentada à mesa festiva –, pode inesperadamente sair do meio da mobília mais trivial e presenteada da sociedade para, por fim, desfrutar sua vida perfeita de verão!

Não digo que John ou Jonathan perceberão tudo isso, mas assim é o caráter daquela manhã que o mero passar do tempo não pode fazer nascer. A luz que extingue nossos olhos é escuridão para nós. Apenas o dia em que estamos despertos amanhece. Há mais dias para amanhecer. O sol é apenas uma estrela da manhã.

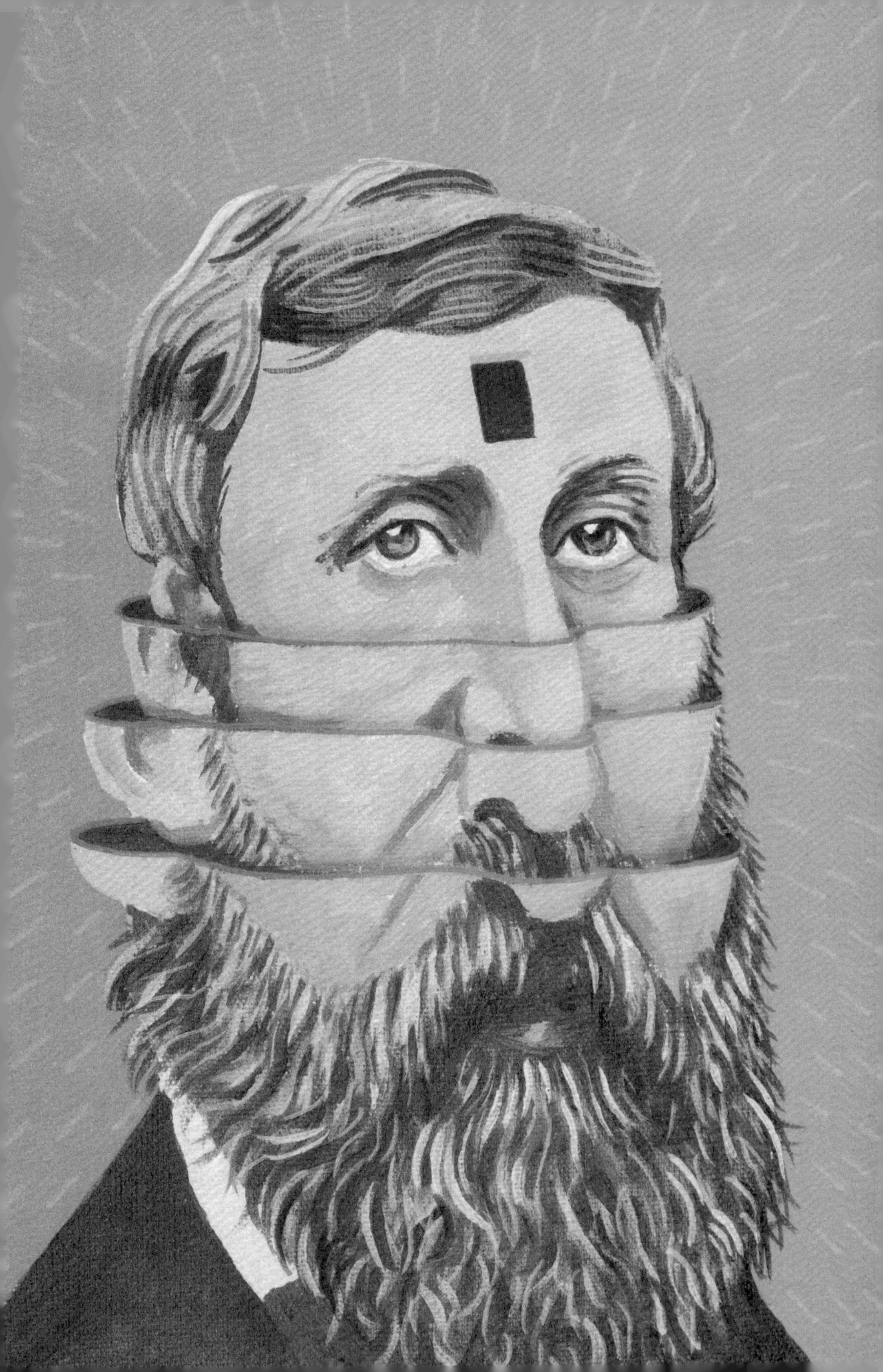

Sobre o dever da desobediência civil

Aceito com entusiasmo o lema "o melhor governo é o que menos governa" e gostaria de ver isso acontecer de modo mais rápido e sistemático. Levado a cabo, por fim chegaria a isto, em que também acredito: "O melhor governo é o que não governa"; e quando os homens estiverem preparados para isso, este será o tipo de governo que terão. O governo é no máximo uma conveniência, mas a maioria dos governos – às vezes, todos – são inconvenientes. As objeções levantadas contra um Exército permanente – e elas são muitas e significativas e merecem prevalecer – podem também, por fim, ser levantadas contra um governo permanente. O Exército permanente é apenas um braço do governo permanente. O governo em si, que é apenas o modo como o povo escolheu para executar sua vontade, é igualmente passível de ser abusado e pervertido antes que o povo possa agir por meio dele. Observe a presente guerra mexicana, obra de uns poucos indivíduos, em comparação, usando o governo permanente como ferramenta; pois, desde o início, o povo não teria consentido com essa medida.

Esse governo americano... o que é além de uma tradição, embora recente, esforçando-se para se transmitir intacto para a posteridade, mas a cada instante perdendo um pouco de sua integridade? Não tem a vitalidade e a força de um só homem vivo; pois um só homem pode dobrá-lo a sua vontade. É um tipo de arma de brinquedo para o próprio povo. Mas não é menos necessário por isso; pois o povo precisa ter algum tipo de máquina complicada, e ouvir seu barulho, para satisfazer aquela ideia de governo que ele tem. Assim, os governos demonstram como os homens podem ser enganados com sucesso, e até enganarem a si mesmos, para benefício próprio. É excelente, devemos todos permitir. No entanto, esse governo nunca promoveu qualquer empreendimento, a não ser a prontidão com que saiu do caminho. Ele não mantém o país livre. Não povoa o oeste. Não educa. O caráter inerente ao povo americano fez tudo o que foi conquistado – e teria feito mais, se o governo não tivesse entrado em seu caminho às vezes. Pois o governo é uma conveniência pela qual os homens conseguem, de bom grado, deixar uns aos outros em paz; e, como já se disse, é mais conveniente quando seus governados são deixados em paz por ele. O comércio e os negócios, se não fossem feitos de borracha da Índia, jamais ultrapassariam os obstáculos que os legisladores continuamente colocam em seu caminho; aliás, se fôssemos julgar esses homens apenas pelos efeitos de suas ações, não em parte por suas intenções, mereceriam ser classificados e punidos com aquelas pessoas nocivas que obstruem as ferrovias.

Falando de modo prático e como cidadão, diferentemente daqueles que se chamam de homens antigoverno, não peço nenhum governo agora, e sim um governo melhor. Que cada homem expresse que tipo de governo teria seu respeito e que isso seja um degrau na direção de obtê-lo.

Afinal, a razão prática pela qual, quando o poder está nas mãos do povo, a maioria recebe permissão de governar e continua governando por um longo tempo não é porque tem mais chance de estar certa nem por ser fisicamente mais forte. Mas um governo no qual a maioria decide todas as vezes não pode ser baseado em justiça nem do modo como o homem a entende. Não pode haver um governo no qual a maioria não decida o certo e o errado, e sim a consciência? No qual as maiorias decidem apenas aquelas questões às quais se aplicam a regra de conveniência? Precisa o cidadão, seja por um momento, seja em menor grau, renunciar a sua consciência em favor do legislador? Por que todo homem tem uma consciência, então? Acho que deveríamos ser homens primeiro, depois súditos. Não é desejável cultivar tanto respeito pela lei quanto pelo que é certo. A única obrigação que tenho o direito de assumir é fazer o que acredito que está certo a qualquer momento. Dizem, verdadeiramente, que uma corporação não tem consciência; contudo, uma corporação de homens conscientes é uma corporação com consciência. A lei nunca fez o homem nem um pouco mais justo; e, por seu respeito a elas, até os homens de boa disposição são diariamente tornados agentes da injustiça. Um resultado natural e comum de um respeito indevido à lei é ser possível ver uma fila de soldados, coronel, capitão, cabos, soldados rasos, carregadores de pólvora e tudo mais, marchando em ordem admirável por colinas e várzeas, para a guerra, contra suas vontades, seu bom senso e suas consciências, o que torna a marcha um tanto íngreme e produz palpitação no coração. Eles não têm dúvida de que se preocupam com um negócio execrável; todos são inclinados à paz. Agora, o que eles são? Homens ou pequenos fortes e paióis móveis, a serviço de algum homem inescrupuloso no poder? Visite o Arsenal da Marinha e contemple um fuzileiro naval, um homem como o governo americano pode fazer, ou como pode fazer com sua magia maligna – mera sombra e reminiscência de humanidade, um homem tirado de combate com vida e de pé, e já, como dizem, um homem, sepultado em armas, com acompanhamento fúnebre, embora possa ser que:

"Não se ouviu um tambor nem uma nota funerária,
Apressados ao forte em teu cortejo seguimos nós;
Nenhum soldado disparou seu tiro de adeus
Sobre a cova em que enterramos nosso herói."

A massa de homens assim serve ao Estado, não principalmente como homens, mas como máquinas, com seus corpos. Eles são o Exército permanente, e a milícia, carcereiros, policiais, membros da força civil etc. Na maioria dos casos, não há exercício livre de qualquer julgamento do senso moral, mas eles se colocam no mesmo nível das árvores, da terra e das pedras; e talvez se possam fabricar homens de madeira para servir também a esse propósito. Esses não despertam mais respeito que homens de palha ou um monte de terra. Têm o mesmo tipo de valor que cavalos e cães. E, no entanto, são até normalmente estimados como bons cidadãos. Outros, como a maioria dos legisladores, dos políticos, dos advogados, dos ministros e dos funcionários públicos, servem ao Estado principalmente com o intelecto; e, como é raro fazerem qualquer distinção moral, têm tantas chances de servir ao diabo, sem intenção, quanto a Deus. Muito poucos, como heróis, patriotas, mártires, reformistas no sentido mais amplo, e homens, servem ao Estado também com a consciência e, assim, necessariamente resistem na maior parte; e é comum serem tratados como inimigos por isso. Um homem sábio só será útil como homem e não se submeterá a ser "barro" e "fechar um buraco para impedir a entrada do vento", mas deixará essa ocupação a seu pó:

"Nasci muito nobre para ter posses,
No controle estar em segundo,
Ou ser servo e instrumento útil
A qualquer Estado soberano no mundo."

Aquele que se doa na íntegra a seus semelhantes a eles parece inútil e egoísta; mas quem se doa parcialmente a eles é pronunciado benfeitor e filantropo.

Como um homem se comporta diante do governo americano hoje? Eu respondo que aquele não pode ser associado a este sem se desgraçar. Não posso nem por um instante reconhecer aquela organização política como meu governo, sendo também o governo do escravo.

Todos os homens reconhecem o direito de revolução; ou seja, o direito de recusar lealdade e resistir ao governo, quando é uma tirania ou sua ineficiência é grande e insuportável. Mas quase todos dizem que não é o caso agora. Era o caso, acham, na Revolução de 1775. Se alguém me dissesse que esse é um mau governo porque taxa certas mercadorias estrangeiras que chegam a seus portos, era mais provável que eu não fizesse muito barulho a esse respeito, pois posso viver sem eles. Todas as máquinas têm sua fricção, e possivelmente isso ainda faz bem o suficiente para contrabalancear o mal. De qualquer modo, é um grande mal fazer disso um ponto de agitação. Mas, quando a fricção vem tomar sua máquina e a opressão e o roubo são organizados, digo que não tenhamos mais tal máquina. Em outras palavras, quando um sexto da população de uma nação que se assumiu como refúgio da liberdade é de escravos, e um país inteiro é injustamente tomado e conquistado por exército estrangeiro, e sujeitado à lei militar, acho que não é cedo demais para que o homem honesto se rebele e revolucione. O que torna esse dever mais urgente é o fato de que o país invadido não é o nosso; é nosso o exército invasor.

 Paley, autoridade comum em muitas questões morais, em seu capítulo sobre "Dever de submissão ao governo civil", transforma toda a obrigação civil em conveniência e segue dizendo que, "desde que o interesse de toda a sociedade o exija, isto é, desde que o governo estabelecido não possa ser objeto de resistência ou mudado sem inconveniência pública, é a vontade de Deus [...] que o governo estabelecido seja obedecido, e não mais [...]. Admitindo esse princípio, a justiça de cada caso particular de resistência é reduzida a uma computação da quantidade de perigo e queixa de um lado e de probabilidade e custos de retificação do outro". Isso, ele diz, cada homem deve julgar por si mesmo. Mas Paley parece jamais ter contemplado os casos nos quais não se aplica a regra de conveniência, nos quais um povo, assim como um indivíduo, precisa fazer justiça a qualquer custo. Se eu injustamente arranquei uma prancha de um homem que se afogava, devo devolvê-la a ele ainda que eu mesmo me afogue. Isso, de acordo com Paley, seria inconveniente. Quem salvaria a vida dele, em um caso assim, perderia a própria. Esse povo precisa parar de manter escravos, e guerrear com o México, embora isso lhes custe sua existência enquanto povo.

 Na prática, as nações concordam com Paley, mas alguém acredita que Massachusetts faz exatamente o que é certo na presente crise?

"Um Estado sombrio, uma prostituta vestida de prata,
Ergue a cauda do vestido, arrasta a alma na lama."

Na prática, os oponentes a uma reforma em Massachusetts não são cem mil políticos no sul, mas cem mil mercadores e fazendeiros aqui, que se interessam mais em comércio e agricultura que em humanidade e não estão preparados para fazer justiça ao escravo e ao México, não importa o custo disso. Não discuto com os inimigos que estão longe, mas com aqueles que, perto de casa, cooperam com os distantes e fazem o que pedem, sem os quais esses últimos seriam inofensivos. Estamos acostumados a dizer que a massa de homens é despreparada, mas a melhora é lenta, pois poucos não são materialmente mais sábios ou melhores que muitos. Não é tão importante que muitos sejam tão bons quanto você em relação à existência de alguma bondade absoluta em algum lugar, pois isso fará fermentar toda a massa. Há centenas de pessoas que se opõem à escravidão em opinião, mas que nada fazem de efetivo para nela pôr fim; que, considerando-se filhos de Washington e de Franklin, sentam-se com as mãos nos bolsos, dizem que não sabem o que fazer e não fazem nada; que até mesmo adiam a questão da liberdade em nome da questão do livre comércio e, em silêncio, leem a lista de preços, junto com as últimas recomendações do México, depois do jantar, e, quem sabe, adormecem sobre ambos. Qual é o preço atual de um homem honesto e patriota hoje? Eles hesitam, lamentam e às vezes solicitam, mas não fazem nada com sinceridade e efeito. Vão esperar, bem-dispostos, que outros remedeiem o mal, para que não precisem mais se lamentar. No máximo dão apenas um voto barato e um consentimento débil com desejo de boa sorte, ao certo, quando este passa por eles. Há novecentos e noventa e nove patronos da virtude para cada homem virtuoso; porém, é mais fácil lidar com o detentor real de algo que com o guardião temporário.

Todo voto é um tipo de jogo, como damas ou gamão, com um leve matiz moral, uma brincadeira com o certo e o errado, com questões morais; e apostas naturalmente o acompanham. Não há participação do caráter de quem vota. Eu voto, talvez, do modo como acho certo, mas não estou vitalmente preocupado com que o certo prevaleça. Estou disposto a deixar isso a encargo da maioria. Sua obrigação, desse modo, nunca excede a da conveniência. Mesmo votar a favor do certo é nada fazer por ele. É apenas expressar debilmente aos homens seu desejo de que ele prevaleça. Um homem sábio não deixa o certo à mercê do acaso nem deseja que ele prevaleça pelo poder da maioria. Há pouca virtude na ação de massas. Quando a maioria votar pela abolição da escravatura, será porque eles são indiferentes à escravidão ou porque sobrou pouca escravidão a ser abolida por seu voto. Então serão os únicos escravos. Apenas o voto de quem assegura com ele a própria liberdade pode apressar a abolição da escravatura.

Soube de uma convenção que será feita em Baltimore, ou em outro lugar, para a seleção de candidatos à Presidência, composta principalmente de editores e homens que são políticos por profissão; então, pergunto: que importa a qualquer homem independente, inteligente e respeitável, a decisão que eles podem tomar? Não teremos a vantagem de sua sabedoria e sua honestidade, de qualquer modo? Não podemos contar com alguns votos independentes? Não há muitos indivíduos no país que não participam das convenções? Mas não: creio que o homem respeitável, assim chamado, imediatamente sai de sua posição e se desespera com seu país, quando seu país tem mais razões para se desesperar com ele. Logo adota um dos candidatos assim selecionados como os únicos disponíveis, provando estar ele mesmo disponível a qualquer propósito demagogo. Seu voto não vale mais que o de qualquer estrangeiro sem princípios ou nativo mercenário, que pode ter sido comprado. Ah, pois um homem que é um homem e, como diz meu vizinho, tem uma espinha nas costas que não se pode atravessar com a mão! Nossas estatísticas têm falhas: a estimativa da população é muito alta. Quantos homens há para cada dois mil e quinhentos quilômetros quadrados neste país? Mal se conta um. A América não oferece estímulo para que os homens se estabeleçam aqui? O americano se diminuiu em um Odd Fellow – alguém que pode ser conhecido pelo desenvolvimento de seu órgão do gregarismo, uma falta manifesta de intelecto e uma autoconfiança alegre, cuja primeira e principal preocupação, ao vir ao mundo, é ver que os asilos de pobres estão em bom estado, e, antes ainda que tenha vestido legalmente o traje viril, recolhe fundos em apoio a viúvas e órfãos que podem vir a existir; que, em resumo, só se aventura a viver com a ajuda da companhia de Seguros Mútuos, que lhe prometeu um enterro decente.

Não é dever de um homem, como esperado, devotar-se à erradicação de qualquer erro, mesmo o maior; ele pode ainda ter outras preocupações a ocupá-lo; mas é seu dever, ao menos, lavar as mãos a respeito disso e, se não pensa mais no assunto, não dar seu apoio na prática. Se eu me devoto a outros interesses e contemplações, preciso primeiro ver que não os busco sentado sobre os ombros de outro homem. Devo, antes, sair de cima dele para que ele possa buscar suas contemplações também. Veja que grande inconsistência é tolerada. Eu ouvi alguns de meus concidadãos dizerem: "Gostaria que me mandassem para ajudar a acabar com uma insurreição de escravos ou para marchar ao México... veja se eu iria"; no entanto, esses mesmos homens equiparam um substituto, diretamente com sua lealdade ou indiretamente, ao menos, com seu dinheiro. O soldado que se recusa a servir em uma guerra injusta é aplaudido por aqueles que não se recusam a sustentar o governo injusto que promove a guerra; é aplaudido por aqueles cujas atitudes e autoridade ele despreza e desconsidera; como se o Estado se penitenciasse a ponto de contratar alguém para açoitá-lo enquanto peca, mas não a ponto de deixar de pecar por um momento. Assim, sob o nome da ordem e do governo civil, somos todos enfim obrigados a prestar homenagem e apoiar nossa própria mesquinharia. Depois do primeiro rubor do pecado, vem sua indiferença; e de imoral ela se torna, como se fosse, amoral e não exatamente desnecessária para a vida que construímos.

O erro maior e mais prevalente exige a virtude mais desinteressada para sustentá-lo. A menor censura à qual a virtude do patriotismo é normalmente passível tem mais probabilidade de ser exercida por um nobre. Aqueles que, enquanto desaprovam o caráter e as medidas do governo, oferecem a ele sua lealdade e seu apoio, são sem dúvidas seus apoiadores mais conscienciosos e, com muita frequência, o obstáculo mais sério à reforma. Alguns peticionam ao Estado para dissolver a União, para desconsiderar as requisições do presidente. Por que não a dissolvem eles mesmos – a união entre eles e o Estado – e se recusam a pagar sua cota ao Tesouro? Eles não têm a mesma posição em relação ao Estado que este último tem em relação à União? E não foram as mesmas razões que impediram o Estado de resistir à União as que os impediram de resistir ao Estado?

Como pode um homem ficar satisfeito em apenas ter uma opinião e apreciar isso? Há algum prazer nisso, se sua opinião for que ele se sente lesado? Se você perde um dólar por trapaça do vizinho, não descansa sossegado sabendo que foi trapaceado, ou por dizer que foi trapaceado, ou mesmo exigir que ele lhe pague o que deve; e sim toma medidas efetivas logo para obter a soma total e garantir que não seja trapaceado outra vez. Ação gerada pelo princípio – a percepção e o cumprimento do que é certo – muda as coisas e as relações; é em essência revolucionária e não se compõe totalmente de nada que já passou. Não só divide Estados e igrejas, divide famílias; sim, divide o indivíduo, separando o diabólico dele do divino.

Leis injustas existem; vamos nos contentar em obedecê-las ou nos esforçaremos para alterá-las e obedecê-las até conseguirmos? Ou devemos transgredi-las de pronto? Os homens, geralmente, sob um governo como esse, acham que precisam esperar até que tenham persuadido a maioria a alterá-las. Acham que, se resistissem, o remédio seria pior que o mal. Mas é culpa do próprio governo o remédio ser pior que o mal. Ele o torna pior. Por que não está mais apto a antecipar e sustentar a reforma? Por que não celebrar sua minoria sábia? Por que grita e resiste antes que esteja ferido? Por que não encoraja seus cidadãos a ficarem alertas para apontar seus defeitos e fazer melhor do que teriam feito? Por que sempre crucifica Cristo, excomunga Copérnico e Lutero e declara rebeldes Washington e Franklin?

Seria possível pensar que uma negação prática e deliberada de sua autoridade é a única ofensa jamais contemplada pelo governo; de outro modo, por que não designou sua penalidade definitiva, adequada e proporcional? Se um homem que não tem posses se recusa uma vez a recolher nove xelins para o Estado, ele é colocado na cadeia por um período sem limite por qualquer lei que eu conheça, determinado apenas pela decisão de quem o colocou lá; mas, se ele roubasse noventa vezes nove xelins do Estado, logo teria permissão para sair de volta.

Se a injustiça é parte do atrito necessário da máquina do governo, deixe que siga, deixe que siga; talvez suavize – certamente a máquina vai se desgastar. Se a injustiça tem mola, ou roldana, cabo ou manivela exclusivamente para ela mesma, então talvez precise considerar se o remédio não será pior que o mal; mas, se é de tal natureza que exige que você seja agente de uma injustiça ou outra, então digo: quebre a lei. Que sua vida seja um antiatrito a parar a máquina. O que devemos fazer é verificar, a qualquer custo, que não nos prestamos ao mal que condenamos.

Quanto a adotar os modos providenciados pelo Estado para remediar o mal, não os conheço. Levam tempo demais, e a vida de um homem teria passado. Tenho que me ocupar de outras questões. Vim a este mundo não para, principalmente, torná-lo um bom lugar para se viver, mas para viver nele, seja bom, seja mau. Um homem não tem tudo a fazer, mas algo, e não é necessário que faça algo errado por não conseguir fazer tudo. Não tenho mais obrigação de enviar petições ao governador ou à Legislatura que eles têm de me enviar petições; e, se eles não ouvirem minha petição, o que eu deveria fazer? Mas, neste caso, o Estado não providenciou nenhum modo; sua própria Constituição é o mal. Isso pode parecer duro, obstinado ou hostil, mas é tratar com maiores bondade e consideração o único espírito que pode apreciar ou merece isso. Assim é uma mudança para melhor, como o nascimento e a morte, que convulsionam o corpo.

Não hesito em dizer que aqueles que se autoproclamam abolicionistas deveriam logo retirar efetivamente seu apoio, tanto em pessoa quanto em forma de propriedade, do governo de Massachusetts, e não esperar até que constituam maioria de um, para que tenham o direito de prevalecer. Acho que é suficiente que tenham Deus a seu lado, sem esperar por aquele homem a mais. Além disso, qualquer homem mais certo que seus vizinhos já constitui maioria de um.

Encontro este governo americano, ou seu representante, o governo do Estado, diretamente e face a face uma vez ao ano – não mais –, na pessoa de seu coletor de impostos; é o único modo em que um homem em minha situação o encontra necessariamente; e ele diz de modo distinto: reconheça-me; e a maneira mais simples, efetiva e, na presente situação das coisas, indispensável para lidar com ele, de expressar falta de satisfação e apreço por ele, é negar isso. Meu vizinho civil, o coletor de impostos, é o homem com quem preciso lidar – pois é, afinal de contas, com homens, e não com pergaminhos, que discuto –, e ele voluntariamente escolheu ser um agente do governo. Como ele saberá bem o que é e faz como funcionário do governo, ou como homem, até ser obrigado a considerar se vai me tratar, seu vizinho, por quem ele tem respeito, como vizinho e homem de boa disposição, ou como maníaco perturbador da paz, e ver se consegue superar essa obstrução de sua boa vizinhança sem um pensamento ou fala mais impetuoso correspondente a seus atos? O que sei é que, se mil, se cem, se dez homens que eu pudesse nomear – se apenas dez homens honestos –, sim, se um homem HONESTO, neste estado de Massachusetts, deixando de manter escravos, de fato se retirasse dessa sociedade e por isso fosse para a cadeia, seria a abolição da escravatura na América. Pois não importa quão pequeno o começo possa parecer: o que foi bem feito uma vez foi feito para sempre. Mas gostamos mais de falar sobre isso; dizemos que é nossa missão. A reforma mantém muitos jornais a seu serviço, mas nenhum homem. Se meu estimado vizinho, o embaixador do Estado, que devotará os dias à conciliação da questão dos direitos humanos na Câmara do Conselho, em vez de ser ameaçado com as prisões da Carolina, fosse prisioneiro de Massachusetts, aquele estado tão ansioso para impingir o pecado da escravidão ao irmão – embora no momento possa apenas descobrir um ato de falta de hospitalidade como motivo para uma briga com ele –, a Legislatura não deixaria o assunto totalmente de lado no inverno seguinte.

Sob um governo que prende alguém injustamente, o lugar verdadeiro de um homem justo também é a prisão. O local adequado hoje, o único local que Massachusetts providenciou para seus espíritos mais livres e menos desesperançados, são suas prisões, para serem apartados e trancados pelo próprio ato do Estado, assim como já se apartaram por seus princípios. É ali que deverão encontrá-los o escravo fugido, o prisioneiro mexicano em liberdade condicional e o indígena que veio protestar contra as injustiças cometidas com sua raça, naquele espaço separado, mas mais livre e honrado, em que o Estado coloca aqueles que não estão a seu favor, mas contra ele – a única moradia em um Estado escravo na qual um homem livre pode residir com honra. Se alguém acredita que a influência deles se perderia ali, e suas vozes não mais afligiriam os ouvidos do Estado, que não seriam tanto como inimigos dentro de seus muros, não sabe quanto a verdade é mais forte que o erro nem como alguém que experimentou em pessoa um pouco de injustiça pode combatê-la com mais eloquência e eficiência. Dê seu voto inteiro, não mera tira de papel, mas toda a sua influência. Uma minoria é impotente enquanto se conforma à maioria, quando então, não é nem mesmo uma minoria; ao mesmo tempo, é irresistível quando obstrui com todo o seu peso. Se a alternativa é manter todos os homens justos na prisão ou desistir da guerra e da escravidão, o Estado não hesitará em escolher. Se mil homens não pagarem seus impostos neste ano, não seria uma medida violenta e sangrenta como seria pagá-las e permitir que o Estado cometa violência e derrame sangue inocente. Essa é, na verdade, a definição de uma revolução pacífica, se alguma é possível. Se o coletor de impostos, ou qualquer outro funcionário público, me pergunta, como já fizeram, "Mas o que devo fazer?", minha resposta é: "Se realmente deseja fazer algo, demita-se". Quando o súdito recusou fidelidade e o funcionário do governo se demitiu do posto, então a revolução foi obtida. Mas suponha que sangue fosse derramado. Não é um tipo de derramamento de sangue quando uma consciência é ferida? Por essa ferida as verdadeiras humanidade e imortalidade de um homem saem, e ele sangra até a morte eterna. Vejo seu sangue correndo agora.

Contemplei a prisão do ofensor, em vez da tomada de seus bens – embora ambos tenham o mesmo propósito –, por que aqueles que asseveram o certo mais puro, e consequentemente são os mais perigosos para um Estado corrupto, normalmente não passaram muito tempo acumulando propriedades. A esses, em comparação, o Estado presta um serviço pequeno, e um pequeno imposto costuma ser visto como exorbitante, ainda mais se são obrigados a ganhá-lo com o trabalho especial de suas mãos. Se alguém vivesse totalmente sem o uso de dinheiro, o próprio Estado não hesitaria em demandar isso dele. Mas o homem rico – não para fazer nenhuma comparação individual – é sempre vendido à instituição que o torna rico. Falando de modo absoluto: quanto mais dinheiro, menos virtude; pois o dinheiro entra no caminho entre um homem e seus objetivos e os consegue para ele; e certamente não foi nenhuma grande virtude consegui-los. Ele retira muitas questões que teriam de ser respondidas, enquanto a única nova questão que se coloca é a difícil, mas supérflua: como gastá-lo. As oportunidades de viver são diminuídas na proporção em que o que é chamado de "meios" aumenta. A melhor coisa que um homem pode fazer por sua cultura, quando ele é rico, é se esforçar para concluir os planos que tinha quando pobre. Cristo respondeu aos herodianos de acordo com a condição deles. "Mostrai-me o dinheiro do tributo", ele disse; e um deles pegou uma moeda do bolso; se usais dinheiro com a imagem de César nele, o qual ele tornou corrente e valioso, isto é, se sois homens do Estado e desfrutais com alegria do governo de César, então pagais a ele um pouco do que lhe pertence quando ele demanda. "Dai, pois, a César o que é de César e a Deus o que é de Deus" – deixando-os sem saber mais que antes a respeito de qual era qual, pois não desejavam saber.

    Quando converso com o mais livre de meus vizinhos, percebo que não importa o que digam sobre a magnitude e a seriedade da questão, sua estima pela tranquilidade pública, a questão é que não podem dispor da proteção do governo existente e temem as consequências sobre sua propriedade e sua família caso o desobedeçam. De minha parte, não gostaria de pensar que dependo da proteção do Estado. Mas, se eu negasse a autoridade do Estado quando ele me apresenta a conta de impostos, ele logo tomaria e dissiparia toda a minha propriedade e, do mesmo modo, atormentaria infinitamente a mim e minha família. Isso é difícil. Faz com que seja impossível que um homem viva de forma honesta e ao mesmo tempo confortável em aspectos exteriores. Não valerá a pena acumular propriedade; elas logo seriam tomadas de novo. Seria preciso alugar ou ocupar um lugar, manter uma pequena plantação e comê-la logo. Seria preciso viver e depender apenas de si mesmo, sempre pronto para partir, e não ter muitos negócios. Um homem pode ficar rico até na Turquia, se for em todos os aspectos um bom súdito do governo turco. Confúcio disse: "Se um Estado é governado pelos princípios da razão, a pobreza e a miséria são motivo de vergonha; se um Estado não é governado pelos princípios da razão, riquezas e honras são motivo de vergonha". Não: até que eu queira que a proteção de Massachusetts seja estendida a mim em algum porto distante do sul, onde minha liberdade está em perigo, ou até que esteja ocupado apenas em construir uma propriedade em seu território, em um empreendimento pacífico, posso me recusar a ser fiel a Massachusetts e seu direito a minha vida e minha propriedade. Custa-me cada vez menos em todos os sentidos incorrer na penalidade de desobediência ao Estado que obedecê-lo. Deveria me sentir como se tivesse menos valor nesse caso.

    Há alguns anos, o Estado veio a meu encontro em nome da Igreja e me ordenou a pagar certa soma para o sustento de um clérigo cujas pregações meu pai ouvia, mas eu não. "Pague", disse, "ou vá preso". Declinei o pagamento. Mas, infelizmente, outro homem achou por bem pagar. Não vejo por que razão o professor deva ser cobrado para sustentar o padre ou o padre para sustentar o professor; pois eu não era professor do Estado, e sim me sustentava por subscrição voluntária. Não entendi por que o liceu não deveria apresentar sua conta de impostos, e ter o apoio do Estado, assim como da Igreja. No entanto, a pedidos de membros do conselho municipal, concordei em fazer uma declaração por escrito, como esta: "Saibam todos, pela presente, que eu, Henry Thoreau, não desejo ser considerado membro de nenhuma sociedade legalmente estabelecida à qual não tenha me associado". Entreguei-a ao secretário municipal, que a guardou. O Estado, tendo assim sido informado de que não desejo ser considerado membro daquela igreja, jamais me fez demanda semelhante desde então; embora se diga que é necessário manter sua presunção original. Se então eu soubesse identificá-las, deveria me retirar em detalhes de cada sociedade à qual nunca me juntei; mas não sabia onde encontrar uma lista completa.

Não paguei o imposto *per capita* durante seis anos. Fui preso por causa disso uma vez, por uma noite; e, enquanto observava as paredes sólidas de pedra, de sessenta a noventa centímetros de espessura, a porta de madeira e ferro, com trinta centímetros de espessura, e a grade de ferro que filtrava a luz, eu me espantei com a tolice daquela instituição que me tratava como se fosse meramente carne, sangue e ossos, para ser preso. Estranhei que ela tivesse concluído que aquele era o melhor uso que podia fazer de mim e que jamais pensara em tirar proveito de meus serviços de outro modo. Vi que, se havia uma parede de pedra entre mim e meus concidadãos, havia uma parede ainda mais difícil de quebrar ou pular, antes que eles pudessem ser livres como eu. Não me senti confinado nem por um instante, e as paredes me pareceram um grande desperdício de pedra e argamassa. Senti como se apenas eu, entre todos os concidadãos, tivesse pago meu imposto. Eles claramente não sabiam como me tratar, mas se comportaram como pessoas mal-educadas. Em cada ameaça e cada elogio, havia um disparate, pois pensavam que meu maior desejo era ficar do outro lado daquela parede de pedra. Não podia deixar de sorrir ao ver com que diligência fechavam a porta em minhas meditações, que os seguiam de volta sem permissão nem impedimento e eram tudo o que de fato representava perigo. Como não podiam me alcançar, decidiram punir meu corpo; como meninos, se não conseguem atingir alguém por quem sentem rancor, maltratam seu cachorro. Vi que o Estado era imbecil, que era tímido como uma mulher solitária com sua prataria e que não sabia distinguir amigos de inimigos, então perdi todo o resto de respeito que tinha por ele e senti pena.

Assim o Estado jamais confronta o juízo, intelectual ou moral, de um homem, mas apenas seu corpo, seus sentidos. Não está armado com inteligência ou honestidade superiores, mas com força física superior. Não nasci para ser forçado. Respiro a meu próprio modo. Veremos quem é o mais forte. Que força tem uma multidão? Só quem obedece a uma lei mais alta que a minha pode me forçar. Forçam-me a ser como eles. Não ouço falar de homens sendo forçados a fazer isso ou aquilo por massas de homens. Que tipo de vida seria essa? Quando encontro um governo que me diz "o dinheiro ou a vida", por que deveria me apressar em dar a ele meu dinheiro? Ele pode estar em um grande aperto e não saber o que fazer: não posso ajudá-lo com isso. Ele precisa ajudar a si mesmo, fazer como eu faço. Não vale a pena reclamar disso. Não sou responsável pelo bom funcionamento da maquinaria da sociedade. Não sou filho do engenheiro. Percebo que, quando a bolota e a castanha caem lado a lado, uma não permanece inerte para dar espaço à outra, mas ambas obedecem às próprias leis e brotam, crescem e prosperam da melhor maneira que podem, até que uma delas, talvez, ofusque e destrua a outra. Se uma planta não puder viver de acordo com sua natureza, ela morre; assim também um homem.

A noite na prisão foi um tanto original e interessante. Os prisioneiros, em mangas de camisa, desfrutavam uma conversa e o ar da noite na porta de entrada quando cheguei. Mas o carcereiro disse: "Vamos, rapazes, está na hora de trancar"; e assim eles se dispersaram, e ouvi os passos retornando para as celas vazias. Meu companheiro de quarto me foi apresentado pelo carcereiro como "um camarada de primeira linha e um homem inteligente". Quando a porta foi trancada, ele me mostrou onde pendurar o chapéu e como ele organizava as coisas ali. Os quartos eram caiados uma vez por mês; e aquele, pelo menos, era o mais branco, de mobília mais simples e provavelmente o mais asseado da cidade. Ele naturalmente quis saber de onde eu vinha e o que me levara até lá; quando contei, perguntei, por minha vez, como ele foi parar ali, presumindo que fosse um homem honesto; e, do jeito que anda o mundo, acredito que era. "Ora", ele me disse, "me acusam de ter queimado um celeiro, mas nunca fiz isso". Até onde consegui descobrir, ele provavelmente fora dormir em um celeiro quando estava bêbado e ali fumou seu cachimbo; assim, um celeiro foi incendiado. Ele tinha a reputação de ser inteligente, estava ali havia uns três meses esperando seu julgamento, e teria de esperar muito mais; mas se via um tanto domesticado e contente, já que tinha pensão de graça e considerava ser bem tratado.

Ele ocupava uma das janelas, e eu, a outra; vi que se alguém ficasse ali por muito tempo, seu principal afazer seria olhar pela janela. Logo eu tinha lido todos os panfletos que foram deixados ali, examinei o local por onde antigos prisioneiros tinham escapado, onde uma grade fora serrada e ouvi as histórias dos vários ocupantes daquele cômodo; pois descobri que mesmo ali havia uma história e uma conversa que nunca circulava além dos muros da prisão. Provavelmente é a única casa na cidade em que versos são compostos e depois impressos em forma de circular, mas não publicados. Mostraram-me uma longa lista de versos que foram compostos por alguns jovens pegos em uma tentativa de fuga e que se vingaram cantando-os.

Extraí o que pude de meu companheiro prisioneiro, por temer que jamais o reencontrasse; mas, por fim, ele me mostrou minha cama e me encarregou de apagar a lamparina.

Passar a noite ali foi como viajar para um país distante, que jamais imaginei que fosse contemplar. Tive a impressão de que jamais ouvira o relógio da cidade tocar, tampouco os sons noturnos da vila; pois dormíamos com a janela aberta, que ficava do lado interno das grades. Era como ver a minha vila natal à luz da Idade Média, e nossa Concord se transformou em uma corrente do Reno, e visões de cavaleiros e castelos passavam diante de mim. Eram as vozes dos antigos moradores dos burgos nas ruas. Era um espectador involuntário e auditor do que se dizia na cozinha da hospedaria da vila, que era vizinha – experiência totalmente nova e rara para mim. Era uma visão mais próxima de minha vila nativa. Estava bem no meio dela. Jamais vira suas instituições antes. Essa é uma de suas instituições peculiares, pois é sede de condado. Comecei a compreender a índole dos seus habitantes.

Pela manhã, nosso desjejum foi entregue por um buraco na porta, em pequenas vasilhas de lata retangulares, feitas sob medida, com um quartilho de chocolate, pão doce e uma colher de ferro. Quando pediram as vasilhas, fui inexperiente o bastante para devolver o que havia deixado do pão; mas meu camarada pegou, dizendo que deveria guardar aquilo para o almoço ou o jantar. Logo depois ele foi solto para trabalhar cortando feno no campo ao lado, para onde ia todos os dias, e não voltou até o meio-dia; então se despediu de mim, dizendo que duvidava que fosse me ver outra vez.

Quando saí da prisão – alguém interferiu e pagou aquele imposto –, não percebi que grandes mudanças tivessem ocorrido nas coisas comuns, como aconteceria com alguém que entrou na juventude e saiu grisalho e cambaleante; no entanto, houve uma mudança da cena em meus olhos – a cidade, o Estado e o país – maior que qualquer outra causada meramente pelo tempo. Enxerguei com ainda mais nitidez o Estado em que vivia. Vi até que ponto podia confiar nas pessoas que moravam em torno de mim como bons vizinhos e amigos; que a amizade deles era apenas de conveniência; que não se propunham muito a fazer o bem; que eram um tipo distinto de mim por seus preconceitos e suas superstições, como o são chineses e malaios; que, em seus sacrifícios pela humanidade, não corriam riscos nem mesmo à propriedade; que, enfim, não eram tão nobres, mas tratavam o ladrão como ele as tratara e esperavam, por certa prática exterior e poucas preces e por seguir em um caminho particularmente reto, ainda que inútil, de tempos em tempos, salvarem sua alma. Isso pode ser um julgamento duro de meus vizinhos, mas creio que muitos não tenham consciência de ter uma instituição como a cadeia em sua vila.

Anteriormente era costume em nossa vila que, quando um devedor pobre saísse da cadeia, seus conhecidos o saudassem olhando através dos dedos cruzados para representar as grades da janela de uma prisão: "Como vai?". Meus vizinhos não me saudaram assim, mas primeiro me olharam, então uns para os outros, como se eu retornasse de uma longa viagem. Fui levado para a cadeia enquanto ia ao sapateiro pegar um sapato consertado. Quando fui libertado na manhã seguinte, terminei minha obrigação e, tendo calçado os sapatos consertados, me juntei a um grupo que colhia mirtilos-vermelhos, impaciente por ser conduzido por mim; após meia hora – pois o cavalo logo fora selado –, estava no meio de um campo de mirtilos-vermelhos, em uma de nossas colinas mais altas, a pouco mais de três quilômetros, e o Estado não podia ser visto.

Esta é toda a história de "Minhas prisões".

Jamais me recusei a pagar o imposto de circulação, pois tenho tanto desejo de ser bom vizinho quanto de ser mau súdito; e, quanto a apoiar escolas, faço minha parte para educar meus compatriotas agora. Não me recuso a pagar o imposto por algum item em particular. Apenas não desejo demonstrar lealdade ao Estado, para efetivamente me retirar e ficar à parte dele. Não me importo em traçar o caminho de meu dólar, se puder, até que compre um homem ou um mosquete para atirar nele – o dólar é inocente –, mas me preocupo em traçar os efeitos de minha lealdade. Na verdade, silenciosamente declaro guerra ao Estado, à minha moda, embora ainda faça uso e tire a vantagem que puder dele, como é comum em tais casos.

Se outros pagam o imposto exigido de mim por empatia com o Estado, fazem apenas o que já fizeram em seu próprio caso ou, na verdade, auxiliam a injustiça em um grau maior que o requerido pelo Estado. Se pagam o imposto por um interesse enganado no indivíduo que é cobrado, para salvar a propriedade dele ou impedir que vá para a cadeia, é porque não consideraram com sabedoria o quanto permitem que seus sentimentos particulares interfiram no bem público.

Esta, então, é minha posição atual. Mas não se pode estar demasiadamente em guarda em um caso assim, para que nossas ações não sejam tendenciosas por causa de obstinação ou uma consideração indevida pelas opiniões dos homens. Que façamos apenas o que é próprio e pertinente.

Às vezes penso: *Ora, essas pessoas têm boas intenções; são apenas ignorantes; fariam melhor se soubessem como: por que obrigar os vizinhos a nos tratar de um modo ao qual não estão inclinados?* Mas penso novamente. *Isso não é motivo para que eu faça o que eles fazem ou permita que outros sofram dor muito maior de um tipo diferente*. De novo, às vezes digo a mim mesmo: *Quando muitos milhões de homens, sem pressão, sem má vontade, sem sentimentos pessoais de qualquer tipo, lhe exigirem apenas alguns xelins, sem a possibilidade, por sua constituição, de retraírem ou alterarem a demanda presente e sem a possibilidade, de nosso lado, de apelar a qualquer outros milhões, por que nos expor a essa força bruta e esmagadora?* Não resistimos ao frio e à fome, aos ventos e às ondas, assim obstinadamente; nos submetemos em silêncio a milhares de necessidades semelhantes. Não colocamos a cabeça no fogo. Mas apenas em proporção, já que não considero esta uma força totalmente bruta, e sim, em parte, uma força humana, e considero que tenho relações com aqueles milhões tanto quanto com outros milhões de homens, e não coisas meramente brutas ou inanimadas, vejo que é possível o apelo deles, primeira e instantaneamente, ao Criador deles e, em segundo lugar, deles a eles mesmos. Mas, se coloco minha cabeça deliberadamente no fogo, não há apelo ao fogo ou ao Criador do fogo; tenho apenas a mim mesmo para culpar. Se posso me convencer de que tenho qualquer direito de estar satisfeito com os homens do modo como são e os trato de acordo com isso, não de acordo, em alguns aspectos, a minhas requisições e expectativas do que eles e eu precisamos ser, então, como um bom muçulmano e fatalista, devo me esforçar para me satisfazer com as coisas como elas são e dizer que é vontade de Deus. Acima de tudo, há essa diferença entre resistir a isso e a uma força totalmente bruta ou natural, à qual posso resistir com algum efeito; mas não posso esperar, como Orfeu, mudar a natureza das rochas, das árvores e dos animais.

    Não desejo brigar com nenhum homem nem nenhuma nação. Não quero entrar em detalhes desnecessários, fazer distinções minuciosas nem me colocar como melhor que meus vizinhos. Na verdade busco, devo dizer, até mesmo uma desculpa para me conformar às leis da terra. Estou muito pronto para me conformar a elas. Tenho razão para suspeitar de mim nisso e, a cada ano, quando o coletor de impostos vem, me vejo disposto a revisar os atos e a posição dos governos geral e do Estado para descobrir um pretexto para a conformidade.

"Devemos amar nosso país como nossos pais,
E, se a qualquer momento impedirmos
Nosso amor ou labor de lhe prestar honras,
Devemos respeitar os bens e ensinar à alma

Questões de consciência e religião,
E não desejo de poder ou benefício."

Acredito que o Estado logo será capaz de tirar todo trabalho desse tipo de minhas mãos, então não serei um melhor patriota que meus compatriotas. De um ponto de vista baixo, a Constituição, com todas as suas falhas, é muito boa; a lei e os tribunais são bastante respeitáveis; mesmo este Estado e este governo americano são, em tantos aspectos, coisas raras e admiráveis, às quais devemos ser gratos, como diversos grandes intelectos o descreveram; mas, de um ponto de vista um pouco superior, são como as descrevi; de um ponto ainda mais alto, e do mais alto, quem dirá o que são ou se vale a pena olhá-las ou pensar nelas?

No entanto, o governo não me preocupa muito, e devo pensar nele o menos possível. Não são muitos os momentos em que vivo sob um governo, mesmo neste mundo. Se um homem pudesse não ter pensamentos, fantasias e imaginação, o que não deve lhe ocorrer por um longo tempo, governantes ou reformistas insensatos fatalmente não poderiam interrompê-lo.

Sei que a maioria dos homens pensa diferente de mim; os que dedicam a vida, por profissão, ao estudo desses assuntos, ou de questões semelhantes, porém, contentam-me tão pouco quanto os outros. Políticos e legisladores, estando tão completamente dentro da instituição, jamais a veem de modo distinto e nu. Falam de mover a sociedade, mas não têm um local de descanso fora dela. Podem ser homens com certa experiência e discernimento, e não tenho dúvida de que inventaram sistemas engenhosos e até úteis, pelos quais somos sinceramente gratos; mas toda a sua inteligência e sua utilidade estão dentro de certos limites, não muito amplos. Costumam esquecer que o mundo não é governado por política e conveniência. Webster jamais vai para os bastidores do governo, por isso não pode falar sobre ele com autoridade. Suas palavras são sabedoria para os legisladores que não contemplam nenhuma reforma essencial no governo existente; mas, para pensadores e aqueles que legislam para todos os tempos, ele nunca vislumbra o assunto. Conheço pessoas cuja especulação serena e sábia sobre o assunto logo revela os limites do alcance e da hospitalidade de sua mente. No entanto, comparadas com as declarações baratas da maioria dos reformadores e com a sabedoria e a eloquência ainda mais baratas dos políticos em geral, suas palavras são quase as únicas sensíveis e valiosas, e agradecemos aos Céus por isso. Comparativamente, ele é sempre forte, original e, sobretudo, prático. Ainda assim, sua qualidade é não a sabedoria, e sim a prudência. A verdade do advogado não é a verdade, mas a consistência, ou uma conveniência consistente. A verdade está sempre em harmonia consigo mesma e não se preocupa especialmente com revelar a justiça que pode ser consistente com delito. Ele de fato merece ser chamado, como foi, de Defensor da Constituição. Não há golpes que ele possa desferir a não ser defensivos. Não é um líder, mas um seguidor. Seus líderes são os homens de 1787. "Nunca fiz um esforço", diz, "e não me proponho a fazer esforço; nunca permiti esforço e nunca permitirei esforço para perturbar o arranjo conforme originalmente feito, pelo qual os vários Estados se transformaram em União". Ainda pensando na sanção que a Constituição dá à escravidão, ele diz: "Porque era parte do acordo original, que permaneça". A despeito de sua habilidade e sua agudeza especiais, não é capaz de tirar um fato de suas relações meramente políticas e contemplá-lo em termos absolutos diante do intelecto – o que, por exemplo, convém a um homem fazer aqui na América hoje a respeito da escravidão –, mas se aventura, ou é levado, a dar alguma resposta desesperada como a seguinte, enquanto professa falar em termos absolutos, e como um homem particular... Disso quais novos e singulares códigos de dever social devem ser inferidos? "A maneira pela qual os governos dos Estados em que existe escravidão devem regulá-la deve ser de consideração própria, sob sua responsabilidade, com seus constituintes, sob as leis gerais de propriedade, humanidade e justiça, e a Deus. Associações formadas em outros locais, brotando de um sentimento de humanidade, ou de qualquer outro motivo, não têm nada a ver com isso. Jamais receberam encorajamento de mim e jamais receberão."

Quem não conhece fonte mais pura da verdade, que não seguiu seu fluxo mais além, apoia-se, com sabedoria, na Bíblia e na Constituição e bebe delas com reverência e humildade; quem olha para onde ela desce para este lago ou aquela lagoa, arregaça novamente as mangas e continua sua peregrinação até a nascente.

Nenhum homem com gênio para legislação apareceu na América. São raros na história mundial. Há oradores, políticos e homens eloquentes aos milhares; contudo, ainda não abriu a boca o orador capaz de resolver as questões mais controversas do dia. Gostamos da eloquência em si, não por qualquer verdade que possa ser dita nem qualquer heroísmo que possa inspirar. Nossos legisladores ainda não aprenderam o valor comparativo do livre-mercado e da liberdade, da união e da retidão, a uma nação. Não têm gênio ou talento para humildes questões comparativas de impostos e finanças, comércio, manufatura e agricultura. Se confiássemos apenas na inteligência mundana dos legisladores no Congresso para nos guiar, sem a correção da experiência oportuna e reclamações efetivas do povo, a América não manteria seu lugar entre as nações. Há mil e oitocentos anos, embora talvez eu não tenha o direito de dizê-lo, o Novo Testamento foi escrito; no entanto, onde está o legislador que tem sabedoria e talento prático o bastante para tirar proveito da luz que ele lança sobre a ciência da legislação?

A autoridade do governo, mesmo aquela a que me disponho a me submeter – pois com alegria obedeço quem sabe e pode fazer mais que eu e, em muitas coisas, mesmo aqueles que não sabem ou podem fazer muito bem –, ainda é impura; para ser estritamente justo, é preciso ter a sanção e o consentimento dos governados. Não há direito puro sobre minha pessoa e minha propriedade a não ser o que eu concedo. O progresso de uma monarquia absoluta para uma limitada, e de uma monarquia limitada para uma democracia, é um progresso em direção a um respeito verdadeiro ao indivíduo. Até o filósofo chinês foi sábio o bastante para considerar o indivíduo a base do império. A democracia, conforme a conhecemos, é a última melhoria possível em um governo? Não é possível dar um passo além no sentido de reconhecer e organizar os direitos do homem? Jamais haverá Estado realmente livre e iluminado até que o Estado reconheça o indivíduo como poder superior e independente, do qual todo seu próprio poder e sua autoridade derivam, e o trate de acordo. Eu me alegro ao imaginar um Estado que ao menos se permita ser justo com todos os homens e tratar o indivíduo com respeito como um vizinho; o qual possa até não considerar incompatível com sua própria paz se alguns vivem alheios a ele, sem se intrometerem com ele nem o aceitarem, e cumprem todos os deveres como vizinhos e semelhantes. Um Estado que produzisse esse tipo de fruto e o deixasse cair assim que ficasse maduro prepararia o caminho para um Estado ainda mais perfeito e glorioso, que também já imaginei, mas não vi em lugar algum.

Thoreau
Por Virginia Woolf

Ensaio publicado em 12 de julho de 1917 no suplemento literário do Times, *em ocasião do centenário do nascimento de Henry David Thoreau.*

H á cem anos, em 12 de julho de 1817, nascia Henry David Thoreau, filho de um fabricante de lápis em Concord, Massachusetts. Ele teve sorte com seus biógrafos, atraídos não tanto por sua fama quanto pela empatia com suas visões, mas que, ao mesmo tempo, não conseguiram nos revelar muita coisa sobre Thoreau que não encontramos nos próprios livros. Sua vida não foi agitada; ele tinha, como ele mesmo disse, "verdadeiro talento para ficar em casa". A mãe era intensa e falante e tão afeita a caminhadas solitárias que um dos filhos escapou por pouco de vir ao mundo em campo aberto. O pai, por sua vez, era "um homem pequeno, quieto, arrastado", com a capacidade de produzir os melhores lápis de chumbo dos Estados Unidos, graças a um segredo próprio para misturar grafite reduzida com greda de pisoeiro e água, para fazer lâminas, cortando-as em tiras e queimando-as. Ele tinha condições, de qualquer modo, com muita economia e um pouco de ajuda, de mandar o filho para Harvard, embora o próprio Thoreau não desse tanta importância a essa cara oportunidade. Foi em Harvard, no entanto, que ele se tornou visível para nós pela primeira vez. Um colega de sala via nele ainda rapaz tanto do que reconhecemos depois no homem adulto que, em vez de um retrato, vamos citar o que era visível no ano 1837 ao olhar penetrante do reverendo John Weiss:

> Ele era frio e apático. O toque de sua mão era úmido e indiferente, como se tivesse pego alguma coisa ao ver a mão chegando e prendesse seu aperto nela. Como os proeminentes olhos cinza-azulados pareciam vagar pelo caminho, pouco adiante dos pés, conforme seu passo indígena grave o levava pelo alojamento da universidade. Ele não se importava com pessoas; seus colegas de sala pareciam muito afastados. Esse devaneio estava sempre em volta dele, não de modo tão folgado quanto as roupas estranhas fornecidas pelo piedoso cuidado doméstico. O pensamento ainda não tinha despertado seu semblante; era sereno, mas um tanto apagado, lerdo. Os lábios ainda não eram firmes; havia quase uma aparência de satisfação presunçosa espreitando em seus cantos. Agora está claro que ele se preparava para sustentar suas posições futuras com grande rigidez e apreciação pessoal da importância delas. O nariz era proeminente, mas a curva descia sem firmeza sobre o lábio superior, e nos lembramos dele muito parecido com alguma escultura egípcia de rosto, de traços largos, mas pensativo, imóvel, fixado em um egoísmo místico. No entanto, os olhos eram às vezes inquisitivos, como se tivesse derrubado, ou esperasse encontrar, algo. Na verdade, seus olhos raramente se levantavam do chão, mesmo nas conversas mais sinceras dele com você [...]

Ele segue falando da "reserva e da inaptidão" da vida de Thoreau na faculdade. Claramente, o jovem assim descrito, cujos prazeres físicos se materializavam em caminhar e acampar, que não fumava nada além de "galhos de lírio secos", que venerava relíquias indígenas tanto quanto os clássicos gregos, que no começo da juventude desenvolvera o hábito de "acertar as contas" com a própria mente em um diário, no qual pensamentos, sentimentos, estudos e experiências precisavam passar diariamente pelo exame daquele rosto egípcio e daquele olhar inquisitivo – claramente esse jovem estava destinado a desapontar pais e professores e todos os que desejavam que ele deixasse uma boa impressão neste mundo e se transformasse em alguém importante. Suas primeiras tentativas de ganhar a vida do modo comum como professor terminou por causa da necessidade de açoitar os alunos. Ele propôs ensinar-lhes moral, em vez disso. Quando o comitê destacou que a escola sofreria com a "leniência indevida", Thoreau solenemente bateu em seis alunos e, então, se demitiu, dizendo que trabalhar na escola "interferia em seus arranjos". Os arranjos que o jovem sem dinheiro queria conduzir eram provavelmente obrigações com certos pinheiros, lagoas, animais selvagens e pontas de lança indígenas na vizinhança, que já tinham deitado suas ordens sobre ele.

Mas, por um tempo, ele precisou viver no mundo dos homens – ao menos naquela porção notável do mundo da qual Emerson era o centro e que professava as doutrinas transcendentalistas. Thoreau se hospedou na casa de Emerson e logo se tornou, conforme disseram seus amigos, quase indistinguível do próprio profeta. Se ouvisse ambos falando com os olhos fechados, não teria certeza de onde Emerson parava e onde começava Thoreau: "Em seus modos, nos tons da voz, em suas maneiras de expressão, mesmo nas hesitações e nas pausas de seu discurso, ele se tornara a contraparte do sr. Emerson". Isso bem pode ter acontecido. As naturezas mais fortes, quando são influenciadas, se submetem da maneira mais incondicional; talvez seja sinal da força delas. Mas que Thoreau tenha perdido algo da própria força no processo, ou adotado permanentemente cores que não eram naturais a si mesmo, os leitores de seus livros com certeza negarão.

O movimento transcendentalista, como a maioria dos movimentos de vigor, representou os esforços de uma ou duas pessoas notáveis para despir as roupas que haviam se tornado desconfortáveis para elas e se encaixarem melhor no que agora lhes parecia serem as realidades. O desejo de reajuste tinha, como Lowell registrou e as memórias de Margaret Fuller testemunham, sintomas ridículos e discípulos grotescos. Contudo, de todos os homens e todas as mulheres que viveram em uma época em que o pensamento foi remodelado em comum, sentimos que Thoreau foi um dos que menos precisou se adaptar, que por natureza estava mais em harmonia com o novo espírito. Ele estava, por nascimento, entre aquelas pessoas que, como expressou Emerson, "silenciosamente aderiram individualmente a uma nova esperança e em todas as companhias significam maior confiança na natureza e nos recusos do homem que as leis da opinião popular permitiriam". Havia dois tipos de vida que pareciam, aos líderes do movimento, dar chance para a realização dessas novas esperanças: em uma comunidade cooperativa, como Brook Farm; ou em solidão com a natureza. Quando chegou a hora de fazer sua escolha, Thoreau decidiu enfaticamente em favor da segunda. "Quanto às comunidades", escreveu em seu diário, "acho melhor manter uma acomodação de solteiro no inferno que me hospedar no céu". Seja qual for a teoria, havia no fundo da natureza dele "um desejo singular por tudo o que é selvagem" que o teria levado a um experimento como o que ele registrou em *Walden* – parecesse bom aos outros ou não. Na verdade, ele colocaria em prática as doutrinas do transcendentalismo mais rigorosamente que qualquer outro. Assim, aos vinte e sete anos, escolheu um pedaço de terra em uma mata na beirada das águas profundas, limpas e verdes do lago Walden, construiu uma cabana com as próprias mãos, emprestando com relutância um machado para parte do trabalho, e se instalou, como ele mesmo coloca, para "enfrentar apenas os fatos essenciais da vida e ver se poderia aprender o que tinham a ensinar, e não descobrir, quando estivesse à beira da morte, que não tinha vivido".

E agora temos uma oportunidade de conhecer Thoreau como poucas pessoas são conhecidas, mesmo por amigos. Poucas pessoas, é certo dizer, têm tanto interesse nelas mesmas como Thoreau tinha em si; pois, se somos dotados de um egoísmo intenso, fazemos nosso melhor para sufocá-lo a fim de viver em termos decentes com nossos vizinhos. Não somos suficientemente seguros de nós mesmos para romper por completo com a ordem estabelecida. Essa foi a aventura de Thoreau; e seus livros são o registro daquele experimento e dos resultados. Ele fez o que podia para intensificar seu próprio entendimento de si mesmo, para nutrir o que fosse peculiar, para isolar-se do contato com qualquer força capaz de interferir em seu dom imensamente valioso da personalidade. Era seu dever sagrado não apenas consigo, mas com o mundo; e pouco é egoísta um homem que é egoísta em escala tão grandiosa, uma sensação de observar a vida através de lentes de aumento muito poderosas. Caminhar, comer, cortar madeira, ler um pouco, observar um pássaro no galho, cozinhar o jantar – todas essas ocupações, quando raspadas até ficarem limpas e com o sentimento renovado, se provam maravilhosamente grandes e luminosas. As coisas comuns são tão estranhas, as sensações costumeiras, tão espantosas, que confundi-las ou desperdiçá-las vivendo com o rebanho e adotando os hábitos que servem ao maior número é um pecado, um sacrilégio. O que tem a dar a civilização, como o luxo pode melhorar esses fatos simples? "Simplicidade, simplicidade, simplicidade!" é o grito dele. "Em vez de três refeições no dia, se for necessário, coma apenas uma; em vez de cem pratos, cinco; e reduza outras coisas na mesma proporção."

Mas o leitor pode perguntar qual é o valor da simplicidade. A simplicidade de Thoreau é simplicidade por si só, não um método de intensificação, um modo de libertar o maquinário delicado e complicado da alma, de modo que o resultado é a reverência do simples? Os homens mais notáveis tendem a deixar de lado o luxo porque acham que atrapalha o desempenho do que é muito mais valioso para eles. O próprio Thoreau era um ser humano extremamente complexo e com certeza não alcançou simplicidade vivendo por dois anos em uma cabana e cozinhando o próprio jantar. Sua façanha foi desnudar o que estava dentro dele, deixar a vida tomar seu próprio curso sem restrições artificiais. "Não queria viver o que não era vida, viver é tão caro; nem desejava praticar a resignação, a não ser que fosse muito necessário. Queria viver profundamente e sugar todo o tutano da vida..." *Walden* – e todos os livros dele, de fato – é repleto de descobertas sutis, conflitantes e muito frutíferas. Seus livros não foram escritos para provar algo no fim. Foram escritos como os indígenas viram gravetos para baixo a fim de marcar o caminho na floresta. Ele abre seu caminho pela vida como se ninguém jamais tivesse tomado aquela rota antes, deixando esses sinais para os que vêm depois, caso se importem em seguir o rumo que tomou. Mas ele não quis deixar cabanas atrás de si, e seguir não é um processo fácil. Jamais podemos deixar de prestar atenção ao ler Thoreau pela certeza com que agora entendemos seu tema e podemos confiar na consistência de nosso guia. Devemos estar sempre prontos para tentar algo novo; sempre preparados para o choque de enfrentar o original de um daqueles pensamentos que conhecemos a vida toda como reproduções. "Toda saúde e todo sucesso me fazem bem, por mais distantes e remotos que possam parecer; toda doença e todo fracasso ajudam a me entristecer e me fazem mal, por mais empatia que possam ter por mim, e eu por eles." "Cuidado com todas as empreitadas que exigem roupas novas." "É preciso ter talento para caridade, assim como para qualquer outra coisa." Aqui está um punhado deles, escolhidos quase por acaso, e é claro que há muitas banalidades sadias.

 Enquanto caminhava por sua mata, ou sentava-se durante horas em uma pedra quase imóvel como a esfinge dos dias de faculdade observando pássaros, Thoreau definia sua posição diante do mundo não apenas com uma honestidade inabalável, mas com uma aura de arrebatamento no coração. Ele parece abraçar a própria felicidade. Aqueles anos foram cheios de revelações – ele se viu tão independente de outros homens, tão perfeitamente equipado pela natureza não apenas para se manter abrigado, alimentado e vestido e maravilhosamente entretido sem nenhuma ajuda da sociedade. A sociedade sofreu vários belos golpes de sua mão. Ele coloca suas reclamações de modo tão direto que não podemos deixar de suspeitar que a sociedade um dia terá de lidar com um rebelde tão nobre. Ele não queria igrejas nem exércitos, correios ou jornais, e de maneira muito consistente se recusava a pagar o dízimo e foi para a cadeia em vez de pagar o imposto por cabeça. Qualquer tipo de reunião de grandes grupos para fazer o bem ou buscar prazer era, para ele, um tormento. A filantropia era um dos sacrifícios que ele disse tomar como senso de dever. A política lhe parecia "irreal, inacreditável, insignificante", e a maioria das revoluções, menos importantes que um rio que secava ou que a morte de um pinheiro. Queria apenas ficar em paz andando pela floresta em vestes cinzentas, sem ser estorvado até pelos dois pedaços de calcário que ficavam sobre sua mesa até se mostrarem culpados de juntar poeira e serem jogados pela janela sem demora.

No entanto esse homem egoísta foi quem abrigou escravos fugidos em sua cabana; esse eremita foi o primeiro homem a falar publicamente em defesa de John Brown; esse solitário autocentrado não conseguia dormir nem pensar enquanto Brown estivesse na prisão. A verdade é que qualquer um que reflita tanto e tão profundamente quanto Thoreau refletia sobre a vida e a conduta é tomado por um senso anormal de responsibilidade com seu semelhante, escolha ele viver na mata ou se tornar presidente da República. Trinta volumes de diários que ele condensava de tempos em tempos com cuidado infinito em livrinhos provam, ademais, que o homem independente que professava se importar tão pouco com seus semelhantes possuía um intenso desejo de se comunicar com eles. "Gostaria", escreve, "de comunicar a riqueza da minha vida aos homens, daria de fato o que é mais precioso em meus dons [...] Não tenho bem privado a não ser minha habilidade peculiar de servir ao público [...] Quero comunicar as partes da minha vida que viveria de novo com prazer". Ninguém pode lê-lo sem perceber esse desejo. Todavia, é uma questão se ele conseguiu distribuir sua riqueza, compartilhar sua vida. Quando se leem seus livros fortes e nobres, em que cada palavra é sincera, cada frase escrita tão bem quanto pode o escritor, fica um sentimento estranho de distância; ali está um homem que tenta comunicar, mas não consegue. Seus olhos estão no chão ou, talvez, no horizonte. Ele jamais nos fala diretamente; fala em parte consigo mesmo e em parte com algo místico além de nossa visão. "Digo eu a mim mesmo", escreve, "deveria ser o lema de meu diário" – e todos os seus livros são diários. Outros homens e mulheres eram maravilhosos e belos, mas estavam distantes; eram diferentes; ele achava muito difícil entendê-los. Eram "tão curiosos para [ele] quanto se fossem cães-da-pradaria". Toda interação humana era indefinidamente difícil; a distância entre um amigo e outro era insondável; relações humanas eram muito precárias e terrivelmente passíveis de terminar em desapontamento. Mas, embora preocupado e disposto a fazer o que podia sem reduzir seus ideais, Thoreau tinha consciência de que aquela dificuldade não seria superada pelo esforço. Ele tinha um molde diferente do das outras pessoas. "Se um homem não mantém o ritmo de seus companheiros, talvez seja porque ele ouve um tocador de tambor diferente. Que ele ande de acordo com a música que ouve, seja qual for seu compasso ou sua distância." Ele era um homem selvagem e jamais se submeteria a ser domado. E, para nós, ali está seu charme peculiar. Ele ouve um tocador de tambor diferente. Ele é um homem em quem a natureza soprou instintos distintos dos nossos, a quem ela sussurrou, é possível supor, alguns de seus segredos.

"Parece ser lei", ele diz, "que não se pode ter empatia profunda tanto com o homem quanto com a natureza. As qualidades que o aproximam de um o afastam do outro". Talvez seja verdade. A maior paixão de sua vida era a paixão pela natureza. Na verdade, era mais que uma paixão, era uma grande afinidade, e nisso ele difere de homens como White e Jefferies. Ele era dotado, somos informados, de sentidos extraordinariamente apurados; conseguia ver e ouvir o que outros homens não conseguiam; seu toque era tão delicado que podia pegar exatamente uma dúzia de lápis de uma caixa cheia; encontrava o caminho sozinho na floresta fechada à noite. Podia, com as mãos, tirar um peixe do riacho; fazer um esquilo selvagem se aninhar em seu casaco; sentar-se tão imóvel que os animais seguiam com suas brincadeiras em torno dele. Conhecia a aparência do campo tão intimamente que, se acordasse em uma pradaria, saberia a época do ano com diferença de um dia ou dois a partir das flores em seus pés. A natureza tornara fácil para ele prover a vida sem esforço. Era tão habilidoso com as mãos que, trabalhando por quarenta dias, poderia viver em lazer pelo resto do ano. Mal sabemos se devemos considerá-lo o último exemplar de uma raça mais antiga de homens ou o primeiro de uma que está por vir. Ele tinha a dureza, o estoicismo, os sentidos preservados de um indígena, combinados com o constrangimento, a insatisfação exigente e a suscetibilidade dos mais modernos. Por vezes, parece ir além de nossos poderes humanos no que percebe no horizonte da humanidade. Nenhum filantropo esperou mais da humanidade, ou colocou tarefas mais elevadas e nobres diante de si, e aqueles cujos ideais de paixão e de serviço são mais altos são os que têm a maior capacidade de doar, embora a vida possa não pedir deles tudo o que poderiam doar e os force a manter reservas em vez de esbanjar. Por mais que Thoreau fosse capaz de fazer, ele ainda teria visto possibilidades além; sempre teria permanecido, em certo sentido, insatisfeito. Essa é uma das razões pelas quais ele é capaz de ser a companhia de uma geração mais jovem.

Ele morreu no auge da vida e precisou enfrentar uma longa doença dentro de casa. Mas aprendera com a natureza tanto o silêncio quanto o estoicismo. Nunca falou das coisas que mais o moveram em sinas privadas. Mas também com a natureza aprendera a ser contente, não de modo impensado ou egoísta e certamente não com resignação, e sim com uma confiança sadia na sabedoria da natureza – e na natureza, como ele diz, não há tristeza. "Estou desfrutando da existência como sempre", escreveu em seu leito de morte, "e não me arrependo de nada". Ele falava consigo mesmo sobre alces e indígenas quando, sem resistência, faleceu.

**Acreditamos
nos livros**

Este livro foi composto em Sentinel e
impresso pela Geográfica para a Editora
Planeta do Brasil em setembro de 2021.